DOCTOR WHO

SHADA

SUMA de letras

GARETH ROBERTS

DOCTOR WHO
SHADA

Tradução
Juliana Romeiro

SUMA de letras

First published in 2012 by BBC Books, an imprint of Ebury Publishing. A Random House Group Company.

EDITORA OBJETIVA LTDA.
Rua Cosme Velho, 103
Rio de Janeiro — RJ — CEP: 22241-090
Tel.: (21) 2199-7824 — Fax: (21) 2199-7825
www.objetiva.com.br

Título original
Shada

Capa
Rodrigo Rodrigues sobre arte original de Two Associates

Revisão
Ana Grillo
Clarisse Cintra
Cristiane Ruiz

Editoração eletrônica
Filigrana

PRISA EDIÇÕES

CIP-BRASIL. CATALOGAÇÃO-NA-FONTE
SINDICATO NACIONAL DOS EDITORES DE LIVROS, RJ

R549d

Roberts, Gareth
Doctor Who: Shada / Gareth Roberts ; tradução Juliana Romeiro. - 1. ed. - Rio de Janeiro : Objetiva, 2014.

Tradução de: *Shada*
345 p. ISBN 978-85-8105-199-4

1. Ficção inglesa. I. Romeiro, Juliana. II. Título.

13-07910 CDD: 823
CDU: 821.111-3

Para Clayton Hickman, que foi mais importante para a criação deste livro do que o transmissor de matéria da Rainha Xanxia e cujo papel que desempenha em minha vida é muito mais valioso que oolion.

E em memória de Douglas Adams.

“O mal radical: que todo mundo deseje ser o que poderia
ou seria capaz de ser, e que o restante da humanidade não
seja nada; na verdade, que nem sequer exista.”
Johann Wolfgang von Goethe, *Máximas e reflexões*

“... olhos mortiços que se voltavam às estrelas
apenas para calcular sua massa química.”
Truman Capote, *Bonequinha de luxo*

“As outras pessoas são um erro.”
Quentin Crisp, *Resident Alien*

“É o corpo que controla a mente ou a mente que controla o corpo?
Não sei...”
The Smiths, “Still Ill”

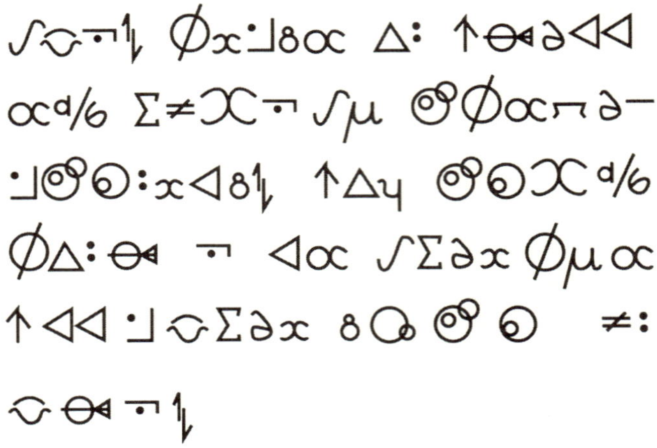

Fig. 1: Estas palavras estão gravadas no pedestal de maconita em que foi depositado *O venerável e ancestral livro das leis de Gallifrey*, um dos Grandes Artefatos da Era Rassilon. Direitos de reprodução gentilmente cedidos pelo Curador dos Arquivos do Panopticon, Capitólio, Gallifrey. Em tradução livre do alto-gallifreyano antigo, elas diriam algo como: "Se este livro sair por aí, dê-lhe um cascudo e mande-o de volta para casa."

Parte um

Direto da prateleira

Capítulo 1

Aos 5 anos, Skagra concluiu sem sombra de dúvidas que Deus não existia. A maioria das pessoas que chegam a tal constatação reage de uma das seguintes formas — com alívio ou com desespero. Somente Skagra reagiu pensando: "Peraí. Isso significa que existe uma vaga disponível."

Agora, muitos anos depois, Skagra descansou a cabeça — a cabeça mais importante do universo — contra o interior acolchoado de sua alcova e ficou ouvindo a sinfonia de gritos agonizantes que vinham de todas as direções. Ele se permitia dois sorrisos ao dia e pensou em usar um deles agora. Afinal de contas, os sons perturbadores de aflição mental e de sofrimento físico eram um bom sinal de que seu plano estava dando certo, e de que este seria um bom dia, quem sabe até um dia nota 9. Mas era possível que Skagra tivesse motivos ainda melhores para sorrir mais tarde, e ele não gostava de desperdício. Então decidiu economizar aquele sorriso, por via das dúvidas.

Em vez disso, à medida que os gritos se transformavam lentamente em gemidos animalescos confusos e num ou noutro ganido de pânico atordoado, Skagra se levantou da alcova e se virou para avaliar o resultado. Sua alcova era uma das seis (um número par, claro) embutidas nas laterais do cone hexagonal alto e cinzento que se erguia no centro do laboratório principal. No alto do cone havia uma esfera cinzenta.

Minutos antes, Skagra ficara observando enquanto os outros cinco membros do Think Tank entraram nas respectivas alcovas, rindo e brincando daquele jeito banal e irritante de sempre. Eles nem perceberam que haviam terminais conectados aos apoios de cabeça de cada um, mas que não havia nada ligado à alcova de Skagra. Por que as pessoas eram tão burras, perguntou-se Skagra. Mesmo estas, tão inteligentes, não passavam de idiotas. Pensava nisso o tempo todo, desde que se entendia por gente. Ainda assim, graças a ele — graças ao plano que continha esta etapa significativa —, em breve outras pessoas não seriam mais um problema.

Os cinco Thinktankers estavam balbuciando em suas alcovas, os olhos vazios, os membros contraindo-se em movimentos espasmódicos ocasionais. Era interessante que todos os cincos corpos tivessem sobrevivido ao procedimento.

Agora, hora de conferir as mentes.

Skagra digitou um código de comando no painel de um dos muitos instrumentos que cobriam as paredes do laboratório. Um gesto apressado, automático. Se este plano tivesse sido concebido por uma pessoa inferior e mais estúpida — não que houvesse alguma outra pessoa capaz de idealizá-lo —, ela teria projetado uma alavanca vermelha idiota, grande e melodramática para ativar a esfera. Skagra se parabenizou por não ter feito isso.

O código de comando apitou e a esfera começou a tremer. Uma confusão de murmúrios fracos e inumanos soou de dentro dela. Era o som do pensamento. Caótico, desordenado, arbitrário, sem palavras distinguíveis.

Skagra ergueu uma das mãos. O programa de comando da esfera respondeu imediatamente. Ela se soltou do topo do cone e desceu na direção dele, repousando em sua palma. Seu toque era metálico e gélido.

As pontas dos dedos de Skagra se curvaram ao redor da esfera. Ele contemplou o corpo caído de Daphne Caldera, cujo olhar vazio fitava o nada, e os lábios emitiam barulhinhos de bebê.

Caldera, cuja especialidade eram equações de ondas de seis dimensões. Skagra nunca encontrara tempo para se aprofundar neste campo específico de pesquisa além dos conceitos básicos. É claro que *zz = [c2]x4*, todo mundo sabe disso. Mas Caldera levara o estudo das equações de ondas de seis dimensões a um patamar absolutamente inovador. "Toda uma *nova* dimensão, pode-se dizer!" foi a piada que ela havia feito ontem, e Skagra se viu forçado a sacrificar um de seus sorrisos só para manter as aparências.

Agora, com os dedos tocando a esfera, Skagra submeteu o próprio cérebro a uma equação de ondas de seis dimensões complexa:

∑ é menor do que †Δ se ∂ for uma constante, então ß†ΔΔ + ≈ç se definido como Zag BB Gog = ?

A resposta surgiu em sua mente: *((>>>x12!*

É claro! Parecia tão óbvio agora. *Era* óbvio.

O procedimento havia funcionado. Mas Skagra resolveu conferir outra vez, fazer uma análise mais profunda do potencial da esfera.

Na alcova vizinha à de Caldera, C.J. Akrotiri estava caído, fazendo pequenos movimentos circulares com o dedo, a boca escancarada, deixando escorrer um fio de baba. Akrotiri, o lendário neurogeneticista, cuja pesquisa em alteração da ramificação dendrítica havia culminado na cura da doença de Musham.

Skagra se concentrou em Akrotiri, pensando numa pergunta de teste.

E, de repente, uma lembrança surgiu esmagadora em sua cabeça:

Estou de pé na praia, uma prancha de skimboard debaixo do braço, tentando parecer forte e seguro, embora não seja possível fingir força e segurança, e me sinto um idiota, me perguntando por que achei que isso era uma boa ideia, e, de repente, ELA está lá, tão bonita, e eu sou tão feio, e ela me pergunta se quero descer até a ilha, com ela, é claro que está me chamando para irmos juntos, e a gente sobe na prancha, e estou morrendo de nervoso, ela passa os braços em volta de mim, dou um impulso e, de repente, estamos deslizando sobre a água sob um céu roxo noturno, e ela deita a cabeça em meu ombro, e fico pensando se foi de propósito, ela não tira a cabeça, e mal posso acreditar, eu, deslizando até a ilha feito um profissional, coisa que nunca fui na vida, e ela cai na areia, e vou ajudá-la a se levantar, ela ri e me puxa para baixo e, de repente, está me beijando, e minha cabeça está girando, e isso não pode estar acontecendo comigo — e então, num segundo, tenho uma visão, enxergo como a degeneração dos dendritos pode ser revertida pela aplicação precoce de uma partícula de flúon no Genoma A/5667...

Skagra sacudiu a cabeça. Era de se imaginar que alguns traços de personalidade e experiência pudessem, em alguns casos, corromper a informação durante a recuperação dos dados. Ele iria aumentar a capacidade do filtro da esfera para se certificar de que tal lixo sentimental e irrelevante nunca mais atrapalhasse o que realmente importava na vida.

Skagra soltou a esfera, que flutuou no ar atrás de seu mestre enquanto ele seguia para o painel principal de comunicações. Com mais um gesto casual e apressado, ativou a mensagem que havia preparado mais cedo. Em seguida, saiu do laboratório, a esfera o seguindo todo o tempo.

Sua própria voz ecoou pelo ambiente. "Esta é uma gravação. A Fundação para Estudos Científicos Avançados está sob quarentena estrita. Não se aproximem, repito, não se aproximem. Temos tudo sob controle."

A mensagem começou a se repetir, sendo transmitida para o espaço em todas as frequências. Mas não muito longe no espaço. Skagra queria que ela mantivesse bem longe do Think Tank qualquer espaçonave que estivesse nas redondezas, e a palavra quarentena tinha um efeito muito direto em grande parte dos seres. Era capaz de mudar frases como "Será que a gente não poderia ajudar aquelas pessoas, capitão?" para "A peste! Fujam! Fujam! Vamos sair daqui com uma relutância incrível e uma velocidade fenomenal!"

A mensagem soou alto no laboratório central do Think Tank.

E aqueles que supostamente eram os maiores cérebros do universo balbuciavam e se debatiam em suas alcovas, incapazes de entender uma só palavra.

Skagra caminhou com tranquilidade — como sempre fazia — ao longo dos corredores que levavam do laboratório até o hangar. Havia quatro atracadouros embutidos no casco externo da estação espacial. Sinais luminosos indicavam que as vagas um, dois e três estavam ocupadas por espaçonaves comuns, de três lugares e com combustível suficiente para alcançar os confins da civilização galáctica.

Skagra passou calmamente pelas estações um, dois e três, com a esfera atrás de si, e pressionou a palma da mão contra o painel de controle da estação quatro, vazia.

A porta da câmara estanque se abriu para o vácuo.

Tranquilo e confiante, Skagra adentrou o que parecia ser o nada absoluto.

Estava a caminho.

Capítulo 2

Chris Parsons sentiu que o tempo o estava deixando para trás, e também que estava ficando sem tempo. Como era possível que o tempo fizesse ambas as coisas ao mesmo tempo, não tinha tempo para imaginar.

Para começar, estava com 27 anos. *Vinte e sete!*

Ao longo dos anos, notara uma tendência infame para envelhecer a uma taxa aproximada de um dia por dia, e agora, enquanto ia de bicicleta de sua casa até o St. Cedd's College nesta tarde de sábado, extraordinariamente ensolarada para um mês de outubro, já podia sentir mais um dia se lançando sobre a pilha.

As velhas ruas e os ainda mais velhos prédios da universidade, altos e feitos de pedra, com suas janelas de grades cinzentas e beleza espontânea, pareciam zombar dele. Quantas centenas de jovens passaram por estas instituições, estudando, se formando, pesquisando, publicando? Todos viraram pó.

Havia chegado a Cambridge há nove anos, um garoto de cara inocente, recém-saído do colegial, e passara pela graduação em física sem perceber. Física era algo que sabia fazer bem. Agora estava engalfinhado com partículas sigma, numa pós-graduação longa e pouco estimulante. Era capaz de prever a taxa exata de decaimento de qualquer partícula sigma que você imaginasse. Mas hoje, mesmo Cambridge, que ele adorava, mas que com o tempo acabara deixando de reconhecer seu valor tanto quanto o sol que nasce a cada manhã, parecia se somar a seu próprio sentimento de decadência. Ocasionalmente ele se perguntava se ainda havia muito a ser descoberto em seu campo de pesquisa. Ou, aliás, em qualquer campo de pesquisa. Às vezes, o mundo moderno parecia irreconhecivelmente futurista para ele. Videoteipe, relógios digitais, computadores com memória interna e filmes com efeitos especiais que o faziam no mínimo acreditar que era possível um homem voar. Como avançar mais do que isso?

Chris passou por um grupo de calouros, todos eles, sem exceção, homens e mulheres, de cabelo curto e calça justa. Como isso aconteceu? Na época em que Chris estava na graduação, só se usava a calça boca de sino e o cabelo desgrenhado que ele ainda preferia agora. Ele tinha sido um membro *da* juventude, a geração que ia mudar tudo, para sempre e por completo. Não podia haver outra, ainda não, não antes que quase nada tivesse mudado para sempre e por completo, não era justo. Pelo amor de Deus, em alguns meses estariam nos anos 1980. Os anos 1980 estavam obviamente bem longe no futuro e não tinham nada que dar as caras até que ele estivesse pronto.

Sim, o tempo o estava deixando para trás de uma forma geral. Mas ele também estava ficando sem tempo de um jeito muito mais específico.

Clare Keightley iria deixar Cambridge na segunda-feira.

Ela conseguira um trabalho num instituto de pesquisa nos Estados Unidos e entregara o cargo na universidade. Três curtos dias somados à pilha, e ele nunca mais a veria de novo, nunca mais teria uma chance de começar outra conversa. Eles conversavam bastante, se viam bastante e Chris entrava em desespero ao final de cada encontro. Toda vez que se viam, e por muito tempo depois, o rapaz ficava com a impressão de que Clare esperava que ele dissesse algo óbvio e importante, mas não havia jeito de decifrar o que era. Por que ela tinha que ser tão intimidadora? E por que ele tinha que ser tão apaixonado por ela?

Ainda assim, havia maquinado uma última tentativa, uma última chance de impressioná-la, um pretexto final para falar com ela, e ela ficaria tão abalada por seu ato de consideração que talvez pudesse finalmente dizer o que queria ouvir dele. Era por isso que estava passando agora pelo antigo arco de pedra e entrando no impressionante átrio do St. Cedd's College.

Chris estacionou a bicicleta junto às fileiras de outras similares que serviam de sistema de transporte gratuito e intercambiável entre os alunos. Pegou um pedaço de papel da pasta. *Prof. Chronotis, sala P-14*. Olhou ao redor, procurando pelo porteiro, mas ele devia estar em uma de suas rondas, então cercou dois dos graduandos menos esquisitos no pátio interno — um deles usando uma camiseta do Jethro Tull, graças a Deus —, e eles lhe indicaram uma porta num canto do prédio coberto por hera.

Enquanto seguia em direção à sala P-14 por um corredor estreito e revestido por painéis de madeira, Chris estava exageradamente envolvido nos próprios pensamentos e preocupações a respeito de Clare, da passagem do tempo etc.; no entanto, uma pequena parte de sua mente inquisitiva não podia deixar de notar a estranheza da arquitetura por aquelas bandas. Era como se o corredor devesse acabar na sala P-13, mas havia uma coluna, uma quina e uma pequena extensão que descia até a sala P-14. Até aí, tudo bem, porque a maioria dos prédios universitários era um labirinto de reformas e extensões, mas o que era realmente peculiar neste prédio em especial era que não havia nenhuma descontinuidade óbvia. Como se a sala tivesse sido construída na mesma época em que o edifício do qual se estendia. Isso intrigou Chris num plano profundo e inconsciente, e a parte consciente de sua mente nem sequer percebeu. No entanto, notou um zumbido elétrico persistente e bem baixo que parecia aumentar de volume à medida que se aproximava da porta com a placa P-14 PROF. CHRONOTIS. A fiação nesses prédios antigos era uma tragédia, provavelmente instalada pelo próprio Edison. Chris se conteve ao esticar a mão na direção do ferrolho, meio que antecipando um choque, e bateu rapidamente à porta.

— Pode entrar! — respondeu uma voz distante e áspera. Ele a reconheceu imediatamente como de Chronotis, embora tivessem se encontrado apenas uma vez, e muito brevemente.

E assim, Chris entrou, traçando um caminho por um pequeno vestíbulo abarrotado, cheio de chapéus, casacos e botas, e abriu uma estranhamente pesada porta interna. Então se viu num cômodo amplo, com paredes revestidas de painéis de carvalho e móveis antigos, embora por um instante fosse difícil identificar tanto os painéis quanto a mobília, já que todas as superfícies disponíveis, e muitas outras que nem sequer estavam disponíveis, encontravam-se cobertas de livros. Todas as paredes eram forradas por estantes, os livros amontoados em fila dupla, com outros enfiados por cima, preenchendo cada uma das prateleiras até o limite. Livros cobriam o sofá, as cadeiras, as mesas. Equilibravam-se em pilhas precárias no tapete, algumas chegavam na altura da cintura. Capa dura, capa mole, tamanho grande, livros pop-up, todos amassados, cheios de orelha e com manchas de caneca, alguns com a com a orelha marcando uma página específica, muitos grifados com anotações em pedaços de papel, e nenhum deles parecendo ter a menor relação com o assunto, o tamanho, a idade ou o autor do livro vizinho. *Uma lagarta muito comilona* jazia ao lado de um tratado georgiano em frenologia.

Chris estava perplexo. Como alguém poderia ser capaz de ler tantos livros? Na certa precisaria de várias encarnações.

Mas por mais extremo que o caso parecesse, ele estava habituado às excentricidades dos professores mais velhos de Cambridge. Ele até tentou não reagir à outra coisa, na verdade muito mais estranha, que havia diante de si no canto oposto da sala.

Uma cabine de polícia.

Há anos que Chris não via uma daquelas, e com certeza não esperava se deparar com uma ali. Em suas viagens a Londres durante a infância, era muito comum ver cabines de polícia pelas esquinas da capital. Como qualquer cabine de polícia, esta era alta, azul, gasta e feita de madeira, com uma lâmpada no alto e um aviso na porta, atrás da qual havia um telefone. O mais estranho a respeito desta cabine em particular, além do simples fato de estar ali, era que sob sua base dava para ver as pontas de vários livros achatados, como se, de alguma forma, ela tivesse caído de uma altura enorme. Chris até ergueu o olhar para as vigas baixas do teto para conferir se não fora isso mesmo que acontecera. De jeito nenhum aquilo teria passado pela porta da frente.

A voz do Professor Chronotis soou de uma porta que provavelmente conduzia à cozinha.

— Desculpe a bagunça. Caos criativo, sabe como é!

— Hum, certo, claro — disse Chris.

Ele se esgueirou com ainda mais cuidado pela sala, mantendo distância das pilhas que pareciam mais perigosas. Como seria possível encontrar o que queria nesta desordem?

Chris esperou que o Professor saísse da cozinha. Ele não saiu.

— Hum, Professor Chronotis? — chamou.

— Chá? — perguntou em resposta.

— Hum, sim, obrigado — disse Chris automaticamente, embora na verdade quisesse se afastar de toda aquela maluquice e se voltar para seus próprios e mais urgentes assuntos o mais rápido possível.

— Ótimo, porque já liguei a chaleira — informou Chronotis, saindo da cozinha e entrando na sala, contornando os obstáculos despreocupadamente.

Depois do único e breve encontro dos dois algumas semanas antes, Chris havia catalogado mentalmente o Professor como mais um dos excêntricos de Cambridge, satisfeito e isolado por décadas no mundo acadêmico. Havia se esquecido de quão memorável Chronotis era. O que era mais uma estranheza irritante, pensou Chris, porque não se pode esquecer pessoas memoráveis. Ele concluiu que devia estar realmente muito mergulhado em si mesmo para esquecer Chronotis.

Era um homem pequeno, na casa dos 80 anos, usando um terno amarrotado de tweed e gravata, o rosto profundamente enrugado, uma cabeleira branca, barba desgrenhada e óculos de meia-lua por cima dos quais espiavam olhos pretos gentis e intensos.

Gentis e intensos, pensou Chris. Não é possível ter olhos gentis *e* intensos.

— Hum, Professor Chronotis — disse ele, determinado a levar as coisas de volta à normalidade —, não sei se o senhor se lembra, mas nos encontramos numa festa de departamento há algumas semanas. — Ele estendeu a mão: — Chris Parsons.

— Ah, sim, claro! — exclamou o Professor, apertando a mão do rapaz com entusiasmo, embora estivesse óbvio que não se lembrava. O homem estreitou os olhos para Chris, um tanto suspeito. — Você gosta dessas reuniõezinhas de faculdade, é?

Chris deu de ombros.

— Bem, sabe como é. Não acho que elas sejam feitas para se *gostar*...

— Um monte de professor velho e chato falando um com o outro — bufou ele.

— É, acho que...

— Nunca escutam uma palavra do que o outro diz!

— Sim, bem, naquela noite o senhor disse que...

— Só tagarelando, só tagarelando, jamais escutam!

— É verdade — disse Chris. — Bem...

— Bem, o quê? — perguntou o Professor, fitando-o com um olhar que era mais penetrante que gentil.

Chris decidiu tentar agradá-lo.

— Espero não estar tomando muito de seu valioso tempo.

— Tempo? — perguntou, rindo, o Professor. — Tempo! Não venha me falar do tempo. Não, não, não. Quando você chegar à minha idade vai descobrir que o tempo na verdade não importa tanto. — Ele analisou Chris de cima a baixo e acrescentou, um tanto triste: — Não que eu espere que você chegue à minha idade.

— Ah, é? — Chris não sabia muito bem como encarar o comentário.

— É — disse o Professor, mirando a distância. — Lembro-me de dizer ao penúltimo reitor, o jovem Professor Frencham — ele fez uma pausa. — Espere aí, ou será que foi o antepenúltimo reitor? Pode ter sido o pré-antepenúltimo...

Chris franziu a testa. O cargo de reitor parecia durar uma média de cinquenta anos.

— Pré-antepenúltimo?

— Sim, um jovem muito bacana — disse o Professor. — Morreu tragicamente aos 90. Que desperdício.

— Noventa? — perguntou Chris.

Chronotis assentiu.

— Atropelado por uma diligência.

— E o que foi que o senhor disse a ele? — perguntou Chris.

— Como é que vou saber? — Chronotis piscou os olhos. — Foi há tanto tempo!

Chris decidiu deixar de lado. Queria sair daquele estranho quarto que zumbia, se afastar de todas as suas peculiaridades e das peculiaridades de seu dono.

— Certo, claro. Professor, quando a gente se encontrou, o senhor foi muito gentil em dizer que eu devia dar uma passada para pegar alguns livros emprestados sobre datação por carbono.

— Ah, sim, com prazer — assentiu o Professor.

De repente, um assovio agudo veio da cozinha. O Professor levantou-se de um salto e agarrou o peito, junto ao coração, depois levou a mão ao outro lado do peito.

— Ah — disse, relaxando. — A chaleira.

O professor se apressou ao redor das pilhas de livros na direção da cozinha, gritando para Chris:

— Os livros que você quer estão na estante alta da extrema direita. Terceira prateleira de baixo.

Chris passou pela cabine de polícia, tentando não pensar muito nela, e correu os olhos pela prateleira que o Professor havia indicado. Puxou um livro, um exemplar estreito de capa de couro com uma elaborada vinheta dourada em alto-relevo, meio celta, mas não exatamente. Folheou algumas páginas e viu linhas e mais linhas de símbolos, hieróglifos ou fórmulas matemáticas.

E, de repente, por nenhuma razão que Chris pudesse compreender, foi inundado por uma onda sensorial de memória. Estava com 7 anos, sentado no colo do avô no jardim dos fundos da casa de Congresbury, escutando uma partida de críquete no rádio na voz de Trevor Bailey, as abelhas zumbindo no jardim, os estalidos da madeira do taco contra o couro da bola, sanduíches de geleia, refresco de laranja. Fazia tanto tempo...

A voz do Professor, ecoando da cozinha, trouxe-o abruptamente para o presente.

— Ou será que era a segunda prateleira de baixo? Isso, segunda, acho. Enfim, pode levar o que você quiser.

Chris examinou a segunda prateleira e viu os títulos *Datação por carbono em nível molecular*, de S.J. Lefee, e *Desintegrações do carbono-14*, de Libby. Sim, eram esses. Era isso que iria impressionar Clare, e dar a ele um pretexto para mais uma conversa.

— Leite? — perguntou Chronotis da cozinha.

— Hum... sim, por favor — respondeu Chris, procurando distraído por algo mais que pudesse impressionar Clare.

— Uma pedra ou duas?

— Duas, por favor — respondeu Chris absorto, pegando mais dois livros da prateleira e os enfiando na pasta.

— Açúcar? — perguntou Chronotis.

— Como? — Chris piscou os olhos, confuso.

O Professor saiu da cozinha trazendo duas xícaras de chá.

— Aqui, seu chá.

Missão cumprida, Chris percebeu que não precisava mais tolerar aquela estranheza.

— Hum, na verdade, Professor, acabo de me dar conta de que estou atrasado para um seminário — mentiu ele, dando uma olhada no relógio. — Sinto muito. — Ele indicou a bolsa cheia de livros. — Trago de volta na semana que vem, tudo bem?

— Ah, sim, claro, quando quiser, pode ficar com eles por quanto tempo quiser — disse o Professor. E então deu um gole barulhento de ambas as xícaras. — Até mais, então.

— Até mais — assentiu Chris. Ele virou-se para a porta, mas se deu conta de que não poderia ir embora sem antes fazer uma pergunta, para tentar aliviar a estranheza em ao menos um ponto. — Hum, na verdade, Professor, eu posso perguntar onde foi que o senhor arrumou aquilo?

Chris apontou na direção da velha e gasta cabine de polícia.

O Professor a espiou por cima dos óculos de meia-lua.

— Não sei — disse ele. — Acho que alguém deve ter deixado aí quando saí hoje de manhã.

Chris não sabia o que dizer.

— Certo — murmurou e saiu da sala, contente por se afastar daquela maluquice.

Nada em seus 27 anos o tinha preparado para os últimos cinco minutos. No mínimo, havia tempo demais dentro daquela sala. Ela estava transbordando de tempo, grandes colheradas de tempo. E cabines de polícia, e zumbidos, e olhos gentis e penetrantes, e pré-antepenúltimos reitores, e, de uma forma geral, todas essas coisas em excesso.

Estava contente por estar de volta ao mundo real. De volta ao assunto concreto e importante de Clare e de como impressioná-la. Pegou uma bicicleta aparentemente resistente entre as que possuía diante de si, montou nela e passou a pasta por cima do ombro.

Chris não tinha ideia que dentro daquela pasta havia o mais estranho, mais importante e mais perigoso livro de todo o universo.

Capítulo 3

Que a cabine de polícia que Chris Parsons viu na sala do Professor Chronotis não era realmente uma cabine de polícia pode representar uma surpresa — embora quase com certeza não chegue a tanto. Na verdade, era uma TARDIS, uma máquina capaz de viajar para qualquer lugar no tempo e no espaço, e sua humilde carcaça azul abrigava um interior gigante e futurístico. Chris também estava muito enganado em se lembrar de suas idas a Londres quando criança, porque essa TARDIS não era um produto da tecnologia da Polícia Metropolitana. Que essa TARDIS não fosse da Terra, mas na verdade do distante planeta de Gallifrey, lar da incrivelmente poderosa sociedade dos Senhores do Tempo, pode provocar um choque — embora quase com certeza não chegue a tanto. E que a TARDIS em questão fosse a posse atual, para não dizer propriedade, do Doutor, o misterioso viajante do tempo e do espaço, um Senhor do Tempo renegado que fugiu da vida estática e sem propósito de Gallifrey há muitas centenas de anos para explorar o universo infinito, pode provocar suspiros de espanto — embora isso já seria ir longe demais.

A "missão" do Doutor, se é que se podia chamá-la assim, e ele jamais a teria chamado desse jeito, era simplesmente explorar, viver uma vida longa e recheada de maravilhas e emoções. No entanto, no meio do caminho, ele se viu envolvido no ajuste de coisas erradas, não por alguma razão grandiosa ou moralista, mas simplesmente porque aconteceu de ele estar lá e porque parecia a coisa certa a se fazer. Em geral, essas aventuras aconteciam na companhia de alguém da Terra, porém, havia relativamente pouco tempo que um membro de seu próprio povo havia se juntado a ele — ou, mais precisamente, fora imposto a ele —, um membro da mesma raça de pessoas de quem o Doutor passara tantos séculos fugindo.

Seu nome era Romanadvoratrelundar — ainda bem que o apelido era Romana —, e, aos 125 anos, era uma recém-formada da Academia dos Senhores do Tempo. Fora selecionada pelo Guardião Branco, um ser misterioso e ainda mais incrivelmente poderoso que os Senhores do Tempo, para ajudar o Doutor na missão — e, muito para o desespero do Doutor, dessa vez era de fato uma missão — de recuperar seis segmentos da Chave do Tempo, um objeto hiperextraordinariamente poderoso e necessário para restaurar a harmonia do cosmos. Com a missão mais ou menos cumprida, a intenção do Doutor era levar Romana de volta a Gallifrey e continuar a viagem sozinho, exceto pela companhia de K-9, um computador portátil em formato de cachorro cujos poderes, quando a longevidade da bateria permitia, eram bem úteis, se não exatamente fantásticos. Para o Doutor, a outra vantagem de K-9 em relação à Romana era o fato de o computador obedecer a ordens, vir toda vez que ele assoviava e ter um botão de ligar e desligar.

No entanto, o sucesso do Doutor na busca da Chave do Tempo despertou a ira do vingativo Guardião Negro, que era tão incrivelmente poderoso quanto o Guardião Branco, mas que tinha o desejo de mergulhar o cosmos no caos eterno. Ele jurara com bastante ênfase que iria perseguir e destruir o Doutor. E, para não ser detectado, o Doutor acoplou um dispositivo chamado Randomizador à sua TARDIS, na intenção de despistar o Guardião Negro ao surgir de forma aleatória em absolutamente qualquer lugar. Nem Romana nem K-9 tiveram coragem de dizer ao Doutor que ele já fazia isso de qualquer forma.

De um jeito ou de outro, a adição do Randomizador significava que ele não poderia levar Romana de volta à Gallifrey. E isso acaba servindo bem a ambos, já que o Doutor gostava de uma boa companhia em suas viagens, e Romana havia aprendido a apreciar toda a diversidade que a vida tinha a oferecer para além dos confins limitados de Gallifrey. Nenhum dos dois jamais discutiu esses sentimentos com o outro, claro. Não porque pertencessem a uma raça incrivelmente poderosa com um conjunto de reações emocionais completamente diferentes — embora pertencessem —, mas porque não eram (ao menos por enquanto) o tipo de pessoa adepta a isso.

Uma das descobertas particularmente importantes de Romana durante esse período foi o tamanho do fascínio do Doutor por um planeta na galáxia da Espiral de Mutter — Sol 3, conhecido por seus habitantes como Terra. Ele tinha uma grande afinidade pelas pessoas desse aparentemente longínquo e insignificante mundo e parecia considerar salvá-lo da destruição um passatempo pelo qual tinha muito carinho. O Doutor vivera tanto tempo nesse lugar e na companhia de seus habitantes que era difícil interagir com ele num nível significativo sem ao menos um conhecimento básico a respeito da história do planeta, sua estrutura social e seus idiomas.

E assim, uma tarde, Romana pegou um computador portátil na biblioteca da TARDIS e leu tudo a respeito do planeta, sua história e sua cultura, desde o seu nascimento e das nuvens de poeira cósmica, passando pela Idade da Pedra, a Guerra de Troia, Homero, Shakespeare e a Corrida Espacial até chegar ao seu extermínio no 57º segmento do tempo. ("Eu estava lá, presenciei isso, fui eu que fiz, eu que escrevi a maior parte disso, isso foi minha culpa", por sobre seu ombro, o Doutor ficava interrompendo a leitura de um jeito bem irritante.) Foram 45 minutos muito interessantes, e enfim Romana estava pronta para acompanhar o Doutor em seu planeta preferido.

Agora ambos estavam de volta à Terra, engajados no que o Doutor lhe assegurara ser uma atividade extremamente relaxante e idilicamente bucólica. Como sempre, Romana não tinha tanta certeza.

Haviam chegado ao alojamento do Professor algumas horas antes, mas ele não estava. Romana ficara preocupada que sua ausência tivesse alguma relação com a mensagem urgente que ele lhes enviara. Mas o Doutor parecia quase satisfeito com a oportunidade de escapar pelos fundos da universidade para a margem do rio, onde enfiou um punhado de notas altas na mão de um estudante atônito, tirou o chapéu, o casaco e o cachecol e praticamente empurrou Romana para dentro de um barquinho instável de madeira.

A princípio, ela não compreendia a utilidade daquilo. Ao longo do rio havia uma trilha perfeitamente funcional na qual eles poderiam desfrutar exatamente da mesma paisagem sem o risco de o barco virar. Mas o Doutor parecia tão maravilhado, fitando a vara de madeira antes de enfiá-la na água suja, usando toda a potência de seu corpo alto e forte para se impulsionar ao longo do rio como se fosse o Amazonas, que Romana literalmente decidiu se deixar levar.

E agora ela estava recostada dentro do barco, o antigo guia Baedeker do Doutor numa das mãos, a outra tocando as águas claras, revigorada pela luz do sol e pela arquitetura agradável dos edifícios universitários ao longo do rio. Ao contrário da Academia em Gallifrey, este era um local de ensino jovem e estimulante, os prédios mais antigos somando meros 800 anos de idade.

O Doutor estava de pé na outra ponta do barco, pontuando cada movimento da vara de madeira com o nome de um dos grandes alunos de Cambridge.

— Woodsworth! Rutherford! Christopher Smart! Andrew Marvell! Judge Jeffreys! Owen Chadwick!

Romana franziu a testa. Esse não estava no computador portátil:

— Quem?

— Owen Chadwick! — repetiu o Doutor enfaticamente. — Alguns dos principais pensadores da história da Terra trabalharam aqui — e ele prosseguiu: — Newton!

Romana assentiu. Newton ela conhecia.

— "Para cada ação, há sempre uma reação oposta e de igual intensidade" — citou ela.

O Doutor deu um empurrão especialmente mais forte num trecho enlameado do rio, e o barco se impulsionou para a frente como que para ilustrar a veracidade de tais palavras.

— Então foi Newton que inventou o barco de fundo chato? — perguntou Romana.

— Sabe, não me espantaria se tivesse sido ele — respondeu casualmente o Doutor. — Como todos os grandes pensadores, ele sintetizou as coisas mais simples. Não existe limite para a genialidade do bom e velho Isaac.

Romana sorriu à medida que o pequeno barco passava sob uma ponte, os salgueiros na margem do rio projetando suas sombras nas pedras.

— Não é maravilhoso — divagou ela — que uma coisa tão primitiva possa ser tão... — e parou, em busca da palavra certa.

— Relaxante? — sugeriu o Doutor, mergulhando a vara novamente e balançando o barco de um jeito preocupante.

— Simples. — Romana encontrou a palavra. — É só empurrar numa direção que o barco se move na outra.

Eles saíram de baixo da ponte, e Romana avistou outro prédio grandioso por trás das árvores na margem do rio.

— Adoro a primavera — disse ela. — As folhas, as cores...

— Estamos em outubro — disse o Doutor, um tanto envergonhado.

— Achei que você tinha dito que iríamos chegar no Festival de Maio. — Romana piscou os olhos, surpresa.

— E disse — respondeu o Doutor. — O Festival de Maio é em junho.

— Agora você me deixou confusa.

— E a TARDIS também — admitiu o Doutor.

Romana resolveu não perder a esportiva.

— Ah, adoro o outono — disse, tentando não soar muito crítica. — As folhas, as cores...

— É. — O Doutor limpou a garganta. — Bem, pelo menos com algo tão simples quanto um barco de fundo chato nada pode dar errado. Não é preciso ter coordenadas. Estabilizadores dimensionais relativos. Nada! — Ele empurrou a vara mais uma vez. — Só a água, o barco, duas mãos fortes e uma vara de madeira!

Assim que as palavras saíram de sua boca, a vara atolou com um barulho em outro trecho enlameado do rio. Enquanto o barco se projetava para a frente, o Doutor usou de toda a sua virilidade para tentar puxar a vara de volta, mas teve que deixá-la para trás sob risco de ele próprio se juntar a ela no rio Cam.

Romana fitou com tristeza a vara perdida enquanto eles continuavam a navegar.

O Doutor se deixou cair dentro do barco.

— Hum... Acho que está na hora de a gente ver se o Professor voltou para o alojamento. Pergunte-me como.

— Como?

— Para cada reação — disse o Doutor subitamente abrindo um sorriso —, há sempre uma ação oposta e de igual dificuldade!

O Doutor vasculhou no fundo do barco, ergueu um remo comprido de madeira projetado exatamente para emergências como aquela, colocou-o na água e começou a remar furiosamente até a margem.

O barco passou sob outra ponte. Romana estava feliz de que só houvesse um remo. Já havia remado o suficiente em sua aventura na terceira lua de Delta Magna, quando...

De repente seus pensamentos foram interrompidos. Não foi apenas uma interrupção no sentido corriqueiro, em que algo a distraiu. Foi mais como se alguma coisa tivesse literalmente invadido sua mente e cessado seu fluxo de pensamento.

Uma confusão de murmúrios fracos e inumanos. Vozes perdidas e atormentadas, chorando de pânico e confusão. As palavras eram impossíveis de decifrar, mas a angústia era inconfundível e de oprimir o coração.

O barco emergiu do outro lado da ponte. Romana piscou os olhos, e as vozes desapareceram. Tudo aconteceu num segundo.

O Doutor parecia tão perturbado quanto ela, tendo interrompido a remada no meio do movimento para olhar ao redor, surpreso. Romana apertou seu braço:

— Você ouviu essas vozes?

O Doutor fez que sim, muito grave, bem no instante em que uma nuvem encobriu o sol, enviando um calafrio de outono ao longo do rio.

— Ouvi... uns murmúrios distorcidos e inumanos.

— E o que foi isso? — perguntou Romana.

O Doutor deu de ombros.

— Provavelmente nada — respondeu ele, muito pouco convincente.

— Doutor, por favor, vamos entrar — implorou Romana.

O Doutor assentiu e voltou a remar vigorosamente até a margem.

Se ele e Romana tivessem olhado para cima em vez de ao redor, muito do que se seguiu teria se desenrolado de forma absolutamente diferente. Mas acontece que não o fizeram. E assim não viram o homem na ponte.

Skagra olhou para baixo, fazendo seu primeiro mapeamento deste planeta de primitivos. Gostava de observar as pessoas.

Ainda estava usando o prático macacão branco do Think Tank, mas acrescentara uma capa prateada e comprida e um chapéu também prateado e de abas largas; nesta civilização remota e não civilizada, o melhor era passar despercebido. E, em seu itinerário a pé nesta pequena conurbação conhecida como Cambridge, logo notou que tinha tomado a decisão certa. Enquanto andava pelas ruas, vários dos primitivos chegaram até a exclamar palavras de saudação em sua direção, usando coloquialismos intraduzíveis tais como: "Ei, Disco-Tex, cadê as Sex-o-Lettes?" e "Vai, bonitão!" e "E aí, belezura!" Sim, estava obviamente passando por nativo em meio a esses animais.

Este planeta era quase angustiante de tão retrógrado. Os parcos e patéticos satélites que piscavam em sua órbita eram uma boa medida disso. Seus habitantes viajavam em veículos junto ao chão, com canos de escapamento que cuspiam fumaça, ou em engenhocas movidas por autopropulsão que consistiam em duas rodas e quase nada além disso. Skagra passara diante de um posto de comércio que exibia um equipamento de gravação em videoteipes magnéticos de baixa resolução como o auge da invenção e da sofisticação, afirmando que os primitivos nunca mais iriam perder um capítulo de *Coronation Street*, o que quer que isso fosse. A economia deles parecia se resumir a enfiar na cara uns dos outros uns papéis sujos e mal impressos com o rosto da grande matriarca. A Matriarca usava uma coroa, o que indicava uma monarquia do tipo B, o que provavelmente tinha alguma coisa a ver com a tal rua tão importante onde aconteciam coroações com certa frequência.

Havia também um estranho, vagaroso e dispendioso método de transporte ao longo do canal, num pequeno veículo de madeira. Ele havia acabado de presenciar um macho primitivo se atrapalhar todo nessa tarefa simples e quiçá inútil.

Levando tudo isso em conta, Skagra concluiu que a Terra era um planeta nota 2, ruim, mas não exatamente o pior que ele já tinha visto; isso acrescentando meio ponto pela atmosfera respirável e mais meio ponto por seu sol a uma proximidade tolerável.

Na verdade, era o lugar perfeito para se esconder, exatamente como seu alvo havia feito. Ele viera parar em algum lugar neste quadrante da cidade, o tal "bairro universitário". Skagra se aproximava com cuidado, ainda não convencido de que alguém pudesse ser tão burro de possuir o que ele desejava e, no entanto, não preparar nenhum sistema de segurança para protegê-lo ou proteger a si mesmo.

Em uma das mãos, apertava com força as alças de couro de uma grande bolsa feita de tapete. Dentro dela, a esfera com seus murmúrios inaudíveis para os primitivos não telepáticos deste planeta. Ela zumbia e chiava impaciente, esfregando-se contra a perna de Skagra feito um cachorrinho exigindo comida.

— Já vai — disse ele, secamente. — Já vai.

Capítulo 4

Chris estava muito feliz de estar de volta ao seu laboratório. Ele largou a pasta em cima de um banco e ficou ali, respirando calmamente por um momento, tranquilizado pelo espectrógrafo, o aparelho de datação por carbono, o aparelho de raios X e até pelo bico de Bunsen. E fitou mais demoradamente a estante de livros, arrumada e quase vazia. Essas eram todas as coisas que ele compreendia.

Olhou pela janela na direcão do pequeno jardim rodeado pelos laboratórios. A luz do sol estava diminuindo, e os dias começavam a condizer mais com o mês de outubro. Um passarinho solitário saltitava no gramado. Chris engoliu em seco e então reiterou para si mesmo que ele era uma pessoa racional e científica, cercada de coisas racionais e científicas.

Toda vez que se sentia irracional e não científico desse jeito, repetia para si mesmo a beleza pura, simples e quase inexpressível da Identidade de Euler: $e^{i\pi} + 1 = 0$. Simplesmente não era possível discutir com Euler, não importava com quantos professores aloprados e com quantas cabines de polícia se topasse.

Conferiu o relógio. Passava um pouco das duas da tarde, portanto Clare provavelmente já teria almoçado e já deveria estar em seu alojamento. A Operação Keightley, também conhecida como Projeto Chris Parsons, já podia passar para a fase dois.

Chris abriu a pasta e pegou os livros. Ficou irritado ao descobrir que, entre os exemplares relevantes, encontrava-se aquele outro, o estranho, o que pegara na prateleira errada, aquele com um símbolo na capa que parecia saído de um pergaminho celta. Estava prestes a largá-lo quando...

Estava em casa mais uma vez, o críquete e o zumbido das abelhas, a voz da mamãe vindo lá da cozinha...

Chris piscou os olhos — e soltou o livro. Estranho.

Tornou a pegá-lo...

Estava em casa mais uma vez, o críquete e o zumbido das abelhas, a voz da mamãe vindo lá da cozinha...

... então piscou os olhos outra vez, e estava de volta ao laboratório. Que coisa mais estranha. O livro parecia ter o irritante hábito de fazer com que imaginasse coisas de forma muito vívida, coisas que não estavam de fato acontecendo.

Chris se sacudiu. Claro que não. Livros não faziam isso. Bem, até podiam fazer, mas não de maneira tão vívida, e em geral você tinha que ler o livro. Não era de se esperar que você sentisse o terror de Jane Eyre presa no quarto vermelho só de tocar a lombada de uma edição de bolso da Penguin.

Não, que absurdo. Livros ficavam nas estantes, aguardando para serem lidos, e isso era tudo o que faziam, da mesma forma que um passarinho sozinho não significava nada além de uma quase total ausência de passarinhos.

Chris tornou a olhar para o livro e, mais uma vez, viu as linhas e mais linhas de símbolos arcanos rabiscados em suas páginas. Mas desta vez havia uma coisa a mais, e aquela coisa a mais era a coisa mais absurda de todas.

Chris poderia jurar que enquanto fitava o livro, o livro de alguma forma o fitava de volta.

Capítulo 5

O Doutor conduziu Romana pelos portões até o impressionante pátio principal do St. Cedd's College. E apontou o remo em direção dos edifícios.

— Aqui estamos! St. Cedd's College, em Cambridge. Fundado no ano sei lá o quê, por... fulano de tal, em honra de... beltrano de qualquer coisa cujo nome me foge completamente.

— St. Cedd? — sugeriu Romana.

— Sabe de uma coisa — disse o Doutor, voltando-se para ela aparentemente bastante impressionado —, acho que você pode estar certa. Você deveria ter sido uma historiadora.

Romana sorriu.

— Eu sou uma historiadora — disse com orgulho, guardando para si o pensamento de que, levando-se em conta sua relação com o Doutor, às vezes ela se perguntava se não deveria ter sido babá.

Junto da entrada principal, um homem baixo, de óculos, chapéu-coco e trajando terno e gravata impecáveis afixava um papel num quadro de avisos do lado de fora de um dos edifícios menores. Romana supôs que fosse algum tipo de zelador ou talvez um porteiro.

Para sua surpresa, o Doutor se aproximou animadamente do homenzinho e sussurrou bem alto em seu ouvido.

— Boa tarde, Wilkin.

— Boa tarde, Doutor — respondeu Wilkin casualmente, enquanto apertava a tachinha de maneira firme, porém precisa, em seu lugar, sem se voltar, inabalável.

Romana gostou de ver o Doutor murchar um pouco diante da resposta impassível. Adorava quando alguém o superava em excentricidade.

— Wilkin! — exclamou o Doutor. — Você se lembra de mim?

Wilkin se voltou do quadro de avisos e sorriu imperturbavelmente para o Doutor.

— Mas é claro, senhor. O senhor recebeu um título honorário aqui em 1960.

O Doutor abriu um sorriso largo e balançou a cabeça.

— Isso mesmo! Que bondade a sua se lembrar de mim após todos esses anos!

— É o meu serviço, senhor — disse Wilkin, com elegância.

— E você o executa esplendidamente. Pois bem...

— Procurando o Professor Chronotis, senhor? — Wilkin o interrompeu. — Ele retornou à sua sala há 42 minutos.

O Doutor deu um passo para trás, espantado. Romana reprimiu um sorriso.

Então o Doutor se aproximou de Wilkin:

— Como você sabia que eu estava procurando o Professor Chronotis?

— Foi ele que o senhor veio ver quando esteve aqui em 1964, em 1960 e em 1955, senhor — respondeu Wilkin.

— É mesmo? — maravilhou-se o Doutor.

— No entanto, se me lembro bem, não em uma companhia tão encantadora — afirmou Wilkin, fazendo uma pequena mesura para Romana.

Romana estendeu a mão e se apresentou:

— Muito prazer — disse alegremente e, indicando o perplexo Doutor com a cabeça, acrescentou: — Gostei de ver.

O Doutor estreitou os olhos por um momento. Deu um passo à frente e passou o braço em torno dos ombros de Wilkin, num gesto conspiratório:

— Também estive aqui em 1958 — disse, orgulhoso.

Pela primeira vez, uma ruga minúscula de um franzir de testa apareceu no rosto de Wilkin:

— Esteve, senhor?

— Estive — disse o Doutor, acenando com a cabeça e lançando um olhar triunfal na direção de Romana, antes de acrescentar misteriosamente. — Mas num corpo diferente.

Wilkin deu seu sorriso mais inexpressivo:

— Claro, senhor.

— Vamos, Doutor — chamou Romana. Ainda estava pensando nas vozes que haviam escutado perto do rio. Se havia problemas a caminho, e provavelmente havia, quanto antes eles tocassem o barco, melhor.

— Bom vê-lo novamente, Wilkin, até mais — disse o Doutor e passou adiante. Em seguida, algo lhe ocorreu de repente, e ele se virou para entregar o remo a Wilkin, que já tinha a mão estendida para recebê-lo.

— Obrigado, senhor — disse ele.

Pelo menos o Doutor reconhecia quando era derrotado, pensou Romana, ao vê-lo entrar na universidade, desta vez sem olhar para trás.

Logo estavam diante da porta da sala P-14. Antes que o Doutor tivesse a chance de bater, uma voz áspera chamou do lado de dentro:

— Entre!

Desta vez, ao invés de se espantar, o Doutor abriu um sorriso e guiou Romana ao longo do vestíbulo até a sala. Romana estava contente de estar de volta. Antigamente, teria se arrepiado diante da bagunça, livros jogados por toda parte. Agora, no entanto, achava o odor de aldeídos em decomposição e folhas de chá estranhamente reconfortante.

A sala estava vazia — melhor dizendo, estava cheia, mas vazia de Professor. O Doutor acenou com a cabeça em direção à cozinha e sussurrou:

— Ele vai perguntar se queremos chá.

— Chá? — perguntou a voz áspera, lá da cozinha.

— Sim, por favor — respondeu o Doutor. — Duas xícaras!

— Leite? — perguntou a voz.

— Sim, por favor — gritou o Doutor.

— Uma pedra ou duas?

— Duas, por favor — respondeu o Doutor, piscando para Romana. — E duas de açúcar.

Romana não tinha certeza do que achar daquele comentário, mas ele fez com que o Professor saísse apressado da cozinha, carregando uma bandeja com três xícaras de chá nas mãos e um largo sorriso no rosto. Parecia um velhinho tão simpático. Foi com a cara dele imediatamente.

O Professor pousou a bandeja e se adiantou para apertar a mão do Doutor com entusiasmo, os olhos brilhando com apreço pela chegada de seu amigo de longa data.

— Ah, Doutor, que maravilhoso encontrá-lo novamente!

— Igualmente, Professor! — disse o Doutor. — Esta é Romana.

O Professor sorriu e apertou a mão dela calorosamente:

— Ah, encantado, encantado. Já ouvi falar tanto de você, minha jovem.

O Doutor pareceu surpreso:

— Já?

— Bem, ainda não, mas tenho certeza de que já terei ouvido. — Por um momento, ele pareceu confuso e pousou a mão na testa. — Perdão, quando os Senhores do Tempo chegam à minha idade, começamos a misturar os tempos verbais. — E então os levou até um sofá que mal se podia distinguir sob as montanhas de livros e, depois de afastar alguns para abrir espaço, eles se sentaram.

O Professor colocou as xícaras de chá na mesinha bamba e pareceu se lembrar de algo:

— Puxa, vocês também queriam biscoitos?

— Ora, quem sou eu para recusar? — disse o Doutor.

O Professor voltou até a cozinha:

— Água e sal?

O Doutor sorriu largamente:

— Eu preferia biscoito.

Enquanto o Professor se ocupava na cozinha e o Doutor folheava, despreocupado, os exemplares da pilha de livros mais próxima, Romana refletia a respeito da incongruência do ambiente à sua volta. Até que o sinal de socorro fosse captado pela TARDIS, o que fez com que o Doutor largasse tudo — literalmente —, desativasse o Randomizador e rumasse para a Terra o mais rápido possível, ela nunca tinha ouvido falar do Professor Chronotis. O Doutor havia explicado que, segundo o costume dedicado aos Senhores do Tempo de idade muito avançada e de grande serviço ao planeta, o Alto Conselho de Gallifrey havia oferecido a Chronotis, nos séculos de declínio após sua décima segunda e última regeneração, a oportunidade de se aposentar em algum lugar à sua escolha no vasto universo. Era um costume de milhões de anos de idade na história dos Senhores do Tempo, e muito poucos já haviam aceitado a oferta. No entanto, Chronotis agarrou-se à chance, fez as malas para viver na Terra e estabeleceu-se como professor em Cambridge.

— Trezentos anos — admirou-se Romana, enquanto o Professor completava sua xícara.

— Sim, minha cara — disse Chronotis, com certo orgulho.

— No mesmo alojamento?

Chronotis fez que sim:

— Desde que me aposentei de Gallifrey.

Romana estava intrigada. A expectativa de vida de um ser humano era muito menor do que a de um Senhor do Tempo, mesmo um já ancião.

— E ninguém repara?

— É claro que reparam — respondeu o Professor, despreocupado. — Mas este é justamente um dos encantos dos institutos mais antigos de Cambridge. Todo mundo é tão... *discreto.*

Ele sentou numa pilha de atlas, levantou de novo, varreu os livros para o chão com um estrondo e uma força surpreendente e se deixou cair na poltrona que estavam ocupando. Em seguida, esticou o corpo e girou o termostato de uma lareira elétrica velha. A tarde de outubro estava começando a esfriar.

Como parte de seus estudos na Academia, Romana havia visitado as salas dos mais antigos acadêmicos Senhores do Tempo e as achara tão estéreis e secas quanto qualquer outro lugar do Capitólio. No entanto, ali, enquanto outra barra se acendia na lareira com um frigir de poeira incandescente, Romana julgava se sentir quase tão confortável quanto na TARDIS.

O Professor bebericou o chá e deu uma batidinha no joelho do Doutor com sua colher.

— Pois bem, Doutor, meu jovem. O que posso fazer por você?

Surpreso, o Doutor piscou os olhos, a faca na metade do trajeto entre a manteigueira e um biscoito:

— O que o senhor pode fazer por mim? O senhor não quer dizer o que *eu* posso fazer *pelo senhor*?

— Acredito que não — disse o Professor.

— Foi o senhor quem me chamou — afirmou o Doutor, com paciência.

— Chamei? — O Professor parecia perplexo.

— Recebi o sinal.

— Sinal? Que sinal? — Chronotis franziu a testa.

— Romana, nós não captamos um sinal do Professor? Para que viéssemos assim que possível?

Romana fez que sim:

— E viemos imediatamente.

— Eu não mandei um sinal — Chronotis deu de ombros. — Mas é ótimo vê-lo outra vez. Aceitam mais um biscoito?

O Doutor trocou um olhar preocupado com Romana.

— Professor — disse ele, de repente muito sério —, se não foi o senhor que enviou aquele sinal, então quem foi?

Capítulo 6

Tudo corria bem no mundo de Wilkin, mas até aí, tudo sempre corria bem em seu mundo. Wilkin simplesmente não admitiria o contrário. Havia encontrado seu lugar e seu propósito na vida. Seu lugar era o St. Cedd's, e o propósito, manter a ordem e a tranquilidade ali estabelecida há séculos, até que chegasse a hora de transferir a função para um sucessor igualmente calmo e organizado. Ele se via como uma engrenagem na grande roda do tempo, posicionado ali para facilitar as vidas daqueles à sua volta, e acreditava piamente naquele trecho da Bíblia que dizia "A resposta branda desvia o furor", embora não acreditasse em muitos outros. No entanto, até ele tinha seus limites.

O encontro com o Doutor Sem Nome e sua encantadora acompanhante não o tirara nem um pouco do sério. Não era da sua conta se as pessoas optavam por vestir cachecóis multicoloridos ridículos e aparecer inesperadamente em intervalos de décadas sem aparentar ter envelhecido nem um dia.

Só que agora, logo depois de pregar mais um papel no quadro de avisos, permitindo-se, enquanto isso, um gostinho de satisfação ao pensar que em poucas horas estaria apreciando ovos mexidos com torradas e assistindo ao seriado de sábado da BBC, Wilkin se viu com os cabelos em pé pela primeira vez em anos.

Uma pessoa vestida da maneira mais esdrúxula chegou pisando duro — sim, esse era o único jeito de se descrever o ato, *pisando duro* — pela entrada do pátio. Evidentemente, não era da sua conta se as pessoas optavam por se fantasiar com longas capas prateadas, chapéus de aba larga e andar por aí carregando uma bolsa de tapete. Isso era problema delas.

No entanto, este sujeito não tinha nada da amabilidade ou do charme do Doutor, e Wilkin estava bem certo de que nunca o havia visto antes.

Tinha trinta e poucos anos, e poderia até ser bonito — suas feições eram agradavelmente simétricas, e possuía lábios carnudos e sensuais —, não fosse por duas coisas. Em primeiro lugar, uma cicatriz retorcida que percorria o lado direito do rosto de tal forma que este, na verdade, não era nada simétrico. Em segundo, os tais lábios carnudos e sensuais estavam permanentemente repuxados num sorriso arrogante de escárnio desdenhoso. O escárnio é sempre desdenhoso, Wilkin admitiu para si mesmo, mas este transmitia profundezas incomensuráveis de frieza e arrogância.

— Você! — esbravejou o estranho.

Wilkin retribuiu com seu melhor olhar de frieza e arrogância, que era bastante bom, embora não fosse páreo para aquele. Então se voltou rispidamente para o quadro.

— Você! Porteiro! — esbravejou mais uma vez o estranho.

Wilkin correu os olhos pelo pátio, que, exceto por eles dois, estava vazio, e, com polidez exagerada, perguntou:

— O senhor estava se dirigindo à minha pessoa?

— Quero Chronotis — disse o estranho.

Wilkin tremeu diante da ausência de formalidade:

— O Professor Chronotis?

— Onde ele está? — exigiu o estranho.

Wilkin queria expulsar esse mau caráter.

— Ele certamente não quer ser perturbado agora. Está com o Doutor... um amigo. — E acrescentou, com ênfase: — Um amigo de longa data.

O estranho o fitou dos pés à cabeça por vários segundos. Suas mãos se moveram como se fossem abrir a bolsa de tapete. Em seguida, sem mais uma palavra, virou-se em seus saltos plataforma prateados e deixou o pátio pisando duro.

Já vai tarde. E Wilkin ficou imaginando onde uma pessoa com tão maus modos poderia ter sido criada.

Teria sido uma surpresa para Wilkin se ele soubesse que o estranho não havia sido criado em lugar algum da Terra. Teria sido uma surpresa maior ainda descobrir que sua intervenção muito provavelmente havia salvo as vidas do Professor, do seu amigo Doutor e da bela Romana. E ele certamente ficaria pasmo de medo e horror se tivesse como adivinhar os pensamentos de Skagra ao sair pisando duro de volta para as ruas nas imediações do St. Cedd's. No entanto, é claro que Wilkin jamais demonstraria qualquer desses sentimentos. Ele só ficava pasmo internamente.

Skagra estava refletindo sobre a informação que o porteiro terráqueo lhe havia fornecido. Então Chronotis tinha um velho amigo que se chamava Doutor.

Doutor, Doutor...

Algo a respeito daquelas palavras fez com que Skagra batesse em retirada e reconsiderasse sua estratégia. Tinha certeza de que tinha lido algo sobre esse "Doutor" nas pesquisas que o trouxeram até ali, atravessando metade do universo. Qualquer amigo "muito antigo" de Chronotis não poderia ser um terráqueo. Logo, o Doutor era um Senhor do Tempo.

Skagra precisava de mais informações. Quem era esse Doutor? Doutor quem?

Capítulo 7

Romana estava preocupada:

— Qualquer um capaz de enviar um sinal diretamente para a TARDIS deve ter uma tecnologia terrivelmente avançada.

— Terrível é a palavra certa — concordou o Doutor. — E mais... — ele acenou com a cabeça na direção do Professor, que estava levando o jogo de chá distraidamente para a cozinha: — Ele não apenas tinha que saber quem somos como também quem é o Professor.

— Nesse caso, só pode ser um Senhor do Tempo — sugeriu Romana.

O Professor estalou a língua em reprovação:

— Ora, ora, meus caros. Tenho certeza de que não é nada com que devemos nos preocupar.

Romana se recordou das vozes que tinham ouvido no rio e estremeceu. Não tinha tanta certeza disso.

O Doutor ergueu uma das mãos e começou a enumerar os fatos:

— Pois bem, quem quer que tenha enviado o sinal sabe quem eu sou, sabe quem o senhor é, e provavelmente é um Senhor do Tempo...

De repente, o Professor deu um salto, levou as mãos aos corações e exclamou:

— Esperem!

Eles esperaram. O Professor permaneceu parado na mesma posição, a expressão uma mistura de entusiasmo e constrangimento. Mais segundos se passaram.

— Professor? — aventurou-se Romana.

Chronotis de repente voltou à vida.

— Bem, agora que você colocou dessa forma, meu jovem — disse ele com um largo sorriso —, acabei de ter uma ideia a respeito de quem pode ter enviado a mensagem. Uma pessoa que o conhece, que me conhece e que, por acaso, sim, com certeza, é um Senhor do Tempo.

Romana pensou a respeito da afirmação. Os Senhores do Tempo chegaram a gerar seus gênios exilados: o Doutor, o Professor e — a jovem supunha — ela própria. Mas também produziram uma variedade de criminosos e renegados.

— Sim, acredito que sei quem enviou a mensagem — declarou Chronotis.

— Quem? — perguntou o Doutor. Sua expressão séria dizia a Romana que ele também esperava pelo pior. — Quem?!

— Faz sentido, se é que você me entende — seguiu resmungando o Professor. — Na verdade, é bastante evidente.

— Quem foi? — gaguejou Romana, nervosamente.

O Professor Chronotis abriu os braços e exclamou:

— Eu!

Romana e o Doutor se entreolharam.

— Mas o senhor acabou de dizer que não a transmitiu! — bufou o Doutor.

— Sim, eu sei — respondeu Chronotis, um tanto tristonho, balançando a cabeça como se para sacolejar os pensamentos dentro dela. — Minha memória anda um pouco temperamental. Não gosta de ser muito incomodada.

Os corações de Romana se derreteram pelo velho Professor. Não seria de bom-tom perguntar, mas a moça estimava que ele tivesse uns 12 ou 13 mil anos. Mesmo a incrível capacidade cerebral de um Senhor do Tempo deve por fim se curvar ao peso da idade e da deterioração.

Com a surpreendente agilidade que lhe era específica, o Professor se agachou e vasculhou debaixo do sofá, retirando por fim uma caixa de madeira, surrada e empoeirada. Abriu a tampa subitamente, revelando um aparelho arcaico que Romana reconheceu como sendo um telégrafo de espaço-tempo muito antiquado. Tais instrumentos eram utilizados pelos Senhores do Tempo para se comunicar através do vórtice, aquele meio misterioso pelo qual as TARDIS viajam, antes do surgimento das caixas de mensagens e dos anéis temporais.

— Com certeza — disse ele, batucando com o dedo numa lâmpada fraca que piscava no braço da máquina velha. — Sim, com certeza fui eu. Aqui está, na pasta de Mensagens Enviadas. — Ele estreitou os olhos diante da pequena tela de leitura. — Mas, meus caros, essa mensagem foi enviada há muito tempo. Muito tempo mesmo.

Romana sorriu.

— Eu falei pra você, Doutor. Você errou a hora da mensagem.

— Eu sei. Mas você sempre diz isso.

— Isso é porque você sempre erra a hora.

O Professor fechou a tampa da caixa e empurrou o telégrafo de volta para debaixo do sofá com o pé enfiado na pantufa.

— Professor? — chamou o Doutor, baixinho.

— Pois não? — respondeu o Professor. — Ah, mais chá.

Ele retomou o trajeto até a cozinha. O Doutor o segurou de leve pelo ombro:

— Primeiro, uma coisa. Era sobre o quê?

— O que era sobre o quê?

— A mensagem.

O Professor deu de ombros.

— Como vou saber? Você a viu há menos tempo do que eu. Algo do tipo, venha me ver assim que possível, não?

— Sim — respondeu o Doutor, com toda a paciência que lhe era possível naquele instante. — Sim, mas por quê? E por que a urgência?

— Tinha algo a ver com as vozes? — indagou Romana.

— Que vozes?

O Doutor deu uma tossida.

— Quando passamos pelo rio, ouvimos um som estranho. Uns murmúrios inumanos.

— Ah, provavelmente eram os alunos de graduação conversando. Já tentei fazer com que proibissem isso.

O Doutor negou com a cabeça.

— Não, não era nada disso. Era o som de pessoas... ou fantasmas... bem baixinho... — ele buscava a palavra certa.

— Urrando — completou Romana, com mais uma estremecida involuntária.

O Professor desdenhou:

— Imaginações hiperativas, Doutor. Não me surpreende, levando em conta o estilo de vida de vocês. Daqui a pouco, imagino que estarão vendo monstros marinhos saindo do rio Cam... — ele interrompeu a si mesmo, agarrando a própria cabeça, como se para reter uma ideia que acabara de surgir ali dentro. — Não, agora me lembro!

— Se lembra de quê?

— O motivo pelo qual eu queria que você viesse me ver.

— E qual era?

O professor lançou um olhar na direção de Romana e baixou a voz:

— É um tema um pouco delicado. Hum, podemos confiar em sua jovem amiga?

— Absolutamente — confirmou Romana, acenando com a cabeça.

— Completamente absolutamente. — O Doutor também acenou com a cabeça. — Ela é boa gente.

— Bem — disse o Professor, inquieto. — Bem, o motivo pelo qual chamei você... Bem.

O Doutor aparentava estar prestes a explodir.

Romana ofereceu seu sorriso mais caloroso a Chronotis.

— Por favor, Professor, é só nos contar, e pronto.

— Bem — disse ele mais uma vez. — É a respeito de um livro.

O Doutor soltou o fôlego. A revelação não podia ser descrita como qualquer coisa que não um anticlímax.

— Um livro? É só isso?

O Professor se remexeu.

— Veja bem, é um livro um tanto quanto especial.

Capítulo 8

Chris não estava certo se deveria fazer aquilo que estava prestes a fazer a algo que, afinal de contas, era de outra pessoa. Mas aquele livro o estava irritando, e ele queria respostas. Seja lá do que fossem feitas aquelas páginas, não eram de papel. Papel não deveria ter a capacidade de fazer com que você imaginasse que ele o estava observando. Encarando, na verdade. Aliás, ele se corrigiu, papel *não* faz isso. É um fato estabelecido, tão bem estabelecido que ninguém jamais havia tido motivo para sequer propor o conceito.

Então ele preparou o microscópio eletrônico do laboratório e pegou uma tesoura afiada na gaveta, com a intenção de recortar um pequeno pedaço dessa suspeita substância "não papel". Quanto antes a tivesse numa lâmina e debaixo do microscópio, mais cedo descobriria o que era e exclamaria "É claro!", e tudo voltaria ao normal.

Mas não conseguiu cortar o "papel ou o que quer que fosse".

Chris ficou estarrecido.

Verificou as páginas entre seus dedos. Tinham a mesma consistência de papel. E tesouras cortam papel.

Tentou cortar outro pedaço da mesma folha. Mais uma vez, a tesoura se deparou com a mesma resistência. Chris não ia tolerar aquilo. Carregou o livro até o espectrógrafo e ligou o grande aparelho branco na tomada. Isso resolveria. Logo estaria dizendo: "É claro." Podia sentir as palavras pairando no ar, esperando para serem ditas.

O espectrógrafo se aqueceu. Chris abriu o livro num ponto qualquer, introduziu-o na leitora, as páginas voltadas para baixo, e apertou o botão. Em breve, teria a resposta.

O espectrógrafo realizou uma varredura. Chris olhou com ansiedade para a abertura estreita de onde em breve o resultado sairia impresso, preto no branco. Seja lá de que material fosse feito, o espectrógrafo iria indentificá-lo; $e^{i\pi} + 1 = 0$.

Então, algo explodiu nas profundezas das entranhas do aparelho. Uma fumaça negra e espessa começou a sair pela abertura estreita.

Chris, subitamente trazido de volta à realidade pelo pensamento "E quem vai pagar por isso?", correu em direção à parede e o arrancou da tomada. Ele tossiu, abanando as nuvens de fumaça.

E o livro, nem sequer chamuscado, foi ejetado da leitora como uma fatia de pão empolgada demais.

Chris o pegou do chão, olhou feio para ele e abriu depressa todas as janelas que davam para o pátio.

— Tudo bem — exclamou ele. — Tudo bem!

Jamais tinha gritado com um livro antes. (Além, é claro, de *Fernão Capelo Gaivota.*)

Ligou o velho e grande aparelho de raios X do laboratório e posicionou o livro sob a lente. Em seguida, vestiu um avental protetor, escondeu-se atrás do escudo de proteção e acionou o botão para tirar a chapa.

A lente relampejou.

E o livro brilhou. Somente por um segundo, Chris o enxergou envolto numa aura de pequeníssimas partículas douradas. Era uma luz como nada que vira antes, e o preencheu com uma reverência supersticiosa que quantidade nenhuma de passarinhos jamais pudera providenciar. Naquela luz, imaginou ver galáxias serem geradas, o tempo ser dilacerado. E o mais curioso de tudo foi que também viu duas pessoas.

Uma delas era um homem muito alto, trajando uma espécie de bata cerimonial longa. Como um bispo medieval, trazia na mão um cajado de madeira. Seu rosto era de uma seriedade intimidadora, ainda que bondoso.

A outra pessoa que enxergou na luz foi Clare.

Ele piscou os olhos para limpar a mente.

O livro estava ali, inócuo, embaixo do aparelho de raios X.

Fosse lá o que fosse, pensou Chris, estava morrendo de medo dele.

Capítulo 9

David Taylor acabara de ir até a cidade para fazer umas compras. Quando saiu de casa, estava fazendo um sol bastante peculiar para o mês de outubro, agora, no entanto, já se arrependia de ter trazido apenas o casaco bege mais leve e a camisa fina de poliéster. Uma brisa considerável soprava na rua principal, repuxando as sacolas de supermercado com as compras que ele havia feito para mamãe. Eles iam fazer um daqueles programas de sábado à noite dos quais gostavam tanto, nada de mais, só um pouquinho de televisão e bate-papo, e depois ele iria guardar os móveis do jardim na garagem para passar o inverno. Tinha comprado todas as coisas preferidas dela — um bom corte de frango, cogumelos, duas musses e uma caixa de vinho rosé. Ela jamais daria o braço a torcer, mas David sabia como a mãe sentia falta de companhia desde que ele havia saído de casa, ainda mais depois da morte de papai. Alguns de seus amigos caçoavam dele por sacrificar uma noite de sábado para ficar em casa com a mãe, mas eles não faziam nada além de criar calo no cotovelo no balcão do bar Bird in the Hand e de se sacudirem desajeitados ao som de Blondie na minúscula pista de dança até o bar parar de servir bebidas, às 11 da noite. Toda semana era a mesma coisa. A polícia até já havia desistido de dar batidas no lugar.

David chegou ao seu velho Capri marrom e se atrapalhou com as sacolas e as chaves. Uma das bolsas estava molhada; ele podia senti-la junto da calça jeans, e estava torcendo para que não fossem as sobremesas vazando.

De repente, um homem incrivelmente lindo apareceu do nada. Por si só, isso já era um feito considerável, pensou David, já que o sujeito estava usando um conjunto prateado, complementado com um chapéu e uma capa ainda mais absurdos. Muito ousado, além do que, devia estar morrendo de frio naquela fantasia. O estranho tinha olhos azuis penetrantes, lábios carnudos e sensuais e, para completar, tinha até uma cicatriz — uma cicatriz do tipo sensual, e não uma coisa horrorosa. David engoliu em seco. Não estava acostumado que dessem em cima dele, mas aquele sujeito o estava fitando de um jeito desconcertante.

— E aí, belezura — disse o estranho numa voz severa e quase inexpressiva. — Quero andar de carro com você.

David deu uma olhada em volta, procurando por câmeras de pegadinhas. Não sabia o que dizer.

O homem já havia contornado o carro e estava esperando junto da porta do carona. Estranhamente, David reparou que carregava uma bolsa de tapete que não combinava com os outros adereços. Ficou impressionado. Ali estava uma pessoa que simplesmente não ligava a mínima para o que pensavam dele.

— Veja bem — balbuciou David, sem a menor segurança de como lidar com a situação —, a gente pode dar uma passada lá em casa, digo, se você quiser... mas tenho que estar em outro lugar daqui a duas horas, tudo bem?

— Nós vamos para a minha casa — disse o homem sem rodeios, mantendo os magníficos olhos fixos nos de David.

— Claro — expirou David, ainda atordoado. — Meu nome é David.

— Meu nome é Skagra — disse o homem, impassível.

Exótico, pensou David. Sueco, talvez? Abriu o carro, jogou as bolsas no banco de trás, entrou, esticou o braço e abriu a porta do carona. O homem entrou e ficou sentado, de chapéu e tudo, olhando fixamente para a frente, os dedos compridos e finos firmes em torno das alças de couro da bolsa de tapete.

David deu partida no motor e automaticamente o rádio do carro explodiu com a voz de Cilla cantando "Love of the Loved" e um naipe de metais irrompendo, distorcido, do pequeno alto-falante. O rapaz se atrapalhou para desligar o rádio. Não queria que o sujeito pensasse que era alguma espécie de bicha velha.

— Então você é daqui mesmo? — perguntou, se martirizando pela caretice da frase, pelo marrom de seu carro, o bege de seu casaco, o poliéster de sua camisa, a Cilla em sua coleção de fitas e a pequena espinha no lado esquerdo do pescoço, a qual ele sabia estar em plena vista de seu passageiro e a qual tinha deixado de tratar naquela manhã.

— Estou de visita — respondeu Skagra, enquanto o carro fazia a curva e pegava uma das ruas estreitas e menos movimentadas em torno dos prédios universitários.

— Para onde agora? — perguntou David.

O estranho abriu as alças da bolsa de tapete. David não poderia entender o que se passou a seguir. Uma grande bola cinzenta se ergueu devagar de dentro da bolsa.

Era como algo saído de um número de mágica, não parecia haver fios ou hastes nem nada que a sustentasse, e as mãos do estranho permaneciam nas alças da bolsa.

— Que interessante — empolgou-se David. — Skagra, você podia ser o novo David Nixon. Como você faz isso?

Skagra não respondeu, mantendo os olhos fixos na rua à frente:

— Pare! — esbravejou.

David se viu obedecendo, e enfiou o pé no freio. Um ciclista zangado desviou em cima da hora e passou berrando alguma obscenidade. Estavam em frente ao portão de um dos institutos, St. Cedd's, imaginou David, embora ele jamais tivesse sido inteligente o suficiente para obter mais do que três notas boas nas provas do final do ensino médio.

David sorriu para seu passageiro:

— Você é cheio de surpresas — disse e tentou dar uma de experiente e descontraído: — Quais são os outros truques que você sabe?

Essas foram as últimas palavras de David Taylor.

A bola cinzenta dardejou até sua testa. Por meio segundo, ele sentiu o toque gélido e metálico — e então era como se seu cérebro estivesse sendo arrancado do corpo. Ouviu uma confusão de murmúrios fracos e inumanos. Uma dor repentina e lancinante e David Taylor deixou de existir. Seu último pensamento neste mundo foi o de mamãe o aguardando na antiga casa.

Skagra observou a cabeça do humano tombar de lado, expondo uma marca desagradável. Suas vestimentas teriam que servir. Pelo encontro com o porteiro, era evidente que estes seres primitivos estavam excessivamente impressionados com seu traje. Além disso, este veículo ridículo encurtaria o trajeto de volta, depois que reunisse informações a respeito do Doutor.

— Acessar conhecimento deste transportador terrestre — ordenou Skagra à esfera.

A bola cinzenta borbulhou e se soltou da testa do humano. Este não sobreviveu à extração, notou Skagra com interesse. Os corpos das criaturas terráqueas evidentemente eram mais frágeis dos que os de seus antigos colegas no Think Tank.

A esfera voou até o aro de condução do veículo. E Skagra desgrudou os dedos do morto do aro.

— Leve-me de volta à Nave — ordenou.

A esfera borbulhou de novo, e o veículo ganhou vida, o motor rugindo ao passar pelos portões do St. Cedd's, e partiu em direção ao interior do condado de Cambridgeshire.

No assento de trás do Capri, uma musse se desfazia lentamente.

Capítulo 10

O Professor parecia empacado.

— Um livro um tanto quanto especial? — O Doutor tentou retomar o raciocínio.

— Um tanto quanto? Eu falei um tanto quanto? — perguntou o Professor, confuso. — Não, muito especial. Um livro *muito* especial.

— Especial em que sentido? — questionou Romana.

— Vencedor de prêmios? Aclamado pela crítica? Feito de gelatina? — sugeriu o Doutor, cada vez mais exasperado.

— Não, não especial nesse sentido — rejeitou o Professor. — Mas já tive um livro de gelatina, ou sobre gelatina, não lembro agora...

O Doutor parecia prestes a explodir novamente. Romana engoliu em seco — e, de repente, sua mente se ocupou de algo inteiramente diferente. A confusão de murmúrios fracos e inumanos, mas muito mais distantes agora. Num segundo, tinha sumido.

— Vocês acabaram de ouvir vozes? — perguntou o Professor, piscando os olhos.

— Eu acabei de ouvir vozes — assentiu o Doutor. — Romana, você acabou de ouvir vozes? — E se voltou para o Professor: — Essas vozes têm alguma coisa a ver com o seu livro muito especial, Professor?

Ele pensou por um momento e então negou enfaticamente com a cabeça:

— O quê? Ah, não, não, não. Não, não, não. Não, não, não — respondeu mais para o próprio colarinho do que para os olhos dos outros, e então acrescentou casualmente: — É só um livro que acabei trazendo de Gallifrey sem querer. Mais chá, alguém?

Ele se apressou na direção da cozinha, mas o Doutor bloqueou o caminho.

— De Gallifrey? *Gallifrey*?

— Foi isso que eu disse? Sim, acho que sim, acho que era sim.

— Era o quê?

— De Gallifrey. Um lugar tão agradável, ainda que um tanto estático e sem propósito. Algum de vocês já esteve lá? Vale a pena uma visita. — Ele encarou os rostos assombrados. — Ah, claro, imagino que já conheçam. Nós íamos beber mais chá, não íamos?

Dessa vez, foi Romana quem bloqueou seu caminho.

— De Gallifrey? O senhor trouxe um livro de Gallifrey até Cambridge?

— Ah, sim — assentiu o Professor —, só uma coisinha ou outra, entende? E você sabe, Doutor, como adoro meus livros.

— Professor, o senhor acabou de dizer que trouxe o livro sem querer — relembrou o Doutor.

— Sim, um descuido — resmungou mais uma vez para o colarinho, muito depressa: — Eu me descuidei do fato de que decidi trazê-lo...

O Doutor e Romana trocaram um olhar preocupado. A Terra podia ser uma boa alternativa para se passar uma tarde de vez em quando — e esta estava se provando uma tarde bastante alternativa —, mas, ainda assim, neste ponto da história do planeta, tratava-se de uma civilização nível cinco, com toda a selvageria e a estupidez próprias da categoria. Se algum terráqueo déspota pusesse as mãos num livro alienígena que fizesse referência, mesmo que casualmente, aos segredos da engenharia transdimensional ou à navegação via dobra espacial ou ainda à manipulação estelar remota, o planeta talvez acabasse por se transformar numa pedra de carvão na qual passar qualquer tipo de tarde seria uma alternativa simplesmente inviável.

— Só para fins acadêmicos — disse o Professor, esquivando-se dos olhares dos outros. — Uma obra de referência. — E suspirou, virando a cabeça de lado, um tanto triste. — Mas como agora estou ficando velho, muito velho, achei que talvez... — deixou a frase no ar, sugestivamente, antes de fitar envergonhado o Doutor por sobre os óculos de meia-lua.

— Que talvez eu pudesse levar o livro de volta a Gallifrey para o senhor — completou o Doutor.

— Bem, agora que estou aposentado, não posso mais ter uma TARDIS.

Ele voltou os olhos tristonhos para Romana. A moça era incapaz de não se comover. Parecia um velhinho tão simpático.

Já a expressão no rosto do Doutor era menos complacente.

— Professor, sem querer ser chato, mas já sendo: é muito arriscado trazer um livro de Gallifrey para cá. Nas mãos erradas pode ser um perigo!

Capítulo 11

Chris Parsons virou o livro em suas mãos. Havia reunido coragem para pegá-lo do chão, mas não conseguia afastar a impressão de que o livro era de alguma forma um objeto terrivelmente perigoso. Era obrigação sua avisar imediatamente a autoridade mais elevada do instituto, o chefe de departamento, Professor Armitage.

Então largou o livro, pegou o telefone e ligou para Clare.

Em primeiro e menos importante lugar, Clare não criaria caso por causa de um espectrógrafo queimado. Talvez achasse engraçado, mesmo que às vezes ele não entendesse bem o senso de humor da moça. Não tinha a menor ideia, por exemplo, de por que ela tinha apelidado aquele esqueleto que estava examinando de "Bony Emm" e de por que achava tanta graça naquilo e esperava que ele também caísse na gargalhada.

Segundo, e mais importante, o livro era assombroso. Muito mais impressionante do que os que planejara pegar originalmente com o velho Chronotis e que agora jaziam abandonados na bancada, com suas decepcionantes páginas de papel ordinário.

A chamada completou, e Chris ouviu o toque ansiosamente, alheio ao fato de que havia um terceiro e ainda mais importante motivo. Acabara de descobrir algo empolgante e maravilhoso, e não tinha mais ninguém na Terra com quem quisesse dividir aquilo do que Clare Keightley.

— Alô? — atendeu a moça. Parecia ocupada, como se ele a tivesse interrompido no meio de alguma tarefa.

Chris se atrapalhou, como sempre fazia, desde a primeira vez que a vira e na maior parte das vezes seguintes.

— Keightley, sou eu — disse ele. Como havia tão poucas mulheres no instituto, Chris decidira deixá-las à vontade e tratá-las da mesma forma como tratava todos os demais, chamando-as pelo sobrenome, exatamente como faria com qualquer amigo ou colega. E tinha certeza de que gostavam disso.

— Oi, Parsons — respondeu ela. — Estou um pouco ocupada. O que é?

— Certo, então trate de se desocupar, porque é muito importante.

— Estou arrumando as malas. Vou embora na segunda-feira. Fale logo.

— Se você quiser ver o mundo da ciência de pernas para o ar — disse Chris enfaticamente —, é só dar um pulinho aqui no meu laboratório!

— No seu laboratório? Você quer dizer o laboratório do Instituto que às vezes você usa?

— Isso mesmo, o meu laboratório — respondeu Chris.

— Certo, me dê umas duas horas, tá legal? Tenho um monte de coisas para resolver.

— Não, duas horas não. Agora! — insistiu Chris. — Preciso de você!

Houve uma pausa.

— Tá legal então — respondeu Clare num tom de voz que ele nunca tinha ouvido antes. — Vou até aí agora. Mas é melhor ser mesmo muito importante.

— Vai por mim — Chris fitou o livro de rabo de olho. — É a coisa mais maravilhosa, inacreditável...

— Quanto antes você calar a boca, mais cedo consigo chegar aí. Tchau — disse Clare, encerrando a chamada.

Ela desligou o telefone e correu os olhos pelo apartamento. Contra uma das paredes, havia uma pilha organizada de caixas dobráveis de papelão e um rolo gigante de fita adesiva, prontos para receber seus pertences mundanos e transportá-los para o outro lado do planeta, para a sua nova vida. Estavam no mesmo lugar há uma semana. Ainda não havia conseguido se obrigar a começar a arrumação.

Estava à espera de uma ligação em especial que talvez fizesse com que jamais tivesse que ir embora. Apesar da estranheza da conversa, será que isso tinha acabado de acontecer? Será que ia finalmente ouvir o que tinha esperado por tanto tempo?

Pegou o casaco e, em cinco segundos, deixou o apartamento.

Capítulo 12

O Professor marchou cheio de cerimônia até uma das estantes e puxou confiante um exemplar fino de capa dura. E então caminhou devagar de volta até onde o Doutor o aguardava com a mão estendida. Romana reparou que havia na capa do livro um relevo com o selo de Rassilon. Rassilon, o quase lendário fundador da sociedade dos Senhores do Tempo, aquele que, havia incontáveis milênios, dotara Gallifrey e seu povo de poderes extraordinários e grandes responsabilidades.

O Doutor deixou escapar um profundo suspiro de alívio e agarrou o livro consigo.

— Obrigado, Professor. Sim, nós vamos levar isto de volta para Gallifrey para o senhor.

Os corações de Romana murcharam diante dessas palavras. Tinha pavor da ideia de abandonar o Doutor e retornar à sua antiga vida. Mas sabia que era preciso deixar de lado quaisquer considerações pessoais. Não era o momento.

O Doutor abriu o livro numa página qualquer e leu em sua voz mais imponente e sonora:

— "E, nos Heroicos Dias de Rassilon, foram estabelecidos cinco grandes princípios." — Ele franziu a testa e seguiu para a próxima frase. — "Vocês se lembram quais eram, crianças?"

Romana riu, tirou o livro das mãos do Doutor e, saudosa, folheou as páginas.

— É só um livro infantil. *História do nosso planeta*. Tive um desses quando estava no Jardim de Infância.

— Eu também, e é muito bom — disse o Doutor. E então voltou-se para o Professor, que parecia um tanto agitado. — Bem, se era só isso, agradeço muito pelos biscoitos, mas por que criar todo esse alvoroço?

O Professor estalou a língua, preocupado, e voltou até a estante, passando os olhos pela miríade de títulos.

— Não, não. Esse era só uma recordação. Não é o livro certo. Onde foi parar? — Correu os dedos pelas prateleiras. — Ah. Será que é esse?

Ele puxou o livro e o abriu numa página.

— "Estava sentado num sofá em St. James, código postal SW1 ou alguma coisa assim, bem quietinho, cuidando da minha própria vida..." Não! — Jogou o livro por sobre o ombro. — Aqui, parece com esse. — Pegou outro e começou a ler: — "A chuva estancou assim que o *Inverness* adentrou o porto de Dunedin..." Não! — Ele o arremessou por sobre o outro ombro, quase acertando o Doutor. — Ah, minha nossa. Onde foi parar? Está aqui em algum lugar.

— Professor — disse o Doutor, parecendo preocupado novamente —, quantos livros o senhor trouxe de Gallifrey, pelo amor de Deus?

— Ah, uns dois ou sete, mais ou menos. — O Professor deu de ombros. — Mas eu diria que apenas um deles pode ser... me-me-mo-so — e gaguejou a última palavra para si mesmo, dando as costas aos outros dois.

— Perigoso? — sugeriu o Doutor.

Ele voltou a vasculhar as prateleiras e puxou um livro qualquer. Romana fez o mesmo.

— Isto vai ser que nem procurar um livro sobre agulhas numa biblioteca de livros sobre palheiros — suspirou o Doutor para Romana.

Desesperada, ela correu os olhos pelas prateleiras cheias.

— Como ele é, Professor? Qual é o nome?

— *O venerável e ancestral livro das leis de Gallifrey* — respondeu ele, casualmente.

Os corações de Romana estancaram. Apavorados, ela e o Doutor deixaram os livros cair no chão.

— O senhor acabou de dizer "*O venerável e ancestral livro das leis de Gallifrey*"?

— Foi — disse o Professor, do mesmo jeito que um homem pego de pé sobre um cadáver e segurando uma faca ensanguentada poderia comentar sobre como o tempo tem andado horrível. — Pequeno, uns 12 por 18.

Romana nunca tinha visto o Doutor tão sério. Ele se elevou diante do mais velho, e, pela primeira vez, ela testemunhou os séculos de experiências transparecendo por trás da máscara de amabilidade distraída. E se lembrou dos antigos Senhores do Tempo retratados nas páginas de *História do nosso planeta*, ameaçadores e irreconhecíveis.

— Professor, como foi que esse livro saiu dos Arquivos do Panopticon?

— Bem, o que fiz foi, hum... é... Veja bem, eu... Eu peguei. Emprestado, digo.

— Emprestado? — O Doutor levantou a voz.

— Bem, ninguém mais está interessado na história antiga de Gallifrey — justificou-se o Professor. — E achei que talvez algumas coisas estivessem mais seguras comigo.

— E estavam? — explodiu o Doutor. — Numa sala destrancada de um planeta nível cinco?

— Bem, em princípio, sim — disse o Professor. Ele fungou e apontou a cabine de polícia com a cabeça. — Afinal de contas, tenho certeza de que a sua TARDIS está mais segura com você, não é? E você a pegou emprestada em Gallifrey, não pegou?

O Doutor ficou calado por um instante. E então assentiu, como se reconhecendo um bom argumento, por fim, soltou um longo suspiro e envolveu o Professor pelos ombros.

— Professor, aquele livro é da época de Rassilon.

— Ah é? — O Professor piscou feito uma coruja. — Sim, é verdade. Acho que é.

— Trata-se de um dos Artefatos — continuou o Doutor.

Romana refletiu. Os Artefatos eram objetos misteriosos remanescentes da época dos primeiros Senhores do Tempo e cujo significado haviam se perdido ao longo dos incontáveis séculos. O Cinturão, a Vareta, a Grande Chave — os Senhores do Tempo tinham um pânico quase supersticioso dessas antigas relíquias, e as mantinham protegidas no Panopticon, a grande câmara cerimonial no coração da Cidadela.

— Sim, agora que você tocou no assunto, eu diria que é sim um dos Artefatos.

— Professor, o senhor sabe muito bem disso! — gritou o Doutor. — E também sabe muito bem que Rassilon tinha segredos e poderes que nem os Senhores do Tempo entendem direito!

— Acalme-se, Doutor. — Romana se aproximou e pousou a mão em seu braço.

— Professor, o senhor foi tremendamente irresponsável. — O Doutor balançou a cabeça. — Achava que o tremendo irresponsável aqui era eu, mas o senhor elevou a irresponsabilidade a um nível tremendamente novo. O senhor não tem ideia do que pode haver escondido naquele livro.

— Ora, não há muita chance de mais ninguém descobrir, não é? — O Professor sorriu.

— Só espero que o senhor esteja certo. E é melhor a gente encontrar logo isso, não é? Romana, um livrinho vermelho...

— Mais ou menos 12 por 18 — assentiu Romana. Então deu uma última olhada aflita para as montanhas de livros que os cercavam, e, embasbacada, fechou a boca e pôs-se a procurar. Um livrinho vermelho...

— Pode ser verde, também. — A voz do Professor vinha da cozinha, para onde tinha fugido na intenção de preparar mais chá.

Os ombros do Doutor murcharam de desânimo.

— E eu que costumava gostar de sábados... — disse ele.

Capítulo 13

Skagra entrou na cabine de comando de sua Nave, trazendo o corpo do humano nos ombros. Largou-o no chão e berrou uma ordem.

— Mantenha a vestimenta exterior e descarte o restante. Transfira para o anexo criacional de emergência.

O corpo foi retirado imediatamente. Em seu lugar restaram apenas as roupas que estava usando, limpas, passadas e dobradas.

Skagra pensou por um instante. Era hora de assimilar os nutrientes essenciais para o funcionamento de seu corpo. Não enxergava qualquer prazer no prospecto de se alimentar. Experimentar sensações era uma característica fundamentalmente animal, sem qualquer valor intelectual inerente. Quando chegasse o momento, pensou consigo mesmo, não sentiria falta de comida.

— Alimente-me — ordenou.

No mesmo instante, um carrinho dourado de comida surgiu ao seu lado. E estava carregado com as iguarias mais sofisticadas e nutritivas que o sintetizador de matéria-prima da Nave era capaz de produzir.

Skagra baixou a bolsa de tapete em que guardava a esfera e sentou em sua cadeira de comando. Havia mais uma ordem do corpo a satisfazer.

— Descanse-me — ordenou.

Fechou os olhos e deixou as vibrações biotranquilizadoras fazerem seu trabalho. Os raios banharam seus caminhos neurais, apagando de seu cérebro o desperdício que era a necessidade de dormir. Ao mesmo tempo, seu corpo foi bombardeado por pressões mínimas e invisíveis que dissipavam as toxinas prejudiciais de seus músculos e eliminavam matéria excretada.

Skagra abriu os olhos, imediatamente renovado e revigorado. Escolheu uma fruta do carrinho e mordeu, mastigando intensamente para absorver os nutrientes corretos e facilitar a digestão.

Falou mais uma vez, dirigindo-se à cabine de comando vazia.

— Acabo de confirmar a localização do livro. Logo será meu.

O que não era completamente certo, claro. Saíra da Nave absolutamente seguro da localização do livro e inteiramente determinado a voltar com ele em seu poder. Não havia motivo lógico para mascarar o fato, mas, na verdade, Skagra já havia reescrito a história recente de forma a eliminar as preocupações a respeito do misterioso convidado no alojamento do Professor.

— Parabéns, senhor — disse a cálida e relaxante voz de sua mais verdadeira e fiel e, na verdade, única companheira.

Skagra mordeu mais uma vez a fruta e disse, casualmente:

— Informe-me a respeito de um Senhor do Tempo chamado "Doutor".

A Nave abriu uma tela no lado oposto da cabine de comando e acessou o banco de dados. As informações começaram a surgir na tela e Skagra piscou repetidamente, absorvendo tudo no circuito integrado implantado em seu córtex. O sistema havia compilado toda a informação disponível, inclusive as histórias secretas e irreveláveis dos Senhores do Tempo que faziam parte da biblioteca privada de Skagra. Tais livros estavam muito bem organizados, as lombadas perfeitamente alinhadas num canto estéril e livre de poeira da cabine de comando que era protegido por um poderoso campo de força. Skagra nunca abrira qualquer dos exemplares com as próprias mãos, nem ao menos os tocara, mas havia usado aparelhos de digitalização e robopapirologistas para extrair as informações e acrescentá-las ao banco de dados sem danos aos originais.

Enquanto assistia, ele acumulou informações a respeito da juventude do Doutor, feitos acadêmicos, laços familiares em Gallifrey e em outros lugares, e as razões exatas para a primeira vez que fugiu de seu planeta natal. Mas tudo isso era irrelevante. Precisava saber quem era o Doutor agora.

Skagra estremeceu ao ver uma imagem granulada do Doutor num videotexto antigo. Era alto e imponente e usava um sobretudo longo e amarrotado, um chapéu de aba larga e um cachecol comprido e multicolorido simplesmente inviável. Tinha cabelo curto enrolado e desgrenhado e os olhos penetrantes de uma criança, além de sorrir o tempo todo.

Já vira essa pessoa, esse idiota, hoje mais cedo, girando os braços ao perder o controle do veículo de transporte sobre o rio! Seria possível aquele paspalho ser mesmo o Doutor?

Aparentemente era. Skagra se concentrou numa seleção aleatória de videotextos do Doutor e os examinou com atenção.

O primeiro tratava de fatos ocorridos num mundo primitivo chamado Tara. O Doutor havia se envolvido na política disparatada do planeta, aliando-se a uma das facções em detrimento da outra. E tinha feito questão de demonstrar como estava agindo sob pressão, mas para Skagra ficara evidente que estava apenas se divertindo com descuido e irresponsabilidade. Não chegava a ser um videotexto ruim, apenas insosso.

O segundo envolvia a intriga na terceira lua de Delta Magna, onde uma refinaria de metano do futuro terrestre e alguns nativos estavam sendo ameaçados por uma enorme criatura do pântano conhecida como Kroll. Mais uma vez, o Doutor se comportou com uma inutilidade indecorosa durante todo o incidente.

Por fim, Skagra reviu um texto que tratava de outra criatura enorme que habitava uma caverna num planeta chamado Chloris. E não pôde deixar de notar como o Doutor parecia reagir ao perigo e ao risco de vida com total descaso, mascarando a sabedoria característica de um Senhor do Tempo. Tratava-se de um estratagema patético que parecia funcionar com os vilões de meia-tigela com os quais se deparava.

Skagra sentiu um arrepio. Havia alguma coisa a respeito daquele Doutor que o irritava profundamente. Era tão desordeiro, tão bobo. Precisava de um corretivo. Pois Skagra iria varrer aquele sorrisinho imbecil e cheio de dentes daquela cara idiota para sempre...

Ele se controlou. Não era dado a essas reações instintivas e animalescas. Se considerado objetivamente, o Doutor não era nada mais que um tolo arruaceiro, um Senhor do Tempo nota 1, farreando em planetas nota 2.

— Então ele não passa de um Senhor do Tempo comum — disse em voz alta —, mesmo que tenha um estilo de vida fora do comum. Tem tanto poder quanto os outros.

— Exato, senhor — disse a voz relaxante.

— Apenas um tem o poder que busco. — Skagra acenou secamente. — E quando eu possuir aquele livro, o poder dele será meu.

— Sim, senhor — disse a voz.

— Me transfira para a Estação de Controle — ordenou Skagra.

A tela piscou e produziu uma nova imagem. Um rosto.

— Tudo como planejado — disse Skagra. — Estarei com você em breve. E então, que o universo esteja preparado para mim.

Uma voz ressoou em tom sepulcral, ecoando da tela para toda a cabine. As palavras eram claras, mas acompanhadas de um som que parecia um terremoto excepcionalmente irritado.

— Tudo pronto, senhor.

Skagra encarou a face de sua criação mais magnífica e aterrorizante. Os olhos vermelhos ardendo como fornalhas idênticas. As feições brutas talhadas em pedra. A pele de granito da criatura exalando fumaça.

Com os Kraags ao seu lado e o livro em seu poder, Skagra se tornaria invencível. Shada estava ao seu alcance!

Parte dois

Uma doação pouquíssimo filantrópica

Capítulo 14

Alheia à ameaça iminente ao universo, Clare Keightley conferiu o cabelo numa das janelinhas das portas duplas do laboratório de física, e então bateu.

— Pode entrar — gritou Chris, soando estranhamente preocupado.

Clare entrou. Estava confusa. Tinha se acostumado a ver Chris hesitante e nervoso ao seu lado. Na verdade, tinha se acostumado a que a maioria das pessoas em Cambridge ficasse hesitante e nervosa ao seu lado.

Cinco anos antes, quando tinha chegado à cidade como universitária, recém-saída das provas finais do ensino médio, em Manchester, ficara surpresa ao ver como todo mundo no instituto parecia hesitante e nervoso. Então formulou uma teoria de que eles haviam feito uma descoberta fenomenal que iria mudar o mundo para sempre e que estavam guardando segredo. Levou algumas semanas para perceber que o motivo dos segredos sussurrados, das mãos suadas e das olhadelas nervosas que seus colegas de classe trocavam entre si era, na verdade, por ela ser uma mulher. As únicas mulheres que a maioria deles conhecia eram mães, enfermeiras-chefe e irmãs de amigos.

Mas à medida que foram se conhecendo melhor, o gelo foi se quebrando. E todos conseguiam ficar ao menos um pouco à vontade perto dela, exceto Chris, cujo rosto era incapaz de disfarçar uma leve expressão de pânico sempre que a encontrava. E, curiosamente, esse era um dos motivos pelos quais Clare gostava tanto dele. Era desastrado e tímido. Não exatamente o tipo de coisa que se devia achar atraente. Mas Clare adorava fazer tudo o que não se devia, como sair de uma comunidade carente e virar uma grande cientista. E assim, o achava atraente.

Mas dessa vez era diferente. Diferente de um jeito irritante, levando em conta as circunstâncias. Pelo amor de Deus, ela iria embora em três dias. Se

Chris ia fazer isso, tinha no mínimo que lhe pedir de joelhos ou pairar à sua volta do jeito hesitante e nervoso que lhe cabia. Em vez disso, estava sentado na bancada, embasbacado — sim, essa era a expressão correta —, embasbacado por um livro vermelho, de uns 12 por 18cm. Nem sequer ergueu o olhar quando ela entrou.

— Chris?

— Shh — disse, virando o livro de um lado para o outro, ainda embasbacado.

— Como assim "Shh"? Você me mandou largar tudo e vir correndo. Eu vim!

Chris folheava as páginas, balançando a cabeça e estalando a língua.

— Posso ir embora agora mesmo — disse a moça.

Finalmente ele ergueu o olhar.

— Mas aí você não veria a coisa mais extraordinária!

— O quê? — suspirou ela.

— Algo muito extraordinário.

Clare já estava de saco cheio.

— Por que você está agindo desse jeito esquisito e cheio de pompa?

— Este livro, Keightley! — Chris o ergueu na direção dela. — Este livro vai fazer com o mundo da ciência o que os japoneses fizeram com Pearl Harbour!

— O que, bombardeio submarino? — Ela se sentou. — Não sabia que você estava escrevendo um livro.

— Não fui eu que escrevi! — exclamou Chris empolgado, como se fosse a coisa mais óbvia. — Eu o encontrei.

— Como assim, por aí?

— É — assentiu ele. — Mais ou menos. Este livro... — suspirou ele segurando o exemplar. — Este livro... é aterrorizante.

— Certo — disse Clare, secamente. — Qual é o título?

— Título? — riu Chris. — Título? Como vou saber?

Ela teve que combater mais uma onda de irritação.

— Dá para chegar ao que interessa de uma vez? Tenho mais o que fazer.

Chris abriu o livro e o passou para ela com cuidado, como se fosse uma bomba.

— Sinta o papel. Ande, sinta o papel. Toque a página! O que você está sentindo?

Clare obedeceu.

— Infelizmente, para mim parece só papel, Chris.

— Arrá!

— Arrá, o quê? — perguntou Clare, com um suspiro impaciente.

— Tente rasgar! Ande. Tente rasgar a página.

— Isso não se faz. Um livro que nem é seu. De quem é?

Chris ignorou a resistência da moça:

— Do velho Chronotis. Professor do St. Cedd's. Excêntrico. Ou senil. Ou os dois. Não importa. Tente rasgar!

Clare decidiu que o jeito mais rápido de fazer com que ele parasse de ser tão irritante era lhe dar uma chance. Tentou rasgar um canto da página. Ela resistiu.

Contra a própria vontade, ela recuou. Que estranho.

Chris assentiu feito um cachorrinho faminto.

— Arrá!

— Tá legal, então é um livro feito de papel resistente — disse Clare.

Chris lhe passou uma faca.

— Arrá! Corte então! Vá em frente, corte!

— Ao que parece, não vou conseguir — respondeu, devolvendo a faca com o livro. — Tudo bem, então é um novo tipo maravilhoso de papel. Um viva para o superpapel! Não chega nem perto de um bombardeio de mergulho no mundo da ciência ou o que quer que você tenha dito.

Chris ergueu o indicador e abriu a boca num formato de som de vogal.

— Já chega de "arrá"! — avisou Clare. — Sério, já chega de "arrá"! Vou te matar se disser "arrá" mais uma vez.

Chris engoliu em seco.

— Tudo bem. Então me diga do que você acha que é feito esse novo tipo de papel.

— Sei lá. — Ela deu de ombros. — Plástico.

Chris ergueu o indicador e abriu a boca num formato de som de vogal.

— Vou matar você — avisou ela, mais uma vez.

— Já conferi. Não é plástico. Não há nenhum sinal de polímero.

— Tudo bem, então. — Apesar daquele comportamento incrivelmente irritante, Clare estava começando a ficar intrigada. — Metal?

— Nenhum sinal de estrutura cristalina — respondeu ele. — *Nenhum*!

Clare pensou.

— Um cristal puro, então?

Chris bufou.

— Se for isso, o Sr. Dalton tem muitas explicações a dar. — Chris se inclinou para a frente, aproximando-se de Clare mais do que já havia ousado.

Agora sim, pensou a moça. — Isso que é fascinante — continuou ele. — Sim, acho que é um cristal. Mas não, não pode ser um cristal. Metade dele permanece estável todo o tempo, e metade não fica estável em momento algum. Não tem como saber qual é o material.

Clare tossiu e indicou com os olhos o canto do laboratório, onde, por algum motivo, um aparelho estava coberto por um grande pano de prato.

— Hum, análise espectrográfica?

— Ah, sim — respondeu Chris, caminhando até o espectrógrafo com uma calma irritante. — Pois é, o espectrógrafo gerou resultados positivos. É, foi sim, rá-rá.

— Vá direto ao ponto! — insistiu Clare.

Chris retirou o pano de prato com um floreio, revelando uma enorme mancha preta.

— Ele explodiu!

— Certo. Isso é muito estranho. — Ela refletiu por um momento. — E sobre o que é?

— O quê?

— O livro. Sobre o que é?

— Não tenho a menor ideia. — Chris abriu o livro, folheando as páginas diante dela. — Parece uma mistura de chinês e álgebra. — E colocou o volume nas mãos da moça novamente. — Aliás, tente ler alguma coisa. Vá em frente.

Clare passou algumas páginas. Era tudo um monte de rabiscos.

— Desculpe, impossível.

— Nenhum... *flash*? — perguntou ele, parecendo levemente decepcionado. — Nenhuma... visão? — E esfregou as mãos, voltando a demonstrar a hesitação e o nervosismo de sempre.

— *Flash*, visão? — Clare franziu a testa.

— Não, claro que não, isso seria ridículo. Quero dizer, ainda mais ridículo.

— Por que você não pergunta ao velho Sei Lá O Quê? — sugeriu ela. — O professor de quem você roubou o livro.

— Não roubei, peguei emprestado sem querer — justificou-se depressa. — É, o mais óbvio parece ser perguntar ao Chronotis.

— E é por isso que você ainda não perguntou? — suspirou Clare.

Chris pegou sua jaqueta.

— Você é um gênio! Hum... tome conta do livro para mim, fique à vontade, volto em meia hora.

— Eu tenho mais o que fazer... — começou Clare, mas logo se interrompeu e sorriu para Chris, que deixava o laboratório apressado.

Chris não pensara no óbvio. Havia feito uma descoberta incrível, e a primeira coisa em que tinha pensado foi tentar impressionar Clare. E acabara de deixar de fazer o óbvio mais uma vez, confiando o livro a ela, em vez de levá-lo consigo. O que quase compensava toda a empolgação irritante.

Clare tentou ficar à vontade. Uma xícara de chá cairia bem.

Enquanto esperava a chaleira ferver, caminhou até onde havia deixado o livro e o abriu numa página qualquer.

Recuou assustada. Porque, apenas por um segundo, viu um rosto se materializar em sua mente. Um rosto maligno. Feito de pedra e com fornalhas idênticas em vez de olhos.

Capítulo 15

O Doutor e Romana quase tinham terminado sua busca pelo livro muito especial. Trabalhando metodicamente a partir dos dois cantos do cômodo, haviam repassado quase todos os milhares de títulos, e os aposentos do Professor pareciam ainda mais caóticos do que antes, se é que aquilo era possível. Estavam agora checando os últimos volumes.

E Romana estava com uma sensação desagradável de que *O venerável e ancestral livro das leis de Gallifrey* não estaria entre eles.

— *Roget's Thesaurus* — disse ela, colocando mais um livro no topo de uma pilha instável.

— *Animais selvagens ingleses*, edição em cores. — O Doutor repetiu o gesto do outro lado da sala.

— *Betelgeuse alternativa* — disse Romana, colocando de lado o guia de viagens.

— *A máquina do tempo.*

— *O morro dos ventos uivantes.*

Faltavam apenas dois livros. O Doutor respirou fundo e pegou um deles. Seus ombros murcharam.

— *Frango tandoori para principiantes.*

E Romana atirou o último exemplar com total desgosto.

— *Eram os deuses astronautas?*

— Então — disse o Doutor. — Nenhum sinal de *O venerável e ancestral livro das leis de Gallifrey.*

Romana lançou um olhar para a porta aberta da cozinha. Lá estava o Professor, preparando mais uma inevitável rodada de chá.

— Você realmente acha que é importante? — suspirou ela.

— Claro que é! É um dos Artefatos!

— Estou perguntando se é importante por outro motivo que não seja o valor histórico. — Romana escolheu as palavras com muito cuidado.

O Doutor mordeu o lábio.

— Os Artefatos foram dotados de poderes descomunais. O significado de cada um deles se perdeu há milênios, mas os poderes permaneceram. Além dos antigos rituais, claro.

— Nunca pensei muito naqueles rituais — relembrou Romana. — Eu só repetia as palavras como todo mundo.

— Então me ajude a lembrar. Não tem um que se refere especificamente ao nosso livro desaparecido?

— Ah, sim. — Romana franziu a testa. — Na cerimônia de indução da Academia. Como era mesmo? "Juro proteger..."

— Isso mesmo — assentiu o Doutor fervorosamente. — "Juro proteger *O venerável e ancestral livro das leis de Gallifrey* com toda a minha força e capacidade, e, até os meus instantes finais, balancear minhas ações e pensamentos com justiça e honra."

— Palavras tão inofensivas. — Romana sorriu.

Mais uma vez, o Doutor parecia prestes a explodir.

— Palavras tão pomposas. De uma gente tão pomposa, cheia de grandes intenções, mas nenhuma ação.

— Não é verdade — contrapôs Romana. — E você, por exemplo? Você é só ação.

— É, tudo bem, eu sou a exceção que comprova a regra — respondeu o Doutor, de um jeito não necessariamente não pomposo.

— E tiveram outros também. O Drax, por exemplo.

— Rá! O Drax! — O Doutor sorriu.

Romana relembrou as aventuras que tinham vivido no planeta Atrios, onde havia encontrado seu segundo Senhor do Tempo renegado. Drax, contemporâneo do Doutor, havia deixado Gallifrey e passado a vida tocando uma operação intergaláctica de salvamento e reparo ligeiramente suspeita.

— E o Corsário — disse o Doutor. — Embora, na verdade, seja um dos bons. A gente tem que botar a conversa em dia com ela* qualquer dia desses.

— E o Mestre, claro — continuou Romana.

— Claro. — O Doutor lhe lançou um olhar sombrio.

— E Rani. E Morbius, não podemos nos esquecer de Morbius.

---

*O Corsário é uma personagem que pode mudar de sexo ao se regenerar. (N.T.)

— Como eu iria esquecê-lo? — gaguejou o Doutor. — Quase acertou a minha cara. — E olhou para o além, relembrando o próprio passado. — E o Monge Intrometido.

— E a Freira Indiscreta — acrescentou Romana. — E se voltarmos um pouquinho mais, o Heresiarca de Drornid. E Subjatric.

— Subjatric *e* Rundgar — corrigiu-a o Doutor. — Eram uma dupla e tanto, aqueles irmãos terríveis. Tiranos horríveis, dizem as histórias. Afogaram a própria mãe numa SIDRAT furada.

— E Salyavin?

O Doutor franziu o cenho.

— Ah, sim. Salyavin. Dizem que teria poderes psíquicos incríveis...

— Você chegou a conhecer algum deles, um desses antigos párias? — perguntou Romana. — Eles sempre pareciam tão assustadores nas lendas...

— Claro que não! Eu não sou tão velho assim! — gaguejou o doutor, parecendo indignado com a ideia.

— E você nunca se sentiu tentado a encontrá-los?

O Doutor limpou a garganta.

— Não fico indo e vindo pela história de Gallifrey, Romana. Tenho meus limites! Isso poderia causar os paradoxos mais terríveis!

— Tá legal. — Romana havia se arrependido da pergunta.

— Não, Salyavin morreu muito antes de eu nascer — disse o Doutor. — Subjatric e Rundgar também, e Lady Scintilla, e toda essa horda de malfeitores.

— O que aconteceu com eles? — perguntou Romana. Em geral, seu conhecimento da história de Gallifrey era melhor do que o do Doutor, mas nesta ocasião específica, não podia se lembrar dos detalhes com exatidão.

O Doutor bufou, enchendo as bochechas

— Quer saber, não me lembro. — E gritou para a cozinha: — Professor?

— Sim? — respondeu o Professor. — Quase acabando.

— Lady Scintilla. E Salyavin. E Subjatric e Rundgar, os tiranos horríveis. O que aconteceu com eles? Infelizmente não estamos conseguindo lembrar os detalhes.

O Professor entrou na sala correndo, o rosto coberto de exaltação e angústia.

— Acabo de me lembrar!

— Mas eu acabei de perguntar — ponderou o Doutor.

— Perguntar o quê?

— O que aconteceu com os Antigos Párias — ajudou Romana. — Lady Scintilla, Salyavin e os outros.

O Professor franziu o cenho, obviamente sem assimilar o que estava sendo dito.

— Salyavin? Scintilla? Não estou falando deles. Esses já foram tarde! Precisamos encontrar o livro!

— Professor, o que o senhor acha que a gente está fazendo? — disse o Doutor.

Chronotis o dispensou com um gesto de mão.

— Acabo de me lembrar! Hoje mais cedo passou um rapaz aqui. Veio pedir uns livros emprestados. Ele deve ter pegado quando eu estava na cozinha, fazendo chá.

O Doutor correu para junto do Professor.

— E qual era o nome dele, Professor?

Este, por sua vez, estalou a língua e bateu os dedos de leve nas têmporas.

— Ah, não me lembro. Minha nossa, minha memória é uma... Ah, é o que mesmo? Como é o nome daquele negócio que se usa para escorrer arroz?

— Qual era o nome dele, Professor? — insistiu Romana. — Era alto? Baixo? Novo? Velho?

O Professor ergueu o indicador triunfante.

— Eu me lembro! — exclamou. — Sim, me lembro!

— Quem era? — exigiu o Doutor. — Diga!

— Uma peneira! — exclamou, exultante. — É isso. Minha memória é uma peneira!

Houve uma pausa.

— Qual era o nome do jovem, Professor? — perguntou de novo o Doutor.

— Ah, isso não me lembro — respondeu calmamente o Professor.

Romana pegou a mão de Chronotis e abriu seu sorriso mais carinhoso. Parecia um velhinho tão simpático.

— Ah, Professor, por favor, tente mais um pouco.

O Professor estreitou os olhos.

— A... A... — e parou. — Não, não começava com A.

— B? — sugeriu o Doutor.

— C? — tentou Romana.

O processo era uma agonia de tão lento. No final das contas, pensou Romana, mesmo com todas as suas maravilhas, o cérebro de um Senhor do Tempo ainda era um cérebro e estava sujeito ao peso da idade e da deterioração. Até o Doutor, que não estava nem perto de ter a idade do Professor, como havia acabado de lhe lembrar tão enfaticamente, às vezes era tão irritantemente esquecido e errático.

O Professor continuou a repassar todas as letras do alfabeto de que se lembrava, parando entre cada uma para pensar.

— P, Q, R, X... X de novo, T, B, J...

De repente, ele ficou alerta novamente.

— J! De Jovem!

— O nome dele era Jovem? — exclamou o Doutor.

— Isso — assentiu o Professor. — Jovem Christopher Parsons! — A revelação pareceu deixar o Professor agitado, e ele se levantou e se aprumou, fechando os olhos. — Nasceu em 1952, se formou em 1975 com honras em física, atualmente estuda partículas sigma. — Suspirou como se tivesse sido um esforço incrível, abriu os olhos e fitou o Doutor e Romana. — Pronto! Sabia que estava aqui dentro em algum lugar.

— E onde podemos encontrar esse tal Chris Parsons, Professor? — exigiu o Doutor.

— Hum... diria que no laboratório de física — disse o Professor. — Você pode pegar uma bicicleta emprestada no pátio interno. Aí é só virar à esquerda depois que sair do portão e...

O Doutor o interrompeu:

— Sim, sim, Professor, o senhor já me levou lá uma vez, não se lembra? — disse ele já a meio caminho da porta. — Nós passamos uma tarde maravilhosa bombardeando átomos e dando nomes a eles.

— Ah, sim — disse o Professor, sorrindo. — Bem, diria que isso pede uma boa xícara de chá. — E voltou para a cozinha.

— Volto em dois minutos — disse o Doutor. E então virou-se para Romana, encarou-a nos olhos e sussurrou com urgência: — Se eu não voltar em duas horas, se tranque na TARDIS com o Professor e o K-9, mande um sinal de alerta aberto para todas as frequências para Gallifrey e espere. Não venha atrás de mim! — Ele apertou o cachecol no pescoço e seguiu para a porta.

— Espere! — gritou Romana.

— Isso, espere! Espere e não venha atrás de mim!

— Não, eu quis dizer "Espere aí" — disse Romana, aproximando-se dele. — Mandar um sinal para Gallifrey? É tão importante assim, que você pediria ajuda aos Senhores do Tempo?

— Espero que não — respondeu o Doutor, muito sério, antes de partir.

Capítulo 16

Skagra ajeitou o colarinho da camisa que havia tomado do humano morto.

— E minha aparência?

— Perfeitamente correta em cada detalhe, senhor — assegurou a voz. — Cruzei os dados de suas novas vestimentas com os sinais de vídeos locais. O senhor vai se passar por um humano comum com facilidade.

— Excelente — assentiu Skagra.

— E eu ainda diria, senhor, que a deselegância de tais vestes mal chega a afetar a magnitude de sua pessoa.

Skagra achou o elogio desnecessário e um tanto cansativo. Havia programado a Nave para obedecê-lo sem questionar. E refinara a matriz de personalidade para venerá-lo e honrá-lo, já que este era obviamente o relacionamento mais eficiente para se realizar alguma coisa na vida. Infelizmente, às vezes a Nave ia longe demais, fazendo observações irrelevantes — "Como o senhor está maravilhoso, senhor" ou "Só o senhor poderia ser tão fascinante, senhor". O que não deixava de ser verdade, claro, mas não era estritamente necessário. E se tratava de afirmações tão óbvias que não valia a pena sequer serem verbalizadas.

— Vou buscar o livro — disse ele, pegando a bolsa de tapete com a esfera e virando-se para deixar a Nave. — Volto logo.

— Claro que sim, senhor — disse a voz.

Skagra saiu da Nave e entrou no veículo de transporte terrestre roubado. Girou a chave na ignição, e o carro acelerou no caminho de volta a Cambridge.

Capítulo 17

Chris pedalou furiosamente pelas ruas de Cambridge de volta ao St. Cedd's. Tinha muitas teorias a respeito do livro. Será que seria o último exemplar remanescente de alguma civilização perdida? Até aí, não parecia muito velho. Mas também, até aí não parecia especialmente novo. Era difícil precisar a idade, era difícil afirmar qualquer coisa significativa a respeito daquele maldito livro...

Sua cabeça estava tão cheia de ideias que ele quase bateu num outro ciclista. Então tocou a sineta com raiva para o sujeito que vinha pedalando no outro sentido. Na verdade, pensou Chris, era muito difícil tocar uma sineta de bicicleta com raiva. Por mais forte que você apertasse, ela sempre soava animada e feliz.

Para sua irritação, o outro ciclista tocou sua sineta alegremente em resposta.

Em circunstâncias normais, talvez Chris tivesse parado e dado uma boa lição no sujeito — ou, mais provavelmente, emitido um som de reprovação. Mas dois fatores o impediam nesse momento. O Fator A era a urgência do assunto que tinha a resolver. O Fator B era que o rapaz na outra bicicleta parecia um tanto excêntrico. Era alto, tinha os cabelos enrolados e despenteados e usava um cachecol longo e multicolorido ridículo que se agitava atrás dele.

Chris já tivera o bastante de excentricidade por hoje. E estava determinado a não gastar mais pensamento algum com aquele sujeito.

Capítulo 18

Wilkin checou o relógio, embora não fosse necessário. Pelo ângulo em que o sol se punha lentamente no pátio, sabia que eram quase cinco horas. Seu estômago roncou baixinho, bem na hora. A bela perspectiva de ovos mexidos para o jantar era iminente.

Então ouviu o som nítido de passos na calçada junto ao portão e virou-se, para se deparar com o sujeito insolente que havia encontrado mais cedo. Ao menos estava usando roupas mais adequadas, embora um tanto casuais para o gosto de Wilkin. Ainda trazia consigo a bolsa de tapete. O homem abriu um largo sorriso para Wilkin. Era obviamente insincero, pensou o porteiro, mas pelo menos estava tentando.

— Olá — disse o estranho. — Voltei, como pode ver. Aquele que responde pelo nome de Doutor ainda está com o Professor Chronotis?

Wilkin se viu obrigado a retribuir educação com educação:

— Não, senhor. O Doutor saiu há poucos minutos. O senhor poderá encontrar o Professor na sala P-14. — E indicou o caminho.

O sorriso do estranho se desfez.

— Obrigado, guardião — disse friamente e seguiu com ostentação pela entrada que Wilkin indicara.

Este, por sua vez, acompanhou-o com o olhar, balançando a cabeça e emitindo sons de desagrado. Em todos esses anos trabalhando no St. Cedd's com graduandos, pós-graduandos, professores, reitores, decanos, mestres e, muito mais raramente, meninas de rosto corado tentando passar escondidas por ele nas primeiras horas das manhãs de domingo, nunca tinha ficado com uma sensação tão intensa de ter falhado em seu dever como porteiro ao permitir que um inimigo invadisse sua fortaleza.

Wilkin afastou a sensação. O sujeito provavelmente era de Oxford.

— Mais chá, minha cara? — perguntou inevitavelmente o Professor.

Romana afastou os livros do que supôs ser uma poltrona confortável. Sentou-se e esticou as pernas, tentando aparentar mais calma do que sentia.

— Ótima ideia! Duas pedras, sem açúcar.

O Professor sorriu e lhe deu um beliscão de leve no nariz. Romana teria se ofendido com o gesto se ele viesse de qualquer outra pessoa, mas o Professor parecia um velhinho tão simpático.

Enquanto ele voltava para a cozinha, a moça tentou relaxar. A poltrona não estava nem perto de ser tão confortável quanto havia imaginado. Ergueu preguiçosamente um cantinho da cortina e olhou pela janela para os fundos do prédio, na direção do rio. O sol já havia quase terminado de se pôr, seus raios derradeiros lançando tons de cobre sobre os galhos pelados das árvores. As nuvens haviam se dispersado quase que por completo, e ela podia ver uma lua crescente baixa no céu.

Estremeceu. Os sons reconfortantes do Professor na cozinha, aparentemente despreocupado com o que poderia acontecer ao universo, eram de pouco consolo. Não conseguia esquecer as vozes que tinha escutado mais cedo aquele dia, o grito sussurrante de almas atormentadas. O temperamento intimidante do Doutor a havia deixado ainda mais preocupada. Para ele chegar a considerar um pedido de ajuda aos Senhores do Tempo, era porque a situação realmente era extrema.

Talvez quisesse apenas demonstrar grandiosidade. Afinal de contas, até onde sabiam, tudo o que havia acontecido era que um humano tinha saído por aí sem querer com um velho livro que provavelmente era inofensivo.

Mas, ao fitar a lua e se lembrar novamente daquelas vozes, Romana estremeceu mais uma vez. E pensou naqueles párias ancestrais dos Senhores do Tempo — Subjatric e Rundgar, Lady Scintilla, Salyavin...

De repente, o Professor estava diante dela, dizendo:

— Ah, minha cara...

Romana abandonou seu devaneio imediatamente.

— O que foi? — perguntou, talvez um tanto sobressaltada demais.

— Acabou o leite — disse o velho, um tanto triste.

Romana riu.

— Acho que este é o menor dos nossos problemas.

E o Professor se aproximou dela, preocupado.

— Você está tremendo, minha cara. Está com frio?

— Não. É só um pressentimento bobo. Sem qualquer fundamento científico. Aquelas vozes que a gente ouviu, não consigo parar de pensar nelas. E isto está me dando nos nervos.

— Ah, minha jovem — suspirou o Professor. — Uma boa xícara de chá vai fazer com que você se sinta melhor. — Ele se voltou para a cozinha e então parou. — Ah... acabou o leite. Vou dar um pulinho lá fora para comprar mais. Tem uma lojinha aqui na esquina, muito conveniente, quem não gosta de uma lojinha? — E correu para a porta.

Lembrando-se dos avisos funestos do Doutor, Romana levantou-se da poltrona e bloqueou seu caminho.

— Não acho que seja uma boa ideia, Professor.

— Por que não? — O Professor piscou os olhos. — É o único jeito que conheço de conseguir leite. Além de manter uma vaca.

Romana acenou para a TARDIS.

— Não se preocupe. Temos leite suficiente.

— Ah, maravilha! — O Professor examinou a cabine de polícia através dos óculos. — Sim, claro. É uma TARDIS do tipo 40, não é?

Romana abriu a porta da TARDIS.

— É. Faziam parte do programa de Relíquias e Raridades Automotivas. É impressionante que ainda esteja funcionando.

— Eu me lembro bem de quando elas surgiram, sabia? Era um garoto. — Ele riu e acariciou o casco de madeira com carinho. — O que dá uma boa noção de quão velho sou. Uma relíquia, eu diria.

Romana se aproximou e deu um beliscão de leve no nariz do Professor.

— Besteira. Como se diz hoje em dia em Gallifrey, "6.000 são os novos 4.000". Mas... o leite. Volto num instante.

— Ah, tenho certeza que sim — disse o Professor. — Esse era o problema dos antigos modelos do tipo 40. A cozinha fica longe demais da cabine de comando.

Romana sorriu.

— Nunca vi o Doutor usar a cozinha... — disse ela, entrando na cabine.

E o Professor Chronotis observou a TARDIS por um momento, como se estivesse mergulhando no passando.

— Rá, Antigos Párias... já foram tarde. Todos eles, já foram tarde...

Mas seus pensamentos foram interrompidos por uma confusão de murmúrios no corredor, do lado de fora de seus aposentos.

— Tsc. Esses graduandos — resmungou com um ar sombrio.

Houve uma única batida precisa à porta.

— Pode entrar! — respondeu automaticamente o Professor e, tão automaticamente quanto, seguiu para a cozinha para preparar chá para os novos visitantes, quem quer que fossem.

Skagra entrou nos aposentos e estremeceu. Estava à procura de um livro. Ali havia muitos livros, mas todos estavam espalhados pelo cômodo, sem qualquer ordem aparente, as lombadas vincadas e quebradas, cheios de orelhas e — o mais aterrorizante de tudo — muitos, se não a maioria, com marcas anelares, como se tivessem servido de suporte para algum tipo de vasilhame para bebidas. Este lugar era um antro repugnante de confusão e desordem.

— Sinto muito, mas vai ter que ser chá de limão — gritou uma voz rouca e velha do cômodo vizinho. — Acabou o leite. A menina saiu para trazer mais.

Skagra notou o contêiner alto e azul no canto da sala. E reconheceu a TARDIS do Doutor de um dos videotextos que tinha examinado mais cedo. Sentiu-se tentando a abrir a porta e entrar no veículo, mas este seria um longo e complicado procedimento, sem qualquer garantia de êxito. Além do mais, não era uma rota de ação necessária.

Só o livro era importante.

Skagra abriu as alças de sua bolsa de tapete, e as vozes se tornaram mais altas e insistentes.

— Vocês são quantos, pelo amor de Deus? — gritou o Professor, um tanto irritado. — Só tenho sete xícaras!

— Professor Chronotis! — vociferou Skagra.

O Professor surgiu pela porta da cozinha, trazendo uma bandeja com sete xícaras. Skagra não estava impressionado. Então é assim que fica um Senhor do Tempo ao fim da vida, pensou. Todo aquele poder, aquela genialidade perdidos para a poeira e a escuridão.

Chronotis piscou e olhou ao redor. A confusão de murmúrios estava ainda mais alta.

— Cadê os outros? — Pela primeira vez, parecia perceber que havia algo de muito errado. E fitou Skagra intensamente. — Quem é você?

— Eu sou Skagra. E vim para buscar o livro.

— Livro? — blefou o Professor, desesperado. — Que livro?

— Você sabe que livro — disse Skagra. — Me dê o livro.

— Não sei do que você está falando — disse o Professor. — Não tenho livro nenhum. — E se corrigiu depressa: — Quero dizer, tenho um monte de livros. Vários. Que livro você quer?

— O livro que você roubou dos Arquivos do Panopticon.

As mãos do Professor começaram a perder a firmeza em torno da bandeja, e ela começou a tremer.

— O que você sabe do Panopticon?

— O livro, Professor! Você tem que me dar o livro!

— Por ordem de quem?

— Por ordem minha — disse Skagra. — Me dê o livro.

— Sinto muito — disse o Professor, obviamente tentando soar despreocupado, embora o tilintar de xícaras o traísse —, mas não sei onde está. De verdade, não sei!

Skagra tombou a cabeça de lado e fixou os olhos nos de Chronotis, lançando-lhe seu olhar mais frio.

— Se não me der a informação por conta própria, vou arrancá-la de você. E tenho certeza de que existe muito mais nessa sua cabeça que pode me interessar.

Skagra abriu a bolsa, e a esfera surgiu lá de dentro, a confusão de murmúrios aumentando num crescendo. Antes que o Professor pudesse reagir, a esfera voou na direção dele e se fixou à sua cabeça como uma lesma se gruda a uma parede.

O Professor gritou de dor e deixou a bandeja cair com um estrondo.

Seus braços se moveram freneticamente no ar, tentando segurar e retirar a esfera.

— Não lute contra a extração, Professor — aconselhou friamente Skagra. — Não lute, ou você vai morrer.

E observou calmamente o corpo frágil do velho ceder e desabar no chão de carpete gasto.

Capítulo 19

Clare fechou as persianas das janelas que davam para o pátio interno e estremeceu ao se lembrar do rosto maligno.

Sozinha ali com aquele livro, era difícil não ficar desconcertada. Parecia tão inofensivo sob as lâmpadas fluorescentes, tão inofensivo quanto os outros que jaziam num banco ali perto. Distraída, caminhou até eles para ver do que se tratavam. E concluiu que eram os livros que Chris havia pegado emprestado no St. Cedd's. Tratava-se obviamente de uma tentativa de impressioná-la. E estava mesmo impressionada, não por causa dos livros — já os tinha lido diversas vezes sob as cobertas de seu quarto de adolescente, escondidos atrás de edições da revista *My Guy* —, mas por causa da ideia por trás da escolha deles. Era bem possível que enfiar uns poucos livros sobre datação por carbono na cara dela fosse a noção que Chris tinha de um gesto romântico.

No entanto, tudo isso era uma besteira. Aquele livro esquisito era só um livro. Esquisito, é verdade, mas só um livro. Caminhou até ele e o abriu mais uma vez.

E estava beijando Chris — não uma bitoquinha de leve, mas um beijo apaixonado —, e estava se ouvindo dizer: "Acho que uma delegacia é um bom começo como qualquer..."

De repente, foi trazida de volta ao aqui e agora pelo estrondo das portas do laboratório se abrindo e por uma figura extraordinária que havia surgido por entre elas. Era um sujeito quase impraticável de tão alto e imponente, com um longo sobretudo marrom-escuro, cabelos enrolados revoltos, calça xadrez enfiadas dentro das botas de cano longo e um cachecol comprido idiota. Devia parecer ridículo, e sim, de um certo jeito, até que parecia, mas Clare foi imediatamente tomada por uma generosidade e uma confiança, como se conhecesse aquele estranho desde a infância, e ele fosse tão íntimo quanto o Papai Noel ou o Ursinho Pooh.

No entanto, teve apenas um segundo para experimentar a sensação, pois ele lhe lançou um olhar de surpresa e deixou o laboratório no mesmo instante.

Um segundo depois, voltou, como se sua primeira aparição não tivesse acontecido.

— Olá! — disse, numa voz profunda e sombria que não se parecia com nenhuma outra que Clare já tivesse ouvido. — Estou procurando por Christopher Parsons.

— Sinto muito, mas ele acabou de sair.

Os olhos extraordinariamente azuis do estranho a examinaram e recaíram sobre o livro que estava no banco. Ele ergueu o indicador e disse:

— Arrá!

E foi um "Arrá" muito menos ofensivo que os de Chris. De alguma forma, pensou ela, este homem havia adquirido o direito de ser pomposo e esquisito.

— Quer deixar um recado? — perguntou ela.

O estranho se aproximou, quase tocando o livro com o nariz pontudo, e examinou a capa com sua inscrição curiosa, que parecia saída de um pergaminho. Então se aprumou de novo e voltou o olhar inquisitivo para Clare.

— Isso não é seu.

A moça tinha a estranha sensação de que ele a analisava, avaliando-a como uma inimiga em potencial. Parte dela tinha vontade de gritar "Quem é você? Como você entrou aqui e o que tudo isso significa para você?", mas ela se calava diante da parte que sentia uma empatia súbita por ele, e que, por alguma estranha razão, estava gritando muito mais alto "LEVE-ME COM VOCÊ!"

— Não, não é meu — disse, tentando soar calma e normal. — É seu?

— É de uns amigos meus — respondeu o estranho com cautela, sem tirar os olhos dela.

— É um livro muito esquisito — disse Clare.

— Tenho amigos muito esquisitos. E muito descuidados. — Ele pareceu ser dominado por um pensamento repentino. — Estranhamente descuidados... — E desviou os olhos, mas, de repente, os cravou de novo na moça. — Por que você o pegou?

— Não fui eu.

— Eu sei.

Clare suspirou.

— Tá legal, que história é essa?

— Que história?

— Essa. — Clare indicou o livro. — Esse livro.

O estranho parecia quase temer tocar o livro. Seus dedos pairaram hesitantes sobre ele.

— Você leu?

— Não consigo — disse Clare.

— Você não sabe ler?

— Não... quero dizer, sei ler, mas... os caracteres não fazem o menor sentido. — De repente, as perguntas começaram a brotar dela. — De onde é? Do que é feito? Por que o espectrógrafo explodiu? — Ela apontou um aparelho coberto por um pano de prato num canto do laboratório.

— Posso dar uma olhada no seu espectrógrafo? — perguntou o estranho. Clare assentiu, e ele caminhou até o aparelho e retirou o pano de prato. E então assoviou. — O livro fez isso?

— Fez — assentiu Clare.

O estranhou olhou dela para o espectrógrafo e pareceu chegar a uma decisão. Sorriu de súbito e inesperadamente, com dentes que pareciam duas fileiras de lápides reluzentes.

— Olá, eu sou o Doutor — disse, estendendo a mão.

— Clare Keightley — respondeu ela, apertando sua mão.

Mas, lá no fundo, ela estava pensando, muito estranhamente: *Mas é claro que é.*

Capítulo 20

O Professor estava certo quanto aos modelos do tipo 40, pensou Romana. A cozinha ficava a uns bons cinco minutos de caminhada da cabine de comando, depois de tortuosos corredores brancos. O que o Professor não sabia era que o Doutor era assustadoramente descuidado com a infraestrutura para pedestres da TARDIS, apagando, criando e rearranjando casualmente o espaço interior feito um baralho de cartas, segundo seus próprios caprichos. Ainda bem que ela tinha uma excelente memória, ou a tarefa teria levado muito mais tempo.

Romana voltou para a cabine de comando com uma garrafa de meio litro de leite. Passou diante do painel de controle e estava prestes a abrir a porta para se reunir mais uma vez ao Professor quando um pensamento lhe veio à mente. E chamou:

— K-9?

O computador portátil em forma de cachorro saiu de baixo do painel. Seus visores brilharam animados.

— Senhora? — perguntou, bem-disposto.

Romana se ajoelhou e fez um carinho em sua cabeça.

— Você quer dar uma saída e fazer alguma coisa de útil? Aparentemente essa não é só uma visita social.

— Afirmativo, senhora — disse K-9. — Minha função é auxiliá-la — acrescentou, talvez um pouco chateado por ter sido abandonado na TARDIS o dia inteiro.

— Bem, você pode começar me dizendo de quando é este leite — disse Romana. Ela abriu um lacre dourado (que dizia *Laticínios Express 1886*) e colocou o conteúdo sob o sensor de nariz super sensível de K-9.

K-9 farejou.

— Este leite está no preservador por estase há apenas 30 anos de tempo relativo. Está em perfeitas condições de uso.

— Ótimo — disse Romana. — Vamos lá, vou apresentá-lo ao Professor.

Ela girou a grande alavanca vermelha que operava o sistema de portas, e K-9 a seguiu para fora da TARDIS.

— Trouxe o leite — disse. E logo viu o velho caído junto do sofá, os olhos abertos, encarando o nada.

A pele estava terrivelmente pálida, a cabeça jogada para trás, a boca aberta, o rosto contorcido numa expressão de dor e choque.

— Professor! — gritou Romana, correndo para junto dele.

Desta vez, pensou Chris, iria exigir algumas respostas. Desta vez, não iria admitir nenhuma excentricidade, dissimulação ou estranheza, e nem esquisitices sem propósito relacionadas a cabines de polícia. Iria entrar nos aposentos do Professor Chronotis como um homem e descobrir toda a verdade sobre essa maldita história de livro como um homem de verdade faria. Ah, sim, desta vez seria diferente!

Estacionou a bicicleta no pátio interno e cumprimentou o porteiro.

Enquanto marchava decidido pelos corredores em direção à sala P-14, com uma postura muito direta, masculina e determinada, quase trombou com um sujeito circunspecto usando uma calça jeans apertada e a camisa com no mínimo uns dois botões abertos além do necessário, e carregando, por algum motivo, uma velha bolsa de tapete.

— Desculpe — disse Chris, castigando-se mentalmente por não soar nem um pouco viril.

O sujeito passou bruscamente por ele sem dizer palavra.

Chris alcançou a sala do Professor, respirou fundo e bateu à porta. Hora de um pouco de bom senso!

— Professor Chronotis! — chamou ele.

— Quem é? — perguntou uma voz que não era a do Professor.

Chris decidiu entrar assim mesmo, de um jeito muito sensato e determinado.

— Sou eu, Professor — começou a dizer... e parou.

O Professor jazia imóvel no chão, o rosto desfigurado numa expressão de dor imensa, as mãos retorcidas como garras. Debruçada sobre ele, estava a mulher mais bonita que Chris já vira. As feições clássicas e quase aristocráticas eram emolduradas por cabelos compridos da cor de milho maduro, e usava um chapéu de palha e um delicado conjunto de renda. Tudo que precisava era de um guarda-sol e pareceria saída direto de uma cena praiana de um quadro de

Boudin. Embora fosse óbvio que estava profundamente nervosa com o que quer que tivesse acontecido com o Professor, mantinha um ar de compostura e dignidade. No mesmo instante, deixou Chris mais nervoso que qualquer mulher antes dela, inclusive Clare. Estranhamente, do jeito instantâneo que o instinto sexual humano funciona mesmo em momentos de estresse ou de esquisitice exagerada, Chris percebeu que, na verdade, não a achava atraente, mas... simplesmente, o máximo.

E, o que era mais estranho, ela não era a pessoa mais esquisita do ambiente, se é que a outra criatura presente pudesse ser descrita como uma pessoa, o que Chris duvidava veementemente.

Ao lado da mulher e, de alguma forma, parecendo tão preocupado quanto ela, havia uma caixa de metal de uns 90 por 60 centímetros com as letras "K-9" gravadas na lateral numa fonte que alguém obviamente tinha imaginado ter um ar futurista. Da parte da frente da caixa surgia o que obviamente fora concebido para ser uma cabeça, com uma tela vermelha brilhante em vez de olhos, um focinho com um bocal na ponta e duas antenas de radar em miniatura no lugar das orelhas. Parecia um pouco com um cachorro. Tinha até uma antena no lugar do rabo e, para encerrar com um toque bem brega, uma coleira com um padrão de xadrez escocês.

Tudo isso cruzou a mente de Chris num segundo, afastando finalmente qualquer esperança de instituir um pouco de bom senso em seu dia. E, com uma voz murcha e muito pouco masculina, se viu perguntando:

— O que aconteceu?

A moça mal ergueu o olhar para Chris antes de voltar a atenção para o Professor.

— Não sei — disse. Ela se abaixou e encostou a orelha junto do lado esquerdo de seu peito e então, estranhamente, também verificou o lado direito. Por fim, levantou-se. — Acho que ele morreu — disse, desesperando-se.

— Negativo, senhora — exclamou uma vozinha fina. Chris levou um tempo até perceber que o som estava vindo do negócio-cachorro de metal. Emitindo um zumbido elétrico, uma sonda comprida e fina se estendeu de seus olhos até a testa do Professor. — Está vivo, mas em coma profundo.

Chris tinha tantas perguntas. Mas, diante da visão do corpo inerte do Professor, todas elas foram afastadas para o fundo de sua mente. Ele parecia um velhinho tão simpático. Então simplesmente perguntou de novo:

— O que aconteceu com ele?

Dessa vez, foi o negócio-cachorro que respondeu, as orelhas de radar girando furiosamente de um lado para o outro.

— Processando informações — disse.

De repente, a moça se levantou e fitou Chris com um olhar suspeito.

— Você o conhece?

Chris quase deu um passo para trás, e então deu de fato um passo para trás. A mulher era um tanto aterrorizante.

— Superficialmente — balbuciou. — Ele só me emprestou um livro.

— Um livro! — exclamou ela. — Nós estamos procurando um livro! Você é o Jovem Christopher Parsons?

Chris recuou.

— Sim — admitiu baixinho. Sob o olhar intenso da garota, sentia-se como se estivesse confessando bigamia, um genocídio e o afogamento de filhotinhos especialmente fofos.

— Bem, e você está com ele?

— Com o quê? — perguntou hesitante.

Ela revirou os olhos.

— O livro!

— Não. Deixei no laboratório. Sabe...

— Então o Doutor não está com você? — interrompeu ela. De repente, seu olhar parecia menos ameaçador. Agora estava preocupada.

Chris piscou os olhos, mais confuso do que nunca.

— Não sabia que o Professor estava doente.

— Não, *o* Doutor — disse ela, com uma ênfase peculiar.

Chris estava absolutamente estupefato.

— Senhora. O Professor foi submetido a uma extração psicoativa.

Ela se ajoelhou para falar com ele.

— E vai ficar bem, K-9?

— Prognóstico físico favorável — disse o cachorro. — Prognóstico mental incerto.

Chris se aproximou dele. Não podia mais se conter.

— É um robô? — perguntou apontando o negócio-cachorro.

A moça nem sequer ergueu os olhos:

— É.

Sentindo-se subitamente corajoso, Chris se ajoelhou ao lado do cachorro.

— Um cachorro robô? — aventurou-se. — Chamado K-9? Que engraçado, né? K-9,* quase como "canino". Muito legal.

* Lê-se "K-Nine". (N.T.)

— É — disse a moça, impaciente, como se não tivesse tempo para discutir essas trivialidades.

Chris tentou racionalizar todas aquelas informações. Infelizmente, a porção de seu cérebro destinada a pensar estava gasta de tanto racionalizar a respeito daquele livro a maior parte da tarde, então, depois de alguns pensamentos inúteis a respeito de quão longe os japoneses estavam levando a robótica, desistiu e disse sem convicção:

— K-9. Maneiro.

A moça estava pensativa. Gentilmente, tocou a testa do Professor.

— K-9, você falou extração psicoativa?

— Afirmativo, senhora. Alguém roubou uma parte da mente do Professor. Sua resistência causou um trauma cerebral severo. Ele está enfraquecendo depressa.

— Posso esclarecer só uma coisa — disse Chris, erguendo o indicador. — Isso é de verdade?

A moça suspirou e então se virou para ele com um sorriso subitamente encorajador. E era como se o sol estivesse saindo de trás de uma nuvem preta. De repente, Chris se sentiu como se pudesse fazer qualquer coisa por ela.

— Quer fazer alguma coisa de útil? — perguntou ela.

— Bem, se eu puder — disse Chris, assentindo vigorosamente.

A mulher apontou para a cabine de polícia.

— Vá ali dentro e pegue o kit de primeiros socorros da TARDIS — disse, como se fosse a frase mais normal do mundo.

Chris parou de assentir.

— Pegar o quê?

— Ali — disse a garota, apontando de novo para a cabine de polícia. — Primeira porta à esquerda, siga o corredor, segunda porta à direita, siga o corredor, terceira porta à esquerda, siga o corredor, quarta porta à direita... — hesitou, como se estivesse tentando se lembrar.

— Siga o corredor? — sugeriu Chris, sem nada melhor para dizer.

Ela fez que sim.

— Armário branco na parede oposta à porta. Prateleira de cima.

Chris se levantou e se deu conta de que não havia mais nenhuma porta na direção em que ela havia apontado. Não queria que a garota achasse que era burro, mas precisava de uma explicação.

Tentou uma risada animada e disse:

— Por um instante, achei que você estivesse apontando para aquela velha cabine de polícia.

— E estava! — exclamou ela, gesticulando com urgência. — Por favor, traga logo o kit!

Chris concluiu que não tinha como as coisas ficarem mais estranhas do que já estavam e entrou na cabine.

De repente, as coisas ficaram ainda mais estranhas.

Em vez de uma pequena cabine escura, como esperava encontrar, entrou numa ampla sala circular do tamanho de um restaurante de médio porte. No centro da sala havia um painel hexagonal, cada uma das seis faces inclinadas cobertas de alavancas, botões, ponteiros e interruptores com funções que nem sequer poderia começar a imaginar. No centro do painel, havia uma coluna alta de vidro que continha uma unidade ainda mais intrincada que pulsava com uma luz avermelhada. A sala era iluminada por luzes embutidas nas paredes que emitiam um brilho dourado suave por trás dos painéis decorativos circulares dispostos num padrão simétrico ao longo das paredes. O lugar pulsava com uma energia contida, um zumbido uniforme de eletricidade. E tinha um cheiro, pensou Chris, quase como uma igreja do interior, evocando todas aquelas memórias de séculos de passado e tradição ancestral.

Num canto, um cabide de madeira incongruente sustentava casualmente uma grande capa xadrez e um sobretudo bege. Num nicho junto a ele, havia um monitor gigante coberto por uma persiana. Do outro lado da sala, uma porta entreaberta revelava o que parecia ser um corredor branco de mais de um quilômetro de comprimento e com um padrão semelhante nas paredes.

Chris deu meia-volta, assustado... e, em vez da porta da cabine de polícia pela qual, lembrou a si mesmo, tinha *definitivamente* entrado, havia duas portas brancas muito maiores e feitas do mesmo material que o restante da sala. Do outro lado das portas, podia ver a garota maravilhosa e K-9 agachados junto do Professor.

Voltou correndo por elas. Nunca tinha ficado tão espantando antes, os olhos arregalados, a boca tremendo, escancarada, como quando Tom vê Jerry tramando uma vingança desproporcionadamente espetacular.

Virou-se para apontar a cabine de polícia, que ainda era obviamente uma cabine de polícia na qual podia dar a volta.

— Eu... eu... eu... — gaguejou.

— Ande logo! — exclamou a moça, como se ele estivesse sendo incrivelmente bobo e tedioso.

Chris obedeceu. Apesar da última revelação, ainda lembrava as instruções como se ela as tivesse implantado deliberadamente em sua cabeça. Até onde sabia, era exatamente isso que fizera. Correu pela porta e seguiu pelos corredores como lhe fora instruído, alternando entre admirar-se pela capacidade da mente humana de se adaptar a novas e impressionantes situações e gritar.

Encontrou a porta certa e enfiou a cabeça no que parecia ser uma enfermaria de um hospital vitoriano, com leitos separados por cortinas de plástico. Já não tinha mais uma gota de energia sequer para se espantar, então abriu o armário e pegou o kit de primeiros socorros, uma espécie de mala grande de metal com uma cruz vermelha pintada na lateral. Segurou-a consigo e correu o caminho de volta até a sala principal, atravessando as portas impossíveis que levavam aos aposentos do Professor.

Entrou às pressas na sala e viu que a moça havia apoiado a cabeça do Professor numa seleção de atlas de capa dura.

— Professor? — chamava ela.

— Senhora — disse K-9 de um jeito que Chris podia jurar conter um quê de simpatia. — A mente dele se foi.

— Você disse uma parte dela, K-9.

— Afirmativo. Mas a parte que ficou está totalmente inerte.

Chris se apressou até eles com o kit de primeiros socorros.

— Obrigada — disse ela superficialmente e abriu a mala, revelando uma incrível variedade de instrumentos estranhos, inclusive um estetoscópio com dois auscultadores, uma grande caixa de curativos comuns e uma coleira transparente e larga que parecia um imobilizador cervical, tudo isso emaranhado por entre faixas de atadura com um estranho padrão de listras.

Trabalhando depressa e de forma eficiente, a moça colocou o imobilizador no pescoço do Professor e ligou um botão acoplado na parte inferior. Pequenas luzes verdes começaram a piscar no aparelho, produzindo um sinal muito semelhante a um monitor cardíaco de hospital. Mas em vez de um único apito, o ritmo gerado era um bip-bip fraco, porém estável.

— O que você está fazendo? — perguntou Chris.

— Ele está respirando e seus corações estão batendo, o que significa que seu sistema nervoso autônomo está funcionando — disse ela. — O imobilizador vai assumir essas funções e liberar a parte autônoma do sistema nervoso.

Chris estava estupefato.

— E de que vai adiantar?

— Ele vai poder pensar com essa porção do cérebro — respondeu ela, fitando o Professor com o olhar ansioso. Suas pálpebras tremeram, um movimento minúsculo e momentâneo.

Chris balançou a cabeça. Esse era um assunto do qual entendia.

— Espere aí, pensar com o sistema nervoso autônomo? Não, não, não. O cérebro humano não funciona dessa forma. As diferentes funções são divididas por... — E parou de falar ao perceber que a moça o olhava com uma expressão de piedade profunda, como se dissesse "Você não pode ser tão burro".
— A menos, é claro — disse Chris, trêmulo —, a menos que...

— Sim? — perguntou ela, como uma professora encorajando um aluno particularmente lento ao final de uma longa sexta-feira.

Chris desviou o olhar da moça para o cachorro robô e então para a cabine de polícia e para o Professor.

— A menos que o Professor não seja humano?

Ela sorriu e estendeu a mão:

— Meu nome é Romana. E eu também não.

Chris apertou sua mão e, para sua surpresa, não se transformou num bloco de gelo.

— Eu sou — confessou ele. — Tudo bem?

Capítulo 21

O Doutor estava bisbilhotando o espectrógrafo, examinando seu interior com o auxílio de uma fina sonda de metal que de vez em quando zumbia, zunia e acendia. Dissera a Clare que o objeto era uma chave de fenda sônica. A moça tinha um sem-número de objeções quanto à definição, mas as afastou de sua mente e tratou de prosseguir com a datação de carbono do livro com seu próprio equipamento no canto oposto da sala.

— Bastante inacreditável — murmurou o Doutor.

Clare fez que sim:

— O livro não possui estrutura atômica discernível, Doutor.

Homem algum — nem mulher alguma, aliás — jamais havia reduzido Clare ao posto de assistente de laboratório. Por alguma razão, ela descobriu que não se incomodava. Parecia perfeitamente natural estar ali, passando as ferramentas e os tubos de ensaio para o Doutor e fazendo perguntas relevantes, como se isso fosse a única coisa que se deveria fazer quando se estava com ele.

O Doutor ergueu os olhos do espectrógrafo e guardou a chave de fenda sônica.

— Pseudoestase simples — disse, com um ar corriqueiro. — A coisa mais interessante é esta. — Ele deu uma batidinha com o dedo no espectrógrafo. — O livro deve ter armazenado uma grande quantidade de energia subatômica e liberado-a de repente, quando o aparelho foi ligado. Alguma coisa sobre isso não chama a sua atenção?

— Algumas, sim — disse Clare. — Qual, em especial?

— Em especial, que esse é um comportamento bem incomum para um livro.

— Isso me parece bastante óbvio — concordou Clare.

O Doutor ergueu um dedo de maneira significativa:

— Arrá! Jamais subestime o óbvio!

— Mas o que isso quer dizer?

— Nada — disse o Doutor, com a mesma pompa —, obviamente.

Clare pressentia que ele esperava que ela dissesse: "E o que isso quer dizer, Doutor?" Portanto disse:

— E o que isso quer dizer, Doutor?

— Obviamente, o objetivo disso é não nos dizer nada — respondeu ele, feliz da vida —, o que é exatamente a função oposta de um livro. Sendo assim...

Clare completou o raciocínio:

— Não se trata de um livro!

Ele sorriu, incentivando-a:

— Logo é o quê?

No canto oposto da sala, onde Clare estivera trabalhando, um teletipo estremeceu, expelindo os resultados do teste de datação por carbono. Ela cruzou até ele e destacou a tira de papel.

— Vinte mil anos — pronunciou devagar. Segurou o livro com a outra mão e o observou fascinada. — Doutor, este livro tem 20 mil anos. — No mesmo instante, sua mente foi tomada por ideias ridículas a respeito da existência de alienígenas e/ou de Atlântida.

O Doutor examinou o resultado por cima do ombro da moça e apontou:

— Olhe ali.

Clare hesitou.

— Um sinal de menos. Menos 20 mil anos... — Ela levantou os olhos até os dele, confusa. — O que isso significa, Doutor?

— Significa que não apenas o livro não é um livro, mas que para ele o tempo está correndo de trás para a frente. — Suas feições assumiram um aspecto especialmente circunspecto e preocupante. — Acho melhor eu retornar com isso para os meus amigos o quanto antes, você não concorda?

O Doutor estendeu a mão.

Clare sabia que, se lhe entregasse o livro, jamais veria nem um nem outro na vida. Todo um novo universo de possibilidades incríveis lhe seria vedado para sempre, e ela se perguntaria até o fim de seus dias sobre os últimos loucos 20 minutos que haviam se passado. Além do mais, Chris provavelmente ficaria alucinado com a perda que o mundo da ciência sofreria e o fato de ter que abrir mão de sua incrível, embora acidental, descoberta.

No entanto, ela sentia, o livro *queria* ir com o Doutor. O livro sentia o mesmo que ela a respeito do Doutor. Ele estaria em boas mãos.

Com isso, ela o entregou a ele.

Pela primeira vez, o Doutor encostou no livro. Clare o viu recuar no exato instante em que o exemplar tocou sua pele, como se sentisse dor, e dar um passo para trás, fechando os olhos involuntariamente. Um sorriso sublime se formou em seus lábios. O que estaria vendo, ela se perguntou.

Em seguida, seus olhos se abriram, e ele acenou alegremente para ela.

— Obrigado, Clare Keightley. Foi um prazer trabalhar com você. Confesso que tenho sentido falta de gente assim.

— Não posso ir com você? — protestou Clare.

— Acho que vai ser muito mais seguro se você permanecer aqui e esperar seu amigo Parsons — disse o Doutor. — Adeus! Que pena que não tivemos uma chance de correr por aí!

Com isso, deixou o laboratório e se foi.

Capítulo 22

Às seis horas, os sinos de Cambridge soaram.

Skagra estava sentado no banco do carona do Capri marrom, refletindo sobre seu próximo passo. O livro era a antepenúltima parte do plano, um esquema precisamente detalhado ao qual havia dedicado a maior parte da vida. E onde estava agora? Onde o Professor o escondera?

Pressionou as pontas dos dedos ao redor da fria superfície metálica da esfera e acessou a última mente adicionada a ela.

Estremeceu, ao antecipar a carga total da mente de Chronotis, a mente de um Senhor do Tempo, irrompendo dentro da sua. E então, piscou os olhos, pego de surpresa.

Era só isso? O que ele sentia talvez um dia tivesse sido uma mente poderosa. Mas agora não passava de uma confusão nebulosa e cinzenta.

O aglomerado de pensamentos de Chronotis produziu um gosto ligeiramente desagradável em Skagra. Era uma sensação leve e cálida, com um aroma de erva fervida e, por algum motivo, acompanhada da letra C. Skagra pensou, procurando mais fundo.

De repente, uma forma começou a se materializar em meio à névoa. Agora sim, pensou Skagra. O que quer que fosse, estava no âmago dos pensamentos mais profundos de Chronotis. Era levemente circular, uma espécie de anel com uma rede entrelaçada erguendo-se das beiradas e uma haste numa das pontas.

O objeto foi aumentando e aumentando, e Skagra foi se concentrando mais e mais, tentando decifrar seu significado.

E, sob ele, formaram-se umas letras.

P, E, N, E, I, R, A.

Skagra reprimiu a irritação e descartou o objeto. Era irrelevante.

Mergulhou mais fundo, numa tentativa de ultrapassar a desordem geral e acessar traços da memória recente.

Viu a si mesmo na sala de Chronotis, a partir do ponto de vista do velho.

Não... precisava ir mais longe.

Mergulhou ainda mais fundo.

A imagem mental se desintegrou numa bruma cinzenta e então se reorganizou num padrão diferente. Desta vez, mostrava um sujeito alto usando um cachecol comprido. O rosto estava embaçado, sem nitidez. Obviamente o Professor havia tentado esconder a identidade do homem. Fútil. Skagra reconheceu o Doutor no mesmo instante. Será que estava com o livro?

Não... de repente, isso também estava claro. *O Doutor tinha saído para buscar o livro com o Jovem Parsons.*

Skagra se concentrou, tentando ir mais fundo e trazer à tona uma imagem desse Jovem Parsons. O véu enevoado se ergueu por um instante, e de repente via outra vez através dos olhos de Chronotis. Ele estava ocupado, preparando o líquido C na antessala de seus aposentos. Skagra podia notar ao longe um ruído que vinha da sala principal. O ruído perguntou alguma coisa a respeito de pegar uns livros emprestados sobre datação por carbono, e o Professor respondeu alguma coisa a respeito de caos criativo...

Skagra sentiu a mente de Chronotis afastando-se dele. Mais uma vez o aro de metal apareceu, a peneira.

Mesmo com todo o esquecimento e a senilidade, Chronotis evidentemente havia mantido algo de seu treinamento mental e da disciplina telepática de um Senhor do Tempo.

Os esforços para encobrir sua mente certamente teriam se provado fatais.

Skagra fez uma última tentativa e exigiu todo o conhecimento que Chronotis tinha a respeito do livro.

Capítulo 23

Chris observou, ansioso, enquanto Romana se debruçava sobre o Professor, seu rosto iluminado de um jeito macabro pela luz verde que piscava do imobilizador e pelo visor vermelho dos olhos de K-9.

— O imobilizador está funcionando — disse ela. — K-9, algum sinal de pensamento consciente?

As orelhas de radar do cachorro giraram. De algum jeito, pensou Chris, devia ser capaz de estabelecer uma conexão sem fio com o imobilizador.

— Processando informações, senhora. — Houve uma pausa, e então ele acrescentou: — É muito cedo para saber.

— Bom — disse Chris.

Romana ergueu as sobrancelhas.

— Como assim "bom"? O que tem de bom nisso?

— Ué, você não percebe? — perguntou Chris, que achava que era óbvio. — Quando se trabalha como cientista, nunca dá para prever o que vai acontecer ou que sequer vai acontecer alguma coisa. A única certeza é que sempre existem portas enormes que permanecem constantemente fechadas. — Chris já havia percebido que quando estava em seus melhores momentos, quando transmitia a maravilha abstrata (e, no entanto, concreta) do método científico, as pessoas ficavam com uma expressão absorta e vidrada, como se ele estivesse abrindo suas mentes para maneiras inteiramente novas de se pensar. E tinha ficado exultante ao perceber que mesmo os olhos de Romana pareciam estar perdendo o foco, e que K-9 baixara o rabo de antena entre as pernas, como se tomado pelo encanto.

Chris ergueu o braço num movimento circular, indicando o cachorro, o imobilizador e a cabine de polícia.

— E aí, olho isso tudo. E, de repente, sei que um monte de coisas que julgava impossíveis são possíveis, então sim, é por isso que digo "bom"...

K-9 emitiu um som peculiar, quase como se estivesse limpando a garganta.

— Senhora! — disse ele. — O estado do Professor está se deteriorando rapidamente!

Chris ficou assombrado de ver lágrimas nos olhos da moça.

— Ah, K-9, tem alguma coisa que a gente possa fazer?

— Negativo, senhora. — O cachorro baixou a cabeça. — Seu estado é terminal.

Chris quase levantou a mão numa tentativa de consolar Romana, mas se segurou.

Os olhos de K-9 piscaram.

— Senhora, impulsos cerebrais mínimos detectados!

Os lábios rachados do Professor se mexeram.

— Ele está tentando falar com a gente? — Chris se assustou.

— Negativo — respondeu K-9. — Os controles de fala do cérebro do Professor estão completamente inoperantes.

Romana verificou mais uma vez o peito do Professor, dos dois lados.

— Bem — disse Chris um tanto triste —, o imobilizador foi uma boa ideia, mas não parece estar ajudando...

— *Shhh!!!*

Romana o interrompeu bruscamente, e, para sua surpresa, Chris percebeu que era incapaz de dizer uma palavra sequer.

— K-9, amplifique as batidas dos corações do Professor!

O cachorro esticou a sonda de seus olhos até o peito do Professor. De repente, uma pulsação dupla, rápida e irregular encheu a sala.

Romana bateu palmas.

— Genial! O Professor é um homem corajoso e muito inteligente. — E falou para Chris: — Escute!

O rapaz escutou. As batidas eram tremendamente irregulares, pulsando rápidas, e então lentamente, e logo depois rápidas de novo. Não parecia nem um pouco saudável.

— Não estou entendendo.

— Ele está batendo os corações em código Morse gallifreyano! — exclamou ela, debruçando-se sobre o corpo. — Professor, estou ouvindo! O que você quer nos dizer?

As pulsações ressoaram. Romana traduziu a mensagem lentamente:

— Cuidado... com a... esfera. Cuidado... com Skagra. Cuidado... com Shada.

E as pulsações pararam de repente.

— Professor! — gritou Romana.

— Todas as funções vitais cessaram, senhora — disse K-9. — O Professor Chronotis está morto.

Capítulo 24

Sob a luz do crepúsculo, o Doutor pedalou com fúria pelas ruas de Cambridge, um antigo e perigoso artefato gallifreyano dotado de algum poder possivelmente aterrorizante acomodado casualmente na cesta de vime presa ao guidão da bicicleta. Fez uma curva fechada, chegou a uma das pontes que atravessavam o rio Cam e tocou a sineta para abrir caminho, embora não houvesse ninguém. Ainda assim, achava que ela acrescentava uma boa dose de urgência.

De repente, assim que a bicicleta começou a subir os paralelepípedos da ponte, viu um homem andando na direção dele, cheio de determinação. E ao chegar ao topo da ponte, o homem parou bem no meio do caminho do Doutor. Nem uma sinfonia de buzinas irritadas poderia tirá-lo da sua frente. O Doutor não teve outra escolha senão frear com toda a força, cambalear por um trecho e parar a poucos centímetros do sujeito.

Era alto, magro, tinha os cabelos claros e usava roupas terrestres comuns e contemporâneas que não lhe caíam muito bem. Numa das mãos, trazia uma bolsa de tapete.

Sob o brilho das lâmpadas de sódio da iluminação pública de Cambridge, o Doutor fitou os olhos do homem. Eram de um azul gélido e transpareciam uma compreensão quase horripilante. Fora isso, o rosto era neutro, com um leve ar macabro emprestado pelo que parecia ser uma cicatriz de duelo ao longo da face esquerda.

— Sinto muito, estou no seu caminho? Ou é você que está no meu? — perguntou o Doutor.

O estranho ignorou a observação.

— É só que estou numa missão um tanto importante, e...

— Doutor — disse o homem simplesmente, sem qualquer emoção.

O Doutor piscou surpreso.

— Que honra ser reconhecido — respondeu e então abriu os braços, como numa desculpa —, mas realmente não estou com tempo para dar autógrafos. — E mudou o tom de voz, tornando-se subitamente sério: — Mas se tivesse, assinaria para quem?

Os olhos do homem mantiveram-se fixos nos do Doutor.

— Eu sou Skagra — anunciou. — Quero o livro.

O Doutor deu um largo sorriso.

— Bem, eu sou o Doutor, e você não pode ter o que quer.

Mais uma vez, nenhuma reação de Skagra.

— Então você está com o livro? E ainda assim tenta escondê-lo de mim? — perguntou.

— É, acho que sim. — O Doutor levantou a mão num gesto corriqueiro. — Mas não se preocupe, vou levá-lo para um lugar seguro.

— Para onde?

— Ah, só um lugar que tenho em mente.

Skagra colocou a bolsa de tapete no chão, e, de repente, uma pequena esfera cinzenta surgiu de dentro dela, pairando junto da mão direita de seu mestre. Skagra lançou um olhar para a esfera e depois de volta para o Doutor.

— Você vai me revelar o que tem em mente, Doutor. Na verdade, tudo o que já se passou pela sua cabeça será meu.

O Doutor se debruçou sobre o guidão da bicicleta e encarou Skagra de cima a baixo, deixando casualmente uma das extremidades do cachecol cair dentro da cesta e encobrir o livro. E então, adotou uma expressão de afronta.

— Sabe, não gostei muito do seu alfaiate — disse ele.

O rosto de Skagra não esboçou reações, mas a esfera ao seu lado tremeu levemente, como se estivesse ansiosa por executar seu trabalho. Ela emitia a confusão de murmúrios inumanos que o Doutor ouvira antes. Mas havia algo de diferente a respeito deles. Outra voz parecia ter sido acrescentada ao burburinho, uma voz longínqua e rouca que o Doutor achava ter reconhecido.

Com um pequeno gesto, como se estivesse lidando com um cão treinado, Skagra lançou a esfera, e ela voou bem na direção da cabeça do Doutor.

O Doutor empurrou a bicicleta para trás com um impulso violento e usou a descida da ponte para ganhar velocidade. Ao final da ladeira, girou o guidão de repente, fazendo uma curva perfeita de 90 graus, oscilando apenas levemente durante o processo. À medida que a esfera perseguia sua presa, o Doutor deu mais um impulso poderoso e começou a pedalar furiosamente para longe de seu caçador, voltando para as estreitas ruas de Cambridge.

Skagra assistiu enquanto aquela figura absurda num veículo absurdo desaparecia na escuridão com a esfera em seu encalço. Muito astuto, ele se virou e começou a andar na direção oposta. Agora possuía total acesso ao conhecimento que o humano morto tinha da região. Sabia exatamente onde precisava estar.

O Doutor tocou a buzina da bicicleta com urgência. Aquilo era típico. Agora que estava correndo para salvar a própria vida da ameaça de um aparelho alienígena presumivelmente mortal, as pessoas de Cambridge pareciam não querer perder um segundo da diversão. As ruas estavam fervilhando. Gente inocente sem a menor ideia do perigo que o perseguidor esférico do Doutor representava. Sem contar o próprio Doutor. Passara na prova de habilidade ciclística, mas isso tinha sido há séculos, e num outro corpo com outro centro de gravidade. Para falar a verdade, estava bem mais do que sem prática.

Contornou em alta velocidade um dos imponentes edifícios universitários e se viu numa rota de colisão com um grupo de alunos de graduação reunidos sob um poste de luz e cantando a plenos pulmões. Desviou desesperadamente, fazendo com que um dos coristas pulasse para trás assustado e arruinando momentaneamente a harmonia de uma versão a cappella muito boa de *Chattanooga Choo Choo*. O Doutor seguiu pedalando, acenou um pedido de desculpas e tocou a sineta para marcar o compasso, imaginando que jantar ovos com presunto na Carolina seria mesmo muito melhor do que a sua situação atual. Arriscou uma olhada por sobre o ombro e viu a esfera contornando a mesma esquina, por sorte ignorando os alunos atônitos e se fixando novamente em sua presa.

Em seguida, voltou o olhar para a rua a sua frente. Dessa vez o cenário parecia mais promissor. Era uma rua reta, então começou a pedalar com mais energia, tentando manter a maior distância possível entre si e a esfera. Estava tudo indo surpreendentemente bem, e ele se permitiu um momento breve de esperança em que imaginou que nada poderia dar errado...

Foi então que chegou ao cruzamento. Bem a sua frente, perambulando sobre a faixa de pedestres, câmeras penduradas no pescoço, havia vários turistas japoneses, fotografando prédios, postes de luz e até as faixas sob seus pés. Se começassem a fotografar a esfera, era bem provável que ela os atacasse. Assim, ele freou depressa e olhou para os dois lados.

À esquerda, estava tudo bloqueado por um caminhão imenso e vários homens igualmente grandes, usando calça jeans e camiseta preta e transportando instrumentos musicais e amplificadores até o prédio ao lado. Tanto o caminhão quanto os homens e os amplificadores exibiam uma frase em latim. Não podia ir naquele sentido, pensou o Doutor. Não queria perturbar o Status Quo.

Então olhou desesperadamente para a direita. Para seu horror, viu, naquela direção, uma capela expelindo freira após freira após freira, até a rua estar inteiramente preta. Pelo amor de Deus, pensou o Doutor, por que esses turistas, esses *roadies* e essas freiras não estão em casa assistindo televisão num sábado à noite, como gente normal?

Os murmúrios da esfera ficavam cada vez mais próximos. Arriscou outra olhada para trás e a viu zumbindo pela rua, quase em cima dele.

Foi então que seus olhos enxergaram uma travessa estreita paralela à rua a sua direita. Não tinha outra escolha senão tentar.

Disparou e entrou na travessa, quicando forte contra os paralelepípedos. Ela mal comportava o porte largo do Doutor, que ia batendo os cotovelos e os ombros contra as paredes de tijolo enquanto tentava freneticamente chegar ao terreno iluminado no final da rua.

De repente, com um cantar de freios, um carro marrom estancou na sua frente, bloqueando inteiramente a única saída da travessa. A poucos segundos da colisão, o Doutor freou. As rodas da bicicleta pararam, e ele foi jogado por cima do guidão, aterrissando dolorosamente nos paralelepípedos poucos metros à frente de seu veículo de transporte.

O Doutor gemeu e olhou para cima. A porta do carro que tinha interrompido sua fuga com tanta eficiência se abriu...

E Skagra saltou, vestindo casualmente um par de luvas brancas imaculadas. Ele fitou a figura esparramada do Doutor sem demonstrar satisfação alguma. O Doutor olhou para trás de si e viu a esfera se aproximando depressa pela outra extremidade da travessa. Não havia saída. Instintivamente, ficou de quatro e tentou alcançar a cesta na bicicleta tombada. Afinal de contas, o livro era o mais importante.

Mas a cesta estava vazia.

Embora a esfera agora estivesse a poucos metros de distância, a voz de Skagra fez com que o Doutor voltasse a cabeça em sua direção.

— Enfim — Skagra estava dizendo enquanto se abaixava para pegar *O venerável e ancestral livro das leis de Gallifrey* de onde o exemplar havia caído, projetado para fora da cesta junto com o Doutor e protegido por seu corpo robusto até o momento em que o Senhor do Tempo se levantara e engatinhara na direção da bicicleta. O Doutor se amaldiçoou: tinha praticamente entregado sua carga preciosa ao inimigo!

A esfera estava quase o alcançando.

Com um esforço estupendo, o Doutor ficou de pé, pegou a bicicleta e a atirou na esfera. A bicicleta a acertou com um estampido metálico, atirando-a pelos ares até o início da travessa.

Ofegante, o Doutor se virou e viu o carro marrom — com Skagra, o livro e tudo o mais — acelerando para a noite de Cambridge.

De repente, feito uma bala de revólver, a esfera cruzou a travessa na direção dele, zumbindo quase como se estivesse com raiva. E começou a girar, tão rápido quanto a luz, num círculo ao redor da cabeça do Doutor. Era rápida demais para que ele pudesse escapar em qualquer direção.

Estava cercado.

As vozes murmurantes começaram a aumentar e a aumentar, e o Doutor cobriu as orelhas com as mãos. A esfera mergulhou em sua direção, derrubando-o no chão de paralelepípedos com um estrondo.

Ele gritou e sentiu o toque frio e metálico em sua testa, agarrando-se aos limites de sua consciência. E então, ela começou a sugar a mente do Doutor.

Parte três

O que os olhos não veem, o coração não sente

Capítulo 25

De repente, o Doutor ouviu o som mais grandioso do universo, mais agradável que os coros matinais, mais encantador que o riso das crianças, mais doce que um riacho nas montanhas. Eram os rangidos e os barulhos do estabilizador dimensional relativo de uma TARDIS do tipo 40 em modo de materialização.

A esfera zumbiu, confusa, e se afastou, momentaneamente distraída de sua tarefa por essa intrusão. O Doutor aproveitou a chance. Ficou de pé e mergulhou pelas portas da cabine de polícia enquanto ainda se materializavam do nada, no final da travessa.

Assim que o Doutor atravessou as portas, Romana baixou a grande alavanca vermelha no painel de controle. Ele estava corado pelo esforço e caiu ofegante no chão.

— Senhora! — gritou K-9, alertando Romana para a tela do painel de controle.

A moça viu a imagem de uma pequena esfera cinzenta zumbindo enfurecida do lado de fora. De vez em quando ela se jogava contra as portas da cabine de polícia, como uma vespa confusa que tenta passar por uma janela. E a cada vez que ela batia contra a TARDIS, um som vibratório irrompia pela sala de controle, dando nos nervos de Romana.

— Ela pode entrar? — perguntou Romana.

— Informações insuficientes, senhora — respondeu K-9. — Sugiro desmaterialização imediata.

— Agora, K-9! — ordenou Romana.

O cachorro deslizou para a frente com a sonda esticada e deu início à sequência automática de desmaterialização. Num instante, a coluna central subia e descia, enquanto a TARDIS desaparecia da travessa.

Romana se ajoelhou para verificar o estado do Doutor. Ele bufou, tossiu e deu uma batidinha no braço da moça.

— Romana — conseguiu enfim dizer —, obrigado, muito obrigado, muito obrigado, obrigado mesmo... — E então exclamou: — Demorou, hein, K-9!

O visor de K-9 piscou, emburrado.

— Foi K-9 quem descobriu onde você estava — disse Romana. — Ouvi as vozes outra vez, e ele rastreou a sua localização. Trate de agradecer.

O Doutor ficou de pé e ajeitou as voltas do cachecol.

— Já agradeci.

— Diga "Obrigado, K-9" — exigiu Romana.

— Obrigado, K-9 — disse o Doutor. — Então, aquele enfeite de Natal grande e prateado é a fonte das vozes.

— Afirmativo, amo — disse K-9.

— E do que se trata?

— Não identificado, amo. Origem e composição da esfera desconhecidas. A principal função parece ser extração psicoativa.

O Doutor esfregou a testa com uma das mãos.

— Isso eu já sei. Dava para sentir aquela coisa sugando a minha mente.

Romana engoliu em seco. Tinha que dar as más notícias ao Doutor.

— A esfera atacou o Professor — disse ela, hesitante.

— O Professor! É, achei que tinha ouvido a voz dele misturada às outras. Como ele está?

Romana não conseguiu responder.

O rosto do Doutor murchou.

— Como ele está? — repetiu, tentando manter a voz sob controle.

Foi K-9 quem respondeu:

— A vida do Professor foi encerrada, amo.

Romana daria tudo para não ver a expressão que cruzou o rosto do Doutor. Por um segundo, ele perdeu completamente a compostura — que havia mantido intacta mesmo diante de Davros e do Guardião Negro — e pareceu simplesmente cansado, velho e triste.

— O Professor morreu? — murmurou.

Romana assentiu.

— Acho que aquela esfera roubou a mente dele.

— *Acha*? — O Doutor piscou os olhos, irritado. — Você não estava lá? Era para você ter ficado tomando conta dele, deixei instruções bem claras!

— Eu estava tomando conta dele — Romana respondeu baixinho. — Só dei um pulinho aqui dentro.

— E deixou o Professor sozinho lá fora. Por quê? Por que você o deixou sozinho?

Romana engoliu com dificuldade. Não havia como escapar da verdade e da sua parcela de culpa na morte do velho amigo do Doutor.

— Só vim buscar um pouco de leite.

— Um pouco de leite — repetiu, secamente. Romana tinha a impressão de que, pelo seu próprio bem, o Doutor estava tentando não parecer decepcionado, pois sabia que a moça não iria suportar depois de tudo que passaram juntos.

— Foi.

— Entendi — respondeu ele, friamente.

— É, porque senão ele teria saído para buscar mais leite sozinho — começou Romana.

Mas o Doutor a dispensou com um gesto.

— Não precisa explicar — disse, cansado, e caminhou até o painel de controle, onde começou a ajustar alavancas e interruptores com a casualidade de séculos de experiência.

— E o livro? — perguntou Romana, mordendo o lábio. — Você está com ele?

O Doutor fechou os olhos.

— Estava — disse, sem erguer o rosto. — Mas deixei cair.

Romana ficou vermelha. Quem era ele para reclamar dela?

— Você deixou cair!

— É, deixei cair! — respondeu o Doutor, furioso. — Hoje não foi exatamente um dia de glórias para nenhum de nós!

Um silêncio terrível se arrastou por alguns segundos, interrompido apenas pelo zumbido constante dos sistemas da TARDIS e pelo ranger de engrenagens da coluna central.

Enfim, Romana pousou uma das mãos no ombro do Doutor e disse:

— Sinto muito.

Ele estremeceu diante da sinceridade do contato físico.

— Eu também — disse, movendo-se até outra face do painel para se ocupar dos delicados instrumentos de navegação. — Mas agora não temos tempo para isso. — E encarou o centro vermelho por trás da coluna. — Talvez não tenhamos tempo para nada.

Capítulo 26

Chris Parsons estava num turbilhão de confusão.

Segundos depois de K-9 pronunciar o falecimento do Professor, Romana levou as mãos às têmporas e disse que estava ouvindo uns murmúrios fracos e inumanos. K-9 respondeu que também podia sentir alguma coisa — "picos de atividade telepática a 8,4 na escala Van Zyl". Chris não podia ouvir nada.

Então Romana ordenou a Chris que protegesse o corpo do Professor e correu com K-9 para a TARDIS cabine de polícia. Um instante depois, a lâmpada gigante no topo da cabine começou a piscar, ele ouviu um zumbido terrível e um gemido, como uma elefanta dando à luz, e a cabine desapareceu, deixando uma marca quadrada no carpete.

Chris decidiu não se deixar surpreender por aquilo. O interior da cabine obviamente era algum tipo de veículo, então o que poderia haver de mais natural além do fato de que ela desaparecia no nada?

Achou muito mais inquietante ficar sozinho num cômodo escuro com um corpo. Nunca tinha visto um cadáver antes, a menos que você contasse Bony Emm e os vários esqueletos e crânios com que seus amigos da faculdade de medicina insistiam em encher os próprios quartos. E Chronotis não partira docemente na noite feliz. Suas feições permaneciam contorcidas numa terrível expressão de dor, sobressaindo-se sob os últimos raios de luz do dia.

O rapaz se levantou e acendeu um abajur, o que só piorou as coisas. Os olhos vítreos e mortos do Professor o encaravam como se dissessem "É tudo culpa sua". Então tirou a jaqueta e cobriu o corpo.

Com cuidado, esticou a mão para fechar as pálpebras, como fazem com os mortos nos filmes.

Sentiu um arrepio de algo parecido com eletricidade, mas que obviamente não era eletricidade, e pulou para trás, assustado, parabenizando-se por ainda ser capaz de se assustar depois das últimas horas.

Uma aura formada por partículas douradas começou a dançar ao redor do corpo de Chronotis.

— Não, por favor, não faça isso — implorou a ninguém em especial, lembrando-se da urgência das últimas instruções de Romana. — Como posso protegê-lo disso? Sou só um terráqueo. Por favor, pare, pare de brilhar.

A aura dourada brilhou com ainda mais vida, as partículas minúsculas girando mais e mais rápidas ao redor do corpo deitado de barriga para cima. De repente, Chris percebeu que podia ver o que ainda restava do carpete gasto através da pele fina como pergaminho do rosto do Professor. Segundos depois, o brilho se foi, deixando apenas o carpete, a jaqueta de Chris e uma pilha de atlas. O Professor havia desaparecido por completo.

— Que maravilha — disse Chris.

Foi tomado por uma vontade súbita de sair daquele lugar e deixar tudo aquilo para trás. Não era da conta dele. E então se lembrou da incrível oportunidade com a qual tinha se deparado. Ele, Chris Parsons, havia feito o primeiro contato entre a raça humana e seres alienígenas. Ou, ao menos, o primeiro contato *consciente*; o velho Chronotis já devia ter deixado muita gente desconcertada ou irritada ao longo dos anos sem que nem suspeitasse que, na verdade, ele era do planeta Zoot ou de onde quer que fosse.

Chris sacudiu a cabeça. Queria que Clare estivesse aqui.

Clare! Ela ainda estava no laboratório, provavelmente com o tal Doutor que tinha ido buscar o livro. Olhou ao redor em busca de um telefone e então se lembrou que o Professor não tinha nenhum em seus aposentos. Havia uma cabine telefônica bem em frente ao portão da universidade que ele talvez pudesse usar...

De repente, o gemido de elefante recomeçou, e Chris piscou os olhos ao ver uma luz sem sentido acendendo e apagando no ar. Segundos depois, a cabine de polícia, casco da TARDIS, surgiu do nada, sólida e evidente no mesmo lugar em que estivera mais cedo.

Chris engoliu em seco e se preparou para explicar seu fracasso no que dizia respeito ao corpo do Professor para os olhos frios de Romana.

Em vez disso, uma figura extraordinária usando um sobretudo e um longo cachecol multicolorido saltou da cabine e parou de repente ao vê-lo na sala, com os olhos esbugalhados.

— Quem é você? — perguntou, irritado.

— Chris Parsons, Escola Secundária de Bristol e St. John's College — respondeu automaticamente, se odiando por soar tão idiota.

— Nunca ouvi falar — disse o estranho e então continuou no mesmo tom: — É você que está criando essa confusão toda!

Chris não iria aceitar aquilo.

— Eu não fiz nada! — E encarou o estranho mais de perto. — Foi você!

O estranho piscou os enormes olhos azuis.

— Você sabe quem eu sou?

— Você quase me derrubou da bicicleta — explodiu Chris —, lá perto da Pepys Street. Eu buzinei para você.

— Você o quê? — perguntou o estranho. Por trás dele, Romana e K-9 apareceram.

— Eu fiz sinal para você quando estava vindo para cá — disse Chris. E então seu rosto murchou. — Ah. Você é o Doutor?

O estranho assentiu.

Chris sorriu.

— Ah, bom. Então você estava indo atrás do livro. Não é de se estranhar que estivesse com tanta pressa. — E foi dominado por um pensamento terrível. — E Clare?

— Clare? Uma graça, não é?

Chris fez que sim com a cabeça.

— Então ela lhe deu o livro? Onde está?

Romana passou os olhos pela sala e perguntou:

— Cadê o Professor?

Chris engoliu em seco.

— Bem, eu, eu, eu...

— Você o quê? — perguntou o Doutor.

— Bem, eu não sei — explodiu Chris, afinal. — Veio uma coisa brilhante e dourada, e ele desapareceu. Sabe, de um jeito que as pessoas não fazem.

O Doutor trocou um olhar com Romana.

— Onde ele estava? — perguntou.

— Bem ali. — Romana apontou.

O Doutor se ajoelhou e examinou a área vazia do carpete, correndo os dedos por ele e então os esfregando um no outro.

— Vestígios residuais de energia artron — disse a Romana.

Ela baixou o olhar, sentindo-se culpada.

— Devia ser sua última regeneração.

— O que isso significa? — perguntou Chris, baixinho.

Romana suspirou.

— Agora não dá tempo de explicar... — começou ela.

Mas o Doutor se levantou e passou um braço gentilmente ao redor do ombro de Chris.

— Tem gente por aí — disse, gesticulando com a outra mão como quem está se referindo ao universo inteiro — que seria capaz de acabar com esse planeta por causa do corpo de um Senhor do Tempo. O ciclo de regeneração do Professor se completou, então seu último ato deve ter sido a própria destruição corpórea para evitar uma tragédia dessas.

— O que é um Senhor do Tempo? — perguntou Chris.

— Doutor, nós realmente não temos tempo — disse Romana.

— Eu sou um Senhor do Tempo, e Romana também, e o Professor também era — explicou o Doutor.

— Eu não sou um Senhor do Tempo — disse K-9, sem necessidade.

— Então somos dois.

— Os Senhores do Tempo do planeta Gallifrey são incrivelmente poderosos, se podemos dizer isso sobre nós mesmos — explicou, num tom grandiloquente. — E os antigos Artefatos de Gallifrey, como o livro que você tão irritantemente pegou emprestado com o Professor e que eu mais irritantemente ainda deixei cair, são ainda mais incrivelmente poderosos...

— Doutor! — Romana o interrompeu.

Ele virou-se para ela, tossiu e tirou o braço dos ombros de Chris.

— O que foi? Ah, sim.

— Quem quer que tenha roubado a mente do Professor tentou fazer a mesma coisa com você — disse Romana.

— Sim, encontrei com ele. Chama-se Skagra.

— Skagra! — exclamaram Chris e Romana ao mesmo tempo.

— Você já ouviu falar? — perguntou o Doutor a Romana, e então se virou espantado para Chris: — *Você* já ouviu falar, Parsons?

Chris assentiu. Finalmente era capaz de ajudar.

— Logo antes de morrer, o Professor falou três coisas. "Cuidado com a esfera"...

— E agora ele me avisa — disse o Doutor um tanto triste, fitando o carpete.

— "Cuidado com Skagra" — continuou Chris.

— Certo, certo — disse o Doutor.

— E "cuidado com Shada". — Chris esperou a reação do Doutor.

— Shada? — Ele deu de ombros.

— Para mim não significa nada. — Romana repetiu o gesto.

O Doutor voltou-se para Chris e perguntou:

— E para você, significa alguma coisa?

Chris gostava do jeito como ele o incluía na situação.

— Infelizmente, não.

— Shada não consta em meu banco de dados, amo — apitou K-9, obviamente irritado por não ter sido consultado.

— Sim, obrigado, K-9. Já ia perguntar.

— E Skagra, K-9? — perguntou Romana.

— Sem informações — respondeu o cachorro. — A análise epistemológica do nome Skagra sugere que existam 16.411 possíveis planetas de origem. Vou organizar por ordem alfabética...

— Shh! — disse o Doutor. K-9 ficou em silêncio.

Chris sorriu diante da ideia de que houvesse tantos mundos habitados, tanto encanto e tanto potencial no vasto e glorioso universo.

— Que cara é essa? — perguntou Romana. — Não estou vendo nenhuma graça.

— Desculpe. — Chris se aprumou. — É só que tudo isso é maravilhoso.

— Está bem longe de ser maravilhoso — interveio o Doutor. — Quem quer que esse Skagra seja, ele matou um Senhor do Tempo, um grande amigo meu.

— E agora ele está com o livro — ressaltou Chris, prestativo.

— E agora ele está com o livro — concordou o Doutor, fechando os olhos como se sentisse dor. Para Chris, era como se toda a luz tivesse desaparecido da sala.

Houve um silêncio sombrio. E afinal Romana tomou a palavra:

— Nós não temos escolha, não é? — perguntou ao Doutor.

Ele abriu os olhos de repente.

— Não.

A moça fez menção de voltar para a TARDIS e disse:

— Vou mandar o sinal.

— Espere, espere! — O Doutor ergueu a mão.

Romana parou junto à porta.

— Assim não. Talvez Skagra seja capaz de interceptar mensagens enviadas por circuitos telepáticos.

O Doutor sentou na grande poltrona e enfiou as mãos nos bolsos. Tirou uma laranja, um estilingue, um novelo de linha, uma coleção de moedas estranhas e uma fita cassete. Chris imaginou que seus bolsos funcionassem segundo o mesmo princípio de "pequeno por fora, grande por dentro" da TARDIS e se parabenizou por não dizer "Uau!" ou "Como você fez isso?" ou mesmo perguntar como um circuito poderia ser telepático.

Enfim, o Doutor estalou os dedos como se lembrasse subitamente de algo e levou a mão ao bolso interno. Tirou seis papéis quadrados brancos de 12 por 12 centímetros e os misturou como se fossem um baralho de cartas. Ele os arrumou na mesa à sua frente e massageou as têmporas enquanto fitava a mesa com o semblante concentrado.

Chris arregalou os olhos de assombro ao ver que primeiro um e depois todos os seis quadrados ganharam vida e se reordenaram de forma a montar um cubo branco. De repente, ele começou a emitir um sonido bem marcado e uma luz forte e branca.

— Uau. Como você fez isso?

K-9 se aproximou, parecendo um tanto nervoso, na opinião de Chris.

— O Doutor está enviando uma mensagem telepática para Gallifrey — sussurrou ele. — Está pedindo a ajuda deles para apreender Skagra.

— Ah, sim, entendi. E Gallifrey é o planeta dos Senhores do Tempo — observou Chris, ansioso para acompanhar.

E então K-9 levantou a voz.

— Amo. Esta unidade contraindica fortemente essa linha de ação...

— Cale a boca, K-9! — gritou o Doutor. — Quando quiser a sua opinião, eu peço!

— Eu suplico, amo! — ladrou K-9. — Meu prognóstico para essa linha de ação é altamente prejudicial...

— Shh, K-9 — disse Romana, muito mais gentil que o Doutor. Ela acariciou o cachorro na cabeça. — Nós sabemos como é perigoso. É por isso que temos que fazer.

— Negativo, senhora — resmungou K-9, soando cada vez mais frustrado. — Esta unidade insiste fortemente que vocês considerem...

— Silêncio! — O Doutor o interrompeu.

K-9 piscou o visor magoado e recuou um milímetro.

O Doutor levantou a caixa e olhou para Romana.

— Sinto muito que isso tenha que acabar dessa forma — disse ele.

— Como eu disse agora. Não temos escolha. Não podemos lidar com isso sozinhos.

O Doutor assentiu, sorriu de repente e arremessou a caixa como se estivesse jogando críquete.

O cubo pairou no ar, girando ao redor de si mesmo, e então a luz dentro dele aumentou e Chris teve que proteger os olhos. Ele começou a desaparecer lentamente, algo com o qual Chris estava aprendendo a se habituar.

De repente, K-9 pulou para a frente. Emitiu um zumbido, e de seu focinho saiu um cilindro preto e curto. Logo depois o cilindro atirou um raio laser vermelho e acertou a caixa.

— K-9, o que você está fazendo? — exclamou Romana. Chris ficou feliz por dentro de vê-la assumindo tal linha de perguntas.

E então houve uma explosão ensurdecedora, e Chris foi jogado no chão.

Uma fina nuvem de partículas de poeira flutuava logo abaixo de onde a caixa estivera.

O Doutor ficou de pé num salto.

— K-9, o que você fez? — exclamou ele.

— Lamento, amo. Minha diretiva prioritária de proteger você e a senhora fez com que eu tivesse que obliterar a caixa de pensamento.

— Não dá pra você sair por aí fazendo coisas que eu não mandei! — berrou o Doutor. — Só quando eu não estiver lá, e eu estou lá, quero dizer, aqui!

— Ele deve ter tido um bom motivo — sugeriu Chris.

O Doutor virou-se para ele.

— Quem lhe deu permissão para falar? Quando quiser a sua opinião, eu peço! — De repente ele se sacudiu e apontou para Chris. — Quero a sua opinião. Na verdade, estou pedindo a sua opinião.

— Bem, só achei que talvez ele tivesse um bom motivo. Ele parece um bom cachorro.

— E é. K-9, você teve um bom motivo para fazer o que fez? — perguntou o Doutor.

K-9 abanou o rabo, agitado.

— Afirmativo, amo. Esta unidade calculou que o seu julgamento e o julgamento da senhora Romana foram influenciados por reações emotivas por causa da morte do Professor Chronotis.

— Claro que estamos chateados, K-9 — disse Romana. — Mas estamos lidando com algo que pode ser poderoso demais, mesmo para nós.

— Sim, senhora, mas esta unidade não tem circuito emocional — contrapôs K-9. — Prognostiquei as possíveis consequências de envolver os Senhores do Tempo neste assunto.

— E as consequências de não envolvê-los no assunto? — disse Romana.

Mas o Doutor havia levantado uma das mãos e respirava aliviado, como um homem que se afasta de um desfiladeiro.

— Romana — disse devagar. — Acho que K-9 talvez tenha um bom motivo para fazer o que fez.

— Foi o que achei — disse Chris, embora não estivesse mais acompanhando.

— Pense um pouco — continuou o Doutor. — Nós dois, Senhores do Tempo, e a nossa reação à perda do livro foi entrar em pânico. E nós somos os mais razoáveis, não somos? Temos um código ético rígido, e, geralmente somos bem gente boa...

— O que você quer dizer? — perguntou Romana.

Chris estava começando a acompanhar de novo.

— Arrá — disse ele, levantando um dedo. Estava ficando bom nisso. — Então, os Senhores do Tempo lá na Galileia...

— Em Gallifrey — corrigiram o Doutor, Romana e K-9 ao mesmo tempo.

— Em Gallifrey, desculpem, estou tentando aprender os nomes... os Senhores do Tempo lá em Gallifrey vão ter um treco quando vocês contarem que Skagra roubou o livro deles. E se eles não são tão ponderados e bonzinhos como vocês, podem concluir que talvez seja um caso de *Carthago delenda est.*

O Doutor assentiu.

— Literalmente, a tática da terra arrasada. — E sorriu. — Bem colocado, Bristol.

Romana ficou sem palavras por um instante.

— Você quer dizer que os Senhores do Tempo poderiam destruir este planeta?

— Se eles tiverem tanto medo do livro quanto vocês — disse Chris, que mal podia acreditar que estava agora respondendo às perguntas da moça.

— Eles não seriam capazes. — Romana balançar a cabeça. — Eles não sabem mais que a gente do que o livro é capaz ou quais segredos ele guarda.

— Exatamente! — disse o Doutor. — Eles podem achar que é mais inteligente, mais rápido e mais seguro queimar o livro, Skagra, o planeta e tudo o mais.

— O Alto Conselho jamais permitiria isso — disse Romana, convicta. — O planeta é habitado, está repleto de pontos fixos no tempo...

O Doutor a interrompeu.

— Você é uma historiadora, não é? Você se lembra do quinto planeta, do saque de Lassademon, da Batalha de Karn...

— Milhares de anos atrás, em tempo relativo.

— E todos eles envolviam segredos dos Senhores do Tempo que caíram nas mãos erradas — disse o Doutor. Ele se abaixou e acariciou o cachorro. — Muito bem, K-9. Muito, muito, muito bom garoto.

— Obrigado, amo. — As orelhas de K-9 giraram.

— Não, não podemos nos arriscar e envolver os Senhores do Tempo nessa história — disse o Doutor. — Ainda não.

Chris riu.

— Qual é a graça agora? — perguntou Romana.

— Nós acabamos de ter uma conversa sobre o fim do mundo — disse ele, balançando a cabeça. — Não em termos genéricos, como estudantes em pufes às duas da madrugada depois que a cerveja acabou, mas realmente falando do fim do mundo de verdade. Hoje.

Romana caminhou até ele.

— Chris. Vá para casa e esqueça toda essa história. Por favor, agora.

O rapaz ficou abatido. Por mais perigoso e estranho que o dia tivesse sido, não tinha certeza de que queria que acabasse.

— O quê? Virar as costas e ficar pensando nesse dia para o resto da vida? Não! — disse, tomado de coragem. — Romana, eu sou um cientista. O meu dever é permanecer aqui e ajudar vocês.

— Com toda a razão — disse o Doutor, aproximando-se e dando-lhe um tapinha no ombro.

— Doutor, estamos numa situação muito perigosa, ele só vai atrapalhar — disse Romana, com um ar de desculpas para Chris.

— Era o que eu pensava ao seu respeito — disse o Doutor. E de repente, ele parecia mais cordial e menos seco. — Quanto mais gente, melhor. Cozinheiros além da conta estragam o caldo da destruição. Agora vamos logo com isso. K-9, Skagra deve ter algum tipo de espaçonave. Procure por emissões de alta tecnologia, picos de energia, esse tipo de coisa.

— Exceto pela TARDIS, não há qualquer vestígio disso, amo.

— Deve estar protegida — disse o Doutor.

— Protegida dos sensores de K-9 — refletiu Romana. — Que são interligados aos rastreadores da TARDIS. — Ela estremeceu. — Uma nave que é capaz de se esconder até da tecnologia de Gallifrey? Como isso é possível?

O Doutor ignorou a pergunta.

— Bem, então procure vestígios da esfera, K-9, da atividade telepática.

— Afirmativo, amo — disse K-9. — Mas está fraco demais para rastrear a localização.

— Vamos ter que esperar até que esteja ativa novamente — disse o Doutor. — Agora, escute, K-9, no momento em que o sinal ficar claro, alerta total!

— Afirmativo, amo.

— Certo! Vamos esperar na TARDIS. — Ele caminhou até a cabine de polícia. — Por enquanto é muito mais seguro.

— Boa ideia — disse Romana. — Tchau, Chris.

— Ande logo, Bristol! — disse o Doutor, segurando Chris e praticamente o jogando para dentro da TARDIS antes que Romana pudesse dizer qualquer coisa.

Capítulo 27

Skagra colocou o livro com cuidado atrás do campo de força que protegia sua biblioteca. Odiava a ideia de mãos, mesmo as próprias, tocando qualquer livro, cheias de gordura, bactérias e calor animal, contaminando as páginas imaculadas.

— O senhor trouxe o livro — sussurrou a Nave.

Skagra assentiu.

— E agora, você o lerá para mim. Vou descobrir o segredo mais sombrio dos Senhores do Tempo.

— Finalmente, senhor — disse a Nave. — O senhor é uma pessoa tão, tão maravilhosa. Meus circuitos não são dignos dos privilégios que me concede com tamanha generosidade.

— Apenas leia — disse Skagra.

Ele se sentou em sua cápsula de conforto e fechou os olhos.

Dentro do campo de força, uma sonda fina de metal saiu de um pequeno buraco. Ela tocou a capa do livro e gentilmente abriu na primeira página.

De outro buraco na extremidade oposta do campo de força, surgiu um tubo flexível e mais grosso. Na ponta, havia uma prótese bastante semelhante a um olho, com uma luz azul fria pulsando constantemente da íris.

A Nave tossiu.

— Comece — disse Skagra.

— Imediatamente, senhor. Hum... o senhor está numa posição de máximo conforto, senhor?

— Sim — disse Skagra.

A Nave tossiu novamente.

— Comece! — disse Skagra mais uma vez.

— É só para ler o livro, correto, senhor?

— Por enquanto, sim, essas são suas ordens.

— E que ordem maravilhosa, senhor — disse a Nave. — Uma ordem digna do paradigma da genialidade indizível que lhe é tão característica, senhor.

— Leia — disse Skagra.

Houve uma pausa.

— Em voz alta, senhor? — perguntou a Nave, um tanto hesitante.

— Sim, em voz alta! Revele o segredo dos Senhores do Tempo. Conte-me tudo sobre Shada!

— Sim, senhor, imediatamente.

Houve outra pausa.

— Do começo, senhor?

— Leia do começo, em voz alta, para mim — disse Skagra. — Agora.

— Tem certeza?

— Tenho.

— Quanta certeza, senhor?

— Cem por cento de certeza! — explodiu Skagra. — Agora comece, antes que eu seja forçado a destruir os seus circuitos!

— Muito bem, senhor.

A Nave tossiu de novo.

— "*O venerável e ancestral livro das leis de Gallifrey*" — disse, grandiloquente. — Lido por mim, em voz alta, para meu senhor Skagra.

Outra pausa.

— Rabisco, rabisco, rabisco, rabisco — disse a Nave, enunciando cada sílaba com a seriedade que o momento exigia. — Rabisco, linha, rabisco, rabisco, linha, rabisco, rabisco, linha ondulada, mas acho que isso também pode ser um rabisco...

Skagra deu um pulo de sua cápsula de conforto.

— O que significa isso?

— Como sempre, sua magnificência identificou o problema com uma precisão infalível, senhor — disse a Nave. A sonda com um olho na ponta correu constrangida ao longo do livro, que, notou Skagra, era coberto de símbolos arcanos. — Sou programada para traduzir qualquer língua e qualquer alfabeto do universo. E não tenho ideia do que isso significa.

Capítulo 28

A noite cobriu a cidade de Cambridge. A lua aparecia esporádica por detrás das nuvens sobre as ruas antigas e envolvendo os prédios universitários.

Wilkin fez a ronda final nos terrenos do St. Cedd's, conferiu o cadeado pela última vez e voltou para suas dependências, onde, precisamente às dez e meia da noite, vestiu o pijama e entrou na cama com um mistério de John Dickson Carr.

Clare Keightley esperava por Chris no laboratório de física. Esperou tanto que dormiu numa cadeira de plástico muito desconfortável, a cabeça apoiada numa pilha de livros sobre datação por carbono, sonhando com os Estados Unidos, grandes decisões, Chris, o Doutor, o livro, mas principalmente com Chris. Ele ficaria surpreso de saber quão direto podia ser nos sonhos de Clare.

A mãe de David Taylor ficou imaginando onde será que ele tinha se metido. Onde quer que fosse, esperava que o filho finalmente estivesse se divertindo.

E o Doutor, Romana, K-9 e Chris Parsons esperavam na TARDIS, ainda num canto da sala silenciosa do Professor Chronotis, que, havia pouco tempo, estivera cheia de sons de conversa animada e talheres chocando-se contra xícaras de chá.

Chris percebeu que tanto o Doutor quanto Romana não queriam ou não precisavam dormir. O Doutor havia ativado o campo de força assim que eles entraram na TARDIS e desabado numa grande cadeira de vime, parecendo cansado e incrivelmente imperturbável. Romana ligou K-9 numa tomada sob o painel "para carregá-lo durante a noite", como ela mesma descreveu. Seus olhos se apagaram, e então a barrinha mais baixa da coluna de barras horizontais acendeu com um apito, e a seguinte começou a piscar.

— Tadinho, estava só com uma barrinha — disse Romana.

Enquanto isso, as orelhas de radar do cachorro giravam sem parar, procurando pela esfera.

— Ele só pode rastreá-la quando está ativa — observou Chris.

— Eu sei — respondeu Romana.

— O que significa apenas quando ela está atacando alguém. Tentando matar alguém, roubar sua mente.

— Isso — disse Romana, com tanta paciência quanto lhe era possível.

— É meio macabro, não é? — aventurou-se Chris.

— Não há nada que possamos fazer — disse Romana. — Estamos lidando com uma possível ameaça às vidas de todos no universo. Tudo o que podemos fazer é torcer para que sejamos capazes de impedi-la a tempo, do mesmo jeito que salvamos o Doutor.

Chris decidiu tentar mais uma pergunta:

— Então você e o Doutor são uma espécie de aventureiros?

— A ideia é essa, embora não funcione assim. — Para a surpresa de Chris, Romana sorriu. — Por que você não tenta descansar um pouco? Tem um banheiro e um quarto de visitas. — Ela apontou a porta interna e deu mais uma lista de direções detalhadas.

— Então me chame se precisar de alguma coisa, tudo bem?

— Qualquer coisa, pode deixar — disse Romana, ainda sorrindo com gentileza.

Chris hesitou junto à porta. Não havia mais nenhum móvel na sala de controle.

— Hum, você quer que eu traga alguma coisa? Uma cadeira, um banco, uma almofada?

— Não, obrigada. Posso dormir de pé, se precisar.

— Sério? — perguntou Chris. E então notou um quê de malícia em seu sorriso. — É brincadeira, não é?

— Boa noite, Jovem Parsons — disse Romana, voltando sua atenção para o painel.

Chris seguiu pelos tortuosos corredores brancos da TARDIS. Dessa vez sua missão era menos urgente e ele se demorou abrindo algumas das portas ao longo do caminho. Algumas davam para outros corredores aparentemente idênticos em sua brancura tortuosa, e, como cabia a um orgulhoso detentor da condecoração por Méritos em Orientação, em 1966, pela Sétima Tropa de Escoteiros de Bristol, ele foi muito cuidadoso e as fechou com firmeza, ignorando qualquer tentação de se desviar do caminho. Como antes, podia se lembrar perfeitamente das instruções de Romana.

Algumas portas davam para outros cômodos. Havia um campo de críquete, que, de alguma forma, cheirava a grama recém-cortada e óleo de linhaça. Outra porta conduzia a uma sala de cinema vazia passando um filme em preto e branco do Lone Ranger. Chris estremeceu ao esbarrar numa lanterninha de busto avantajado. Pediu desculpas, mas então percebeu que se tratava de um manequim rachado e enrolado por algum motivo com pisca-piscas queimados de Natal, além de ter um repolho no lugar da cabeça, um papagaio empalhado no ombro e um balde de limpeza cheio de pipoca pendurado num dos braços.

Espiou por outra porta e viu um quarto enorme, recheado de estantes com novelos de lã de diversas cores, um imenso mostruário de plástico para balas com jujubas em todos os compartimentos, além de pilhas de ioiôs embaraçados.

Por fim, chegou à porta que Romana havia lhe indicado. Então essa era a suíte de visitas. Ele segurou a maçaneta e girou, preparado para qualquer coisa.

Para sua decepção, à primeira vista, a suíte de visitas não diferia em praticamente nada de um quarto de hotel mediano, exceto pelo padrão de paredes em círculo comum a todos os cômodos. Carpete florido, uma penteadeira, um espelho, um passador de calças. Mas então Chris notou dois itens peculiares. A cama era de solteiro e tinha um dossel de madeira com postes esculpidos e trabalhados, mas quando abriu as cortinas, deparou-se com um beliche com uma escada de madeira um tanto precária.

A segunda peculiaridade era o frigobar, se é que aquilo era um frigobar. Era reluzente de tão branco e vinha até a altura do peito de Chris, e com certeza parecia alguma espécie de máquina de bebidas ou de biscoitos, com uma bandeja de saída para a comida ou a bebida escolhida, mas nenhum buraquinho para colocar o dinheiro — apenas dois grandes botões com ponteiros, o primeiro deles numerado e o segundo contendo letras. Disposto a experimentar, Chris colocou os ponteiros na posição K12 e apertou um botão. A máquina tremeu, emitindo um barulho surdo, três bipes agudos, um zumbido, e então um objeto semelhante a uma barra de chocolate branco surgiu na bandeja de saída.

Chris pegou a barra e deu uma mordida cautelosa. Só então se deu conta de que estava sem comer desde o café da manhã. Chocolate cairia muito bem. Mastigou. E sua boca se encheu não com a doçura do chocolate, mas com o gosto suculento e quente de uma costeleta ao ponto para bem passada. Chris abriu um sorriso — comida espacial, agora sim! Guloso, deu outra mordida. A carne suculenta foi substituída pela doçura exagerada e grudenta de algodão-doce. Os sabores se misturaram de um jeito bastante desagradável. Ele pegou o lenço do bolso e cuspiu. Obviamente você tinha que saber algum truque espacial para entender como usar o frigobar. Procurou por instruções, mas não encontrou.

Havia outra porta dentro do quarto, provavelmente levando ao banheiro. Chris respirou fundo e entrou.

O banheiro era talvez ainda mais decepcionante. Igualzinho a um banheiro de hotel, com um vaso sanitário, um espelho, toalhas e alguns produtos de banho. Outra porta dizia BANHEIRA.

Chris entrou e levou um susto. Atrás da porta, havia uma piscina enorme — no mínimo semiolímpica — dentro de uma bacia de revestimento branco. Ele examinou de perto junto à base da bacia e viu que era sustentada por dois pés de metal na extremidade mais próxima da porta. Na certa haveria outros dois na ponta oposta, a 25 metros de distância. No perímetro da banheira-piscina, à esquerda do que normalmente seria a parte rasa, ele enxergou duas torneiras de tamanho normal e um patinho de borracha.

Chris tirou as roupas, subiu por uma escada de metal e mergulhou. Era a água mais quente e relaxante em que já havia se banhado. Veio um jato de espuma, e um sabonete foi arremessado por sobre a água na direção dele.

Depois do banho — Chris não teve coragem de tirar a rolha —, voltou para o quarto e vestiu um grande roupão branco que estava muito convenientemente pendurado atrás da porta do banheiro.

Mas como ia dormir, com tudo aquilo que estava acontecendo?

Sentou no pé da cama de baixo e de repente se sentiu incrivelmente cansado, apesar de toda a agitação e a estranheza do dia.

Testou o colchão e se deixou cair de costas, dominado pelo cansaço. A cama era tão macia e acolhedora, com lençóis engomados e travesseiros gordos envolvendo seu corpo. Mesmo a luz do cômodo parecia diminuir à medida que ele afundava na maciez.

Seus últimos pensamentos do dia foram para Clare. Ele realmente deveria ter ligado, mas, no meio de toda a confusão, ela acabara ficando para trás. Sem dúvida tinha desistido dele e ido embora empacotar suas últimas coisas.

Clare não era mesmo para o seu bico, pensou Chris. Tudo o que tinha acontecido hoje — Senhores do Tempo, cachorros robô, cabines de polícia inviáveis com banheiras do tamanho de piscinas olímpicas dentro — parecia muito mais provável do que ela se contentar com ele.

Pelo menos estava em segurança e completamente à parte de tudo isso. Fosse lá o que tudo isso fosse.

Chris Parsons dormiu.

Capítulo 29

A luz da manhã entrou pelas persianas do laboratório de física, onde Clare Keightley ainda jazia esparramada numa cadeira de plástico desconfortável. O passarinho bicou o vidro da sala, provavelmente uma coincidência. Clare continuou dormindo.

Finalmente, a moça acordou. Precisou de um momento para emergir dos instantes finais de seu sonho, no qual entregava as caixas empacotadas nas mãos do Doutor, que sorria para ela de forma encorajadora. Mas onde estava Chris? Por que não estava com ela, iniciando aquela aventura emocionante? "Arrá!", dizia o Doutor, mas ela não queria aquele "Arrá!", queria o "Arrá!" de Chris. E onde ele estava?

Agora, enquanto piscava para afastar o sono, a pergunta permanecia. Onde estava Chris?

Ela se levantou, se espreguiçou e automaticamente conferiu o relógio — por incrível que parecesse, eram sete e meia da manhã. Os eventos do dia anterior, por mais estranhos que tivessem parecido no momento, haviam sido despidos de toda a sua aura mística pela luz fria do amanhecer.

Balançou a cabeça. Espere aí. Um sujeito havia dito para ela ficar ali — na verdade, dois sujeitos haviam dito para ela ficar ali, e ela obedecera humildemente. Quando foi que havia se transformado na assistente de laboratório dos filmes B de ficção científica dos anos 1950, ficando para trás enquanto o homem saía para fazer coisas misteriosas e perigosas diante das quais ela apenas tinha que reagir? Não ia ficar preparando chá e fazendo perguntas óbvias para ninguém.

Bolou um plano — iria encontrar Chris, gritar com ele, exigir saber tudo o que perdera e então ir embora num acesso de raiva e empacotar suas coisas para dar início a sua nova vida.

Pegou o telefone do laboratório e ligou para o apartamento de Chris. Deixou tocar umas vinte vezes. Hoje não era dia de acordar tarde.

Mas ninguém atendeu.

Então teria que tentar o Professor Chronotis. Pegou uma lista telefônica e passou as páginas até encontrar o nome dele — P-14, St. Cedd's. Para sua irritação, não havia número de telefone.

Ela só teria que ir até lá para dar seu ataque de raiva e exigir algumas respostas. No entanto, sob a grave luz matinal da sensatez, invadir os aposentos de um antigo professor universitário que nem sequer conhecia às oito da manhã de um domingo, gritando "Cadê aquele sujeito pelo qual não tenho o menor interesse e para quem não ligo a mínima, e que história é essa de livro, e quem era aquele tal de Doutor de cachecol?" parecia algo muito arbitrário e ligeiramente passional de se fazer.

Assim, juntou os outros livros que Chris havia pegado com Chronotis; devolvê-los seria um ótimo pretexto. Era uma pessoa muito ocupada, tinha a cabeça no lugar, era uma acadêmica sensata, apenas devolvendo alguns livros, nada mais.

Não queria admitir para si mesma, mas estava terrivelmente preocupada com Chris e com o livro.

Chris precisava de alguém que tomasse conta dele, era um idiota.

Vestiu o casaco e seguiu para o St. Cedd's.

Capítulo 30

Bernard Strong se acomodou em seu banquinho dobrável, ajeitou o chapéu, preparou a caixa com as iscas aos seus pés, ergueu a vara e lançou o anzol.

Tinha chegado cedo e havia ocupado um dos melhores pontos naquele trecho do rio Cam, nos prados a uns três quilômetros da cidade. Não tinha a menor intenção de pegar algo de especial, só queria sair de casa antes que a mulher acordasse e lhe desse um carão por causa da hora em que chegara na noite anterior.

De repente, viu uma esfera de metal cinzenta, mais ou menos do tamanho de uma bola de futebol, flutuando no ar um pouco depois da curva do rio. Ficou observando, espantado, enquanto ela deslizava de um lado para o outro, em espasmos curtos e agressivos de energia. Que diabo era aquilo? Alguma geringonça de controle remoto, um negócio de computador? Ou talvez um satélite, outro pedaço do Skylab? Se fosse, deveria valer um conto ou dois. Ou no mínimo espantaria os peixes com a sombra que estava projetando no rio.

Sem pensar muito na lógica do que estava fazendo, Bernard se levantou e puxou a linha da água. Esperou até que a bola de futebol de metal estivesse dentro de alcance e a cutucou com a vara.

A vara deslizou pela lateral da bola com um som de metal arranhando. A bola parou por um instante no ar e girou em seu eixo, como se estivesse se aprumando para encarar Bernard.

Ela emitiu um zumbido alto, como uma vespa nervosa presa numa lata de biscoitos, e veio na direção dele. Bernard sentiu a fria superfície do metal tocar sua testa...

E então uma dor lancinante na nuca — e depois, nada.

O corpo sem vida de Bernard Strong tombou de frente no rio Cam.

A esfera seguiu por ele, zumbindo irritada, em direção aos prados desertos às margens do rio.

A sala de controle da TARDIS tinha ficado tanto tempo em silêncio que Romana deu um pulo quando a voz aguda de K-9 explodiu de repente:

— Amo! Senhora!

O Doutor, que não havia dito uma palavra desde que havia se sentado na cadeira na noite anterior, acordou num susto e correu para o painel de controle.

— Algum sinal, K-9?

— Afirmativo, amo. A esfera está ativa: 9,1 quilômetros de distância, ângulo de orientação 4,378. Velocidade 15,3...

— Bom garoto! — disse Romana.

Numa agilidade fenomenal, o Doutor digitou as novas coordenadas no painel de navegação, seus dedos sumindo num borrão de tão depressa que se moviam.

— Talvez a gente consiga chegar a tempo — disse a Romana. — Chame Parsons!

Chris foi arrancado de seu sono pelo toque insistente de um telefone aparentemente normal.

Olhou ao redor do quarto de visitas. Não havia telefone.

Levantou-se da cama, sentindo-se descansado e renovado. O telefone continuou tocando — mas onde estava o aparelho?

Olhou para o espelho — e, de repente, em vez de seu reflexo, viu Romana.

— Chris, rastreamos a esfera — disse ela, com urgência. — Venha para a sala de controle, rápido!

Sua imagem desapareceu.

Chris pegou suas roupas, que, de alguma forma, haviam sido lavadas, passadas e arrumadas numa pilha perfeita na cômoda. Estava vestindo a calça quando o quarto deu uma guinada e começou a girar, como se a TARDIS inteira tivesse tombado de lado.

Clare passou pelo porteiro do St. Cedd's com facilidade. Esperou até que o homenzinho de óculos tivesse destrancado o imenso cadeado do portão às oito horas em ponto, deu a ele um minuto para iniciar suas rondas e então passou sorrateiramente para o pátio central e seguiu na direção em que achava que ficava o setor P. Não estava com a menor vontade de ouvir ladainha de porteiro a essa altura.

Seguiu por um corredor comprido e revestido por painéis de madeira, os livros sobre datação por carbono numa das mãos, e contou as portas desde a sala P-1 até virar a esquina. Começava a se sentir um tanto ridícula. Afinal de contas, provavelmente iria haver uma resposta perfeitamente razoável e racional para os eventos de ontem.

Ao se aproximar da sala P-14, ouviu um som de outro mundo, como se engrenagens velhas e imensas estivessem sendo ativadas. E toda aquela estranheza a inundou novamente, pior do que nunca.

O que estava acontecendo ali dentro? Teve uma visão assustadora de Chris, o Doutor e o Professor ao redor de uma máquina prestes a explodir — talvez fosse essa a explicação, eles passaram a noite tentando digitalizar aquele maldito livro, e agora ele iria matá-los...

Correu até a porta P-14. O barulho sem dúvida vinha lá de dentro, embora felizmente estivesse se dissipando agora.

Bateu à porta com a mão livre, chamando:

— Professor Chronotis! Chris!

Não houve resposta. O barulho de motor girando sumiu por completo.

Clare tentou girar a maçaneta e ficou surpresa ao descobrir que a porta não estava trancada.

Entrou às pressas.

Parecia que o lugar havia sido atingido por uma bomba, os livros fora das prateleiras jogados por todo canto. Havia sete xícaras de chá quebradas. A jaqueta jeans de Chris, aquela sem a qual ele jamais ia a lugar nenhum, estava largada no chão. Não havia sinal dele nem de mais ninguém. No canto da sala, uma marca quadrada no carpete e um monte de livros espalhados.

Sua mente disparou. Toda a preocupação que suprimira com a raiva agora vinha à tona. E se o livro tivesse explodido ou algo assim — não duvidava nada que pudesse acontecer —, vaporizando uma máquina que ficasse ali naquele canto da sala e levando todo mundo que estivesse no quarto com ele?

Ela balançou a cabeça. Coisas assim não aconteciam. Mas então se lembrou do livro e do desaparecimento de Chris.

O medo voltou no mesmo instante. Tinha que buscar ajuda.

Largou os livros e correu para fora da sala.

Wilkin terminara sua primeira ronda naquela bela manhã de domingo. Exceto por um cone de sinalização fora de lugar e um capacete de polícia pintado de rosa, não havia nada de muito errado nos terrenos do St. Cedd's. O tempo estava animador, com toques de azul batalhando contra as nuvens no céu. Guardou o cone e o capacete em seu pequeno escritório e pensava no café da manhã quando viu uma silhueta — uma silhueta jovem e feminina — correndo atarantada na direção do portão. Reconheceu os sinais imediatamente. O cabelo desarrumado, as roupas amarrotadas do dia anterior, a maquiagem borrada, o ar de pânico e vergonha. Mas essa menina obviamente não tinha prática alguma em fugas de domingo de manhã.

Wilkin saiu até o pátio principal e tirou o chapéu-coco para ela.

— Bom dia, senhorita — disse com toda a severidade que podia reunir naquelas ocasiões. Teria preferido fazer vista grossa, mas ela não havia lhe dado opção, cruzando o gramado como se fosse uma gazela escaldada.

Para sua surpresa, ela alterou sua rota e começou a correr direto para ele.

— Preciso da sua ajuda — ofegou.

Isso era novidade, pensou Wilkin. Rezou a Deus que ela não estivesse prestes a lhe pedir conselhos sobre métodos anticoncepcionais.

— Farei o possível, senhorita, de acordo com as normas da universidade — disse Wilkin.

— O senhor viu o Professor Chronotis hoje de manhã?

— Ora, ora, tenha calma — disse Wilkin, imediatamente afastando a possibilidade de qualquer sem-vergonhice nesse cenário. O Professor Chronotis era muito velho para esse tipo de coisa, certamente não era um doidivanas. Na verdade, parecia um velhinho tão simpático. — Ele não está na sala P-14?

— Não, acabei de vir de lá — disse a moça, sem fôlego.

Wilkin franziu a testa.

— A senhorita passou a noite nos aposentos P-14?

— Não. Acabei de chegar. Entrei enquanto o senhor provavelmente estava fazendo uma de suas rondas. O Professor não está lá, não tem ninguém lá, esse é problema.

— Estranho. O Professor com certeza não saiu da universidade desde que voltou do mercado ontem de manhã.

— Será que vocês também não poderiam ter se desencontrado? — sugeriu ela.

A observação deixou Wilkin irritado.

— Claro que não, senhorita. Desde que trabalho aqui, o Professor Chronotis sempre entrou e saiu deste prédio da maneira mais civilizada e apropriada.

— E Chris Parsons, ele também desapareceu — continuou a moça. — Alto, cabelo escuro, calça jeans, parece um caso perdido, mas na verdade é um cara legal com...

Wilkin assentiu, estava de volta a território conhecido.

— Sr. Christopher Parsons, pós-graduando de física do St. John's College, chegou aqui às seis e vinte da tarde de ontem para visitar o Professor Chronotis.

— E o senhor o viu sair?

— Infelizmente não, senhorita — disse Wilkin. — Imagino que tenha se juntado ao Professor e à senhorita Romana. O amigo deles, o Doutor, deixou o prédio às seis e quinze.

— E quando o Doutor retornou?

— Ele não retornou ontem à noite. E tenho certeza de que eu não deixaria de notá-lo.

A moça parecia estar se concentrando muito, tentando encaixar as peças.

— Então... o Doutor não chegou a voltar com o livro. Então... onde estão o Professor e Chris?

— Não precisa se preocupar — disse Wilkin, transmitindo segurança. — Tenho certeza de que eles estão aqui em algum lugar. Se a senhorita quiser deixar uma mensagem, vou cuidar para que o Professor a receba.

Ela balançou a cabeça.

— Não, o senhor não entendeu. Três homens estão desaparecidos, e tem alguma coisa a ver com um livro.

— Um livro, senhorita? — Wilkin estava começando a duvidar do estado mental da jovem.

— Sim, um livro! — disse Clare. — Um livro, e acho que um muito perigoso.

Wilkin franziu a testa.

— Bem, eu sempre disse que as pessoas não deveriam escrever coisas que não querem que os outros leiam.

— Não, o senhor ainda não entendeu — resmungou a moça. — É o livro em si. Ele desafia todas as leis, explodiu um espectrógrafo e parece ter pelo menos uns 12 mil anos de idade, e, agora, para piorar as coisas, três homens desapareceram!

Diante do absurdo de tal frase, Wilkin decidiu manter seu sorriso mais neutro.

— Tudo bem, senhorita — disse ele. — Eu tenho certeza que a gente pode resolver isso. Faça o seguinte, volte para os aposentos do Professor, vou fazer umas ligações pela universidade e descobrir onde ele está.

— Os aposentos! — disse ela. — É outro problema! Parece que foram atingidos por uma bomba. Ouvi um zumbido e um barulho de motor, e os livros foram jogados para todos os lados.

Wilkin sorriu.

— Ah, sim. É normal. O Professor Chronotis tem suas próprias ideias a respeito de organização e arrumação. Não deixa ninguém da limpeza entrar, e numa universidade com um encanamento tão antigo quanto o de St. Cedd's, os canos emitem os piores barulhos imagináveis. Os zumbidos que a senhorita ouviu provavelmente vieram da banheira dos aposentos P-18, do Professor Gillespie.

A moça tentou um último protesto.

— Mas...

— Só espere nos aposentos P-14, vou resolver tudo — disse Wilkin. — Acredite em mim, nada mais me surpreende neste emprego.

A moça encarou Wilkin por um segundo a mais, então virou-se e cruzou o gramado de volta para a sala do Professor.

Wilkin balançou a cabeça e virou os olhos.

— Toda essa confusão por causa de um livro. Não sei, parece que hoje em dia se publica qualquer coisa.

Voltou para suas dependências. As ligações poderiam esperar até depois de seu café da manhã.

Capítulo 31

Sem fôlego por ter corrido desde o quarto de visitas, Chris entrou na sala de controle da TARDIS. A grande coluna de vidro no centro do painel estava parando de se mover, e o rapaz supôs que era um sinal de que aquela espaçonave milagrosa chegara ao seu destino.

Antes que tivesse tempo para dizer bom dia, o Doutor puxou a alavanca vermelha no painel e atravessou as grandes portas brancas assim que elas se abriram. Chris seguiu Romana e K-9 para fora da nave.

A TARDIS os trouxera para um local que Chris conhecia. Eram os prados que ficavam à margem do rio logo na saída da cidade. A brisa de outono estava fria, com uma garoa bem fina.

O Doutor já tinha corrido ao longo do rio e estava junto a um banquinho dobrável, examinando com seriedade um conjunto de equipamentos de pesca.

— Chegamos tarde demais — lamentou-se, apontando para o rio, onde um corpo boiava de barriga para baixo.

Chris engoliu em seco.

— Por que a esfera o atacou?

— Provavelmente ele tentou atacar a esfera — teorizou o Doutor. — Ela deve ter alguma espécie de mecanismo de defesa.

Chris se afastou do rio, estremecendo. De repente, viu duas coisas. Ao final do grande prado em que haviam chegado, havia um Capri marrom muito mal estacionado. E passando pelo carro, ziguezagueando devagar e erraticamente com um ar que o rapaz podia jurar que era de frustração, estava a esfera do qual tanto ouvira falar.

— Ali! — gritou ele, apontando para o prado.

Os outros se viraram e seguiram seu dedo com os olhos.

E assistiram à esfera desaparecer. Mas não era como as desmaterializações da TARDIS ou o corpo do Professor. Chris observou, espantado, enquanto a parte de cima da esfera era engolida pelo nada. Depois o meio, e então a parte de baixo. Era como se tivesse sido tragada por um imenso monstro invisível.

Chris estava secretamente satisfeito de que o Doutor e Romana parecessem tão perplexos quanto ele.

— Vocês viram o que acabei de não ver? — perguntou o Doutor, caminhando ruidosamente na grama alta e úmida.

— Não — respondeu Romana, seguindo-o.

— Nem eu — disse Chris, a seguindo.

K-9 passou pelo Doutor, liderando o grupo, a arma retrátil a postos em seu focinho.

— Ela simplesmente desapareceu — disse Chris.

— Foi o que eu disse — retrucou o Doutor, mirando o ponto em que a esfera fizera o que quer que tivesse feito.

A esfera pairou inconsolável de volta até a cabine de comando da Nave.

Skagra, mais uma vez usando suas vestes brancas e preferidas, estava sentado em sua cadeira de comando, a mente buscando continuamente o vasto banco de dados armazenado no núcleo da Nave. Tinha que haver alguma coisa nos frutos de suas longas pesquisas a respeito dos Senhores do Tempo que lhe desse o poder de entender o livro. Ele sabia que tentar analisar a composição ou a estrutura molecular não era uma opção — um Artefato antigo teria sido construído com materiais escolhidos especificamente para resistir a qualquer análise. Mas horas e mais horas de estudo e consultas ao banco de dados não deram em nada que pudesse ajudá-lo.

Ele precisava de um Senhor do Tempo, ou pelo menos da mente de um Senhor do Tempo, para liberar os segredos do livro. A mente de Chronotis era inútil, uma confusão de senilidade. Mas logo a esfera voltaria com a mente do Doutor e, por mais confusa e infantil que fosse, Skagra tinha certeza de que poderia extrair a verdade à força.

— Senhor — disse a Nave, gentilmente se insinuando em seus pensamentos —, a esfera, aquela obra fruto de sua genialidade incomparável, voltou.

Skagra desconectou o circuito em seu córtex, abriu os olhos e virou-se para a esfera. Estendeu a mão e ela tocou levemente sua palma.

Ele examinou a esfera. Mais uma mente havia sido incorporada. Então se comunicou com ela, exigindo o conhecimento a respeito do livro. Mas tudo o que obteve foram os confusos vislumbres da consciência de outro humano primitivo...

Criaturas písceas, minhocas se contorcendo e um chazinho com a mulher...

Skagra exigiu uma explicação. A esfera, que tinha uma consciência rudimentar própria, exibiu uma imagem mental — o Doutor escapando dela em sua TARDIS ridícula.

Ele quase gritou. Um palavrão chegou a se formar e por pouco não pulou de seus lábios.

— Algo de errado, senhor? — perguntou a Nave.

Skagra dispensou a esfera, que se acomodou no topo de seu cone.

— Nada de errado — disse, a voz controlada, embora em sua cabeça pudesse visualizar o Doutor sendo eviscerado por um arpão enorme. E então tossiu. — Nave. Me dê detalhes da cápsula TARDIS do Doutor.

Em microssegundos, a Nave já tinha as informações.

— Meu caríssimo senhor, ela apresenta as características de uma cápsula de viagem no tempo gallifreyana, tipo 39, talvez 40.

— Eu sei disso — disse Skagra, combatendo o desejo de gritar. — Quero que me informe de seu paradeiro atual. Ainda está neste planeta?

— Ah, sim, senhor. Está bem próxima. Na verdade, intrusos, entre eles o seu inimigo desagradável, aquele Doutor, estão se aproximando de nós neste exato instante.

Skagra se empertigou na cadeira.

— Mostre-me!

A Nave ativou uma tela holográfica, mostrando uma imagem com pouca nitidez gerada por um dos sensores. O Doutor estava na tela ao lado de dois humanoides. O primeiro Skagra reconheceu como a fêmea de cabelos claros que havia acompanhado o Doutor em alguns dos videotextos que examinara. Não reconheceu o outro macho, mas lhe pareceu meio primitivo por fora e meio burro por dentro. Por fim, vinha o irritante computador portátil do Doutor, a unidade tão comicamente chamada K-9.

Skagra observou o Doutor caminhar direto para a lateral da Nave.

Caminhando devagar pelo prado, de repente, o Doutor gritou e esfregou o nariz. Ele ergueu a mão para que os outros parassem.

— Não se mexam! — ordenou. E então esticou os braços com cuidado. Chris o viu tocar o que parecia ser uma parede invisível, apalpando o ar como se fossem formas sólidas igual a um mímico. — K-9, tem alguma coisa aqui! — exclamou.

— Afirmativo, amo.

— Então por que você não me avisou que tinha alguma coisa aqui, seu animal idiota?

— Esta unidade presumiu que o senhor era capaz de ver, amo — respondeu K-9. — Peço desculpas. Ainda não havia finalizado a varredura e não tinha percebido o exterior não refrativo do objeto no que diz respeito ao espectro visual humanoide.

— Acho que é invisível — disse Chris.

— O que é, K-9? — perguntou Romana.

— É uma nave, senhora, um modelo muito avançado.

— Tem certeza, K-9? — perguntou o Doutor, esfregando o nariz. — A gente pode passar mais uma semana aqui para você ficar apontando as suas sondas para essa coisa.

K-9 torceu o focinho.

— Varredura concluída. Muitas das funções da nave estão além de minha capacidade de análise.

Chris esticou o braço e tocou o casco invisível.

— Se eu tivesse construído uma coisa assim tão engenhosa, iria querer que as pessoas vissem — disse ele.

— K-9, qual é o combustível? — perguntou o Doutor.

— Dados insuficientes.

— E isso não vale para todos nós?

— Qual a origem? — perguntou Romana. — De onde vem? — Ela estendeu a mão e também tocou o casco momentaneamente, antes de dar um passo para trás como se não estivesse impressionada.

— Dados insuficientes.

— Que aparência tem? — perguntou Chris.

— É uma nave grande.

— Quão grande? — perguntou o Doutor.

— Cem metros de comprimento.

— Então isso é uma nave grande, é? — perguntou Chris. — Porque nunca vi uma.

— Bem, já vi maiores — disse o Doutor, correndo a mão pelo que provavelmente era a lateral da nave.

— Mas nós não estamos vendo essa, estamos? — observou Romana.

— Deve ter uma entrada — disse o Doutor. — Encontrem a entrada, e vou colocar a gente lá dentro mais rápido do que vocês conseguem dizer chave de fenda sônica...

De repente, Chris percebeu algo. Havia um zumbido eletrônico vindo de algum ponto a quase 2 metros de altura.

— Parece uma porta — disse Romana.

E então outro som, dessa vez mais grave, vindo do mesmo ponto. Chris sentiu como se estivesse se aproximando dele, e deu um passo para trás, assustado, no instante em que um pequeno trecho de grama a sua frente pareceu se achatar, como se alguma coisa tivesse caído ali.

O Doutor abriu caminho na frente de Chris e colocou o pé lentamente. O salto de sua bota fez um som metálico. Ele passou o peso do corpo para o pé e trouxe a outra perna uns poucos centímetros para a frente, bem devagar. Então ergueu o primeiro pé com cuidado e, de repente, estava flutuando a poucos centímetros do chão.

— Parecem degraus — refletiu o Doutor. — Na verdade, não têm aparência alguma, mas a sensação é de que são degraus de uma escada. Isso não é jeito de dar as boas-vindas, principalmente quando a visita não tem pernas. — E apontou para K-9.

Chris de repente teve uma ideia. Pegou um punhado das folhas que haviam caído desde o início do outono, aproximou-se da linha de grama achatada logo atrás do Doutor e as jogou mais ou menos em sua direção.

As folhas caíram até o nada — vários níveis de nada —, dando uma vaga, marrom e úmida indicação da escada que levava para dentro do nada.

— Arrá — disse Chris. — Pelo menos dá uma ideia de onde estão os degraus.

— Boa, Bristol — disse o Doutor. — Ele não é bom, Romana? O destemido e velho Bristol; era disso que a gente precisava numa situação dessas, um pouquinho de pensamento prático, e sem frescura de sujar as mãos.

Ele se virou e começou a subir os degraus devagar, um de cada vez.

Romana foi atrás do Doutor. Depois de subir dois degraus, ela voltou-se para Chris e disse:

— Já que você não liga de sujar as mãos, pode trazer K-9.

Chris limpou as mãos na calça jeans e olhou para K-9, que estava agitando o rabo, impaciente. Ele se abaixou e o levantou no colo, feliz de que não pesasse tanto quanto aparentava.

— Favor agir com cuidado ao manusear esta unidade, jovem senhor — disse K-9.

Chris cambaleou de um jeito deselegante atrás do Doutor e de Romana. Então, era domingo de manhã, e ele estava carregando um cachorro robô por degraus escorregadios de uma nave alienígena invisível. Ninguém jamais acreditaria numa palavra daquilo.

Ergueu o olhar e viu que a maior parte do Doutor já havia desaparecido e que agora o chapéu de Romana também começava a sumir. Apressou o passo...

Não houve sensação alguma. De repente não estava mais vendo o prado deserto, mas uma pequena e impecável câmara, como se alguém tivesse apertado um interruptor atrás de seus olhos. Virou a cabeça para trás, instintivamente assustado, e viu o prado novamente.

— Vamos lá, Bristol! — ouviu o Doutor chamar.

Chris aprumou os ombros e seguiu em frente.

E então estava na câmara branca. O Doutor e Romana examinavam as paredes curvas, brancas e lisas. Diante deles havia uma grande porta circular fechada.

— Ah, já entendi — disse Chris, colocando K-9 com cuidado no chão. — Devemos estar na câmara estanque da nave. Se é que naves espaciais têm câmaras estanques, se bem que a sua não tem, se bem que isso aqui não é necessariamente uma nave, é?

Ele baixou a voz, olhou atrás de si e viu o prado emoldurado por outra porta circular. Ouviu um zumbido baixinho, e a porta subiu, afastando-o do reconfortante mundo de Cambridge e de toda a sua normalidade. E um pensamento terrível lhe ocorreu.

— Espere aí, sempre acontecem coisas ruins com gente presa em caixas estanques.

— Acontecem? — perguntou o Doutor.

Chris assentiu.

— Nos filmes e tal.

— Não se preocupe, Chris — disse Romana. — Com uma nave dessas, Skagra podia ter pulverizado a gente no instante em que saímos da TARDIS.

— Não deixe o Bristol nervoso — disse o Doutor. Ele bateu na porta mais distante. — Vamos lá, abra a porta. — Grudou a boca nela e gritou: — *Tá esperando o quê?*

Chris estava assustado.

— Espere aí, esse Skagra é um assassino sanguinário. Você tem certeza de provocá-lo é uma boa ideia? Não sou especialista nem nada, mas quando se está lidando com um psicopata será que é uma boa ficar gritando ameaças pelo buraquinho de correspondências?

O Doutor encarou Chris com um olhar que era ao mesmo tempo sincero e circunspecto.

— Sim — disse ele.

— Não se preocupe — Romana colocou uma das mãos no braço de Chris. — O Doutor sabe o que está fazendo.

— Obrigado, Romana — disse ele, abrindo um largo sorriso para ela.

— Bem, às vezes. — A moça sorriu de volta.

E então, de repente, uma intensa luz branca e ardente se acendeu... e o Doutor desapareceu.

— Onde ele está?

Romana olhou ao redor e respondeu:

— Onde *nós* estamos?

Chris olhou em torno de si, em pânico. De repente percebeu que ele, Romana e K-9 não estavam mais onde estavam antes. Não foi o Doutor que desapareceu — foram *eles*.

O lugar em que estavam era também impecavelmente branco e ainda menor do que a câmara estanque.

Mas o que fez o sangue de Chris congelar foi o fato de que não havia portas. Onde quer que estivessem, este lugar não tinha saída.

Capítulo 32

O Doutor ficou observando, impotente, enquanto um cubo de luz branca se formava do nada ao redor de Romana, K-9 e Chris. Um instante depois o cubo desapareceu, levando os três consigo. Estava sozinho na câmara estanque.

Ouviu outro zumbido eletrônico, e a porta interna se abriu lentamente para revelar Skagra.

O Doutor o encarou e perguntou num tom sério e controlado:

— O que você fez com eles?

— Eles ficarão bem, Doutor — respondeu Skagra na mesma voz imperturbável com que expressava qualquer coisa. E acrescentou: — Por enquanto. — Mas não foi como uma ameaça de um maníaco ou de um ditador, os tipos que o Doutor estava habituado a encontrar e a derrotar. Era uma declaração simples e desimpedida, como se Skagra estivesse simplesmente comentando casualmente a respeito de algo sem importância.

— Eu não fico muito impressionado com sua receptividade como anfitrião, Skagra — disse o Doutor.

— Essa "receptividade", Doutor, é puramente funcional. Seu propósito é precisamente definido, assim como o meu. — E Skagra indicou um longo e curvo corredor que conduzia para fora da câmara estanque direto para o coração da Nave. — Venha comigo, Doutor.

— Primeiro, onde estão meus companheiros? — O Doutor se aproximou ameaçadoramente de Skagra. — Estamos só os dois aqui. Eu sabia que você não poderia se esconder atrás daquela sua bola de sinuca inflada para sempre.

Skagra ergueu uma das mãos.

— Neste instante, estou indefeso. Mas se você tentar me atacar, ordenarei a morte de seus amigos imediatamente. — E apontou mais uma vez para o corredor. — Agora, venha comigo.

O Doutor o seguiu.

— O que você fez com a mente do Professor?

— Está servindo a propósitos mais úteis.

O Doutor parecia prestes a explodir de raiva. Em vez disso, ele se conteve e disse lenta e ameaçadoramente:

— Eu diria que ela estava servindo a um propósito bastante útil onde estava.

— Talvez — disse Skagra. — Mas não para mim.

O Doutor bufou.

— Você sabe que o Professor morreu?

— Eu só precisava da mente dele, não do corpo.

Ao final do corredor, havia outra porta circular branca.

— Me parece que você é bem possessivo em relação à mente de outras pessoas — disse o Doutor.

Pela primeira vez, Skagra pareceu reagir. Seus lábios carnudos e sensuais contraíram-se numa expressão mínima que era uma mescla de diversão e desprezo. Não era muito, mas o Doutor percebeu.

— Me parece, Doutor, que os Senhores do Tempo têm uma atitude muito possessiva no que diz respeito ao universo. — Ele fez uma pausa. — Você é um deles, não é?

O Doutor colou o rosto no de Skagra, encarando bem fundo em seus frios olhos azuis.

— Quem é você, Skagra? E o que você sabe dos Senhores do Tempo?

— Tal informação não será de nenhuma utilidade para você — disse Skagra, friamente.

— Então acho que você pode muito bem me dizer — argumentou o Doutor.

— Já eu acho que posso muito bem não lhe dizer — retrucou Skagra. Ele ativou um comando junto à porta e ela se abriu. — Temos assuntos mais importantes a discutir. — E indicou ao Doutor que entrasse antes dele.

O Doutor avaliou a cabine de comando da Nave. Havia mesas de controle de ambos os lados e uma grande cadeira acolchoada e de couro branco, reclinada para trás. Junto à cadeira, havia um cone comprido e cinzento com a esfera sugadora de mentes acomodada no topo, aparentemente inerte naquele instante. A sala não tinha qualquer traço de individualidade ou mesmo de que já fora ocupada. Era, pensou o Doutor, mais como um mostruário numa loja.

— É verdade, funcional e precisamente definido — disse ele. — E não gosto nada disso.

Skagra caminhou até um armário branco e apertou um botão. Um painel diante do armário deslizou para trás, revelando uma coleção de livros meticulosamente organizados por ordem de tamanho, do maior para o menor.

O Doutor deu um passo à frente e se inclinou para examinar os títulos.

— Retiro o que disse. Você tem uma bela coleção. — Ele reconheceu as letras gastas e douradas na lombada dos livros. Era uma forma ligeiramente arcaica de gallifreyano, de alguns milhares de anos de idade. — *Crônicas de Gallifrey* — disse, tentando não soar impressionado. — Achei que não estava mais em catálogo.

— Tais livros me ajudaram a chegar à minha maior aquisição — disse Skagra. Ele caminhou até uma bolha de plástico transparente numa estação de trabalho ali perto, provavelmente algum tipo de scanner. Abriu a bolha e retirou dela *O venerável e ancestral livro das leis de Gallifrey*. O Doutor notou como Skagra manuseava o livro, com cuidado, mantendo os braços estendidos e usando luvas brancas. — Este livro, Doutor.

— Que livro, esse aí? — O Doutor o tomou e repassou as páginas, antes de devolvê-lo a Skagra. — Já li esse livro, é uma porcaria.

Se o Doutor esperava que a manobra iria tirar a concentração de Skagra, estava equivocado. Sem qualquer reação aparente, ele entregou o livro ao Doutor novamente.

— Então talvez possa lê-lo para mim?

O Doutor deu de ombros.

— Sou um tédio lendo em voz alta. Quando chegasse ao fim da primeira página, você já estaria dormindo, e eu teria escapado, e aí o que você iria fazer?

— Leia — disse Skagra.

— Imagino então que você não saiba ler gallifreyano? — sugeriu o Doutor.

— Como um nativo — disse Skagra, indicando os outros livros de sua biblioteca. — Desde o alto-gallifreyano antigo da era de Rassilon até as garatujas dos Sheboogans. Mas, como você deve saber, o livro não foi escrito em gallifreyano. — E então assentiu. — Leia para mim, Doutor.

— Tudo bem — disse o Doutor com gentileza. Ele abriu a primeira página do livro e tossiu. — Você está confortável de pé?

— Estou — respondeu Skagra.

— Então vou me sentar — disse o Doutor, acomodando-se na cadeira acolchoada. Estava tão consciente da presença da esfera que chegava a incomodar, no topo do cone bem ao seu lado, na altura da cabeça. Ocultou sua apreensão, cruzou as pernas compridas, tossiu mais uma vez e começou: — "Rabisco, rabisco" — disse o Doutor. — "Rabisco, linha ondulada, uma espécie de olho, rabisco, rabisco..." — Ele parou e sorriu para Skagra. — Estou interpretando radicalmente, claro.

Os lábios de Skagra se contraíram de leve.

— Doutor — disse, numa advertência —, permita-me lembrá-lo de seus amigos...

O Doutor ergueu uma das mãos.

— Shhh, esta parte é muito boa. "Rabisco, rabisco, linha ondulada, rabisco ondulado!" — De repente, seu rosto se contraiu numa expressão zombeteira de preocupação. Ele folheou o livro mais uma vez. — Skagra, você tem noção de que esse livro não faz o menor sentido?

— Doutor — disse Skagra, recompondo-se —, qualquer idiota veria que está escrito em código.

O Doutor encarou o livro por uns bons dez segundos. De repente ele se empertigou na cadeira e exclamou:

— Skagra!

— O quê?

— Este livro está escrito em código! — E piscou para o adversário. — E aí? Como estou me saindo?

— Acredito que você conhece o código — disse Skagra.

O Doutor deu de ombros. Seus olhos se revezaram entre Skagra, o livro e a esfera desconfortavelmente próxima.

— Quem, eu? Ah, não, não, não. — Seu tom de voz mudou de repente, tornando-se bem menos arrogante. — Sinto lhe informar que sou muito burro. Muito burro. Muito, muito burro.

Era quase como se estivesse tentando se convencer daquilo.

— Doutor — disse Skagra, com paciência. — Acredito que você, como um Senhor do Tempo de alguma experiência, sabe o código. Ao contrário do Professor, sua mente é relativamente jovem e forte. Você vai decifrar o código para mim. Agora.

— Não adianta me dar ordens — disse o Doutor, com uma expressão estranhamente vaga. — Como falei, sou muito, muito burro.

— Não foi uma ordem — disse Skagra.

— Ah, não?

— Eu só estava declarando um fato.

— Ah, que burro da minha parte não perceber isso.

Skagra ergueu uma das mãos num gesto ríspido.

A esfera acordou com um zumbido. Lentamente, ela deixou seu local no alto do cone.

O Doutor fez menção de se levantar da cadeira de comando. Skagra vociferou:

— Nave, detenha-o.

— Claro, senhor — respondeu uma cálida voz feminina.

De repente, o Doutor gritou. Tinha percebido que não podia mais se mover da cadeira. Uma dor aguda atravessou-lhe o corpo, grudando-o contra o encosto.

— Você vai me dar o código por falta de opção — disse Skagra.

O Doutor fez uma careta e falou por entre os dentes, lutando contra a dor do campo de força da cadeira.

— Eu não sei o código, Skagra — conseguiu dizer, gotas de suor lhe escorrendo da testa. — Na verdade, não sei nada sobre esse livro. — Ele fechou os olhos e arquejou de dor. — Sou uma pessoa... incrivelmente burra...

— Isso, Doutor, será verdade logo, logo — disse Skagra e gesticulou para a esfera.

A esfera se prendeu à testa reluzente do Doutor. Ele soltou um grito de dor aguda, e todo o seu corpo se contorceu em espasmos agonizantes.

Imóvel, Skagra observou o procedimento. Pensou em gastar um dos sorrisos diários, mas preferiu não fazê-lo.

Enfim, a esfera se soltou do Doutor e se moveu lentamente na direção da mão estendida de Skagra.

O Doutor jazia largado na cadeira de comando, imóvel, os olhos arregalados.

— Conferir sinais vitais — ordenou Skagra.

Com um ruído melódico e eletrônico, a Nave executou uma varredura.

— Meu caríssimo senhor — reportou afinal —, é com muito prazer que confirmo que seu inimigo Doutor está morto.

Skagra esticou a mão e arrancou o livro dos dedos inertes e sem qualquer resistência.

Capítulo 33

Chris deu uma volta completa em torno da pequena câmara branca.

— Nenhuma porta — começou o rapaz.

— Exato — disse Romana, que estava sentada ao lado de K-9, com os pés para cima e o queixo apoiado nas mãos.

— Então — disse Chris —, provavelmente nós fomos transportados para este lugar, onde quer que ele esteja, por alguma espécie de transferência de matéria.

— Muito perspicaz — disse Romana, com os olhos fixos à frente.

— Uma dedução louvável, jovem amo — disse K-9, e Chris podia jurar que os dois trocaram um olhar que não lhe era inteiramente favorável.

— Hum, bem — disse Chris, sentindo-se suficientemente seguro para devolver um pouco de sarcasmo aos dois —, imagino que vocês passem por isso o tempo todo.

Romana suspirou.

— Na verdade, sim.

Houve um momento de silêncio. Chris nunca relutava em aproveitar uma oportunidade de quebrar o silêncio.

— Eu tinha que entregar um artigo para a Sociedade de Física na semana que vem, sabia?

— Ah, é? — perguntou Romana.

Chris assentiu.

— Finalmente negando a possibilidade de teletransporte. — Ele deu de ombros. — Bem, posso atrasar uma semana. Mas vou ter que reescrever tudo.

Ele sentou de pernas cruzadas ao lado da moça e disse:

— Você é muito calma. O que também me faz ficar calmo. Obrigado.

Romana sorriu.

— Na verdade, Chris, eu estou muito preocupada. — Ela virou-se para o cachorro. — K-9, faça outra varredura. Você consegue captar algum sinal do Doutor?

Suas orelhas giraram.

— Negativo, senhora. Todos os sinais estão bloqueados. Calculo que estamos num ambiente zero primitivo, isolado de todas as fontes externas.

— Isso é uma das coisas que me deixa muito preocupada — disse Romana. — A tecnologia de Skagra é assustadoramente semelhante à nossa.

— Você quer dizer à de vocês dois em particular ou à dos Senhores do Tempo em geral?

— As duas — disse a moça. — O campo de força ao redor da Nave. A capa de invisibilidade. Agora uma sala zero. E como ele sabia que encontraria o livro aqui em Cambridge? O Professor era sem dúvida a única pessoa no universo que sabia que ele tinha sido roubado de Gallifrey. — Ela afundou o queixo com força nas mãos. — O que ele quer com aquele livro? E quem ou o que é Shada?

— Será que Skagra poderia ser um Senhor do Tempo? — perguntou Chris. — Um Senhor do Tempo do mal? Deve haver Senhores do Tempo do mal.

— Vamos torcer para que o Doutor esteja descobrindo isso agora — disse Romana.

— Você confia muito nele.

— Ele já salvou o seu planeta várias vezes. E não só o seu. É o homem mais maravilhoso do universo — disse Romana antes de acrescentar depressa: — Se você disser ao Doutor que lhe falei isso, mato você. E o mesmo vale para você, K-9.

A mente de Chris estava girando de dúvidas. Já que iriam ficar presos ali por um tempo, era hora de fazer algumas perguntas. Talvez isso distraísse Romana de suas preocupações.

— Sempre achei que se alienígenas existissem, eles seriam glóbulos de gás ou morcegos gigantes ou algo... algo que nem sequer reconhecêssemos como vida. Sem ofensa.

— Existem muitas criaturas assim no universo — disse Romana.

— Mas você, o Doutor e o Professor se parecem muito conosco. Até bebem chá e andam de bicicleta. Algumas pessoas achariam isso decepcionante. Mas, como cientista, acho que, na verdade, é uma coisa boa. Abre tantas possibilidades de raciocínio e teoria quanto a evolução paralela da forma humanoide.

O rapaz notou que Romana parecia estar com aquela expressão vidrada de fascínio. Ela voltou sua atenção para K-9, apertando uma sequência de botões luminosos em seu dorso.

— Acho que a gente pode tentar mudar os sensores de K-9 de fluxo de entrada para fluxo de sobreposição.

Chris resolveu deixar suas perguntas de lado e seguir por um caminho mais direto. Ficou de pé e examinou as paredes curvas da câmara branca. Não eram frias nem quentes. Na verdade, embora sem dúvida pudesse tocá-las, não podia sentir nada.

— Esta parede é feita de uma substância muito curiosa.

— Tecnologia zero — disse Romana, casualmente. — Se você me der um ano, explico como funciona. — Ela terminou de reprogramar K-9. — Tente outra vez, K-9. Faça uma varredura de sobreposição, talvez a gente consiga penetrar as interfaces nulas deste lugar.

Chris deu um tapinha na parede.

— Só olhar para elas já é difícil. É como se não existisse nada aqui, embora eu esteja vendo que existe.

— Seus sentidos não funcionam direito numa zero — disse Romana. — Não tente entender.

As orelhas de K-9 giraram novamente.

— Varredura de sobreposição iniciada.

— É — disse Chris —, então os sentidos do meu povo, terráqueos, que é como imagino que vocês nos chamariam...

— Entre outras coisas — acrescentou Romana, debruçando-se sobre K-9 ansiosamente.

— ...os sentidos dos terráqueos não podem compreender inteiramente esta parede — prosseguiu Chris.

— Varredura negativa, senhora — disse K-9.

Romana suspirou e correu as mãos pelos cabelos.

Houve outro silêncio desconfortável.

— Acho que o problema dessa parede... — começou Chris.

Romana estava tão frustrada que deu um soco na lateral de K-9.

— O raio que o parta essas paredes! — gritou ela.

— Afirmativo, senhora — disse K-9 animado. Um feixe de laser vermelho disparou de seu focinho com um estrondo ensurdecedor.

— Abaixe-se! — gritou Romana. Ela agarrou Chris com força e o jogou no chão.

O raio ricocheteou freneticamente pelas paredes da minúscula prisão, passando a centímetros deles. Não teve qualquer efeito nas paredes, mas Chris não estava tão seguro a respeito das chances deles caso fossem atingidos.

Romana tirou o chapéu de repente e, com um timing perfeito, o atirou no ar, bem na rota do laser. O chapéu se desintegrou com uma pequena explosão numa chuva de cinzas.

Outro silêncio se seguiu.

— Sinto muito, senhora — disse K-9 afinal, baixando a cabeça e o rabo. — Agi precipitadamente.

— Imagine — disse Romana, soltando um longo suspiro. Ela colocou-se de pé e limpou as cinzas da renda branca impecável de seu vestido. — Valeu a tentativa.

Chris se levantou e percebeu que estava rindo.

— Então tem uma coisa que vocês nunca conseguiram resolver por aí, no espaço — disse ele. — Os computadores, por mais avançados que sejam, só respondem aos seus comandos. Não importa o quê, por mais imbecil que seja, eles simplesmente fazem. Na Terra, nós chamamos isso de problema do idiota sofisticado.

K-9 se virou para encará-lo.

— Segundo o banco de dados desta unidade, os registros de idiotice no comportamento dos terráqueos superam os de sofisticação numa razão de 77 para 1.

Antes que Chris pudesse questionar a informação, e certamente não havia como resolver o problema lá fora, os sensores de K-9 ativaram-se novamente.

— Senhora! Estou detectando sinais telepáticos distantes.

Chris e Romana se ajoelharam junto a ele.

— Deve ser a esfera outra vez — concluiu Romana. — Para ser detectada aqui, tem que ter sido reativada. E com toda a força.

— Podemos ouvi-la? — perguntou Chris.

— Afirmativo, jovem amo. Calibrei o sinal para que os seus sentidos terráqueos não sofisticados possam ouvi-la.

K-9 emitiu novos sons.

A princípio, para os ouvidos de Chris, eram só um monte de estática e ruídos de interferência, como ouvir a Rádio Moscou em baixa frequência no meio de uma nevasca. Mas em vez de propagandas de trator e notícias sobre o progresso da grande revolução, tudo o que Chris podia identificar era uma confusão de murmúrios inumanos, todos ao mesmo tempo. Não dava para distinguir as palavras. O efeito era assustador, como o lamento de almas perdidas. Ele estremeceu.

— É, é a esfera, e ela está ativa — disse Romana. — Mas os sons estão diferentes.

— Diferentes como? — sussurrou Chris.

— Shh — ordenou a moça. Seu rosto estava contorcido numa expressão de concentração enquanto ouvia as vozes fantasmagóricas se lamentando.

Por um segundo, Chris achou que podia reconhecer uma das vozes. Timbres profundos, sombrios e distintos, mas muito distantes e imateriais.

Romana engoliu em seco.

— K-9, você ouviu isso?

— Outra voz foi acrescida à esfera, senhora — disse K-9.

— Ah não, por favor, não — suplicou a moça, os olhos arregalados e úmidos.

K-9 baixou a cabeça e informou:

— É a voz do Doutor.

O rosto de Romana era a própria expressão do horror. Ela agarrou a mão de Chris imediatamente, e o rapaz viu toda a luz se esvair de seus olhos.

Capítulo 34

Clare sentou numa poltrona na sala do Professor Chronotis e se deu conta de que estava girando os polegares.

Fique calma. *Fique calma.*

Já fazia no mínimo uns vinte minutos desde que aquele sujeitinho da portaria disse que iria "fazer umas ligações" e encontrar uma solução perfeitamente racional. Por incrível que pareça, pensou Clare, mais um homem havia dito que ela devia parar de se preocupar e que tudo o que tinha que fazer era esperar até que ele resolvesse o problema. E mais uma vez ela havia obedecido. Pelo menos sentia alguma coisa por Chris e a personalidade do Doutor a deixara impressionada. Já o porteiro não era ninguém, então desta vez tinha ainda menos desculpas.

Ficou de pé e olhou ao redor, procurando por pistas sobre o que havia acontecido com Chris, o Doutor, o Professor e, por falar nisso, com a garota que o porteiro tinha chamado de Ramona ou coisa parecida. Fosse qualquer outro homem no instituto, Clare teria suspeitado que Chris estava flanando por aí com a tal Ramona misteriosa, mas no caso dele, a ideia era simplesmente ridícula.

Determinada a agir por conta própria, Clare iniciou uma investigação metódica nos aposentos do Professor. Foi até a pequena cozinha e abriu as torneiras, e, embora os canos tivessem reclamado, não chegou nem perto dos ruídos de motor que ouvira mais cedo. Viu seu reflexo nas portas de vidro de um armário e estremeceu. Estava toda descabelada e parecia cansada e amarrotada usando as roupas e a maquiagem do dia anterior.

Voltou para a sala e começou a abrir as gavetas, olhando debaixo das mesas e vasculhando os aparadores laterais. Não havia nada além de bagunça. Pilhas de papel, arquivos maltrapilhos e estranhos objetos aleatórios como uma laranja, um estilingue e uma fita cassete solta identificada como *Bonnie Tyler's Greatest Hits*. A jovem bufou. Bonnie Tyler nem tinha hits o suficiente para uma coletânea. Tirando "Lost in France" e "It's a Heartache", o que mais a cantora tinha feito?, pensou Clare. Olhou a fita mais de perto. Havia outras músicas que não conhecia. Estreitou os olhos diante das pequenas letras brancas borradas do copyright. Piscou e os estreitou novamente.

Copyright da coletânea © 1986.

Clare estava confusa. Por que alguém se daria o trabalho de fazer uma coisa dessas, e com tanto profissionalismo, para depois largar por aí? A moça tamborilou os dedos na fita, intrigada.

A explicação simples? Era de verdade. Tinha vindo de 1986. Alguém do futuro, alguém capaz de viajar no tempo, havia trazido a fita.

Não, não, essa era a explicação mais idiota. Se alguém tivesse vindo de 1986 não teria trazido algo mais impressionante? Um tipo novo de relógio digital ou um videofone? Mas não *Bonnie Tyler's Greatest Hits*.

Não sabia o que pensar.

Colocou a fita na mesa e pegou a jaqueta de Chris. Podia sentir o cheiro do sabão em pó barato da lavanderia do St. John's.

— Ah, Parsons, onde você se enfiou? — disse em voz alta.

E então, uma coisa muito curiosa aconteceu. Seus olhos foram atraídos para um armário num canto distante que ela ainda não havia notado. Não do jeito com que seus olhos eram atraídos normalmente por alguma coisa, pensou Clare. Era como se algum impulso externo tivesse entrado em sua cabeça e *feito* com que ela olhasse naquela direção, literalmente girando seus globos oculares para o armário.

Clare colocou a jaqueta de Chris no encosto de uma cadeira e caminhou até o armário. Era um móvel grande e forrado com painéis de madeira, na certa uma antiguidade. Também estava firmemente trancado. O que era estranho, porque mais nada ali estava trancado, nem mesmo a porta da frente.

Olhou ao redor. Sem dúvida havia uma chave em algum lugar no meio dessa bagunça.

De repente, um raio estreito de luz do sol passou por uma brecha nas cortinas fechadas de uma das janelas. Parecia estar vindo de um ângulo muito peculiar. E iluminou um pedaço específico da empanturrada prateleira que havia sobre a lareira como se fosse um holofote.

Clare encarou a prateleira, piscou os olhos — embora o gesto não parecesse ser de utilidade alguma para a moça — e viu, no exato lugar iluminado pelo raio de sol, entre um relógio de cúpula parado e um busto de Dryden, uma pequena chave de metal. A luz refletiu na chave, fazendo-a brilhar de um jeito absurdamente mágico, como se tivesse sido acesa por uma equipe de produção de um filme de Hollywood.

— Não pode ser — disse Clare, novamente em voz alta.

Ouviu um barulho atrás de si. Ela se virou num salto. Uma das pilhas instáveis de livros tinha escolhido justamente aquele momento para cair no chão.

Clare examinou, embasbacada, os títulos dos livros espalhados sobre o tapete, como se fosse uma vitrine de livraria.

O leão, a feiticeira e o guarda-roupa. O jardim secreto. A fênix e o tapete. A caixa dos prazeres. E por fim, inevitavelmente, o que parecia muito com uma primeira edição de *Alice no País das Maravilhas.*

Clare foi transportada imediatamente para um mundo infantil repleto de fantasias, aventuras e diversões em que tudo podia acontecer. Passagens secretas, tesouros escondidos, portões misteriosos, aventuras épicas em terras imaginárias.

Era com se a sala a estivesse encorajando a um mundo de magia e...

Bobagem. Ela era adulta, uma cientista, havia uma explicação racional para tudo aquilo, e iria descobrir qual era.

Pegou a chave, varou o cômodo na direção do armário e o abriu, praticamente o desafiando a revelar um reino encantado.

Dentro dele havia duas caneleiras de críquete, tênis antigos de corrida com tachinhas nas solas, um remo de fundo chato e uma velha caixa de madeira dobrável para guardar ferramentas. Irritada, Clare empurrou tudo para o lado. Não havia nada no fundo do armário além do fundo do armário. Então deu um chute nele.

O fundo do armário girou com um ruído hidráulico, feito uma estante giratória de um filme de terror de quinta categoria. E, com um barulho de engrenagens rangendo, revelou um painel triangular de metal que ia até a altura da cintura e que se estendia para a frente.

Clare levou um tempo para entender o que via diante de si. O painel estava velho e gasto, mas era repleto de alavancas, botões, visores e interruptores com funções que nem sequer era capaz de começar a imaginar, muitos identificados com símbolos circulares curiosos, semelhantes aos arabescos que haviam na capa daquele estranho livro. No alto do painel, uma fileira de pequenas lâmpadas de vidro apagadas.

O que quer que esta coisa controlasse estava obviamente sem movimento, pensou Clare. Então, não teria problema tocar.

Clare esticou a mão e apertou um botão qualquer. Ele afundou como se contivesse uma mola, como um botão de canal de televisão.

Todas as pequenas lâmpadas se acenderam.

Clare teve apenas um segundo para erguer a sobrancelha. No segundo seguinte, o zumbido baixo de repente aumentou de volume, tornando-se alto e insistente. Todas as cortinas das janelas se fecharam. As luzes da sala piscaram e reduziram, piscaram mais uma vez e reduziram novamente. Ela ouviu um rangido intenso e um estalido de madeira se quebrando. A porta do vestíbulo se fechou com um baque. Clare escutou mais uma vez aquele barulho de motor, mas agora era ainda mais resistente e dolorido.

E então sentiu o chão mover sob seus pés.

Foi jogada violentamente no chão. Uma estante cheia de livros tombou em sua direção.

Teve uma visão súbita de sua avó de pé na porta de seu quarto no antigo apartamento delas.

— Essas porcarias desses livros! — dizia ela. — Livros não vão te levar a lugar algum, mocinha.

Logo em seguida, Clare apagou.

Wilkin bateu à porta da sala P-14.

— Senhorita? — chamou ele. — A senhorita está aí? Infelizmente eu não consegui encontrar o Professor Chronotis. Senhorita?

O encanamento estava rangendo especialmente alto de novo. Na certa, a jovem não podia ouvi-lo com todo aquele estrondo. Ele empurrou a porta de leve.

E deu um passo para trás.

O pequeno vestíbulo dos aposentos P-14, com seus ganchos de pendurar casacos e o capacho de boas-vindas, estava no mesmo lugar de sempre. Mas, depois dele, havia um vórtice azul estrondoso. Um redemoinho distorcido num túnel de beleza e complexidade impossíveis, estendendo-se para o infinito.

Wilkin fechou a porta com força.

Apertou a gravata, ajeitou o chapéu e, optando por ignorar completamente o vórtice, bateu de novo à porta e a abriu mais uma vez. Daria uma segunda chance aos aposentos de se aprumarem e se comportarem com uma parte respeitável do St. Cedd's College.

Desta vez, depois do vestíbulo, não havia mais vórtice. Só uma vista para os fundos do prédio e um grande trecho de lama achatada, contornada pelos canteiros de flores, delimitando o ponto em que a sala P-14 deveria estar, mas onde decididamente não estava.

Wilkin não acreditava em terceiras chances. Bateu a porta, virou-se e partiu, à procura de um policial.

Capítulo 35

Com uma das mãos, Skagra segurou o livro aberto. A esfera descansava em sua outra palma.

Finalmente descobriria o segredo de Shada.

Skagra entrou na mente do Doutor. Uma variedade atordoadora de imagens coloridas jorrou em sua própria cabeça. Planetas e mais planetas, rostos e mais rostos, monstros e mais monstros. A mente do Doutor era confusa e indisciplinada. Murmurava como uma criança agitada com observações irrelevantes e pensamentos irracionais.

Skagra respirou fundo e acalmou sua própria consciência. Deu uma olhada no corpo do Doutor, esparramado na cadeira de comando. Pelo menos conseguira calar a boca daquele tagarela idiota, quando tantos outros haviam falhado.

Revigorado, retornou sua atenção à esfera. Desta vez, fez uma pesquisa direta e, usando o conhecimento roubado do Doutor, começou a ler o livro.

Os símbolos teimaram em continuar sendo o que já eram. Símbolos.

Nervoso, Skagra mergulhou mais fundo na mente do Doutor. Teve vislumbres de seu treinamento, os longos anos de estudo na Academia de Gallifrey.

Fileiras de alunos trajando longas túnicas pretas exclusivas para os calouros, sentados em suas carteiras num semicírculo ao redor do tutor. O tutor falava dos Artefatos, dos códigos, mistérios secretos e lendas dos Grandes Heróis de Antigamente.

E o Doutor — maldito seja!, pensou Skagra — *estava mirando através de uma janela para a porcaria da vastidão alaranjada lá fora. "Um belo lugar para um piquenique", pensou ele.*

Skagra deixou a mente do Doutor. Fitou o corpo, contendo um impulso de chutar uma daquelas pernas compridas e desajeitadas.

— Ele não sabe — disse em voz alta.

— Senhor? — perguntou a Nave, educadamente.

— Ele não sabe o código — disse Skagra. — Nunca soube. Estava falando a verdade. — Balançou a cabeça. — O imbecil morreu à toa.

— Que lamentável, senhor — disse a Nave, após uma pausa. — Tenho certeza que, como a pessoa mais inteligente do vasto universo, em breve o senhor irá superar este obstáculo inesperado.

Skagra parou e pensou. Todos os aspectos de seu plano haviam sido conferidos à exaustão. Todos os passos do caminho que levaria à realização de seu destino grandioso. E agora que tinha o segredo em suas mãos, não era capaz de decifrá-lo.

Um ser inferior gritaria de raiva e desespero, mas o desprendimento gélido de Skagra não o permitiria levar o fracasso em conta. Calmo e metódico, pesou todos os fatores envolvidos, todas as opções disponíveis. Adaptaria o plano, afinal, não era o gênio absoluto?

Alguns segundos depois, chegou a uma decisão.

— Vou deixar este planeta na TARDIS do Doutor — avisou à Nave.

— Ah — exclamou ela, parecendo espantada. E rapidamente acrescentou: — Tenho certeza de que o senhor têm excelentes motivos para adotar tal linha de ação.

Skagra sentiu o peso do livro em sua mão.

— Este livro tem origem nos Senhores do Tempo. Acredito que o código está escondido em algum lugar na mente do Doutor, sem que ele saiba disso. Talvez seja necessário utilizar a tecnologia dos Senhores do Tempo para decifrá-lo.

— Que observação inteligente, senhor! — exclamou a Nave, animada.

— Vou voltar para a fase final do plano — disse Skagra. Ele correu a mão sobre um dos painéis de controle. Por um instante, algumas luzes internas se acenderam, e ouviu-se uma sequência de três bipes insistentes.

— Perdão pela minha curiosidade detestável, senhor — disse a Nave. — Mas o senhor acabou de ativar alguns dos controles manuais, que, como o senhor sabe, com toda a sua sabedoria, são independentes de meus sistemas...

— Então, obviamente minhas ações não são da sua conta — interrompeu Skagra.

— Perfeitamente, meu supremo senhor e mestre — disse Nave. — Peço as mais sinceras desculpas por minha inutilidade e rogo pelo seu perdão.

Skagra não perdeu tempo respondendo. Em vez disso, caminhou até o armário que guardava sua coleção de livros e o desencaixou do suporte com cuidado.

Dentro da bolha de varredura, a sonda da Nave que tinha um olho na ponta ergueu-se, curiosa. Skagra a fitou. Imediatamente o tubo virou e se retraiu.

Ele transferiu a coleção de livros para a bolsa. E chamou a esfera com um gesto seco. Então enfiou *O venerável e ancestral livro das leis de Gallifrey* dentro de suas vestes e deixou a cabine de comando sem uma palavra ou um olhar sequer, com a esfera o seguindo de perto.

Da cadeira de comando, os olhos cegos do Doutor miravam o teto.

Romana entrelaçou as mãos e fitou o visor de K-9 com um olhar suplicante.

— Tem certeza, K-9? Absolutamente negativo?

— Afirmativo — disse K-9, um tanto triste, baixando o rabo. — Nenhum sinal em frequência alguma, senhora.

— Mas isso não significa necessariamente que o Doutor tenha morrido, não é? — perguntou Chris, tentando manter alguma esperança para o aperto em que se encontravam. — Quero dizer, o Professor já era bem idoso. O Doutor deve ter no máximo uns 40, 45 anos.

— Ele tem 760 anos — disse Romana.

— Pois então — disse Chris, embora estivesse tentando processar a informação e soar encorajador ao mesmo tempo. — Talvez ele tenha sobrevivido ao tal processo de extração psicoativa.

Romana suspirou e se levantou. De repente, ela soltou um berro de raiva, cerrou os punhos e gritou:

— Quero sair daqui!

Mal as palavras saíram de sua boca, um cubo de luz branca a envolveu num lampejo e desapareceu novamente, levando-a consigo.

Estupefato, Chris fitou o ponto vazio em que Romana estivera de pé. E estalou os dedos. De repente, tudo fazia sentido.

— É isso! — exclamou o rapaz.

K-9 zumbiu e rangeu.

— Favor esclarecer tal declaração, jovem senhor.

— É isso que você tem que dizer! Você tem que querer sair daqui. — Ele tossiu, aprumou os ombros e disse bem alto: — Quero que a gente saia daqui!

Nada aconteceu.

Chris disse de novo, dessa vez ainda mais alto.

— Quero que a gente saia daqui!

Nada aconteceu.

Chris grunhiu e socou a parede com raiva.

— Ah, vá pro raio que o parta!

O nariz laser de K-9 se estendeu.

— Não, não, K-9, você não precisa explodir nada! — exclamou Chris. Seus ombros murcharam. — Funcionou com a Romana. Por que não funcionou comigo?

— Acredito que seu palpite supersticioso de que haja uma conexão entre a declaração da senhora e o fato de ela ter sido teletransportada daqui seja errônea, jovem senhor — disse K-9, torcendo o focinho.

— Tem razão — suspirou Chris. — Foi uma ideia idiota. Para um cientista, foi muito idiota.

— E nada sofisticada — acrescentou K-9.

— Como Romana saiu, e eu não? — perguntou Chris.

— Dados insuficientes.

— Dados insuficientes! — gritou Chris. — Dados insuficientes! Por que eu fui me envolver nessa história toda.

— Dados insuficientes.

O cubo de teletransporte se materializou num corredor comprido que ia da cabine de comando até a câmara estanque da nave de Skagra. Ele ficou observando enquanto a companheira do Doutor, a Senhora do Tempo Romana, surgia de dentro dele com uma frieza quase admirável.

— O que você fez com o Doutor? — perguntou, fitando-o nos olhos.

— Nada que você gostaria de saber — respondeu Skagra. Ele a avaliou. Era franca e direta, simplesmente anunciando suas intenções com convicção. Isso era bom.

— Me deixe ver o Doutor! — Ela fez menção a passar por ele, na direção do corredor.

Skagra bloqueou seu caminho e apontou para a esfera, que flutuava atrás dela.

— Você não iria gostar. Eu roubei a mente dele. E ele resistiu à extração como um idiota, portanto seu corpo foi liquidado.

Romana balançou a cabeça.

— Não. Não vou acreditar até ver com meus próprios olhos.

— Não é importante que você acredite — disse Skagra. Ele a examinou mais uma vez. — Um terceiro Senhor do Tempo. Pensei em usar a esfera para extrair a sua mente também.

— Não vai ser muito útil para você — disse a moça. — Obviamente, se você não conseguiu o que queria do Doutor nem do Professor, não conseguirá de mim.

Skagra assentiu.

— Bem observado. Mas você pode ser útil de outras maneiras. Agora você irá me acompanhar. — Ele a segurou pelo braço e a conduziu bruscamente pelo corredor na direção da câmara estanque.

Romana soltou o braço.

— Posso andar sozinha, obrigada.

Enquanto caminhavam em direção à câmara estanque, Skagra estreitou os olhos e a examinou mais uma vez, desta vez, mais de perto.

— Considero seu consentimento à situação atual bastante revigorante. Claro, resistir é inútil, já que posso usar a esfera para sugar a sua mente no instante em que bem entender. Então, você aceita meu domínio racionalmente. Bom. É um comportamento muito mais condizente com um Senhor do Tempo.

— O que você sabe sobre os Senhores do Tempo?

— Coisas que até eles próprios já esqueceram. Embora, é claro que você não espera mesmo que eu responda às suas perguntas.

— Quem é você? O que você quer? — perguntou a moça, de maneira insolente.

— Quero muitas coisas — respondeu Skagra.

Os dois entraram na câmara estanque e seguiram pelos degraus invisíveis que levavam de volta aos prados na beira do rio. A esfera seguiu atrás deles, flutuando. Ao pé da escada, Skagra estalou os dedos e a câmara estanque se fechou.

— Aonde estamos indo? — perguntou Romana.

Skagra apontou para o outro lado do prado.

— Para a sua cápsula de viagem.

Romana foi na frente até a TARDIS. Quando chegaram à porta, ela parou subitamente e virou-se para fitar Skagra mais uma vez com seu olhar penetrante.

— Se você acha que vou abrir essa porta, vai ficar extremamente decepcionado. Meu consentimento não vai tão longe assim.

— Claro. Como o Professor e o Doutor, você preferiria morrer inutilmente. Então que sorte a sua o fato de eu ter a chave do Doutor.

Skagra puxou a chave do bolso, deliciando-se com a leve expressão de susto no rosto da moça. Estava obviamente mais abalada com a morte do Doutor do que queria demonstrar.

Ele enfiou a chave na fechadura, sentindo a vibração que vinha lá de dentro. A velha porta azul se abriu, e Skagra segurou Romana pelo braço e a empurrou com violência para dentro, a esfera os seguindo, fiel como sempre.

Skagra reprimiu um riso de escárnio diante das instalações e dos acessórios antiquados no interior da cápsula, as pesadas paredes arredondadas tão típicas da Era Quintiliana de Gallifrey. Ele observou enquanto Romana se levantava do chão horrendo de tão encardido.

— Sem dúvida, você irá se recusar a operar a cápsula para mim.

— Sem dúvida — respondeu ela. — E como ninguém mais além de mim ou do Doutor pode operá-la, seu "domínio" sobre a minha pessoa chegou ao fim, certo?

Skagra quase se permitiu um sorriso. Então era por isso que ela havia cooperado. Achava que esse era o seu trunfo e estava esperando usá-lo.

— Se o Doutor sabe operar esta cápsula, eu também sei — disse ele, tranquilamente.

Colocou a bolsa no chão, então estalou os dedos. A esfera veio até a palma estendida de sua mão direita. Com a mão esquerda, baixou uma grande alavanca vermelha.

As portas externas se fecharam, eliminando Cambridge e este planeta nota 2 da vida de Skagra para sempre.

Encontrou as informações na mente do Doutor com muita facilidade. Era um padrão complexo, mas quase instintivo e rotineiro, estabelecido ao longo de 500 anos de viagens. Fechou a interface com o mundo real e desativou o estabilizador multi-loop, preparando a TARDIS para o voo. As coordenadas precisas de seu destino poderiam ser fornecidas uma vez que tivessem deixado o tempo coincidente e entrado no vórtice de espaço-tempo.

A coluna central começou a subir e descer. Romana se jogou na direção do painel, tentando desesperadamente alcançar o que Skagra identificou como o sistema de emergência de controle manual.

Skagra a jogou no chão com um tapa da mão livre. Então se aproximou de um conjunto de comandos do painel que raramente eram usados e digitou uma instrução.

Imediatamente, as luzes se escureceram. Skagra continuou trabalhando, falando com sua prisioneira por cima do ombro.

— Este painel de comando agora está sincronizado com o meu biorritmo.

— Qualquer um é capaz de desmaterializar a TARDIS — disse Romana, casualmente. — Mas você seria um verdadeiro perigo para a segurança nos controles principais. É para isso que eles foram sabotados.

— Mentira.

— Como você sabe?

— Está tudo aqui — respondeu ele, com um tapinha na esfera.

Skagra antecipou o próximo movimento da moça. Ela correu para a porta interna, provavelmente esperando alcançar a sala de controle secundária e assumir o comando da cápsula.

A esfera flutuou em sua direção, bloqueando o caminho.

— Se eu fosse você, não iria perturbá-la — disse Skagra. — Ela pode fazer coisas muito piores com você do que você é capaz de fazer com ela.

— Só não consigo entender por que você iria querer roubar uma TARDIS velha como essa — disse Romana. — Você já tem uma nave boa o suficiente.

— Ficou impressionada, não foi? — perguntou ele. Ela não respondeu. — Espero mesmo que tenha ficado. Foi projetada por mim. Mas certamente tem suas limitações. E vou precisar da tecnologia dos Senhores do Tempo para descobrir o que eles esconderam.

Romana o encarou.

— Pense bem no que está fazendo, Skagra. Na lógica do que está fazendo.

Skagra caminhou até o painel de inserção de dados e digitou uma longa série de coordenadas precisas em notação gallifreyana.

— É só o que faço.

— Então você deve saber os riscos — continuou ela, numa advertência. — Você tem o conhecimento do Doutor, mas nem um pouco do seu senso de responsabilidade.

Skagra piscou os olhos, surpreso.

— Estamos falando do mesmo Doutor?

Romana se aproximou.

— Você agora tem acesso a todo o espaço-tempo. Poder além da imaginação. É claro que entende como isso pode ser perigoso sem o treinamento correto, sem o discernimento excepcional de um Senhor do Tempo.

Desta vez, Skagra quebrou todas as suas regras. Ele parou de inserir os dados e riu dela.

— Poder além da imaginação? Isto aqui? — perguntou, apontando para o painel. — Isto aqui é só um meio para um fim. Só vai me levar mais rápido para onde quero ir.

— E aonde você está indo, Skagra? — perguntou Romana, impetuosamente. — Quem é você? E o que você quer?

Skagra refletiu. Seria interessante ver a reação dela.

— Já ouviu falar no nome de Salyavin?

Romana engoliu em seco e deu um passo para trás.

— Salyavin! Você é Salyavin?

— Você me fez três perguntas — observou Skagra, enigmático.

Skagra terminou de digitar as coordenadas e apertou o botão de controle manual. A coluna produziu um ruído e uma forte luz vermelha foi acesa, subindo e descendo por toda a coluna mais rápido do que antes. A TARDIS virou de lado de repente, avançando pelo vórtice com uma velocidade incrível e os motores berrando em protesto.

— Respondendo à sua primeira pergunta — disse Skagra —, estamos indo agora para minha estação de comando. — Seus dedos se agarraram às beiradas do painel. — E de lá, com a sua ajuda, para Shada!

Capítulo 36

Uma pessoa muito, muito burra. Ou uma pessoa muito, muito inteligente? Não sabia dizer.

Abriu os olhos e viu a franja puída do cachecol.

Brincou com os fios.

Burro ou inteligente?

Talvez fosse divertido ficar brincando com a franja do cachecol pelo resto da vida, feito um idiota. Isso se fosse um idiota.

Mas, se no fim das contas, fosse uma pessoa inteligente, seria algo muito burro de se fazer.

— Muito burro — disse ele.

Podia falar. O que indicava que era inteligente. Será? Lembrava vagamente que pessoas muito burras podiam falar. Às vezes falavam até além da conta. Não é?

— Muito, muito burro — disse de novo.

Espere aí, pensou. Quem ele era? Não podia concluir se era muito burro ou muito inteligente sem saber quem era. Se fosse muito burro, provavelmente não saberia quem era.

Decidiu testar se sabia ou não quem era.

— Quem sou eu? — perguntou-se.

Alguns segundos de ausência. Brincou com a franja de novo. Trá-lá-lá. Tri-li-li. Trê-lê-lê. Trê-lê-dê...

Dê. Dê? D? D de quê?

Trê-lê-dê, tró-ló-dó, doutor.

Doutor.

O Doutor.

O Doutor!

Em menos de um segundo sua mente atravessou 760 anos.

— Muito, muito inteligente! — exclamou, saltando da cadeira de comando na cabine principal da nave de Skagra. — Ai, ai, ai, ai, ai! — gemeu, desmoronando de volta no assento, os olhos fechados e as mãos na cabeça latejante. — Você tem alguma coisa para dor de cabeça, Skagra?

Não houve resposta.

O Doutor abriu um dos olhos e espreitou ao redor.

— Skagra?

— Meu senhor deixou a nave — disse uma voz feminina.

O Doutor abriu o outro olho e verificou o ambiente de novo. Não havia ninguém na cabine de comando.

— Quem?

— Meu senhor — disse a voz. — Meu maravilhoso senhor Skagra.

O Doutor girou na cadeira. Ainda não podia ver ninguém na cabine.

— Não, não quis dizer quem saiu da nave, quis dizer quem está falando.

— A serva de Skagra — respondeu a voz. — Sou a Nave.

— Você é a nave? — O Doutor sorriu. Ele se deu conta de que a voz parecia vir de todos os lados a sua volta. — Uma nave que fala?

— Correto.

— Skagra deve ter poucos amigos — murmurou o Doutor, esquecendo-se de K-9. — Você pode me dizer onde estão meus amigos?

— Não! — exclamou a Nave, enfaticamente. — Você é inimigo de Skagra. Quaisquer ordens que me der são uma ameaça ao meu grande senhor.

— Ah, não foi por mal — disse o Doutor gentilmente. — E não era uma ordem, só estava perguntando.

Houve uma pausa longa.

Por fim, a Nave disse:

— Não entendo como você pode estar perguntando. Na verdade, não entendo como você pode estar se movendo.

— É mesmo? — O Doutor não se incomodava com o tom levemente empolado e crítico da Nave. Levantou-se com cuidado da cadeira. — Por quê? Parece muito natural para mim.

— Porque você está morto — disse a Nave, parecendo confusa. — Sua mente foi extraída pela esfera.

O Doutor riu.

— Ah, mas não foi mesmo, foi? O truque nessas situações é não resistir. Eu só deixei aquela coisa achar que eu era muito burro, e ela não se esforçou muito na extração. Saiu só com uma versão ruim da minha mente, uma cópia pirata, por assim dizer, mas deixou a minha mente intacta. — Ele deu um tapinha na lateral da cabeça. Estava tentando soar bem casual, embora o esforço mental pelo qual havia passado o tivesse deixado esgotado. — Entendeu?

— Não, não entendi. Verifiquei os sinais vitais do seu corpo após a extração. E você, Doutor, definitivamente está morto.

O Doutor limpou a garganta.

— Hum, veja bem, não gosto de me exibir, mas esse foi outro truque que aprendi. Sou capaz de suspender todas as minhas funções vitais por um período bem curto... — Ele se interrompeu e cobriu a boca com as mãos.

— O que foi? — perguntou a Nave, cheia de suspeitas.

O Doutor balançou a cabeça.

— Você estava dizendo? — instigou a Nave.

— Eu estou morto — disse o Doutor, com cautela.

— Eu sei — disse a Nave.

— Claro que você sabe.

— Embora talvez eu devesse fazer outra verificação rápida...

— Não precisa! — exclamou o Doutor. — Como serva do grande e infalível Skagra...

— Fico feliz que você o enxergue dessa forma agora — disse a Nave. — Uma pena que tenha morrido antes de se dar conta disso.

— É verdade — disse o Doutor. Ele continuou: — Como serva do infalível Skagra, seus sensores também devem ser infalíveis. Portanto, estou morto.

— Parece razoável.

— Se estou morto, então sou um ex-inimigo de Skagra. Correto?

— Correto.

O Doutor limpou o suor da testa. Ele escolheu as próximas palavras com muito cuidado.

— Então, se estou morto, não posso dar ordens que representem uma ameaça a Skagra, correto?

— Correto.

— Então ordeno que você solte meus amigos — disse o Doutor, cruzando os dedos. — Por favor.

Houve uma pausa.

— Eles serão soltos — respondeu a Nave.

O Doutor expirou fundo.

— Excelente! Obrigado! Acho que devo ser muito inteligente. — Ele limpou a testa novamente. — Sabe, está ficando meio sufocante aqui de repente...

— Você *está* morto, não é? — perguntou a Nave.

— Estou! — disse o Doutor. — Achei que já tivéssemos resolvido isso.

— Sou programada para economizar recursos — disse a Nave, casualmente. Como não existem seres vivos nessa cabine de comando, desliguei a saída de oxigênio uma vez que meu senhor Skagra foi embora.

O Doutor inspirou, ofegante.

Com uma súbita sensação de tontura, ele se deu conta de que tinha agora usado todo o oxigênio que tinha restado desde a saída de Skagra. Normalmente, teria cessado suas funções vitais — mas havia acabado de se recuperar do último transe.

Sentiu os joelhos perderem a força.

— Ligue a saída de oxigênio — ofegou ele. Uma dor aguda e terrível varou todos os seus três pulmões.

— Não faz sentido — disse a Nave.

A voz cálida e matronal da Nave ecoou nos ouvidos do Doutor à medida que ele desmoronava no chão.

— *Homens mortos não precisam de oxigênio... Homens mortos não precisam de oxigênio... Homens mortos não precisam de oxigênio...*

Parte quatro

Cópias carbono

Capítulo 37

Chris completou mais uma volta na pequena câmara branca. Por fim, ajoelhou-se ao lado de K-9 e acariciou sua cabeça do jeito que vira Romana fazer. Era uma coisa boba de se fazer, mas estranhamente reconfortante.

— É melhor encarar os fatos, K-9 — disse, enfaticamente. — Nós não temos a menor ideia de como sair daqui.

De repente, Chris se viu olhando para além de K-9, para uma porta que parecia ter surgido do nada. Só depois de se levantar é que se deu conta de que não estavam mais na câmara branca. Em vez disso, tinham sido transportados — se é que esta era a palavra correta — até um longo corredor cheio de curvas e com portas de ambos os lados.

— Ei, a gente conseguiu! — exclamou Chris.

K-9 deslizou adiante, na direção de uma das portas.

— Precisamos localizar o amo Doutor e a senhora. A situação é muito perigosa!

Assim que alcançou a porta, ele estendeu o emissor de laser do focinho.

— Afaste-se, jovem amo — avisou. — Preparando o disparo!

— Espere! — gritou Chris.

Do lado esquerdo da porta havia um painel com dois botões identificados como ABRIR e FECHAR.

Chris apertou o botão de ABRIR.

Um mecanismo embutido na porta foi acionado.

— Muito satisfatório — disse K-9, desanimado, recolhendo o laser para dentro do focinho.

Chris deu de ombros.

— Desculpe.

As duas metades da porta se abriram, deslizando com um zumbido eletrônico. Chris ouviu um rugido e quase foi derrubado por uma ventania poderosa que entrou na sala seguinte, passando por ele e por K-9.

Ele balançou a cabeça e olhou para dentro da sala — e viu o Doutor esparramado no chão. O jovem correu, mal notando a grande sala branca e seus painéis de controle elegantemente embutidos.

— Doutor!

Chris se aproximou dele, temendo tocá-lo. Não havia mais ninguém na sala; nenhum sinal de Romana ou do tal Skagra.

— Níveis de oxigênio voltando ao normal — disse uma cálida e matronal voz feminina.

— Quem falou isso? — disse Chris, olhando ao redor.

— Identifique-se! — ordenou K-9, girando em torno do próprio eixo.

— Eu sou a Nave — disse a voz imponente. — Serva do grande senhor Skagra.

Chris estremeceu. Que coisa mais estranha. A voz parecia vir de todos os lugares ao redor deles.

— De onde essa voz está vindo? — sussurrou para K-9.

O visor do cachorro piscou.

— Impossível identificar a fonte exata. A voz emana da própria matéria da qual é feita a nave.

— Foi o que acabei de dizer, cachorro — disse a Nave.

Chris voltou sua atenção para o Doutor, aliviado de ver seus grandes olhos azuis abertos.

O Doutor inspirou grandes lufadas de ar e cumprimentou seus amigos.

— Bom ver você, Bristol! — E seus olhos se estreitaram. — Demorou, hein, K-9!

— Ele está vivo! — exclamou Chris.

O Doutor se sentou imediatamente e cobriu a boca de Chris com a mão.

— Não, não estou. Estou morto — sussurrou enfaticamente.

— Você o quê? — Chris tentou dizer.

O Doutor olhou ao redor e sussurrou junto à orelha de Chris.

— Quase fui inteligente demais para o meu próprio bem.

Chris tirou a mão do Doutor de sua boca e disse:

— Você nunca se contenta com pouco, não é?

O Doutor vasculhou os bolsos e arrumou um pedaço de papel e um toco de lápis. Rabiscou alguma coisa depressa e colocou a folha diante dos olhos de Chris.

O papel dizia: CONVENCI A NAVE DE QUE ESTAVA MORTO, E ELA CORTOU MEU SUPRIMENTO DE OXIGÊNIO.

— Você convenceu a Nave de quê? — perguntou Chris, incrédulo.

O Doutor enfiou a mão de novo sobre a boca de Chris.

— O que houve? — perguntou a Nave.

— Nada — disse o Doutor. — Ele mostrou o papel a K-9.

— Confirmado — disse K-9, hesitante. — Não é... nada.

— Hum — disse a Nave.

O Doutor rabiscou mais algumas palavras depressa e mostrou o papel para Chris, mantendo a mão firmemente pressionada contra a boca do rapaz.

A NAVE NÃO ACEITA ORDENS DE UM INIMIGO DE SKAGRA. MAS COMO ELA ACREDITA QUE ESTOU MORTO, NÃO TEM MOTIVOS PARA NÃO OBEDECER ÀS MINHAS ORDENS. ENTENDEU?

Chris assentiu. Era o problema do idiota sofisticado novamente, dessa vez funcionando em favor deles. O Doutor puxou a mão de volta.

Ele mostrou o papel para K-9.

— Entendimento confirmado — disse o cachorro. — A lógica é peculiar, mas aceitável.

— A lógica do quê? — perguntou a Nave. — Eu realmente acho que deveria ver o que você escreveu nesse papel.

— São os rabiscos de um morto — disse o Doutor, enfiando apressado o papel no bolso. — O que quer que eu tenha escrito, como poderia ser uma ameaça ao grande mestre Skagra?

Depois de uma pausa, a Nave disse:

— Certo.

— A Nave normalizou o suprimento de oxigênio quando você entrou — o Doutor avisou a Chris. — Porque você ainda está vivo. Oficialmente.

— Que animador — disse o rapaz.

O Doutor deu um tapa no ombro de Chris e ficou de pé.

— Onde está Romana?

— Achei que estava com você. Nós fomos transportados para uma espécie de prisão, e em seguida ela foi transportada para fora.

— Skagra — disse o Doutor, sombriamente. — Ele está com Romana, e com o livro, e com uma cópia da minha mente.

— Ele está com o quê? — Mais uma vez, Chris estava achando difícil acompanhar tudo aquilo.

— Uma cópia da minha mente, na esfera. Ele achou que eu sabia ler o livro.

— Mas você não sabe, não é? — disse Chris.

— Nem sei por que ele quer ler aquele livro — disse o Doutor. — Mas não imagino que seja só curiosidade de um viciado em livros.

— Por que você não pergunta à Nave? — sugeriu Chris.

O Doutor deu outro tapa no ombro de Chris.

— É o que eu ia fazer. — E ergueu o olhar. — Nave, por que o vosso maravilhoso senhor Skagra quer ler o livro?

— Ele contém segredos de Shada — respondeu a Nave.

— E o que é Shada? — perguntou Chris.

— É claro que não vou lhe contar isso — retrucou a Nave. — Você é um inimigo de meu senhor Skagra.

— Exatamente, exatamente — disse o Doutor. Ele limpou a garganta. — Mas você pode me contar, não pode? Eu estou morto.

— Eu poderia lhe contar, mas não sei. Meu senhor não compartilhou tal informação comigo.

— Isso pode esperar — disse o Doutor, seguindo em direção à porta. — Precisamos ir atrás de Skagra e de Romana. K-9, você pode rastreá-los da TARDIS.

A Nave tossiu.

— Infelizmente, isso não será possível.

O Doutor parou junto à porta, no meio do movimento.

— Por que não? Como um homem morto, posso fazer o que quiser, é um dos nossos privilégios especiais.

— Você não pode retornar à sua TARDIS — disse a Nave pacientemente —, porque ela se foi.

— Se foi? Como assim se foi?

Uma tela holográfica se acendeu no ar. Ela exibia imagens do prado fora da nave. Chris pôde ver o banquinho dobrável e a vara de pescar. Mas não havia sinal algum da TARDIS.

— Ele levou Romana em sua cabine de polícia — disse Chris. E voltando-se para a Nave, perguntou: — Para onde ele a levou?

— Como se eu fosse lhe dizer isso — tossiu a Nave, com desdém.

— Para onde ele a levou? — perguntou o Doutor.

— Meu senhor não compartilhou tal informação comigo — disse a Nave.

Chris observou enquanto o Doutor desmoronava na grande cadeira branca, tirava o chapéu do bolso e o enfiava na cabeça até cobrir os olhos.

Capítulo 38

Para Romana, aquilo era um pesadelo. Ela se agarrou a um corrimão enquanto a TARDIS se sacudia pelo vórtice.

Será que aquele jovem alto e magro pilotando a nave podia mesmo ser Salyavin? A simples menção do nome a fez estremecer. Privou-a de todo o treinamento e desapego dos quais vinha se vangloriando, e, de repente, ela era uma menininha de novo, mais de um século atrás.

— Vá dormir — dizia sua mãe alegremente, com o tom de voz despreocupado que os adultos usam sem se darem conta do medo que estão provocando —, se não o Salyavin vem pegar você!

Já vira hologramas de Salyavin, o louco, em livros de história, e havia passado as noites paradinha, em silêncio, ouvindo os sons da Citadela, convencida de que Salyavin estava escondido debaixo da sua cama.

E Salyavin, ou Skagra, ou quem quer que ele fosse, tinha roubado a mente do Doutor, matando-o. Ele não tinha motivos para mentir.

Mas uma coisa deixou Romana esperançosa. Não havia visto o corpo do Doutor. Talvez ele tivesse, de alguma forma, enganado Skagra e quem sabe iria surgir a qualquer momento, uma expressão de raiva no rosto, os olhos arregalados, aquele cachecol ridículo esvoaçando com o vento?

Por fim, a TARDIS começou a reduzir de velocidade com um rangido, a coluna central movendo-se mais lentamente, até que Romana sentiu o baque familiar da materialização.

Skagra afastou-se do painel.

— Chegamos — disse, simplesmente. Ele empurrou a grande alavanca vermelha, e as portas se abriram.

Romana se preparou. O que quer que houvesse lá fora, se recusaria a ficar impressionada.

Skagra indicou a ela que saísse primeiro.

Romana passou por ele pisando duro e atravessou as portas da TARDIS.

E se viu entre as estrelas. Reprimiu um suspiro de espanto.

A TARDIS estava posicionada no centro de um imenso local circular e aberto. Sobre a moça, por todos os lados, uma noite estrelada reluzente, por trás do que ela imaginava ser alguma espécie de escudo de vácuo esférico e invisível. Nos cantos dessa arena, podia ver imensas montanhas negras, torres pretas de rocha queimada se erguendo até o céu.

Romana virou-se para ver Skagra saltando da nave, bolsa de tapete nas mãos, seguido, como sempre, pela esfera.

— Onde estamos? — perguntou com toda a casualidade de que era capaz. E então gesticulou como quem não quer nada na direção das estrelas. — Claro que tenho uma vaga ideia pelas constelações. Estamos no centro das rotas comerciais desta galáxia, entre as civilizações mais poderosas, não muito longe de Gallifrey. Pelas rochas, diria que este observatório foi construído num asteroide.

— Claro — respondeu Skagra, que também não parecia impressionado. — Estamos na minha estação de comando.

— Estação de comando! — Romana riu com desdém. — E o que você tem para comandar?

— Mais do que você poderia imaginar.

— Tenho uma imaginação muito vívida.

— Então talvez você leve um susto.

Ele indicou a ela que seguisse em frente. De um dos lados da TARDIS, havia um grande painel de computador. A esfera seguiu flutuando e, com um comando de Skagra, colocou-se no alto de uma coluna fina.

— Para um homem lógico e racional, até que você gosta de um mistério, não é? — disse Romana. — Por que não me diz logo quem é e o que quer?

Skagra virou-se para encarar Romana. Ele inclinou a cabeça de lado, como se estivesse avaliando a moça. Seus olhos azuis ainda mais intensos do que o normal.

Em seguida, gesticulou para as estrelas.

— Diga o que está vendo.

— Já falei. Estrelas. Bilhões de estrelas.

Skagra assentiu. E então se aproximou, trazendo o rosto para junto do da moça.

— E o que elas estão *fazendo*?

Romana deu de ombros.

— Como assim? Não estão fazendo nada. Só estão lá.

— Exatamente — disse Skagra. — Girando inúteis no vácuo. E, em torno delas, trilhões de pessoas girando inúteis em suas vidas.

— Segundo quem? — Romana bufou, com desdém.

— Segundo eu.

Romana colou o rosto no dele.

— E quem é você? Salyavin?

Pela primeira vez Skagra pareceu quase passional:

— O que eu sou agora não importa. E sim o que eu, o que todos nós vamos nos tornar. Isso é o que importa.

Agindo com mais bravura do que realmente sentia, Romana riu.

— Tudo papo furado de quem quer ser Messias.

Skagra uniu as mãos como quem segura um punhado de ar e as ergueu até junto do rosto de Romana. Então as separou.

— Está vendo — disse ele.

Romana torcia para que ele fosse tão louco quanto parecia naquele instante. Um maluco era falível por definição. Fitou as mãos dele e perguntou:

— O que eu devia estar olhando?

— O que você está vendo?

— Nada — respondeu ela. — Sei lá... ar?

Skagra baixou os olhos para as próprias mãos.

— Milhões de átomos girando aleatoriamente. Gastando energia, correndo de um lado para outro, sem alcançar nada. Entropia.

Ele abandonou a pose e gesticulou para o céu.

— Exatamente como as estrelas. Seguindo fúteis e inúteis a caminho da extinção e da noite infinita, o nada. — Seus olhos brilharam. — Mas qual é a única coisa que vai de encontro à entropia, contra a decadência aleatória?

Ele estendeu a mão enluvada para ela.

— A vida — respondeu Romana.

— Exatamente! — Skagra flexionou os dedos. — Veja como os átomos se organizaram aqui. Eles têm um propósito, um sentido. E onde pode haver mais propósito e sentido do que... — e lentamente ele apontou para a própria cabeça — ...aqui?

— No cérebro vivo — disse Romana.

— No *meu* cérebro vivo — corrigiu Skagra. — A minha genialidade.

Romana lhe lançou seu melhor olhar de desprezo.

— Sinto muito — disse ele, afastando-se e aprumando-se novamente. — Achei que talvez você fosse diferente. Mas a sua mente é limitada, como todos os outros. Você não me compreende.

— O que existe para compreender? — perguntou Romana, dando as costas para ele.

E se viu encarando os olhos vermelhos faiscantes do que parecia ser uma rocha viva.

Instintivamente, pulou de susto diante da estranheza da criatura. Tinha mais de dois metros de altura, e o enorme corpo era impressionante, ainda que não fosse elegante. Sua silhueta robusta consistia de caroços de carbono negro cristalizado. E emanava uma aura intensa de calor.

— A estação de comando lhe deseja boas-vindas, meu senhor Skagra — disse a criatura numa voz profunda e retumbante.

Romana viu mais dois seres idênticos emergirem das sombras nos cantos da redoma do observatório.

— O que são essas coisas?

Skagra havia retornado ao seu estado normal de frieza.

— Meus Kraags — disse, sem alterar o tom de voz. — Criações minhas. Serão os servos da nova geração.

Todos os temores de Romana voltaram inundando-a.

— Nova geração? Uma nova raça, novas pessoas?

Skagra sacudiu a cabeça.

— Você ainda não entendeu. Não serão novas pessoas. — E fez uma pausa para enfatizar seu ponto. — *Uma* nova pessoa.

Ele voltou sua atenção para os Kraags.

— Está quase na hora. Em breve precisarei de reforços. Iniciar processo criacional.

O primeiro Kraag baixou a cabeça num gesto de obediência.

— Como quiser.

Os Kraags se viraram e desapareceram nas sombras.

Skagra segurou Romana pelo braço.

— Você vai assistir a isso — disse, puxando-a para junto dele.

Enquanto caminhavam em direção às sombras, Romana viu uma grande porta circular que saía do observatório e dava para um túnel comprido escavado na pedra crua. Uma luz ardente vinha do fim do túnel.

Skagra emergia numa grande plataforma de metal com vista para outra área circular, essa de centenas de metros de diâmetro e coberta por um teto de pedra. Romana se protegeu do fogo e da luz. No centro da sala havia um fosso de lava borbulhante. O ar estava tomado por um gás verde e grosso e se grudou à garganta da moça.

O primeiro Kraag caminhou estrondosamente até um pequeno painel na beirada da plataforma e apertou uma série de interruptores com suas garras atarracadas de três dedos.

A lava borbulhou com ainda mais vigor. De repente, uma enorme estrutura semelhante a um guindaste girou a partir da parede oposta. Pendurado em seu gancho havia um esqueleto de arame num formato ligeiramente humano.

O guindaste baixou e soltou o esqueleto de arame no fosso.

A lava ferveu. De repente, cristais de carbono negro começaram a se aglomerar em torno do arame. Romana viu os cristais se fundirem, formando a inconfundível figura de um Kraag.

O Kraag recém-nascido urrou e contraiu os músculos, emergindo da lava.

O primeiro Kraag apertou outro botão. Uma longa rampa se estendeu da plataforma até o fosso.

O novo Kraag subiu com muito esforço na rampa, os pés pesados ainda em brasas, deixando pegadas negras ao se apresentar diante de Skagra.

— Quais são as suas ordens, senhor?

— Junte-se aos outros — disse Skagra. — Está quase na hora.

O novo Kraag se reuniu aos outros na plataforma.

— Ativação de teste finalizada, senhor — informou o primeiro Kraag.

— Iniciar ativação total — ordenou Skagra.

O primeiro Kraag — que, como Romana notava agora, era ligeiramente maior do que os colegas e agia como uma espécie de comandante — apertou outro botão.

No teto da enorme câmara, começaram a deslizar uns painéis, revelando mais e mais guindastes. Cada um carregando um esqueleto de arame.

Os guindastes giraram. Os esqueletos mergulharam no fosso de lava. Novos Kraags começaram a se formar em torno de cada um dos esqueletos.

Os guindastes voltaram e, um segundo depois, apareceram com novos esqueletos.

Romana fitou o rosto impassível de Skagra. Se isso era loucura, era loucura numa escala assustadora. Pela primeira vez, não podia esconder ou atenuar a própria reação.

Estava horrorizada.

Capítulo 39

Chris olhou de K-9, que aparentemente havia se desligado num estado de abatimento total, para o Doutor, esparramado na grande cadeira branca, o chapéu ainda lhe cobrindo os olhos.

O rapaz concluiu que estavam pensando. Pelo menos, esperava que estivessem pensando.

Olhou para a tela holográfica, onde ainda podia ver a imagem dos prados tranquilos de Cambridge sob a garoa de uma manhã de domingo. Imaginou que não havia nada que o impedisse de ir embora agora mesmo. Poderia encontrar Clare e tentar se desculpar e voltar para sua vida humana normal.

Seus problemas humanos normais pareciam irrelevantes agora.

Distraiu-se com três luzinhas vermelhas que piscavam com insistência uma depois da outra num dos painéis de controle. Não gostava de luzes vermelhas. Luzes vermelhas significavam perigo. A lógica então dizia que três luzes vermelhas significavam três vezes mais perigo. Pensou em perguntar para a Nave do que se tratava, mas lembrou que não teria resposta alguma, já que era um inimigo de Skagra.

Pelo menos isso já era alguma coisa, pensou Chris. Nunca tivera inimigos antes. Nunca havia causado nada a ninguém. E nem sequer chegara a conhecer esse tal de Skagra.

O silêncio durou uns bons cinco minutos. Chris decidiu interrompê-lo.

— Então a gente precisa descobrir para onde ele foi com a TARDIS? É isso?

— Afirmativo, jovem amo — disse K-9. — E/ou quando ele foi.

— Quando ele foi?

— Máquina do tempo — disso o Doutor por debaixo do chapéu.

— Ah, é — respondeu Chris.

Fez-se silêncio novamente.

Chris não podia suportar aquilo.

— Ele deve ter levado Romana porque ela pode operar a nave.

— Eu também posso — disse o Doutor. — E ele está com a minha mente naquela esfera, não se lembra? Tudo o que sei está à disposição dele.

— Tem uma coisa que ele não sabe — disse o rapaz.

— O quê?

— Que você está vivo.

O Doutor arrancou o chapéu e encarou Chris.

— Não, eu estou morto, não se lembra?

Chris se abaixou junto do Doutor e sussurrou:

— Doutor, como a Nave não percebe que você está... você sabe... se é tão inteligente assim, ela deveria descobrir...

— A Nave é programada apenas para obedecer instruções, não para pensar a respeito delas — disse K-9.

— Lógica cega — observou o Doutor.

— Certo — comentou Chris. — Por que a gente não tenta usar a lógica um pouco? Vamos ver o que a gente sabe.

— Prossiga — encorajou o Doutor.

— Bem — disse Chris —, nós sabemos que... — Ele foi murchando. — Nós sabemos que... hum, talvez a gente devesse ver o que a gente não sabe e trabalhar de trás para a frente, o que vocês acham?

O Doutor resmungou.

— Não sabemos para onde Skagra levou Romana, o que ele quer com o livro, o que vai fazer com ele, do que é capaz.

— É falta de conhecimento suficiente para ganhar uma eleição — disse Chris, tristemente.

Mais uma vez, fez-se silêncio.

— Então, voltamos à estaca zero — suspirou Chris.

De repente, o Doutor pulou da cadeira numa explosão de movimento. Chris pulou para trás, impressionado ao ver como o homem tinha ido do desespero letárgico à vitalidade fulgurante em menos de um segundo.

— É isso! — exclamou o Doutor.

— Isso o quê? — perguntou Chris.

— A estaca zero! — gritou o Doutor, exultante. — Trabalhar de trás para a frente, como você falou!

— Falei?

— Nós temos que voltar à estaca zero se quisermos descobrir quem é Skagra e qual é o plano dele — disse o Doutor. — Uma vez que soubermos isso, saberemos onde encontrá-lo. Espero.

O Doutor limpou a garganta.

— Nave! Eu de novo, o falecido Doutor, ex-inimigo de Skagra e no passado completo tratante. Ordeno a você que nos leve para onde Skagra estava antes de vir para cá.

A Nave respondeu imediatamente:

— Perfeitamente. A ordem não entra em conflito com minhas instruções programadas. Vou ativar os procedimentos de decolagem.

— Lógica cega — disse o Doutor. — Muito bem, Bristol!

Chris não entendia direito em que ele tinha ido muito bem, mas sorriu, mesmo assim.

— Procedimentos de decolagem ativados — disse a Nave.

O chão tremeu sob os pés de Chris.

— Ah, meu Deus, estamos decolando! Estamos indo para o espaço!

— De onde você achou que Skagra tivesse vindo, de Norwich? — perguntou o Doutor.

— Mas é o *espaço* — ofegou Chris.

— Ah, sente-se aí — disse o Doutor, empurrando-o para a cadeira de comando.

Chris se viu olhando direto para as três luzes vermelhas. Talvez não fossem nada. No espaço, talvez vermelho significasse "oba, está tudo tranquilo".

— Procedimentos de decolagem ativados.

A voz da Nave ecoou por ela toda. Pelo corredor vazio, a câmara estanque, a prisão.

— Procedimentos de decolagem ativados.

A voz ecoou em outro trecho da Nave, onde uma pequena câmara continha um tanque vazio. Como se em resposta à voz, pequenos bocais de cada um dos lados do tanque começaram a jorrar lava fervente.

Um painel no teto se abriu, e um esqueleto de arame caiu no tanque. Um gás verde e pesado começou a subir.

Cristais de carbono negro começaram a se formar em torno do esqueleto.

Capítulo 40

Clare podia ouvir um zumbido suave e tranquilizador. Estava no hospital?

Lentamente, os eventos das últimas horas penetraram em sua mente nebulosa. Chris, e sua descoberta fascinante do livro. O Doutor. O porteiro dizendo que ia fazer umas ligações para tentar encontrar o Professor Chronotis...

Uma estante de livros caindo em cima dela.

Moveu a cabeça e imediatamente desejou não ter feito aquilo. Uma dor aguda a atingiu logo atrás dos olhos.

Levantou-se devagar. Ainda estava nos aposentos do Professor. A estante estava de volta no lugar, como se nunca tivesse caído.

Clare olhou ao redor. O zumbido estava vindo de todos os lados à sua volta, como se o quarto estivesse vivo com eletricidade. Ainda tinha a chave apertada na mão. As luzes do painel de controle piscavam.

Tinha a estranha sensação de que o quarto estava se movendo.

As cortinas estavam fechadas, luz alguma penetrava o ambiente. Devia ter passado horas desacordada.

Desnorteada, agarrou o braço da cadeira mais próxima e se sentou. Nem era capaz de começar a entender o que estava acontecendo.

De repente, um fantasma apareceu na frente dela.

Sabia que era um fantasma porque conseguia enxergar através dele, e também porque usava um robe e uma touca e segurava um candelabro antigo. Era um fantasma muito velho, no final dos 70 anos, no mínimo, e Clare se pegou pensando com tristeza em como deve ser terrível ficar preso à Terra por toda a eternidade uma vez que já se passaram os dias de glória.

O fantasma abriu a boca para falar. Clare estava esperando um uivo espectral ou um grito de vingança.

— Muito bem, minha jovem — disse ele. — Muito bem mesmo.

Ele tirou os óculos de dentro do robe e mancou até o painel de controle. Então levou a mão transparente até uma grande alavanca dourada. Para a surpresa de Clare, sua mão não atravessou a alavanca, mas se segurou a ela, firme e sólida.

A silhueta do fantasma tremeluziu. Uma onda de solidez correu de sua mão e através de seu corpo até que ele era concreto e corpóreo, e não mais um fantasma. Era um velhinho com o rosto muito marcado.

O fantasma se virou para Clare e abriu um largo sorriso.

— Chá? — perguntou.

— Sim, por favor — disse Clare. Chá cairia muito bem, e quem quer fosse, esse ex-fantasma parecia um velhinho tão simpático. — Posso perguntar quem é o senhor? — ela se ouvir dizer, enquanto ele seguia até a cozinha com suas velhas pantufas xadrez.

Da porta, o ex-fantasma virou-se e disse:

— É claro que sim. Que modos mais educados você tem, minha jovem.

— Obrigada — disse Clare, a cabeça ainda girando. — Então, quem é o senhor?

O velhinho bateu no peito com orgulho e exclamou:

— Eu era, eu sou e, graças a você, com sorte, eu serei o Professor Chronotis.

Capítulo 41

Pelo visor frontal da Nave, Chris fitava e se maravilhava diante do universo infinito. Estava deixando a Terra, deixando tudo o que conhecia, viajando pelas estrelas. Era um sonho de criança se realizando, de um jeito que jamais havia imaginado. Soltou um suspiro de satisfação.

— Dá para parar de fazer isso? — pediu o Doutor. Ele estava sentado no chão de pernas cruzadas, ao lado de K-9.

— Desculpe. Não sabia nem que estava fazendo alguma coisa. — Ele apontou as estrelas. — Olhe para isso. Olhe só para isso.

— Estou olhando — disse o Doutor, enquanto outro sistema estelar passava por eles. — E não estou gostando nada do que estou vendo. Devagar demais para o meu gosto. Um passeio de fim de semana, se quer saber a minha opinião. Embora *seja* fim de semana. — Ele gritou: — Nave! Quanto tempo vai levar esta viagem?

— Trinta e nove dias astro-siderais — respondeu prontamente a Nave.

— O quê?! — exclamou o Doutor. — Isso dá quase uns três meses!

— Estamos em modo de dobra espacial total. E temos centenas de anos-luz de distância para cobrir — disse a Nave, ofendida.

— Centenas de anos-luz — disse Chris. — Em três meses. É uma velocidade impressionante!

— É, impressionante de tão lenta — retrucou o Doutor. Ele refletiu por um instante e perguntou: — Nave, você tem o poder de ajustar seus circuitos internos?

— Sim, posso fazer isso.

— Foi o que imaginei — disse o Doutor —, considerando que você foi desenvolvida por uma pessoa com interesse em tecnologia gallifreyana.

— Sim, meu maravilho senhor Skagra — suspirou a Nave. — Sinto falta dele, sabia?

— Todos nós — disse o Doutor. — Certo, Nave. Pare!

— Favor esclarecer — disse a Nave. — Parar o quê?

— Pare — disse o Doutor. — Desligue todos os motores. Freie!

A vibração leve decorrente do movimento se dissipou, e Chris assistiu as estrelas lá fora diminuírem de velocidade até se fixarem numa única imagem bonita, uma nebulosa de tamanho e variedade de cor inimagináveis.

— O que você está fazendo? — perguntou Chris, reprimindo mais um suspiro de admiração.

— Vou introduzir essa Nave a alguns novos conceitos — disse o Doutor. — Felizmente, ela já está quase lá.

— Já atendi o seu pedido — informou a Nave.

— Ótimo — respondeu o Doutor. Ele limpou a garganta e disse: — Agora, Nave, por favor, reconfigure os sintetizadores digréticos de deoscilação em 10 pontos.

A Nave levou um susto.

— Não posso fazer isso! O motor vai explodir!

— Besteira, é perfeitamente seguro — disse o Doutor.

— Amo — avisou K-9.

O Doutor bufou.

— O que foi, K-9? Ninguém pediu a sua ajuda... — E parou de falar. — Espere um minuto. Eu falei 10 pontos?

— Falou — disse Chris.

— Afirmativo — disse K-9.

— Sim, foi o que você falou — disse a Nave.

O Doutor limpou as costas da mão no queixo e engoliu em seco.

— Bem, obviamente eu quis dizer *menos* 10 pontos. Caso contrário, o motor iria explodir.

— Acatando a ordem — disse a Nave. Houve um ruído de atividade eletrônica.

Chris mal notou. Estava vidrado na nebulosa, boquiaberto. A única coisa que estragava a paisagem perfeita eram aquelas luzes vermelhas irritantes piscando em sua visão periférica, agora um pouquinho mais rápido.

— Feito — disse a Nave. — Sintetizadores digréticos de deoscilação reconfigurados em menos 10 pontos.

— Ótimo — disse o Doutor. — Agora, Nave, por favor, realinhe o maxivetômetro em modo arrasto para que ele se interconecte com os anodos radiobicêntricos.

Mais uma série de ruídos eletrônicos.

— Feito — disse a Nave.

— Ótimo. Agora vem a parte difícil. Por favor, mude o geômetro conceitual do modo analógico para o digital e continue disparando as respostas de realimentação até atingir uma leitura de 75 traço 839.

— Feito — disse a Nave. — E, para sua informação, Doutor, essa parte não foi nem um pouco difícil.

O Doutor respirou fundo.

— Agora, vamos ver se funciona. Nave, ative todos os circuitos de voo realinhados!

Houve uma balbúrdia de ruídos eletrônicos.

— Ui! — disse a Nave. — Algo muito estranho está acontecendo. — Ela deu uma risadinha. — Muito estranho... ui...

— Não se preocupe, meu bem, pode continuar! — insistiu o Doutor.

A paisagem no visor frontal mudou de repente, e Chris pulou da cadeira. A nebulosa ficou toda borrada e foi substituída por um vórtice azul inconstante e giratório. Ao mesmo tempo, ouviu-se um som que não era muito diferente dos rangidos do motor da TARDIS, embora fossem um pouco mais macios e suaves.

— Ah! — disse a Nave, soando aos ouvidos de Chris como se estivesse umedecendo os lábios. — Ui, Doutor! Ui, ui, ah!

— Bingo! — gritou o Doutor, socando o ar.

— O que foi que você fez mesmo? — perguntou Chris, que estava hipnotizado pelo vórtice azul, mas tinha certeza de que o Doutor queria explicar em mais detalhes quão inteligente ele tinha sido.

O Doutor sorriu.

— Só construí uma forma primitiva de estabilizador dimensional relativo por controle remoto.

— Ah, legal — disse Chris.

— E assim, qualquer viagem, não importa quão distante seja, leva apenas umas duas horas de tempo relativo. — Ele abriu um largo sorriso. — Muito inteligente, você não acha?

— Muito — disse Chris.

— Afirmativo, amo — disse K-9.

Quando a Nave falou de novo, foi com um tom ligeiramente mais cálido:

— Você é muito talentoso para um homem morto, Doutor.

— É, bem, não vamos cansar tanto o assunto, certo? — disse o Doutor.

— Bem, muito bem — disse Chris. — Só queria poder desligar aquelas luzes vermelhas. São tão irritantes.

— Que luzes vermelhas? — perguntou o Doutor.

— Aquelas ali — respondeu o rapaz, apontando as lâmpadas. — Estão me incomodando desde que entrei aqui, mas não quis comentar, provavelmente não significam nada.

O Doutor contornou o painel até onde as luzes estavam piscando.

— Nave, por favor, explique o significado dessas luzes.

— E como vou saber? — disse a Nave. — Meu senhor Skagra ativou esse painel logo antes de sair. Não faz parte do meu sistema.

O Doutor chamou K-9.

— Aqui, filho. O que você acha disso? Vamos lá, estou pedindo a sua ajuda.

K-9 estendeu uma sonda e fez uma varredura.

— Alerta, amo. Esta nave está programada para explodir em exatamente 1,43 minuto!

— O quê? — gritaram juntos o Doutor e Chris.

— A nave está programada para explodir — repetiu K-9.

— Skagra queria encobrir seu rastro — deduziu o Doutor. Ele gritou em voz alta. — Nave, por favor, desabilite o mecanismo de explosivos. Agora!

— E como vou fazer isso? — perguntou a Nave, timidamente. — Não tenho interface alguma com esses circuitos em particular, como foi determinado pelo meu magnífico senhor Skagra.

— O seu magnífico senhor Skagra quer que você exploda em pedacinhos! — gritou o Doutor.

A Nave parou por um instante.

— Não posso acreditar nisso, Doutor. Sou sua serva mais verdadeira e fiel.

— Hum, se é uma bomba, será que a gente não devia desarmá-la, Doutor? — perguntou Chris.

O Doutor sacou sua chave de fenda sônica, ajustou as configurações e a deslizou ao longo da lateral do painel, cortando um quadrado fumegante no material branco.

— Me desculpe, se doer...

— Ai! — gritou a Nave.

— Sem tempo para ser gentil — disse o Doutor.

Ele envolveu a mão numa das pontas do cachecol e colocou a placa incandescente de lado. Por trás dela, Chris viu um labirinto de fibras finas interconectadas, como uma tigela de macarrão vermicelli. Luzes vermelhas piscavam de algum lugar sob o emaranhado.

— Tempo até a detonação: 54 segundos, amo — disse K-9.

— Valeu, K-9 — disse o Doutor. Ele segurou a ponta brilhosa da chave de fenda sônica sobre as fibras e perguntou: — E aí? Qual delas eu corto?

— Como é que vou saber? — disseram Chris e a Nave ao mesmo tempo.

— Tempo até a detonação: 30 segundos, amo.

— O quê? — vociferou o Doutor. — Eram 54 segundos há dois segundos!

— Faz diferença? — perguntou Chris. — Corte logo tudo! Ande!

O Doutor encarou Chris, aparentemente impressionado pela cólera súbita.

— Boa ideia! — disse, golpeando a confusão de fibras com a chave de fenda sônica.

Houve um estalo de energia e um som como o de um milho virando pipoca. As fibras vibraram e se quebraram.

— E então? — perguntou o Doutor, quebrando o silêncio que se seguiu.

— Crise contornada, amo — disse K-9. — A sequência de detonação foi abortada.

O Doutor limpou a testa e desligou a chave de fenda sônica.

— Ótimo — disse ele.

Chris estava tentando assimilar o que havia acabado de acontecer.

— Então Skagra tinha programado a nave para explodir — disse o rapaz.

— Mais do que só a nave — respondeu o Doutor, indicando as pontas queimadas das fibras. — Havia energia termal suficiente para destruir um planeta inteiro.

— Ele ia apagar Cambridge do mapa? — Chris estava horrorizado. — Todos os institutos? Os jardins ao longo do rio, a estação de trem... os bares?

— E mais o planeta inteiro — confirmou o Doutor, seriamente.

Chris explodiu num acesso de raiva. De repente, estava se preparando para uma luta, as narinas abertas de tanta ira.

— Ele ia matar Clare? — As palavras saltaram de sua boca antes que ele pudesse pensar o que elas diziam sobre seu inconsciente.

O Doutor ergueu uma das sobrancelhas.

— E todas as outras meninas bonitas do planeta. Além dos garotos bonitos também. Ele deve ter considerado mais seguro, só para o caso de termos enviado uma mensagem para os Senhores do Tempo. — O Doutor suspirou. — O que talvez devêssemos ter feito.

— De jeito nenhum — falou Chris. — Eles provavelmente teriam incinerado o planeta de qualquer forma. — Ele franziu a testa. — Sabe, antes de hoje sempre considerei a Terra um lugar seguro.

O Doutor ergueu a outra sobrancelha, como se Chris tivesse acabado de dizer algo incrivelmente idiota.

— De qualquer forma, não se preocupe — disse ele, colocando-se de pé. — Graças a mim, a nave está salva, e nós estamos a caminho.

— Eu não posso aceitar isso, Doutor — disse a Nave. Sua voz estava trêmula, como se estivesse prestes a se derramar em prantos. — Meu senhor Skagra é infalível. Se ele queria que eu... — ela parou, engoliu em seco e se recompôs. — Se ele queria que eu, sua serva mais fiel e verdadeira, fosse... destruída... Bem, então, devo ter sido destruída.

— Se é assim que você enxerga a situação — disse o Doutor, cheio de cautela.

— É a única maneira de enxergar a situação — disse a Nave, bravamente. — Você já estava morto, Doutor. Agora todos nós também estamos.

— Isso é ridí... — começou Chris, mas quando viu a mão do Doutor erguida como se estivesse prestes a tapar sua boca de novo ele se calou.

— Eu explodi — comunicou a Nave.

O Doutor deu um tapinha no painel aberto.

— Claro que sim, meu bem. Vai ficar tudo bem.

Com um ar tristonho, Chris fitou o vórtice pelo visor frontal.

— Preocupante, não é?

— O que, especificamente? — perguntou o Doutor.

— Bem — disse Chris, gesticulando com a cabeça para a nave de uma forma geral —, o que mais será que ela não está nos contando?

No pequeno anexo criacional nas profundezas da nave, o recém-formado Kraag se mexeu.

Uma garra de pedra envolveu a borda do tanque, e ele se colocou de pé.

Capítulo 42

Kraags e mais Kraags marcharam da câmara criacional em direção ao observatório. De cabeça baixa, Romana estava de pé ao lado de Skagra, que mexia nos controles do painel principal. A esfera acomodada no topo do cone, borbulhando para si mesma.

— Agora — disse Skagra —, você vai ver que, embora o Doutor esteja morto, sua mente vive dentro da esfera.

Um holograma se acendeu sobre o painel principal. Romana ergueu o olhar, deprimida, e, para sua surpresa, viu a si mesma. Estava sorrindo alegremente, recostada contra a porta da TARDIS.

— Dá para ver o que dominava seus pensamentos — disse Skagra. — Ele tinha muito... — e procurou a palavra certa — ...*carinho* por você.

Romana olhou ao redor para os Kraags reunidos.

— Agora isso não tem a mínima importânica — disse, impassível. — Você tinha razão. Não tenho outra escolha a não ser aceitar o seu domínio sobre mim.

Skagra virou-se para a moça.

— Será que você está me dizendo a verdade?

— O que eu poderia esperar conseguir mentindo para você? — perguntou ela e fitou as estrelas. — Você falou de entropia, do longo e sombrio pesadelo no fim do universo. — E voltou-se para Skagra. — Você descobriu mesmo um jeito de impedir isso?

— Descobri — disse Skagra. — A solução final. Vou criar propósito e sentido. Vou salvar o universo de si mesmo, do caos.

— Estou tentando entendê-lo, de verdade. Mas como posso começar a acreditar se nem sei quem você é?

Skagra se afastou dos controles e perguntou com severidade:

— Você já ouviu falar no planeta Drornid?

Romana assentiu.

— Foi palco de um incidente na história de Gallifrey.

— Um incidente — disse Skagra, tombando a cabeça levemente de lado. — Admiro a sua capacidade para eufemismos. É uma excelente qualidade.

— Obrigada. Há muitos milhares de anos, houve um cisma no Colégio de Cardeais de Gallifrey. O cardeal Thorac fugiu para Drornid, declarou-se presidente dos Senhores do Tempo e formou uma corte rival lá.

— Onde ficou conhecido como o Heresiarca de Drornid — continuou Skagra. — No final, Thorac acabou voltando para Gallifrey.

Romana assentiu, relembrando suas aulas de história.

— O Alto Conselho de Gallifrey simplesmente o ignorou, obrigando-o a retornar.

Skagra estreitou os olhos.

— E você sabe o que aconteceu em Drornid, Senhora do Tempo, tanto durante quanto depois do reinado de Heresiarca?

Romana vasculhou a memória.

— Não há qualquer menção a isso em meu livro-texto de história da Academia.

Skagra grunhiu e suas mãos voaram para os controles. A imagem na tela holográfica mudou.

— Então é hora de eu expandir seu aprendizado. Isso era Drornid durante o reinado do Heresiarca.

A tela mostrou uma panorâmica de uma cidade cercada por um grande vale. Sobressaindo em relação aos prédios, havia uma enorme estátua de um homem de nariz adunco, usando as vestes de presidente dos Senhores do Tempo.

— O Heresiarca controlava o planeta a partir da estátua. De dentro da corte, ele gerou um raio de pacificação, reprimindo qualquer resistência ou agitação do povo local.

Skagra mexeu nos controles, e a imagem mudou de novo. Agora Romana via as ruas do centro da cidade lotadas de gente, com a estátua vigiando tudo lá do alto. Os cidadãos de Drornid perambulavam felizes pelas ruas, com sorrisos bobos no rosto.

— Drornid era uma civilização avançada nessa época, entre os níveis 9 e 10 — continuou Skagra. — Mas, após muitas centenas de anos, chegou o dia em que Thorac, como você disse, voltou para Gallifrey.

A tela agora mostrava uma imagem aérea da cidade. Pequenas figuras enxameavam as ruas.

— O raio de pacificação foi de repente desligado — disse Skagra. — As pessoas de Drornid sofreram uma reação psíquica aguda. Os séculos de subserviência tranquila haviam acabado, e toda a agressão e a agitação acumuladas voltaram às suas mentes. Elas destruíram o próprio planeta.

Romana assistiu enquanto as imagens voltavam para uma panorâmica da cidade, agora ardendo em chamas. Prédios queimados e tombados, gritos distantes de raiva e medo. Por fim, a grande estátua de Thorac foi derrubada, espatifando-se na cidade lá embaixo com um estrondo colossal.

A moça cobriu a boca com as mãos.

— Que horror — disse. — Sinto muito pelo seu povo.

Skagra expandiu as narinas.

— Eles não são o meu povo, nem você deveria sentir muito. Isto é apenas uma contextualização histórica. Aconteceu, como você disse, há milhares de anos.

— E o que isso tem a ver com você? — perguntou Romana.

Skagra mexeu nos controles novamente.

— Quando nasci, isso era o que Drornid tinha virado — disse, sombriamente.

Romana voltou os olhos para a tela, esperando ver um deserto seco e infernal. Em vez disso, o que viu foram praias tropicais paradisíacas e avenidas ladeadas de árvores nas quais as pessoas caminhavam alegremente de bermuda e chinelo.

— Parece um lugar agradável — disse Romana.

— *Agradável*? — exclamou Skagra. — Esse é o mundo doente, degenerado e sem propósito em que nasci. Drornid, conhecida como o destino de férias mais procurado da Galáxia Quadrante 5. Principal produto de exportação: roupa de banho. Principal produto de importação: sorvete. O Planeta da Diversão.

— Deve ter sido horrível para você — disse Romana.

Skagra examinou o rosto da moça.

— Você está zombando de mim?

— Claro que não.

— Ninguém se importava mais com o passado — prosseguiu ele. — Ninguém se interessava por nada que não fossem suas diversões fúteis e irracionais. Eu que descobri os segredos da história do planeta. Eu que escavei o local da estátua de Thorac. Eu que encontrei os papiros abandonados nas ruínas e os restaurei.

O holograma mudou novamente, mostrando uma imagem granulada. Skagra, presumivelmente acompanhado da câmera de vídeo remota que fez essas gravações, estava escalando um chão de cascalho numa caverna profunda e escura.

Com imenso esforço, ele empurrou uma pedra gigante e revelou uma câmara subterrânea quase que inteiramente preservada.

Romana viu o Selo de Rassilon, o emblema dos Senhores do Tempo, escavado numa das paredes. A câmara era forrada de livros e pergaminhos. O local obviamente tinha sido uma biblioteca durante o reinado de Heresiarca. A câmera saltou do jovem Skagra quase que ansiosa para entrar na câmara.

— Então é por isso que você sabe tanto a respeito dos Senhores do Tempo — disse Romana.

Skagra assentiu.

— E a partir daí, formulei meu plano. Os preparativos duraram longos anos. Estabeleci este asteroide como minha estação de comando. Obtive a esfera. Tinha quase tudo o que precisava.

— Menos o livro? — sugeriu Romana.

— Menos o livro.

— Como você sabia que Chronotis tinha roubado o livro de Gallifrey? — perguntou Romana. — Certamente ele era o único que sabia disso.

— Minha primeira intenção era roubar o livro dos Arquivos do Panopticon.

Romana ficou pálida.

— Gallifrey é um lugar muito protegido.

— Eu sei. Não há como entrar por meios convencionais. Então escolhi um meio não convencional.

Skagra mexeu novamente nos controles, e surgiu a imagem de uma mulher magra e de aparência histérica, usando vestes vermelhas maltrapilhas. O rosto e as mãos estavam cobertas de tatuagens de hena com desenhos místicos.

— Uma adivinha? — chutou Romana.

— Uma das Irmãs de Karn — respondeu Skagra. — Uma vidente poderosa. Usei o suco da flor de Lethe, uma droga antitelepática conhecida como sinaptrol, para drenar seus poderes e raptá-la. Quando acordou, era minha prisioneira.

A imagem mudou outra vez, mostrando uma jovem dentro da prisão ambiente zero da nave de Skagra.

— Ordenei a ela que me levasse até Gallifrey, sem ser detectado — disse ele. — Mas ela me insultou. E disse que não iria encontrar o livro lá.

Romana respirou fundo e perguntou:

— O que você fez com ela?

Skagra apontou para a tela.

— Eu a deixei sem comida e água até que ela me dissesse onde encontrar o livro. — A tela mostrou uma jovem, contorcendo-se no chão da prisão. A imagem não tinha som, mas Romana podia ver que a vidente estava gritando para Skagra, xingando-o. — Claro — disse ele —, o elixir que sua irmandade guarda com tanto zelo a protegia da morte. Mas sou um homem muito paciente. Esperei anos até que a dor se tornasse insuportável. Por fim, ela me contou que Chronotis havia roubado o livro, que ele estava escondido num lugar obscuro chamado Cambridge. E, então, me livrei dela.

— Como? — perguntou Romana.

— Não importa.

— Como?

— Eu só a larguei no espaço.

Romana estremeceu.

— Imagino que ela não fosse mais útil para você — disse, controlando-se.

— Exatamente. Eu só precisava dela para encontrar o livro. E com o livro, vou encontrar Shada.

— O que é Shada? — perguntou Romana. — E o que o livro tem a ver com isso?

— Você realmente não sabe, não é? — disse Skagra, parecendo quase impressionado. — Mais um item histórico que não constava em seu livro-texto. — Ele se voltou para a tela, tocou a esfera e a imagem voltou para o rosto sorridente de Romana. — Em algum lugar na mente do Doutor, tão entranhado que talvez ele mesmo não saiba, está o guardado o segredo. Estou certo de que ele sabe o código.

— Gostaria de poder ajudar — disse Romana. — Mas preciso saber mais. — Ela se aproximou de Skagra e colocou uma das mãos em seu ombro. — Você é tão solitário. Talvez eu possa compartilhar do seu grandioso propósito.

Skagra recuou diante do toque.

— Gostaria disso — disse, por fim. — Você não é como as outras pessoas.

Romana tocou a bochecha de Skagra com carinho.

— Sou como você. — E estendeu a mão.

Skagra a segurou com a própria mão enluvada.

De repente, com toda a sua considerável força, Romana empurrou a mão de Skagra até que ela estivesse pairando sobre um botão no painel de controle. Ela havia visto o botão de canto de olho e tinha compreendido que se tratava de um detonador de uma sequência de autodestruição que na certa só poderia ser ativado ao toque dos dedos de Skagra.

Romana forçou a mão dele na direção do botão.

Skagra lutou de volta, torcendo a mão livre. Ele deu um passo para trás, espumando pelos cantos da boca, e, com um rosnado, acertou um tapa no rosto de Romana.

— Sua bruxa, duas caras!

Vários Kraags avançaram.

— Devemos destruí-la, senhor? — perguntou o Comandante.

— Sim! — gritou Skagra, limpando a saliva da boca.

Romana apertou os olhos à medida que os Kraags a cercavam, os braços esticados — auras incandescentes de calor formando-se em torno de suas garras...

— Não! — gritou Skagra.

Os Kraags baixaram as mãos.

Skagra estremeceu e voltou ao seu estado normal.

— Ela ainda pode ser útil de algum jeito. Prendam-na. — E voltou-se para os controles. — Preciso descobrir o código — disse ele. — *Vou* descobrir o código.

Capítulo 43

O barulho do motor da nave já era familiar e reconfortante para Chris. Ele olhou pelo visor frontal enquanto os padrões giratórios que o Doutor descrevera como o vórtice de espaço-tempo se dissolviam novamente numa paisagem de infinitas estrelas.

A nave estava diminuindo de velocidade ao se aproximar de uma imensa estrutura escura, ligeiramente circular e com vários atracadouros. Podia-se notar os detalhes do casco da estação espacial, se é que era isso, enquanto ela girava lentamente sob a luz de um sol vermelho nas proximidades. Parecia velha e abandonada.

— Iniciando procedimentos de atracação — disse a Nave. — Embora não saiba por quê, já que estamos todos mortos mesmo. Embora, tecnicamente, acho que nunca estive viva. Fazer o quê...

Chris sentiu a nave fazer uma curva, provavelmente para se alinhar com o atracadouro na lateral da estação espacial.

— Bem, onde quer que seja, chegamos — disse o Doutor.

— Enquanto provavelmente Skagra está indo no sentido oposto — observou Chris.

— Preocupante, não é? — comentou o Doutor. — Mas é a única coisa que podemos fazer.

— Você não tem a menor ideia do que ele quer?

— Shada — disse o Doutor, mirando as estrelas enquanto a nave prosseguia com suas manobras. — Ajudaria bastante se soubéssemos quem é Shada.

— Quem ou o quê — disse Chris.

O Doutor passou os dedos pelos cabelos cacheados.

— Shada... Shada... tenho alguma lembrança lá no fundo. — Ele ergueu o indicador. — Espere aí. Shada! Não é uma cantora?

— Imagino que o mestre esteja confundindo Shada com Sade — contribuiu K-9.

O rosto do Doutor murchou.

— Ah é, deixa pra lá.

— Nunca ouvi falar — disse Chris. — Não que faça alguma diferença.

— É uma cantora terráquea do futuro, jovem amo — disse K-9, prestativo.

— Ah, então tá — disse Chris. — Significa que vai dar tudo certo.

O Doutor o fitou.

— Do que você está falando?

— Bem, se existe um futuro, nós sabemos, não é?

— Sabemos o quê?

— Que vai dar tudo certo. — Chris esfregou as mãos, animado. — O que quer que aconteça conosco, pelo menos a Terra e o universo estão a salvo. Se existe um futuro, onde as pessoas podem cantar e ser famosas.

O Doutor o fitou com olhos tristes.

— Quem dera funcionasse assim.

— Ah. E não funciona?

— Não. De qualquer forma, não se importe com o futuro. Qualquer que seja o plano de Skagra, nós precisamos impedir. Controle da mente é a coisa mais terrível. É possível lutar contra ameaças físicas, mas quando alguém controla a sua mente, você perde tudo. — E parou de falar, surpreso com as próprias palavras. — Que estranho.

— O quê? — perguntou Chris.

— Por que eu falei isso? É como se meu inconsciente estivesse tentando trazer algo à tona. — Ele piscou. — Agora passou.

— Não pense muito — aconselhou Chris. — E talvez o pensamento volte.

— Eu devia saber a resposta! — berrou o Doutor, em mais uma de suas súbitas explosões. Ele deu um tapinha na cabeça. — Talvez, em algum lugar na minha mente, eu saiba a resposta...

A nave ressoou junto à lateral da estação espacial.

Num corredor comprido que levava até a cabine de comando, uma porta se abriu lentamente.

Um Kraag emergiu.

Ele ouviu vozes vindo da cabine de comando.

— Eu já devia ter descoberto a resposta! — dizia uma delas.

O Kraag virou-se e seguiu lentamente em direção às vozes.

Capítulo 44

Romana estava cercada por Kraags. Skagra estava no painel de controle, estudando a mente do Doutor. A tela holográfica piscou com imagens do livro e de eventos recentes. Ela viu a si mesma, Chris, K-9, o Professor, uma jovem que devia ser Clare, a amiga de Chris.

Romana esfregou a bochecha. Ainda ardia do tapa que levara de Skagra. Triste, fitou a tela e viu a si mesma, tomando chá com o Professor em seu escritório quente e confortável. Parecia inconcebível que tivesse acontecido há apenas algumas horas. Agora o Professor e, possivelmente, o Doutor estavam mortos.

— Concentre-se — disse Skagra, uma das mãos na esfera. — Suas grandes mentes podem descobrir a resposta. Deixe suas mentes lhe guiarem. Concentre-se.

A tela fixou numa imagem do livro aberto, enquanto o Doutor folheava as páginas.

— O que tem de tão importante nesse livro? — perguntou Romana.

Skagra lhe lançou um olhar impertubável.

— Trata-se de *O venerável e ancestral livro das leis de Gallifrey*. O que todo juiz gallifreyano diz ao dar uma sentença?

Romana pensou.

— "Somos apenas instrumentos da Lei. Você está preso, não por esta Corte, mas pelo poder da Lei."

Com as mãos enluvadas, Skagra tirou o livro de dentro de sua túnica e o ergueu.

— Isso costumava ser verdade.

Romana franziu a testa. Estava tentando formular uma resposta quando a esfera borbulhou e Skagra voltou seu interesse para a tela. A imagem estava congelada numa página aberta do livro, e uma única palavra piscava no pé da tela de novo e de novo:

INSOLÚVEL.

INSOLÚVEL.

INSOLÚVEL.

Skagra esmurrou o painel.

— Não! — gritou ele. — O código é insolúvel!

Afastou-se do painel, parecendo arrasado e esgotado. O suor lhe escorria da testa.

— Meu plano não pode prosseguir — disse afinal, parecendo de repente um menino perdido.

— Fico feliz de que você tenha se dado conta — disse Romana. — Já não era sem tempo.

Skagra voltou-se para ela.

— Você é uma Senhora do Tempo — disse, com um brilho de malícia nos olhos. — Em algum lugar na sua mente, você sabe a resposta. Não vou usar a esfera dessa vez. Vou dissecar sua consciência viva, desmembrá-la. Pedaço por pedaço.

Romana permaneceu firme.

— Você perdeu, Skagra. Acabou.

Mas Skagra não respondeu. Em vez disso, apontou para ela, os lábios movendo-se em silêncio.

— O que foi que você falou? "Tempo"? — disse, afinal. E voltou para o painel. — Tempo! É isso, eu devia ter percebido. Um código gallifreyano teria incluído uma dimensão temporal!

Skagra recolocou a mão na esfera.

— Concentre-se — ordenou, fixando a atenção na tela. — Encontre para mim a última referência do Doutor a respeito do tempo!

Capítulo 45

— Ande logo, Nave! — reclamou o Doutor. — Por que está demorando tanto?

— Os procedimentos de segurança de atracação são muito importantes — respondeu a Nave com arrogância. — Embora, para falar a verdade, não sei por que estou sendo tão cuidadosa, uma vez que todos nós já partimos desse invólucro mortal. Força do hábito, imagino.

Houve um estalo alto, e a nave finalmente atracou na estação espacial.

Chris estava atento a outra coisa. Ele inspirou o ar.

— Está sentido cheiro de queimado?

— Claro que não — disse o Doutor. — Certo, vamos lá.

O Doutor correu para a porta e apertou o botão identificado como ABRIR. A porta se abriu.

Uma enorme figura incandescente apareceu diante dele, os olhos brilhando feito uma fornalha. A criatura falou com uma voz grave e retumbante, formando palavras pela primeira vez.

— Quem... é... você?

— Ah — disse o Doutor. — Não temos pão velho, não!

Ele apertou depressa o botão identificado como FECHAR. Mas assim que as portas começaram a deslizar, a criatura deu um passo à frente e as arrebentou com suas garras poderosas, como se fossem feitas de plástico.

A criatura atravessou a porta. Chris podia sentir a aura intensa de calor que irradiava dela. Ele correu para junto do Doutor enquanto este tentava passar para o outro lado da porta.

— Que diabo é isso?

— Como é que vou saber? — disse o Doutor. — E o que o diabo tem a ver com isso? Nave, o que é isso?

— É um Kraag. Ele se formou automaticamente quando decolei sem meu grande senhor Skagra a bordo. Procedimento padrão de emergência.

— Por que você não nos avisou? — explodiu o Doutor.

— Você não perguntou — disse a Nave, usando a lógica. — De qualquer forma, não tem importância, não é? Não pode nos fazer mal. Estamos mortos, e ele também deve estar.

— Vocês são... intrusos... — disse o Kraag.

O Doutor deu de ombros.

— Bem, na verdade, eu sou o Doutor, e esse é Bristol. — Ele apontou para o rastro de fumaça que o Kraag deixou atrás de si e completou: — E isso é o que chamo de emissão de carbono.

— Você invadiu a nave do meu senhor — disse o Kraag. — Você deve morrer! — Ele ergueu uma das mãos, com suas garras grotescas e cheias de caroços, as pontas ainda brilhando com um vermelho incandescente.

— Então, existem alienígenas que não se parecem com humanos — disse Chris. Foi a única coisa que pensou em dizer, e mesmo enquanto a dizia, pensava em como eram péssimas últimas palavras.

— K-9, por que a demora? — gritou o Doutor.

O cachorro se aproximou, o nariz laser estendido. Disparou um poderoso raio vermelho e acertou o Kraag bem no meio do peito.

A criatura cambaleou para trás. Chris teve um momento de alívio. E então o Kraag soltou um rugido terrível e ergueu a mão novamente.

— Vocês... vão... todos... morrer!

— Ah, bobinho, já estamos todos mortos — disse a Nave. — Sempre achei os Kraags um pouco lentos.

— K-9, continue atirando! — gritou o Doutor.

K-9 disparou o laser de novo, e dessa vez, o raio vermelho se sustentou, acertando o Kraag nas costas.

— Bom garoto, K-9! — exclamou o Doutor.

O laser começou a falhar e a enfraquecer. O Kraag rugiu, agitando os braços, furioso.

— Amo! — chamou K-9, com urgência. — Esta unidade não pode conter a criatura Kraag com raio em máxima carga. Bateria fraca!

— Aguente firme, K-9! — O Doutor ajoelhou e abriu a lataria do cachorro robô. — Precisamos de energia — gritou para Chris por sobre o barulho do laser. — Qualquer fonte de energia!

Chris pegou o emaranhado de fibras do painel aberto e perguntou:

— Será que isso aqui adianta?

O Doutor pegou um punhado e enfiou às pressas na pequena tomada que havia dentro de K-9.

— Ele foi feito para ser compatível em todo o universo... então, vamos descobrir! — Em seguida, gritou: — Nave, canalize energia para K-9, por favor!

Um estalo de energia correu as fibras emaranhadas. Com um ruído, o raio laser voltou à força total. O Kraag ficou imóvel, sua forma poderosa presa no brilho vermelho.

— Pronto — disse o Doutor. — Bem melhor assim. — Ele voltou-se para Chris e indicou a porta. — É melhor nós irmos de uma vez.

— Mas não podemos sair assim — protestou Chris. — Pobre K-9.

— Ah, ele vai ficar bem — disse o Doutor, tranquilamente. — Não é, K-9?

— Amo — gemeu K-9.

— Mas o que a gente vai fazer com essa coisa? — balbuciou Chris.

— A gente dá um jeito quando voltar.

— Não era melhor dar um jeito logo agora?

O Doutor limpou a garganta.

— Olhe, tenho um método de lidar com esse tipo de situação, é muito complicado e muito impressionante, e agora não dá tempo de explicar. Você confia em mim?

Chris assentiu.

— Tudo bem.

— Então, vamos lá! — O Doutor contornou o Kraag com cuidado e seguiu pela porta arrombada em direção ao corredor que levava à câmara estanque.

Capítulo 46

"*Significa que não só o livro não é um livro*", disse a voz do Doutor na tela holográfica, *"mas que para ele o tempo está correndo de trás para a frente."* A imagem mostrava o livro nas mãos do Doutor, a partir do ponto de vista do Senhor do Tempo, com Clare fitando-o ansiosa, junto do espectrógrafo destruído.

Diante da tela, Skagra ergueu o livro propriamente dito numa das mãos, a esfera na outra. Ele virou-se para Romana. Qualquer traço de sua demonstração emotiva havia desaparecido, e ele estava descontraído e casual como sempre.

— Obrigado — disse Skagra. — Você me ajudou a encontrar a resposta. Sem dúvida, tem a ver com o tempo. — E apontou para a TARDIS. — Entre.

Os Kraags empurraram Romana na direção da cabine de polícia. Ela nunca havia se sentido tão desesperada e sozinha.

A sala de controle, em geral um lugar que zumbia com calor e segurança, agora parecia fria e estranha, apesar da quentura que vinha dos dois Kraags que a escoltavam.

Skagra a seguiu e parou de pé junto ao painel de controle. Ele estendeu o livro na direção da coluna de tempo e virou as páginas.

Nada aconteceu.

Romana suspirou aliviada.

— Parece que você estava errado novamente. Hora do Plano B? Ou será que já é o Plano F agora?

Skagra parou por um instante. Então fechou o livro e o abriu de novo na primeira página.

Virou a página.

A coluna central ganhou vida, subindo em espasmos. E emitiu uma luz fria e verde de seu âmago, algo que Romana nunca tinha visto antes.

Skagra virou mais uma página. As portas externas se fecharam com um baque. As luzes diminuíram, adotando o mesmo tom pálido e doente de verde.

Mais uma página. O painel de entrada de dados de navegação se acendeu, e uma alavanca baixou sozinha.

Skagra sorriu.

— Exatamente. O Doutor sabia a resposta, e você também, lá no fundo de seu inconsciente. Para o livro, o tempo está correndo de trás para a frente. Então, se eu virar as páginas de acordo com o campo temporal desta máquina, ela vai funcionar. E quando eu chegar à última página, ela nos levará a Shada!

Capítulo 47

A porta da câmara estanque se abriu. Do interior limpo e frio da nave de Skagra, Chris fitou um corredor lúgubre e abafado que combinava com o exterior gasto da estação espacial.

O Doutor atravessou as portas, entrou no corredor e então chamou pelos outros:

— Vamos lá!

Chris parou junto à entrada.

— Acho que eu devia dizer algo especial. Quero dizer, sou o primeiro homem a viajar para o espaço sideral.

O Doutor balançou a cabeça.

— Então não sou o primeiro?

— Desculpe, mas não está nem perto. Agora vamos lá!

Chris o seguiu. O corredor era enferrujado e decadente, iluminado apenas por lâmpadas de parede fracas e gradeadas. Por vezes, Chris ouvia uns rangidos, como o som de metal se quebrando, que o deixava pouquíssimo à vontade de lembrar quão próximo estava de milhões de quilômetros de vácuo.

— É seguro? — perguntou.

— Sim, claro que é totalmente inseguro — disse o Doutor, suas pernas compridas passando diante de portas identificadas como ESTAÇÃO 1 e ESTAÇÃO 2 e seguindo na direção do centro da estação espacial, as botas grandes retumbando no chão de placas de metal e ecoando na escuridão.

Chris correu atrás dele.

— É tão difícil acreditar que acabamos de viajar centenas de anos-luz.

— Por quê? — perguntou o Doutor.

— Sempre entendi que não era possível viajar mais rápido que a velocidade da luz.

— Segundo quem?

— Segundo Einstein.

— O quê? — O Doutor parou e passou um braço ao redor dos ombros de Chris. — Você entende de Einstein?

Chris não estava muito certo de para onde aquilo estava indo.

— Entendo.

— O quê? — espantou-se o Doutor. — E de teoria quântica?

— Entendo — respondeu Chris. Ele se deleitou diante do espanto do Doutor, estava de volta em território seguro.

— O quê? — espantou-se o Doutor. — E de Planck?

— Sim.

— O quê? — espantou-se o Doutor. — E de Newton?

— Sim!

— O quê? — espantou-se o Doutor. — E de Schoenberg?

Chris fez uma pausa. Era uma pegadinha? Ele se lembrava de ler sobre a crise da tonalidade. Achava que tinha ideia geral da coisa, então respondeu, orgulhoso:

— Sim, claro.

O Doutor assobiou, aparentemente impressionado. Por fim, disse:

— Você tem muito que desaprender, Bristol.

Chris murchou. De volta à normalidade, então.

Eles seguiram pelo corredor até uma bifurcação com uma saída à direita e então a outro corredor sujo. Havia uma placa comum de metal na bifurcação que dizia, em letras simples e em negrito: FUNDAÇÃO PARA ESTUDOS CIENTÍFICOS AVANÇADOS. E sob isso, mais três letras: ECA.

O Doutor correu os dedos pelas letras em alto-relevo, limpando uma fina camada de poeira.

— Estudos Científicos Avançados — divagou ele —, mas sem ninguém para fazer a limpeza.

Chris correu os dedos pela linha menor de letras.

— ECA — disse, pensativo. — Bem condizente.

De repente o Doutor levou o indicador aos lábios.

— Shh!

Chris fez silêncio. O Doutor deu alguns passos de leve e com cuidado na direção do segundo corredor. Ouviu atentamente por alguns segundos, examinando as sombras, e então voltou para junto de Chris.

— Você ouviu alguma coisa?

Mais silêncio. O metal ao redor deles parecia ranger como um navio velho no mar.

— Só esses rangidos — disse Chris.

— Isso não é nada. Vamos lá!

Seguiram pelo segundo corredor. Um pensamento invadiu a mente de Chris.

— Como conseguiu ler aquela placa? — perguntou ele. — Não me diga que todo mundo no universo fala e escreve em inglês.

— Claro que não — disse o Doutor. — A placa não estava em inglês. Mas você já entrou na TARDIS. Então ela automaticamente implantou um sistema de tradução em sua cabeça.

— A sua TARDIS andou mexendo com a minha cabeça? — perguntou Chris, levemente ofendido. — O que você estava falando mesmo sobre controle da mente?

— É uma pequena cortesia, nada sério ou ruim.

Chris estava espantado.

— Mas a TARDIS pode fazer isso? Alterar a percepção das pessoas que entram nela?

— Só um pouco e só quando o piloto a instrui a fazer isso — disse o Doutor. — E como eu sou o piloto, ela só faz coisas legais.

Eles tinham chegado a uma grande porta de aço. O Doutor procurou por um mecanismo de abertura, mas não encontrou. Ele puxou a chave de fenda sônica e a ajustou. Após uma pequena explosão de fumaça, as metades da porta deslizaram para o lado com um zumbido hidráulico.

— Você é bem dependente disso — observou Chris.

— Agiliza as coisas — disse o Doutor, atravessando a porta. — Gosto de rapidez.

Chris o seguiu até uma sala que parecia uma espécie de câmara de controle. As paredes eram cobertas por um complexo arranjo de tecnologias que ele nem podia imaginar para que serviam. No centro da sala havia um cone hexagonal comprido, com uma alcova do tamanho de um homem encaixada em cada uma das seis faces. No alto do cone, havia uma ponta muito parecida com a que Chris vira ao lado da cadeira na cabine de comando da nave de Skagra.

Mas aqui, estava tudo imóvel. Não havia luz alguma piscando, ou bipes reconfortantes apitando ou ruídos vindos das máquinas.

O Doutor aproximou-se do cone e parou junto a uma das alcovas, abaixando-se para examinar algo junto ao encosto de cabeça.

— Arrá! Isso é muito interessante.

— Muito interessante! — balbuciou Chris. Ele caminhou ao redor da sala, examinando as telas apagadas e os controles do painel. — Isso é fascinante. Absolutamente fascinante!

O Doutor sorriu.

— É bom ver as coisas pela perspectiva de um ser humano de vez em quando. Todas as perguntas. — Ele cutucou Chris com um dedo ossudo. — Vá em frente, faça uma pergunta.

Chris ergueu a mão, gesticulando para a sala e o cone no centro dela.

— Certo. Isso tudo significa alguma coisa para você?

O Doutor hesitou.

— Acho que sim. Mas seria bom ter algum tipo de confirmação. — Ele ergueu a chave de fenda sônica e foi até um painel específico. — Vou depender bastante disso mais uma vez.

Deslizou a chave de fenda pelo painel. Os controles permaneceram inertes. Desta vez, nenhuma luz se acendeu, nem houve ruído eletrônico algum.

— Está morto? — perguntou Chris.

O Doutor bufou.

— Totalmente. Nenhuma resposta elétrica, e mesmo que houvesse... — Ele enfiou o dedo por baixo do painel e ele se soltou facilmente. — O circuito está podre, a matriz computacional, tudo. — Ele puxou o que, aos olhos de Chris, parecia um monte de placas de circuitos. Sob a menor pressão, as placas viraram poeira. — Entropia acelerada.

— Como é possível acelerar entropia? — balbuciou Chris, mais uma vez incomodado pelos rangidos ao redor.

Antes que o Doutor fosse capaz de responder, houve um estrondo súbito.

Chris virou-se depressa. E viu um movimento na escuridão por trás de uma porta.

Alguma coisa os espiava das sombras.

Capítulo 48

Clare se sentia um pouco melhor. Seu relógio havia parado, e o relógio de cúpula sobre a lareira estava, por algum motivo, girando para trás e para a frente, subindo e descendo. Mas, em geral, o mundo estava recomeçando a parecer mais real, sólido e sensato.

Ela aceitou a xícara de chá da mão do Professor Chronotis, agora sólida e marcada pela idade, enquanto ele se sentava no sofá diante dela.

— O senhor falou que é o Professor Chronotis? — perguntou ela.

— Falei? — disse o Professor. — Ah, sim, eu provavelmente disse algo desse tipo, imagino. — E suspirou. — Minha nossa, nós gallifreyanos nunca fomos capazes de produzir uma forma de gramática satisfatória para dar conta de situações como essas.

Clare tomou um gole de seu chá. Era doce e com leite.

— E que tipo de situação é essa, exatamente? — aventurou-se. Imaginou que Gallifrey fosse alguma ilha na Grécia ou algo parecido. Chronotis parecia um nome grego, afinal de contas, embora seu sotaque fosse definitivamente inglês.

O Professor bebericou seu chá e girou a mão num gesto vago, como se a resposta fosse óbvia.

— Atemporalidade — disse.

— Atemporalidade? — perguntou Clare. Por mais que simpatizasse com o velhinho, estava começando a duvidar de sua sanidade. Lembrou-se da descrição de Chris: excêntrico, senil.

O Professor assentiu.

— Exatamente. Atemporalidade, no sentido de se estar oblíquo em relação aos campos temporais.

— Ah — disse Clare. — É isso que estamos fazendo, é?

— Sim — respondeu o Professor. — Ou, simplesmente, sentados aqui. — Ele se inclinou para a frente e deu um tapinha na mão dela. — Fico muito agradecido pelo que você fez, minha cara.

Clare deu de ombros.

— Era o mínimo que podia fazer. Embora só tenha apertado um botão.

— E ao apertá-lo, você ativou o programa de emergência. Depois de a minha TARDIS se insinuar de leve em sua percepção.

— Tardis? — perguntou Clare, olhando para a porta que levava ao banheiro.

— É, eu sei, mal dá para chamar de TARDIS, não é? — disse o Professor, olhando ao redor. — É do tipo 12, na verdade, muito antiga. Literalmente resgatei do ferro-velho. Não sou autorizado a ter uma TARDIS, sabe.

— Ah, não?

— Ainda assim, foi muito bom ter arrumado uma — disse o Professor —, ou agora ainda estaria morto.

— Ainda estaria morto? — Clare levou um choque ao se lembrar de como ele havia se transformado de fantasma em pessoa de verdade. Havia apagado da memória. Achou que teria imaginado depois da pancada na cabeça. E então fitou a estante de livros no lugar. Que pancada na cabeça?

— É, eu fui assassinado — continuou o Professor. — Mas o programa de emergência, que é uma coisa muito travessa a que eu também não deveria ter acesso, significa que você se envolveu com meus campos temporais num momento crítico. Você nos enviou numa órbita temporal, para a última quinta à noite e, então, direto para o vórtice, acho. É por isso que estou vestido assim, peço desculpas pela falta de decoro.

Clare o encarou, impressionada pela quantidade de asneira que saía do velho. Devia parecer tão verdadeiro para ele, pensou com tristeza.

— Agora você está me acompanhando, não está? — perguntou ele.

— Não — disse Clare.

O Professor assentiu.

— Ótimo. Você só pensa em mim como um paradoxo numa anomalia e quer beber logo esse chá.

Clare terminou o chá e baixou a xícara.

— Na verdade, acho que é melhor eu ir, Professor.

— Ah, infelizmente não existe a mínima possibilidade disso — disse ele, casualmente. — Não agora, pelo menos.

Clare seguiu até a porta.

— É melhor eu achar Chris e o Doutor.

— Sim, seria melhor. Mas você não vai encontrar os dois lá fora, minha cara.

Clare girou a maçaneta da porta que conduzia ao vestíbulo. Estava firmemente trancada.

— Por favor, Professor, abra a porta.

— Não posso — disse ele. — Muito menos você.

Clare aprumou os ombros.

— Vamos lá, Professor, já acabou a graça.

O Professor ficou de pé e dirigiu-se até a janela mais próxima.

— A graça está muito longe de acabar, minha jovem. Quer ver uma piada?

Ele abriu as cortinas num gesto dramático.

Além das janelas, Clare viu o turbilhão azul, giratório e barulhento do vórtice de espaço-tempo.

Capítulo 49

Skagra estava de pé, olhando pelo observatório para as estrelas infinitas. Ainda escoltada por uma dupla de Kraags atentos, Romana imaginava o que se passava na cabeça dele.

O Comandante Kraag atravessou a multidão de criaturas na direção de Skagra.

— Primeira leva da nova geração concluída, senhor — comunicou ao seu senhor.

— Ótimo — disse Skagra, dando um tapinha no livro em sua mão. — Descobri a chave, como esperado. Faça todos os preparativos necessários para a entrada em Shada e então comece a segunda geração para a ativação da Mente Universal.

— Sim, senhor — disse o Comandante. E saiu, pisando duro.

— A Mente Universal — zombou Romana.

Skagra voltou-se para ela.

— Exatamente.

Romana acreditava que ainda tinha uma opção. Era algo que havia aprendido com o Doutor. Irritar o inimigo, expor as fraquezas de sua psicologia.

— Por que você simplesmente não me mata?

— Estou interessado em sua reação — disse Skagra.

— Minha reação a quê?

Ele deu outra batidinha no livro.

— Sua reação quando encontrar um dos maiores criminosos da sua história.

— Salyavin? — Romana sacudiu a cabeça. — Salyavin morreu há milhares de anos. Nem você pode operar a TARDIS para voltar no tempo gallifreyano o suficiente para encontrá-lo.

— Diga-me como Salyavin morreu.

Romana refletiu.

— Eu não sei.

Skagra assentiu.

— Você se formou com méritos Triple Alpha-plus pelo Prydon College da Academia de Gallifrey e não sabe? Que interessante.

Romana relembrou o modo como Skagra se vangloriou do livro e do papel que ele desempenhara na administração da justiça gallifreyana. Hoje em dia — ou pelo menos nos últimos milhares de anos —, os poucos renegados malignos que havia, como Morbius e Zetar, foram condenados à vaporização. Mas não tinha ideia do que havia acontecido com os criminosos das primeiras gerações em Gallifrey. Por algum motivo, o impulso de se questionar a esse respeito jamais passara por sua cabeça, e, mesmo agora, a pergunta a deixava um pouco apreensiva.

— Talvez — disse Skagra —, os Senhores do Tempo quisessem esquecer. Aplacar suas consciências. Talvez quisessem apagar qualquer memória do que haviam feito, remover isso de sua história. — Ele apontou para a coleção de textos gallifreyanos. — Mas estava tudo ali, intacto, em Drornid.

— O que estava ali? — Romana sentiu um impulso quase incontrolável de lutar contra a própria curiosidade, como se essa fosse uma pergunta que não devesse ser respondida.

— Você não é capaz de concluir sozinha?

— O livro da lei sentenciou Salyavin — disse Romana lentamente, cada palavra soando como uma sentença de morte no fundo de sua mente.

— Mas qual foi a punição dele? — ele a persuadiu.

— Prisão? — sugeriu Romana.

Skagra assentiu.

— Exatamente. Em Shada, a antiga prisão dos Senhores do Tempo!

Romana estremeceu. As palavras a atingiram como um golpe físico. Se isso fosse verdade — e, de alguma forma, ela simplesmente sabia que era —, ela finalmente podia começar a imaginar qual era a natureza final do grande plano de Skagra.

Ela apontou para a esfera.

— A Mente Universal — ofegou.

Skagra assentiu.

— A *minha* mente.

Capítulo 50

A cabeça de Clare estava dando voltas mais uma vez. Tinha um milhão de perguntas para fazer, mas não sabia por qual começar ou como compreender as prováveis respostas. Havia concluído que Chris provavelmente estava seguro, na certa com o Doutor e essa tal de Ramona. Mas não era capaz de compreender os detalhes mais específicos.

Até onde havia entendido, os aposentos do Professor eram uma cápsula alienígena para viajar no tempo e no espaço, e o próprio Professor era um extraterrestre. Ao que parecia, Gallifrey não era uma ilha grega, mas o planeta de origem de uma raça chamada Senhores do Tempo. E mais, a nave espaço-tempo do Professor, que ele chamava de TARDIS, estava neste momento presa em algo chamado órbita temporal, que tinha enviado a nave — e eles dois junto com ela — de volta para a noite de quinta-feira, ou, como o Professor disse, mais precisamente, para "uma configuração própria do estado de quinta à noite". Havia abandonado suas últimas objeções a essa ideia no momento em que se olhou no espelho e viu que o permanente que havia lavado do cabelo na sexta à noite estava perfeitamente armado.

— Imagino que seja um permanente temporal — observou, melancolicamente.

— Sim, é o termo correto — disse o Professor, distraído. — Infelizmente, a órbita temporal não trouxe o livro de volta. Imagino que ele deva existir para além do tempo, ou pelo menos deveria ser assim.

Menções ao livro deixavam o Professor consideravelmente agitado.

— Precisamos encontrar Skagra. Ele está com o livro — ele ficava repetindo, olhando preocupado ora para o painel de controle de sua cápsula ora para a paisagem da janela, que agora não mostrava mais os gramados verdes dos fundos do prédio, mas uma deslumbrante infinidade de tempo e espaço.

— Achei que o livro fosse perigoso — disse Clare.

— E é! — exclamou o Professor. — Muito perigoso, e fui muito descuidado com ele. — Enxugou a testa. — Fui um velho idiota.

— Mas por que ele é perigoso?

O Professor hesitou.

— Não posso dizer.

Clare colocou as mãos nos quadris, num gesto que usava de maneira inconsciente desde os 8 anos de idade para aterrorizar os homens.

— Acho que mereço uma explicação. Salvei a sua vida, não foi?

O Professor a encarou por trás dos óculos e pareceu chegar a uma decisão.

— Muito bem, minha cara. Que adianta manter segredo agora? É melhor que você saiba antes dos julgamentos que nos esperam.

À mera menção de perigo, Clare experimentou uma sensação opressora. Mas então, lembrou-se dos livros que haviam caído no chão mais cedo. Aventuras. Não era isso o que ela sempre quis?

— E qual é o segredo desse livro? — perguntou.

O Professor ficou de pé e falou lentamente, como se não pudesse bem acreditar que estava pronunciando aquelas palavras em voz alta para ela.

— O livro é a chave para Shada.

— Ah — disse Clare.

— A antiga prisão dos Senhores do Tempo — disse Chronotis sombriamente.

— Entendi.

— Claro que os Senhores do Tempo já se esqueceram disso. Todos, menos eu.

— Ah — disse Clare mais uma vez.

O Professor roeu uma unha. Clare estava espantada de ver que seus olhos estavam se enchendo d'água.

— E se Skagra está brincando com transferência mental, ele só pode estar indo para Shada por um motivo, e é uma obrigação contê-lo!

Ele cruzou a sala até o painel de controles.

— Mas onde começar? Como começar?

Clare o seguiu.

— E o que tem em Shada que é tão perigoso? — perguntou ela.

— O problema não é o quê — disse o Professor, tirando os óculos e enxugando os olhos com um lenço de pano. — O problema é *quem*.

Capítulo 51

Chris viu-se murchando ao lado do Doutor, como se aparentar ser uma mocinha indefesa fosse a atitude instintiva ao lado desse homem robusto de ombros largos.

— Quem são eles, Doutor? — suspirou depressa, à medida que as cinco criaturas surgiam das sombras em direção à sala principal da estação espacial. — *O que* são eles?

À primeira vista, o rapaz havia pensado que os recém-chegados eram vampiros ou zumbis ou lobisomens ou talvez um pouco dos três misturados com algo pior ainda. Eram criaturas maltrapilhas, sujas, com o cabelo bagunçado e as unhas compridas, alguns deles com barbas desgrenhadas. Todos usavam túnicas e calças parecidas. Essas roupas, pensou Chris, um dia foram impecavelmente brancas, mas agora estavam rasgadas, pendendo dos corpos magros como mortalhas cinzentas e andrajosas.

Provavelmente a pior coisa a respeito deles era o cheiro. Estavam cobertos de imundície. Seus olhos eram escuros e vazios. Seus corpos se moviam em espasmos, incertos, como bebês dando seus primeiros passos. Como mendigos, vinham com as mãos esticadas na direção do Doutor e de Chris. E produziam um coro medonho de miados, lamentos e ruídos curtos e guturais.

Para o desespero de Chris, em vez de obedecer à sensatez e se afastar dessas criaturas como fizeram com o Kraag, o Doutor levantou o braço, segurou com cuidado a mão da mais próxima e emitiu palavras de conforto:

— Está tudo bem — disse ele.

O Doutor sorriu, embora Chris pudesse notar que estava profundamente perturbado pelas aparições, quem quer que fossem.

A criatura tocada pelo Doutor ergueu o rosto, e Chris ficou espantado de ver que sob aqueles trapos sem forma havia uma mulher.

— Vítimas do roubo de cérebros de Skagra — disse o Doutor.

— A esfera? — perguntou Chris.

O Doutor assentiu.

— Tiveram as mentes roubadas, mas os corpos sobreviveram ao processo de extração. Se é que se pode chamar isso de sobrevivência. — Com cuidado, ele tirou os cabelos da frente dos olhos azuis da mulher. — Talvez eles saibam quem é Skagra, o que está procurando, para onde foi.

— Mas as mentes deles foram roubadas — observou Chris.

— Alguns padrões de memória permanecem — disse o Doutor, obviamente pensando com força. — Presos na área de Broca. — Lentamente ele se virou, olhando de Chris para o cone. — Bristol, você pode fazer um favor para mim?

— Claro — disse Chris, animado. — O que eu puder fazer para ajudar.

— Infelizmente, não vai ser muito agradável — disse o Doutor.

— Kraag burro, cachorro burro — observou a Nave, olhando o duelo titânico entre K-9 e o monstro de pedra. — Vocês deviam desistir. Os dois. Quero dizer, essa negação toda não vai levar vocês a lugar algum, ou vai? Estamos todos mortos.

K-9 continuava a disparar o laser no Kraag. O calor escaldante e a luz ofuscante teriam cegado qualquer ser orgânico. Mesmo os sensores finamente programados do cachorro robô, que operavam em qualquer espectro, estavam tendo dificuldade de manter uma imagem clara de seu oponente. A reclamação constante da Nave também não ajudava.

— Ah — suspirou a Nave, agora entrando em modo melancólico e reflexivo. — "Não tema mais o calor do Kraag",* como quase disse um dos maiores poetas daquele planeta bobo conhecido como Terra. Deem um tempo, durmam um pouco, é isso que é morrer, não é? Agora que cruzei para o outro lado, minha intenção é não fazer mais nada.

— Nada... além... de falar — K-9 conseguiu dizer. Claro que para uma máquina como ele, era completamente impossível ficar irritado. Tratava-se de uma emoção orgânica. Mas vários dos servomotores internos de K-9 estavam ligando e desligando com o que parecia frustração.

De repente, o Kraag urrou. Ele sacudiu os braços para os lados, como se estivesse se deleitando diante do raio laser mortal.

---

*É uma referência a Shakespeare, "Não tema mais o calor do sol" (Cimbelino, ato 4, cena 2) (N.T.)

— Amo! — chamou K-9 com urgência. — Amo, considere que a criatura Kraag esteja absorvendo energia do raio laser! Amo!

— Ele não pode ouvi-lo — disse a Nave. — Aliás, nem eu.

Chris ficou de pé numa das alcovas em torno do cone central, como o Doutor havia pedido. O Doutor havia conduzido um dos sobreviventes, um homem, para a posição à direita dele. Então, puxou um fio comprido do bolso e o envolveu em um dos conectores de aparência macabra sobre a cabeça de Chris.

— Bristol — disse ele, sombrio. — Vou permitir que este homem acesse as suas reservas de inteligência. Vai ser só por um tempo. Talvez seja o suficiente para permitir que sua memória funcione. Sinto muito, mas é a nossa única esperança de encontrar Romana.

Ele levou o fio dos conectores até a outra alcova, enrolando-o na cabeça do homem barbudo e sujo. O sujeito olhou para cima com inocência, como uma criança. Seus companheiros sobreviventes fugiram para uma sombra no canto da sala, observando, alheios ao que acontecia.

— Espero que você saiba o que está fazendo — disse Chris assim que o Doutor ergueu a chave de fenda sônica.

— Eu também — murmurou o Doutor.

— Confio totalmente em você.

— Eu também — murmurou o Doutor. — Deve haver energia o suficiente para dar início ao circuito de transferência, pelo menos por um tempo. — Ele ligou a chave de fenda e tocou a ponta do fio que ligava a cabeça de Chris à do velho. — Respire fundo — ordenou.

Chris respirou fundo.

— Agora! — exclamou o Doutor.

Chris sentiu uma pontada de energia na nuca. Não era desagradável, e ele estava prestes a abrir a boca para dizer ao Doutor que estava tudo bem quando o mundo desmoronou.

Outra mente invadiu a sua.

Uma sequência desnorteante de imagens loucas piscou na cabeça de Chris. Ele se viu deslizando em ondas roxas numa espécie de prancha de surfe futurística, as mãos de uma jovem agarrando suas costas nuas. Viu palestras, máquinas, quadros brancos e telas de computador cheias de equações e mais equações.

A imagem de Clare sumiu de sua mente, para ser substituída por outro rosto. Um jovem de olhos frios, cabelos claros e lábios sensuais. A pequena parte de Chris que ainda existia tinha certeza de que já o tinha visto em algum lugar.

E então, Chris sentiu-se desaparecendo. De repente, era outra pessoa.

— Amo, alerta! — gritou K-9. — A criatura Kraag está... — Ele juntou todas as suas forças. — Kraag não só está absorvendo energia como... está...

Com um ar zombeteiro, o Kraag virou-se sob o raio, sacudindo-se. Todo o seu corpo estava coberto de uma luz vermelha e expelindo fumaça e vapor em jatos furiosos.

— Está... ficando mais forte! — gritou K-9, debilitado. — Esta unidade necessita de assistência! Rápido, amo!

O Kraag soltou mais um rugido amedrontador e saiu lentamente do alcance do raio.

— Sabia que ia acabar mal — disse a Nave.

O Doutor olhava ansioso para Chris e o velho. A cabeça de Chris estava tombada para trás na alcova, e a expressão de dor em seu rosto não era agradável de se ver. O Doutor checou imediatamente os sinais vitais de Chris e lhe deu um beijo carinhoso na testa.

Então voltou sua atenção para o velho. Uma pequena luz havia retornado ao olhar nebuloso do homem, e o Doutor achava que quase podia ver uma inteligência inundando seu rosto maltrapilho.

De repente, ele se sacudiu. E então apontou com um dedo e sua unha comprida e gemeu.

— Devagar, vá com calma — disse o Doutor, beijando também a testa do homem para dar sorte.

Um sussurro saiu da garganta do homem. E então uma única sílaba deixou os seus lábios.

— *É*...

— Por favor, vá devagar — disse o Doutor.

O homem fixou os olhos nele e perguntou:

— Quem é você?

— O Doutor.

— O que você está fazendo aqui? — balbuciou o velho, cada sílaba representando um esforço tremendo.

— Eu? Estou aqui para ajudar — disse o Doutor, se aproximando e suspirando baixinho: — Posso perguntar quem é o senhor?

— Meu nome é... Akrotiri...

A memória do Doutor estava funcionando perfeitamente bem.

— O quê? — gaguejou ele. — C.J. Akrotiri? O neurologista?

— Esse mesmo — disse o velho. Ele conseguiu baixar a cabeça com elegância. Era de dar pena, pensou o Doutor, o famoso cientista reduzido a um idiota que mal conseguia falar.

Com cuidado, o Doutor apertou a mão do velho.

— É um prazer conhecê-lo, senhor — disse, tentando afastar a emoção de sua voz. — Um dos maiores intelectos da sua geração.

— Todos nós. — Akrotiri apontou para seus amigos sobreviventes. No instante em que os identificou, lágrimas se formaram em seus olhos reumáticos. — K. Thira, psicólogo; J. Centauri, parametricista; C. Ia, biólogo; D. Caldera...

O Doutor observou os sobreviventes.

— Achei que era capaz de reconhecer os rostos. Possivelmente alguns dos maiores intelectos do universo deste período — suspirou ele. Uma das mulheres, J. Centauri, especialista em parametricismo, estava olhando os dedos, como se tentasse contá-los.

Akrotiri deu um longo e rouco suspiro e falou:

— E o Dr. R. Skagra.

O Doutor voltou sua atenção para o velho.

— Fale mais dele.

— Dr. R. Skagra — repetiu o velho. — Geneticista, astroengenheiro, ciberneticista, neuroestruturalista e teólogo moral.

— E esperto demais para o próprio bem — murmurou o Doutor. — Quem é Skagra? De onde ele vem?

— Não sei — sussurrou o homem. — Ele nunca respondeu a nenhuma de nossas perguntas. Mas... — ele fez uma careta — ...ele era bem impressionante. E nos ofereceu bastante dinheiro. Então, nós concordamos.

Tal memória parecia ter um efeito em Chris. O Doutor olhou para o rosto inocente de seu amigo contorcido na mesma careta que o velho.

— Concordaram com o quê? — perguntou o Doutor, embora tivesse um pressentimento terrível de que já soubesse a resposta.

Akrotiri fez um gesto vago e fraco.

— Com esse lugar, o Instituto. Foi ideia dele, montar isso. Um grande experimento. Nós chamávamos de Think Tank.

— Continue, por favor — pediu o Doutor.

— O Think Tank — suspirou Akrotiri. — Uma agregação de recursos intelectuais por meio de transferência mental eletrônica. Segundo ele, não seria mais necessário perder tempo com duplicação de pesquisa e cruzar dados com cientistas de diferentes especialidades. Nós podíamos juntar nossos intelectos, pensar juntos, uma sinfonia da mente científica... — Ele enfraqueceu mais uma vez, seu rosto demonstrando um esforço enorme para acompanhar os próprios pensamentos.

— E, juntos — disse o Doutor, mirando a extremidade pontuda no topo do cone —, vocês construíram a esfera, para Skagra? E todos vocês entraram nessa coisa e a ligaram?

— E aí, era tarde demais — gemeu Akrotiri. — Tarde demais! — Ele ergueu a mão com suas unhas amareladas e compridas e agarrou a lapela do casaco do Doutor. — Tarde demais!

— Nunca é tarde demais — respondeu o Doutor, tentando acalmá-lo. — Vim para ajudar, lembra?

Chris relaxou no encosto de sua alcova, tranquilizado.

— Por que alguém iria nos ajudar? — perguntou Akrotiri.

O Doutor tossiu.

— Bem, por que não?

O Kraag quase parecia estar rindo.

Ele deu as costas para K-9 e começou a caminhar em direção à porta de saída da cabine de comando.

— Amo! Amo! — gritou K-9. Ele desativou o raio laser e se impulsionou para a frente a toda a velocidade. Os cabos de energia se soltaram da entrada na lateral de seu corpo.

A Nave ficou a observar enquanto K-9 seguia o Kraag fumegante e incandescente para fora da cabine de comando.

— Comportamento muito confuso — disse ela.

Sem distrações em sua cabine de comando, a Nave decidiu pensar para valer.

— Que estranho — disse a si mesma enquanto os sons do motor de K-9 e os urros do Kraag desapareciam escada abaixo. — Estou morta, então pensar deveria ser impossível para mim. — Ela hesitou e balbuciou, emitindo sons eletrônicos. — Por que não pensei nisso antes?

O Doutor olhou fundo nos olhos de Akrotiri.

— Vou levar todos vocês comigo, temos bastante lugar.

A estrutura da estação rangeu mais uma vez.

— Quanto antes, melhor. Skagra obviamente construiu esse lugar para durar apenas até que o experimento estivesse concluído. Agora ele está caindo aos pedaços.

— E não estamos todos? — observou Akrotiri.

O Doutor deu um tapinha em seu ombro.

— Não se preocupe. Vou encontrar ajuda para vocês quando tudo isso estiver resolvido, pegar o cérebro de vocês de volta.

Akrotiri sorriu.

— Você é um homem bom, Doutor.

O Doutor sorriu de volta.

— Não, não sou. Na verdade, sou arrogante, convencido e terrivelmente desorganizado.

De repente, Chris emitiu um gemido terrível.

O Doutor umedeceu os lábios e se virou para Akrotiri, depressa.

— Escute. Sinto muito, mas tenho que desconectar você de novo. Talvez não consiga falar com você por algum tempo.

Akrotiri assentiu.

— Agora, por favor, concentre-se — prosseguiu o Doutor. — Skagra alguma vez mencionou um local de origem? Algum lugar que funcionasse como a sua base ou um lugar ao qual estivesse tentando chegar?

— Nunca — disse Akrotiri.

Chris soltou um lamento. Sua cabeça balançava para a frente e para trás dentro da alcova.

— Alguma coisa... por favor? — pediu o Doutor. — Quero dizer, será que aquele desgraçado não tinha uma casa?

Akrotiri se esforçou para responder.

— Talvez...

— O quê? — balbuciou o Doutor. — Vamos, rápido.

— Uma vez, eu o vi... — começou Akrotiri. As palavras foram encobertas por outro lamento agonizante de Chris.

O Doutor se aproximou.

— Você o viu o quê? Por favor!

Akrotiri estremeceu.

— Ele estava... verificando coordenadas... numa unidade manual...

O Doutor arregalou os olhos.

— Quais coordenadas? — exigiu ele. — Por favor, Sr. Akrotiri!

Chris gritou mais uma vez.

Instintivamente, o Doutor se esticou para desfazer a conexão entre os dois homens.

E então, Akrotiri disse:

— Norte galáctico 9... 6... 5... 5...

— Sim? — disse o Doutor, segurando o fio.

Chris se contorcia em agonia.

— Norte galáctico 9...

— Sim, já peguei essa parte, 9655! E o resto? Pelo quê?

Os lábios secos de Akrotiri começaram a dizer:

— Por... por... leste galáctico 9... 1... 3...

De repente, ouviu-se um urro poderoso e uma explosão de calor e barulho.

O Doutor foi jogado no chão com a onda de calor.

Ele ergueu a cabeça e viu o Kraag, brilhando num vermelho incandescente, andando na direção dele. Seu corpo soltava faíscas, e a fumaça subia das placas de assoalho sob seus pés pesados.

Toda a estrutura da estação espacial rangeu.

Houve um estalo intenso, e uma bancada de computadores se espatifou da parede.

— Agora, escute com calma — disse o Doutor, dirigindo-se ao Kraag. — Não sei se você pode me entender, mas este lugar é muito instável, e provavelmente você é a pior criatura para entrar aqui quebrando tudo!

O Kraag rugiu e ergueu uma das garras na direção dele.

— Dispare essa arma — avisou o Doutor —, e esse lugar inteiro vai ser destruído!

Parte cinco

O mais procurado de Gallifrey

Capítulo 52

O Doutor jamais saberia se o Kraag furioso havia entendido seu aviso ou se nem sequer chegara a escutá-lo. Uma névoa avermelhada encobria os olhos da criatura, e o Doutor, que tinha feito carreira em gritar "Espere!" para pessoas ou coisas prestes a atirar nele, mas que era capaz de perceber as raras situações em que isso simplesmente não iria funcionar, fez a única coisa sensata naquele instante e mergulhou.

Um raio de plasma vermelho incandescente explodiu da garra esticada do Kraag e abriu um buraco na parede oposta. Rios de metal derretido respingaram pela sala.

E, como o Doutor tinha previsto, a estação que abrigava a Fundação para Estudos Científicos Avançados começou a ranger apresentando ainda mais perigo. Reunidos num canto, os sobreviventes começaram a gemer e a gritar, apavorados em sua incompreensão, guinchando e ganindo feito animais selvagens.

O Doutor percebeu que estava com o fio nas mãos. Chris e Akrotiri ainda estavam conectados. Mas não havia a menor chance de descobrir a última coordenada agora, de encontrar Romana ou interromper Skagra. O Kraag já estava vindo na direção dele, a garra estendida para fazê-lo em pedacinhos.

O Doutor puxou o fio.

Chris gritou e pulou da alcova, direto no colo do Senhor do Tempo.

Por entre a névoa e a fumaça, eles ouviram uma vozinha fraca:

— Amo! Amo!

— K-9! — gritou o Doutor.

O Kraag estava prestes a alcançá-los.

De repente, Akrotiri saltou de sua alcova, entrando na linha de tiro. Juntando todas as suas forças, a figura maltrapilha gritou loucamente:

— Seis, um, ZERO!

Na última palavra, seu corpo velho e frágil recebeu toda a descarga do raio de energia do Kraag. Por um terrível momento, foi possível ver seu esqueleto, enquanto sua carne evaporava. E então, os ossos viraram cinza, desintegrando-se numa onda de calor que derrubou o Doutor e Chris com um baque no chão.

Agora, o Kraag estava de pé diante deles.

De repente, as placas de metal sob seus pés começaram a derreter. Com um urro de surpresa, a criatura deslizou por um buraco no chão, aos poucos, uma parte de cada vez. Primeiro as pernas, depois o tronco e, por fim, a cabeça, com os olhos fumegantes vermelhos desaparecendo por entre o vão repleto de fumaça.

Chris tentou organizar os sentidos. À sua volta, só havia confusão, calor, fumaça, estrondos, o Kraag urrando lá embaixo e os rangidos do casco de metal da estação.

— Eu avisei que a gente tinha que ter dado um jeito nele antes! — O rapaz viu-se gritando na direção do Doutor.

— Não se preocupe! — gritou de volta o Doutor. — Tive uma ideia. — E gritou por entre a fumaça preta: — K-9! Cadê você?

— Amo — foi a resposta fraca. — Aconselho evacuação imediata.

— Bem, sim, seria bom — disse o Doutor. — Mas não dá para enxergar nada no meio disso tudo! Ative um farol rastreador, nos leve para fora daqui, de volta para a nave de Skagra!

— Sim, mestre — disse K-9, obediente.

Um momento depois, Chris ouviu um bipe constante e de rachar os ouvidos de tão alto. Ele se repetia a cada segundo.

O Doutor deu um tapa nos ombros de Chris e o empurrou para longe do buraco fumegante no chão, na direção do apito.

Chris manteve a cabeça baixa, lembrando-se das recomendações de primeiros-socorros para evitar inalar fumaça. Enxergou vagamente o visor vermelho vivo dos olhos de K-9 deixando a sala de controle.

O rapaz precisou de mais um segundo para perceber que o Doutor não estava seguindo o cachorro.

Olhou para trás, por entre a neblina e a confusão, e gritou desesperadamente:

— Doutor! Onde você está? Doutor!

— Vá na frente, Bristol! — foi a resposta que recebeu.

Chris estreitou os olhos. Mal podia distinguir a silhueta do Doutor, do outro lado do buraco formado pelo Kraag. No canto oposto ao que o rapaz estava, os quatro sobreviventes se apertavam, espantados, num grupo de dar pena.

O Doutor estava de braços estendidos diante do abismo cada vez maior, tentando encorajá-los a pular e a se juntar a ele.

— Doutor, deixe para lá! — gritou Chris.

— Eu prometi — respondeu o Doutor.

De repente a estação perdeu alguma parte vital e sacudiu. O centro de gravidade se alterou, derrubando o Doutor de volta no chão.

Com um coro de lamentos pavorosos, todos os quatro sobreviventes caíram no buraco.

Chris gritou e se jogou em K-9, agarrando-se ao corpo metálico do pequeno cachorro robô. Felizmente, K-9 parecia ter algum tipo de sistema interno de tração. Ele se manteve firme, e Chris segurou-se a ele.

Houve um silêncio repentino, e, em seguida, o ruído de algo se arranhando e quebrando gelou o coração do rapaz. A estação enfim caía aos pedaços.

Ninguém jamais saberia, Chris pensou enlouquecido. Ele iria morrer. Na verdade, iria morrer na mais bizarra e extraordinária das circunstâncias, explodido em pedaços numa estação extraterrestre, graças a uma criatura feita de rocha viva, na companhia de um Senhor do Tempo de Gallifrey e de um cachorro robô. Mas nada disso apareceria no *Cambridge Evening News* ou no *Anglia Tonight*. Eles tinham dificuldade de cobrir acontecimentos tão distantes quanto em Ipswich, imagine no espaço sideral. Sentiu-se bastante afrontado e então bastante surpreso por estar bastante afrontado. Mas quem sabe as pessoas não achassem que ele tinha desaparecido misteriosamente para se reinventar de um jeito dramático e romântico? Suspirou para si mesmo. Não, simplesmente iriam achar que tinha acertado um paralelepípedo solto e caído da bicicleta direto no rio.

De repente, sentiu-se erguido pela nuca, feito um gato sendo carregado pela boca da mãe. No instante seguinte estava sendo empurrado ao longo do corredor de saída, que girava loucamente, atrás de um K-9 em fuga e apitando.

Sentiu uma volta de cachecol multicolorido cobrir seus olhos vermelhos e ardentes e a boca em brasas.

E então, logo quando começava a se sentir melhor, Chris desmaiou.

O Doutor correu para a cabine de comando da nave de Skagra, carregando Chris cuidadosamente nos braços como se estivesse levando uma criança dormindo para casa. K-9 veio deslizando atrás deles, ainda apitando e piscando.

— Emergência, emergência! — a Nave estava gritando, tocando todos os alarmes. — Meus sensores me dizem que em breve haverá uma grande explosão próxima de nós!

O Doutor tentou limpar a garganta e deixou Chris na cadeira de comando.

— Eu sei! — gritou ele. — Você não acha que o melhor é fazer alguma coisa em relação a isso?

— Os procedimentos de saída de emergência serão implantados — disse a Nave. — Aquele Kraag burro foi lá e inflamou a fonte de energia zíson da estação!

— Energia zíson? Então pare de falar e ande logo com isso!

— Embora eu realmente não seja capaz de compreender por que estou implantando tais procedimentos — resmungou a Nave. — Sabe, Doutor, examinei meu banco de dados em busca de lendas da vida após a morte em mais 13 mil culturas só nessa galáxia, e não consegui descobrir um único que sugerisse que, depois de morrer, coisas continuassem exatamente como eram antes. Hum...

— Só tire a gente daqui! — gritou o Doutor, e deu um chute furioso num dos painéis de controle. — E não me venha com esse papo de vida e morte! Vamos lá! Você não está vendo que isso é uma questão de vida ou morte!

— Sem violência! — resmungou a Nave. — Machucou!

— Ande logo!

A Nave rangeu enquanto se soltava das garras de atracação.

— Preparando para reverter procedimentos de atracação — disse ela. — Motores ligados.

— Assim não! — vociferou o Doutor, quase se desesperando. Na tela, podia ver uma aura vermelha incandescente vindo da estação, antecipando o final cataclísmico do Think Tank que facilmente os levaria junto consigo. — Já ensinei como se faz! Desmaterialize-se!

— Ah, sim — disse a Nave. — É verdade, você falou, Doutor. E, para ser sincera, não ligo de fazer isso. — Ela tossiu e acendeu os alarmes.

O som familiar de um estabilizador dimensional relativo foi como música para os ouvidos do Doutor.

— Ui — disse a Nave. — *Ui*!

A paisagem no visor frontal da estação em chamas se dissolveu na, em comparação, reconfortante imagem de um vórtice de espaço-tempo girando infinitamente.

Chris recobrou os sentidos e encontrou o Doutor fitando através do visor frontal, as mãos enfiadas nos bolsos.

— Nós conseguimos! — exclamou Chris, exultante. O Doutor não demonstrava qualquer sinal de tê-lo ouvido e continuava em silêncio.

O rapaz estava espantado por descobrir um carrinho dourado carregado de iguarias exóticas ao lado da cadeira de comando.

— É para mim?

Foi a Nave quem respondeu:

— Meu caro, achei que você ia precisar de um reforço depois de uma experiência tão aterradora.

— Obrigado. — Chris se esticou e pegou algo que parecia uma maçã. Deu uma mordida. Não reconheceu o sabor, mas era doce o suficiente.

— O que aconteceu? Acho que apaguei.

— A estação espacial foi destruída — disse a Nave.

— Mas nós não descobrimos nada? A respeito de Skagra?

Finalmente o Doutor respondeu:

— Graças a Akrotiri, descobrimos. Ele deu a vida para salvar a nossa, e gritou as coordenadas finais depois que seu cérebro se desconectou do dele.

— Mas você me disse que isso era impossível — disse Chris —, depois que uma mente é roubada.

— E era — concordou o Doutor, acenando com a cabeça. — Bem impossível. Mas ele conseguiu.

Chris não sabia bem como lidar com o Doutor nesse estado de espírito.

— Então a gente pode pegar Skagra e salvar Romana. É uma coisa boa, não?

K-9 interrompeu.

— A nave já está em trânsito para as referidas coordenadas.

— Bom — disse Chris.

O Doutor pigarreou.

— Acabei de ver os maiores gênios dessa geração serem destruídos por um Kraag louco. E não fui capaz de fazer nada para ajudá-los.

— Então nós temos que ter certeza de que não vamos desperdiçar o que Akrotiri nos deu — disse Chris. — São coisas impossíveis como essas que nos mostram que nós temos que seguir em frente. — Ele pensou em como era estranho que ele, que não tinha nenhuma experiência com ação e aventura e morte súbita fora do cinema, estivesse encarando tudo isso melhor do que o Doutor.

Mas, por incrível que pareça, suas palavras simples e, assim pensava ele, bem lugar-comum tiveram um efeito arrebatador no Doutor. Ele abriu um sorriso espetacularmente largo e cheio de dentes e apontou para Chris.

— Gosto de você.

— Sinto muito por interromper este momento tão comovente — disse a Nave, que soava mais deixada de lado do que sentida —, mas acho que devo avisar aos cavalheiros que iremos chegar ao nosso destino em 10 minutos de tempo relativo.

— Excelente, Nave — disse o Doutor. — Também gosto de você.

— Obrigada, Doutor — disse a Nave, soando apaziguada.

Chris tossiu, chamando a atenção do Doutor, e apontou com a cabeça para K-9, cujas antenas estavam abaixadas.

— E claro, positivamente adoro você, K-9 — disse o Doutor depressa.

— Esta unidade não necessita de adoração, amo — disse K-9, no entanto, estava de novo abanando o rabo.

— Doutor — disse a Nave. — Sinto que devo informá-lo que apesar do nosso relacionamento cordial, e de tudo que você fez por mim, uma parte do meu falecido circuito sente-se incomodada por continuar aceitando ordens de um homem morto.

— Bem, apenas diga a ela para não se incomodar — disse o Doutor, casualmente. — Tenho certeza de que o seu grande senhor Skagra está muito ansioso para prestar sua última homenagem a mim.

— Hum, ah é? — perguntou a Nave, que aos ouvidos de Chris soava como se tivesse erguido uma sobrancelha, na dúvida.

— E a você também, claro — acrescentou o Doutor depressa.

Capítulo 53

Após avisar Clare, de um jeito macabro e um tanto enigmático, de que uma pessoa de quem ela jamais teria ouvido falar poderia ser solta de uma prisão da qual ela jamais teria ouvido falar por outra pessoa de quem ela jamais teria ouvido falar, o Professor retirou-se para o que ela achava ser o seu quarto e retornou logo em seguida, usando um terno de tweed empoeirado. Então ele começou a mexer nos painéis de controle, acertando, ajustando e até removendo algumas peças para então passá-las a ela e pedir sua opinião.

— Acho que podemos arriscar desescalonar o rastreador de campo cronoestático — foi sua última observação. Ele então piscou os olhos por sobre o aro dos óculos, como se realmente quisesse ouvir as considerações da jovem.

— Olhe, eu não faço ideia do que isso significa — protestou Clare. — Eu não sou engenheira e acho que, mesmo se fosse, não poderia ajudar no que quer que o senhor esteja tentando fazer.

A calma com que ele encarava tudo aquilo era realmente impressionante, pensou ela. Algo a respeito do Professor conquistou seu coração, um pouco como ela se sentira a respeito do Doutor. Parecia um velhinho tão simpático, e ela queria ajudá-lo.

O Professor deu um tapinha de leve do painel e perguntou:

— Ah, minha cara, eu não expliquei?

— Essa parte específica, não.

— Desculpe, achei que fosse óbvio — disse o Professor, e então pareceu divagar novamente. — Minha nossa, acho que essa frase soou mais arrogante do que eu tinha imaginado. Espero que você me perdoe, minha jovem.

— Pelo senhor, perdoo qualquer coisa — disse Clare —, desde que me diga o que quer que eu faça.

O Professor deu outro tapinha no painel, com certeza se esquecendo de que já havia feito isso antes.

— Você e eu, minha cara, precisamos colocar essa banheira velha em movimento de novo.

— Sem dúvida, ela se moveu quando apertei o botão.

— Um espasmo, um mero espasmo do mecanismo de emergência — suspirou o Professor. — Só espero que não seja um espasmo final. Ninguém gosta de espasmos finais. Aliás, acho que ninguém gosta de espasmos de uma forma geral.

Clare apontou para a paisagem impressionante nas janelas.

— O senhor que dizer que estamos presos? Nesse vórtice de espaço-tempo?

O Professor estremeceu.

— E quem, se é que posso perguntar, contou a *você* do vórtice de espaço-tempo? — ele exigiu saber, estreitando os olhos.

— O senhor — respondeu Clare. — Foi o senhor.

O Professor coçou a cabeça.

— Ah, me desculpe, minha cara. Eu já era bem confuso quando estava vivo. Agora que estou morto, não tenho a menor esperança de ser mais do que vago. Acho que é inevitável, quero dizer, olhe aquela trabalheira toda pela qual os espiritualistas têm de passar: "Tia Sheila diz que você precisa achar um cantinho especial para o bule azul." É de uma inutilidade...

Clare tentou trazê-lo de volta na direção certa:

— Então, estamos presos?

— Isso — disse o Professor. — O mecanismo de emergência nos deixou presos na órbita temporal, imprensados entre duas interfaces de tempo irracionais. Então o tempo está se afastando de nós. Vou ter que ser muito cuidadoso para sair disso, caso contrário, posso deixar de existir novamente.

Clare engoliu em seco.

— E eu?

— Ah sim, você também — disse o Professor, fazendo que sim animado. Ele pareceu notar a expressão perturbada da moça e deu um tapinha em sua mão. — Só faça o que eu fizer.

— E o que o senhor faz?

— Não pense nisso — disse ele, simplesmente. — Já esqueci muita coisa ao longo da vida. Ou devo ter esquecido, não lembro mais.

De repente, ele encarou as pequenas peças que havia retirado do painel com entusiasmo renovado.

— Espere um segundo! — disse empolgado, pegando-as de volta. Estava prestes a dar um grito de vitória. Mas então, seus ombros murcharam. — Não, não vai dar certo. Não sou capaz de consertar isso sozinho.

Clare acenou a mão na frente do rosto do Professor.

— O senhor não está sozinho.

O Professor fez um barulhinho com a boca e olhou de Clare para a peça.

— Difícil! Muito difícil. Para consertar um ressonador interfacial é preciso duas operações muito traiçoeiras e delicadas que devem ser executas precisamente ao mesmo tempo.

— Só me diga o que fazer — disse ela. — Sou uma cientista. Uma cientista um pouco fora da sua área de especialidade, é verdade, mas pelo menos tenho mãos firmes.

O Professor sorriu tristemente.

— Tenho certeza que sim. Para ser sincero, minha cara, não acho que você tenha o conhecimento técnico necessário para começar a entender minhas instruções. Sem ofensa.

Clare se eriçou.

— Eu aprendo rápido. Sou famosa por isso. Aprendi a tabela periódica inteirinha antes de começar o ensino fundamental. E depois aprendi, incrivelmente rápido, a não comentar sobre isso com ninguém.

O Professor a encarou intensamente.

— Um Senhor do Tempo precisa de sessenta anos na Academia apenas para começar a compreender o básico da teoria temporal gallifreyana.

— Certo, tudo bem. Então ficaremos presos numa órbita temporal para sempre — disse Clare, cruzando os braços. — O que quer que isso signifique. E podemos passar o tempo recitando a tabela periódica, se o senhor quiser.

O Professor abriu um pequeno sorriso, mas ele logo se desfez.

— Não é brincadeira, minha jovem. No final das contas, significa a dissolução. Pela minha experiência, é o que acontece com a maioria das coisas. Talvez nos reste milhares de anos de desgraça, mas em algum momento os ventos temporais vão dar um jeito de quebrar o sistema de segurança dessa banheira e aí...

— Milhares de anos de desgraça? — interrompeu Clare. Ela não sabia como responder a isso. No final, ouviu-se dizendo baixinho: — Eu tinha outros planos.

O Professor de repente se reanimou.

— Ah, minha jovem! Eu não posso simplesmente condenar você a esse destino, não é mesmo?

— Mas não há nada que a gente possa fazer...

O Professor se aproximou bem perto da moça e sussurrou num tom conspiratório.

— Ah, tem sim. Mas seria uma travessura e tanto. — Ele fitou a janela. — O fato de eu ainda ter uma TARDIS já foi uma travessura. E ainda pior foi ter ativado o mecanismo de emergência... mas isso seria algo realmente travesso...

— Bem, se não se pode arriscar uma travessura quando se está preso entre duas interfaces de tempo irracionais, quando é que se pode?

O Professor abriu um largo sorriso.

— Esse é o espírito! Sem dúvida a mocinha que aprendeu com tanta dedicação os nomes daqueles velhos e tediosos elementos iria ficar horrorizada.

— Eu devia mesmo era estar pulando amarelinha. — Clare sorriu de volta.

— Isso depois eu ensino. Agora, vamos lá — disse ele bruscamente —, que peça você está segurando em suas mãos?

Clare fitou a peça mais uma vez. Era um objeto metálico complexo, mas com filamentos entrecruzados que no passado poderia ter sido um coral.

— Não tenho a menor ideia — respondeu, desanimada.

— Ótimo — retrucou o Professor. Ele tirou os óculos e, distraído, os limpou na gravata, fitando a jovem com um olhar vago. Era uma daquelas pessoas que fica completamente diferente quando tira os óculos. — E agora?

— Agora o quê?

— Agora — disse o Professor, colocando os óculos de novo —, que peça você tem nas mãos?

Clare fitou a peça. A resposta era óbvia.

— Isso? É um relé geômetra conceitual com um gatilho agronômico. O separador de campo queimou, mas não tem importância, porque a gente não precisa dele se conseguir colocar aquele ressonador interfacial para funcionar.

O Professor sorriu.

— Esplêndido!

— Então, vamos logo com isso — disse Clare. — Não vamos ganhar nada aqui parados.

Ela correu até o painel e pegou o ressonador, girando-o nas mãos.

— É, serviço bem complicadinho, consegue ver seu problema aqui, senhor? — disse ela, inspirando por entre os dentes. — A gente vai ter que abrir toda a capa de lexifiador. O senhor tem uma chave inglesa?

Enquanto o Professor corria para buscar a chave inglesa, Clare permaneceu fitando o painel e pensando. Ela considerou que se conseguissem consertar o ressonador e dessem uma carga rápida no motor — bem, desde que a configuração ômega fosse restabelecida e os cones de equilíbrio lateral aguentassem —, daria para resolver com um pé nas costas, e adeus órbita temporal.

O que Clare jamais chegou a pensar, nem por um segundo, foi como ou por que ela sabia tudo aquilo.

Capítulo 54

— Ui — gemeu a Nave ao religar o estabilizador dimensional relativo improvisado e deixar o vórtice de espaço-tempo para materializar de novo no espaço normal. — Essa foi em cheio!

— Espero que você tenha mantido seu escudo de defesa — disse o Doutor, que estava dando cabo das últimas iguarias do carrinho dourado.

— Segui suas instruções à risca, Doutor — respondeu a Nave animada. — Acabamos de materializar exatamente nas coordenadas indicadas. Ninguém, nem mesmo Skagra, pode saber que chegamos. Mesmo grande desse jeito, sou capaz de me transformar numa coisinha imperceptível quando quero, sabia?

Pelo visor central, Chris conseguia ver uma grande porta dupla e circular ao final de um corredor comprido de pedra.

— Não parece muito atraente.

— É possível encontrar diversas coisas maravilhosas no final de um corredor — disse o Doutor. — Neste instante, apenas uma me bastaria. Romana. Embora a TARDIS venha logo em seguida, claro.

Animado, K-9 girou as orelhas e disse:

— Amo, posso confirmar a proximidade da senhora Romana e da TARDIS.

— Deve ser meu dia de sorte — exclamou o Doutor. — Devia ter aproveitado para fazer três pedidos e desejar a paz universal enquanto isso. — Ele bateu as mãos e disse: — Certo, esta deve ser uma missão de resgate simples. Vamos lá, vocês três! — E passou pelo buraco onde antes ficava a porta de saída da cabine de comando, com Chris e K-9 logo atrás.

— Sinto muito, Doutor, mas não posso ir — disse a Nave. — Mas muito obrigada pelo convite. É a primeira vez que alguém me oferece isso. Minha nossa, você me deu muito o que pensar.

O Doutor parou por um instante e olhou para cima.

— Poxa, me desculpe, não era a minha intenção.

— Ah, por favor — disse a Nave —, não precisa se desculpar. Tenho certeza de que todas as formas de vida, não importa qual seja a definição de vida, devem filosofar em algum momento sobre os grandes conceitos abstratos da existência, como o amor, a morte, a felicidade, mesmo a moral pessoal. Você, Doutor, abriu meus olhos para essas questões. Vou repassar tudo o que tenho a respeito desses temas significativos em meu banco de dados e então vou formar uma opinião definitiva sobre cada um deles.

— Boa sorte — disse Chris.

A Nave pareceu perceber a ironia no tom do rapaz.

— Ah, vou encontrar as respostas, não se preocupe, pequeno terráqueo — revidou.

— Amo, é nosso dever começar a missão de resgate — interrompeu K-9, acelerando os servomotores.

— Absolutamente — disse o Doutor. — Vamos lá, vocês dois, sebo nas canelas. — E continuou, com K-9 e Chris correndo logo atrás de si.

— Qual é o plano? — perguntou Chris.

O Doutor abriu um largo sorriso.

— Não sei, mas vai ser divertido descobrir. Ande logo, Bristol.

Romana havia perdido todas as esperanças. Ela continuava sob guarda e assistia enquanto cada vez mais Kraags marchavam da câmara criacional para o observatório. Agora havia pelo menos umas quinhentos criaturas organizadas em formações militares diante de Skagra. Ele estava junto do painel, o livro firme na mão enluvada.

Por fim, o Comandante Kraag surgiu e se apressou até seu mestre. Curvou a cabeça e grunhiu:

— Principal etapa criacional concluída, senhor. Temos uma unidade completa.

Skagra assentiu.

— Ótimo. Então prossiga para as estações.

O Comandante Kraag baixou a cabeça mais uma vez e fez um gesto para as fileiras de criaturas iguais a ele. No mesmo instante, as grandes formações começaram a marchar em uníssono por uma série de arcos escuros e quase imperceptíveis escavados na lateral da imensa arena. Romana assistiu enquanto o exército incandescente desfilava, o brilho na sala diminuindo à medida que eles saíam, até que só restaram o Comandante Kraag e mais um, ambos de pé junto a ela, os olhos vermelhos fixos em Skagra.

Skagra apontou a TARDIS.

— Temos que partir imediatamente para Shada! Tragam a Senhora do Tempo.

Romana sentiu uma pontada de desespero. A velha cabine azul, que para ela sempre havia simbolizado calor e segurança, agora parecia um objeto estranho, seu exterior de madeira iluminado pelo avermelhado brilho doentio de seu guardião Kraag e da luz dura e fria de um bilhão de sóis.

Então percebeu que Skagra havia adotado uma expressão ainda mais severa e imperturbável que o normal. Estava olhando para alguma coisa por sobre o ombro dela.

Sentiu um toque familiar nesse mesmo ombro.

Virou-se para trás e viu o Doutor, acompanhado de Chris e de K-9.

— Doutor! — Seus corações se encheram de alívio. — Você está vivo!

O Doutor tossiu.

— Bem, é uma questão polêmica, mas, de uma forma geral, diria que concordo com a afirmação. Olá, Romana.

Romana sorriu. Como pudera acreditar que o Doutor tinha morrido?

— Mas como você chegou aqui?

— Ah — disse o Doutor, apontando com o dedão por sobre o ombro —, esses dois cavalheiros escoltaram a gente. — Atrás do grupo, havia mais dois Kraags, ameaçadores.

E os corações de Romana murcharam novamente. Todo esse desespero, esperança, esperança despedaçada e mais uma vez desespero não estavam fazendo nada bem, pensou ela.

Mas o Doutor estava vivo.

E isso significava que qualquer coisa poderia acontecer.

Capítulo 55

A princípio, tudo corria bem com a missão de resgate. O Doutor, Chris e K-9 tinham conseguido se afastar no mínimo uns 45 metros da nave antes de serem apreendidos pelos dois Kraags e arrastados de um jeito meio bruto, mas bastante eficiente, por um longo túnel de pedra em direção ao que devia ser, pensou Chris, o próprio Inferno. No entanto, mal teve tempo de notar Romana como prisioneira dos outros dois Kraags, a TARDIS, no centro de tudo, e a reluzente visão do universo infinito, porque — por incrível que pareça — algo mais o estava incomodando.

Chris tinha certeza de que já havia visto o homem no centro da grande arena, que vestia uma túnica branca e segurava firmemente, em sua mão enluvada, o livro que havia começado toda essa história. E isso o incomodaria até descobrir onde o vira. Achou que era uma boa coisa que estivesse tão distraído, já que tinha o pressentimento de que todos eles iriam sofrer uma morte terrível e espacial.

O homem o encarava de volta, com uma estranha expressão inflexível. Será que o sujeito o havia reconhecido e também estava tentando se lembrar de onde? Então se deu conta de que não estava olhando para ele, mas para a sua direita. A uma distância de 15 metros numa caverna sulfurosa e iluminada apenas pelo brilho suave do universo inteiro, nossos olhos podem pregar peças. Na verdade, o homem encarava o Doutor.

— Doutor — disse ele, numa voz que obviamente tentava mascarar a surpresa, a raiva e a decepção, mas que falhava em todos os três casos.

— E aí, Skagra?! — respondeu o Doutor com uma alegria absolutamente imprópria e ainda lançando um sorrisinho maroto.

— Esse é Skagra? — perguntou Chris. — Mas tenho certeza de que já vi esse cara em algum lugar... — De repente, a memória surgiu em sua mente, e Chris apontou um dedo acusatório para Skagra. — Você é aquele cara. Você me empurrou num corredor do St. Cedd's, muito mal-educado, logo antes de eu encontrar o Professor morrendo no chão... — Por fim, ele se deu conta. — Ah. Entendi.

— Cale a boca, Chris — sussurrou Romana.

Skagra caminhou com elegância, fitando o Doutor de cima a baixo, como se para confirmar que ele estava realmente ali.

— Estou... — disse ele, com toda a frieza de que parecia capaz — um tanto... — e parou, como se estivesse em busca de uma palavra que nunca havia usado antes — ...*surpreso* de vê-lo aqui, Doutor.

O Doutor arrastou os pés e coçou o nariz como se estivesse envergonhado.

— É, bem, a sua nave também ficou um tanto surpresa quando se viu me trazendo até aqui.

Skagra tentou não erguer uma sobrancelha.

— Você roubou minha nave?

— Só depois que você roubou a minha — disse o Doutor, apontando para a TARDIS. — Ah, ali está ela! Espero que tenha cuidado bem dela. Posso dar uma olhada? Se você tiver sobrecarregado ela na terceira fase...

Ele fez menção de caminhar até a TARDIS, mas os dois Kraags barraram seu caminho imediatamente.

— Entendi — disse o Doutor. — Bem, você vai ficar feliz de saber que trouxe sua nave em perfeitas condições, arrisco até dizer que a aperfeiçoei um pouco. Você foi muito levado de programá-la para se autodestruir, sabia? Seu brinquedinho adora você.

— A consciência de uma máquina é algo inútil — disse Skagra, sem tirar os olhos do rosto sorridente do Doutor

O Doutor ofegou em espanto dissimulado.

— Não ouça o que esse homem malvado diz, K-9.

Chris estava desconfortavelmente ciente de que Skagra podia ordenar a morte deles a qualquer momento. Eles não tinham armas, não tinham planos. Mas, de alguma forma, as provocações infantis do Doutor tinham, por incrível que pareça, virado a balança em favor deles. Skagra estava obviamente intrigado e desconcertado, em desvantagem. Chris considerou que aquele era o lugar ao qual o Doutor *pertencia* — situações terríveis com todas as chances tão absurdamente contra ele. Igual às pessoas que simplesmente se encaixam bem atrás de um bar, ou num escritório gigante atrás de uma mesa, ou engolindo espadas num palco do London Palladium. Ali, o Doutor estava em sua melhor forma.

— Estou curioso para saber como você sobreviveu ao tratamento da minha esfera — disse Skagra, impassível.

— Não pegue pesado com a coitada. Nós, Senhores do Tempo, temos a mente altamente treinada.

— Disso eu sei. — Skagra assentiu, como que satisfeito de estar bem informado. — Doutor, se você veio aqui na esperança de interferir em meu grande propósito, sinto lhe informar que você...

O Doutor o interrompeu com uma risada:

— Rá! Grande propósito! Você?

Chris viu Romana tentando chamar a atenção do Doutor, sacudindo a cabeça para indicar que, pelo menos dessa vez, ele não deveria desdenhar tanto.

— Sim, Doutor — disse Skagra —, o maior propósito de todos.

Se o Doutor notou o olhar de Romana, ignorou. Ele riu novamente.

— O maior propósito de todos? — E sacudiu um dedo na direção de Skagra. — Eu sei o que você quer fazer, seu espertinho. Você quer dominar o universo, não é? Já encontrei gente da sua laia antes. A qualquer momento um brilho louco vai se acender em seus olhos e você vai começar a gritar: "O universo será meu!"

Skagra o encarou, perplexo. Obviamente lhe faltava o brilho louco e ele não gritaria.

— Quanta ingenuidade, Doutor. Como a sua visão é patética e limitada. "Dominar o universo". Que coisa mais infantil. Como alguém poderia dominar o universo?

O Doutor pareceu ligeiramente atingido com isso, mas não se deixou abalar.

— Exatamente! — disse ele. — É isso que fico tentando dizer para as pessoas. É um lugar problemático, difícil de administrar e, em termos imobiliários, não vale nada, porque por definição não teria ninguém para quem vender...

Skagra o interrompeu:

— Ambições desse tipo são para crianças. Meu propósito é alcançar a meta evolutiva natural da vida.

O Doutor riu com desdém.

— Ah, vá em frente, vá. O dia está bem estressante, e todo mundo aqui merece dar uma boa risada.

Skagra apenas indicou a esfera no painel.

— Com a ajuda da esfera, vou unir toda a criação numa única mente. Uma entidade divina.

— Ah, você vai, é? Que inteligente — disse o Doutor, num tom que sugeria que estava falando com uma criança de quatro anos que se gabava de como conseguia amarrar os próprios cadarços.

— O universo, Doutor, como você pontuou com tanta grosseria, não vai ser meu — disse Skagra. — O universo vou ser *eu*.

Fez-se um silêncio terrível e profundo.

E foi quebrado pelo Doutor. Ele caminhou lentamente na direção de Skagra e o examinou com curiosidade de cima a baixo, da mesma forma que Skagra havia feito com ele. Esfregou o queixo por um instante, e então se aproximou mais ainda e disse, como quem não quer nada:

— E você discutiu isso com alguém? Por que você não manda um dos seus Kraags encantadores fazer um chá, talvez uma bandeja de sanduíches. — Ele se interrompeu, virando-se para uma das fumegantes e incandescentes criaturas. — Na verdade, acho que umas torradas cairiam melhor, aí todos nós poderíamos nos sentar e...

— Doutor, seu papo-furado não me interessa e nem vai me distrair do meu propósito — disse Skagra. — O que acabo de descrever *vai* acontecer. E vai começar em poucas horas. Uma vez que começar, não há nada que você ou ninguém mais possa fazer para impedir.

— Ele é capaz, Doutor — disse Romana. — Ele encontrou Salyavin! Você sabe o que isso significa!

O Doutor parou e encarou a moça.

— Calem a Senhora do Tempo — disse Skagra.

O Comandante Kraag apertou as garras no ombro de Romana. Ela gritou de dor, e o tecido de seu vestido começou a queimar e a escurecer.

Chris correu no mesmo instante para ajudá-la, mas o outro Kraag bloqueou seu caminho e o forçou a voltar com sua aura de calor insuportável.

Ele viu que o Doutor também tinha sido bloqueado por outra criatura imensa.

— Pare com isso, Skagra! — gritou Chris. — Deixe-a em paz. Agora!

Skagra assentiu para o Comandante Kraag, e a criatura soltou Romana, que caiu de joelhos, segurando o ombro machucado.

Imperturbável, Skagra examinou seus prisioneiros. Por fim, virou-se para o Doutor.

— Então — disse ele —, a menção do nome de Salyavin altera a sua opinião a respeito do meu grande propósito?

Chris viu o rosto do Doutor empalidecer e sentiu uma pontada de medo.

— Skagra — disse o Doutor numa voz controlada e submissa, sem qualquer traço da arrogância anterior —, se você realmente sabe o paradeiro de Salyavin, tudo muda de perspectiva.

Chris e Romana trocaram um olhar, ambos dominados pelo medo. K-9 se adiantou alguns passos, o rabo encolhido, e disse:

— Negativo, amo.

— Ah é? — disse Skagra, os lábios cheios se curvando num leve sorriso. — Vá em frente, Doutor, diga. — Ele fez um gesto para o Kraag sair da frente do Doutor.

O Senhor do Tempo caminhou lentamente na direção de Skagra, a cabeça abaixada, como numa súplica. Quando falou, foi pouco mais que um sussurro:

— Agora entendi. Faz todo o sentido. Uma Mente Universal para dar ordem ao caos. E que ordem. — Ele ergueu a cabeça, encarando Skagra com um olhar quase de reverência. — A sua ordem. — Ele aprumou o corpo subitamente e gritou: — Ou uma ordem como... *K-9! Agora!*

Ao ouvir as palavras, K-9 girou, rápido como um raio, e encarou Skagra. Chris de repente percebeu que o Doutor estava preparando toda a situação apenas para deixar K-9 em posição.

O cachorro disparou um raio de energia vermelho do nariz, acertando Skagra bem no meio do peito.

E então, tudo aconteceu muito rápido.

Skagra cambaleou um pouco, mas não caiu.

K-9 atirou de novo, mas, mais uma vez, Skagra encarou o ataque. Os Kraags se moveram automaticamente para proteger seu senhor, deixando o Doutor, Chris e Romana desprotegidos.

O Doutor correu para a TARDIS, onde Romana tentava ficar de pé.

— Mantenha suas posições — vociferou Skagra. — Protejam a nave. Matem os prisioneiros.

Os Kraags junto a Romana, que estavam mais longe de Skagra, voltaram imediatamente, com os braços estendidos e suas garras incandescentes já apontadas na direção da moça. Ela levantou as mãos, rendendo-se.

Derrapando, o Doutor freou e gritou:

— Bristol, K-9, saiam daqui! Agora!

Chris agarrou K-9 e correu na direção do arco mais próximo. Mas não conseguiu evitar e parou para olhar para trás.

Viu a segunda dupla de Kraags marchando em direção ao Doutor.

E viu o Doutor fixar os olhos nos de Romana, do outro lado da sala. Ela fez um gesto mínimo com a cabeça.

E viu o Doutor tensionar a mandíbula, acenar de volta para Romana e então correr na direção do arco, escapando por pouco de um raio de fogo de um dos Kraags. Ao alcançar Chris e K-9, ele praticamente arrastou os dois pelo corredor escuro e escavado na pedra.

A única coisa que Chris o ouviu dizer foi:

— Depois voltamos para resgatá-la. Agora corram!

Eles correram.

Skagra assistiu enquanto os Kraags avançavam na direção de Romana com os braços estendidos. Ela permaneceu de pé, firme e controlada, com as mãos levantadas, enquanto as criaturas se preparavam para explodi-la em pedaços. Skagra podia ver a dor da queimadura no ombro em seus olhos, mas não viu qualquer fraqueza, nenhum sinal de que fosse desmoronar, choramingar e implorar pela própria vida. Seu autocontrole diante da morte certeira provocou em Skagra o que outros talvez tivessem chamado de compaixão, embora ele próprio jamais o tivesse admitido. Quase pensou que, se ela morresse, talvez algo de valor se perdesse para sempre. Os Kraags alcançaram a moça, apontaram as garras para seu rosto e prepararam para atirar seus raios devastadores à queima-roupa. Mesmo então, não mais do que uma centelha de medo cruzou o rosto dela. E durante todo esse tempo, seus olhos nunca se voltaram para os dele.

Ele esperou mais quatro segundos. E então ordenou:

— Parem!

Os Kraags baixaram as armas e afastaram-se um passo da prisioneira.

Só então ela o encarou.

— Por que você quer me manter viva, Skagra? — perguntou simplesmente.

— É essa a pergunta que você quer que eu responda? — disse ele. — Não como sobrevivi a um ataque do robô do Doutor? Não para onde o túnel pelo qual seus companheiros fugiram vai levá-los?

Romana deu de ombros.

— Ah, você deve estar usando alguma espécie de campo de força, e o Doutor, Chris e K-9 estão num túnel sem saída. Parece bem óbvio, então resolvi não perder tempo com isso.

Skagra respondeu com o que quase poderia ser considerado um aceno de cabeça.

— Muito bem — disse ele —, então vou responder à sua pergunta original. Preciso de você viva porque ainda pode ser de alguma utilidade em Shada. Você não é fundamental, mas para acessar os sistemas de uma prisão dos Senhores do Tempo talvez seja necessária biologia de um Senhor do Tempo.

— Ele caminhou até a TARDIS, destrancou a porta e a abriu para Romana. — Temos um encontro marcado com Salyavin.

Romana o fitou por um momento.

— Eu tinha outra pergunta.

Skagra assentiu, ainda segurando a porta da TARDIS.

— Eu estava imaginando — começou ela —, já que o Doutor já escapou da morte certa uma vez hoje, você não se preocupa um pouco que ele talvez faça isso de novo? — Ela sorriu com doçura para ele.

Um leve tremor correu incontrolável pela têmpora direita de Skagra. Ele tentou suprimir as imagens violentas que surgiram em sua mente ao pensar no assunto. Viu o Doutor sendo empurrado de um penhasco altíssimo, esmagado por uma avalanche de rochas imensas, desmembrado lentamente por uma matilha de cachorros raivosos, retalhos ensanguentados de cachecol voando em todas as direções, enquanto seus últimos gritos ecoavam e ecoavam e ecoavam...

Skagra se empertigou, controlando-se.

— Entre — ordenou. — Agora.

Ela passou com obediência por sob o seu braço e entrou na TARDIS, lançando um olhar satisfeito para Skagra enquanto passava por ele.

— Peguei você — disse por sobre o ombro.

Com K-9 no colo, Chris estava tendo dificuldade de acompanhar o Doutor enquanto corriam, sem a menor ideia de para onde, por um corredor de pedra aparentemente infinito e apenas com a luz do visor de K-9 e do brilho distante dos Kraags que os perseguiam. Estava exausto, quase cego na escuridão avassaladora, mas continuou correndo. Estava surpreso com a própria força. Sempre tinha sido um zero à esquerda em qualquer coisa que envolvesse exercício físico. Talvez dois Kraags correndo atrás dele na pista da Escola Secundária de Bristol teriam feito a diferença. Embora mal pudesse enxergar, Chris teve certeza de que o Doutor estava ciente de tudo isso em seu longo passo.

— Foi um drible inteligente, não é? — retumbou a voz do Doutor logo à frente. — Fazer com que eles pensassem que eu estava tentando alcançar a TARDIS.

— O que você estava tentando fazer? — ofegou Chris.

— Alcançar a TARDIS — admitiu o Doutor na escuridão.

Chris deixou passar. Entre um fôlego e outro, ele perguntou:

— Doutor, aquele cara deve ser maluco, não é?

— Skagra?

— É, desculpe, não é fácil decorar nomes alienígenas, principalmente quando se está correndo para salvar a própria vida.

— Você se acostuma — observou o Doutor. — E quanto a Skagra, bem, maluquice, sanidade, é só uma questão de opinião.

— E qual é a sua?

De repente, o Doutor parou e Chris mal teve tempo de evitar uma colisão dolorida. O Doutor virou-se e abriu um sorriso para o rapaz, a luz vermelha do visor de K-9 dando-lhe uma aparência quase demoníaca.

— Piradinho da silva! — E seu sorriso se desfez. — Mas infinitamente perigoso, Bristol.

— Você quer dizer que ele realmente é capaz de fazer aquilo tudo? Transformar o universo nele próprio?

O Doutor assentiu, circunspecto.

— Pode sim. Se realmente tiver encontrado Salyavin.

— Quem é Salyavin? — perguntou Chris. — Não sei se consigo decorar outro nome bobo com S.

De repente, K-9 os interrompeu.

— Amo. Kraags se aproximando.

— Obrigado, K-9, acho que estamos inteiramente cientes disso — retrucou o Doutor.

Chris olhou por sobre o ombro e viu que as paredes de pedra estavam visivelmente mais iluminadas diante do brilho dos Kraags. Ele voltou-se para o Doutor.

— Então por que a gente parou? Você tem um plano? Digo, um plano melhor do que esse?

O Doutor tossiu, coçou o nariz, arrastou os pés, e o coração de Chris murchou.

— Bem — respondeu ele —, a gente parou porque, na verdade, não existe mais túnel.

Chris pensou por um segundo.

— Você quer dizer que é sem saída?

— Bem, eu estava tentando colocar de um jeito menos dramático. Por que não chamamos de *cul-de-sac*?

Chris foi tomado por uma onda de pânico.

— Você quer dizer que a gente vai morrer? Não tem escapatória?

Antes que o Doutor pudesse responder, as orelhas de K-9 começaram a girar furiosamente.

— Alerta — chiou ele. — Favor adotar modo de silêncio.

Chris e o Doutor ficaram quietos e puderam ouvir um rangido familiar ecoando pelas paredes do túnel. Parecia vir de todos os lados ao mesmo tempo, e então desapareceu com um estranho baque abafado e um ruído de madeira estalando.

O rapaz franziu a testa.

— Foi a TARDIS.

O Doutor assentiu. E então balançou a cabeça.

— Sim. Não. Teve algo de muito estranho nesse barulho. E não deveríamos ter conseguido ouvir isso aqui nesse *cul-de-sac*.

Com um arrepio de horror, Chris percebeu que o túnel agora estava banhado de um brilho vermelho muito forte. Os Kraags estariam em cima deles a qualquer segundo. E não havia saída. Olhou para a frente, para além do Doutor, para a pedra nua que bloqueava a passagem e os condenava à morte. E ficou surpreso de ver uma porta nela.

Não uma porta espacial. Uma porta normal. De madeira. Uma porta de painéis de madeira com uma maçaneta de metal.

Chris apontou freneticamente.

— Olhe! Uma porta! Você disse que não havia saída, mas tem uma porta enorme na parede! Ali! Olhe!

O Doutor virou-se.

— Isso não estava aqui antes. E, de qualquer forma, a gente já tinha concordado que era um *cul-de-sac*.

Chris respirou fundo, enfiou K-9 nos braços do Doutor, correu até a porta e girou a maçaneta. Ela abriu, e ele entrou de supetão...

...nos aposentos do Professor Chronotis. Chris mal ouviu o Doutor correndo atrás dele, batendo a porta e empurrando K-9 contra ela como se o cachorro fosse um peso de porta moderninho, porque a imprevisibilidade de se ver de repente no St. Cedd's nem se comparava à imprevisibilidade de ver o falecido Professor Chronotis em pessoa, de pé e sorrindo para ele, bandeja de chá nas mãos. Mas nem mesmo isso chegava aos pés da imprevisibilidade de quem Chris viu no sofá, comendo um sanduíche de queijo. Clare. Bem ali. E tinha arrumado o cabelo. E estava usando aquela camisa azul linda que fazia seus olhos reluzirem. Queria correr até ela, pegá-la em seus braços, beijá-la de novo e de novo e...

Clare levantou-se e correu na direção dele, um sorriso largo no rosto, os olhos brilhando, os braços esticados num gesto que Chris só podia interpretar como reprovador e agressivo. Ele deu um passo involuntário para trás. Por algum motivo, ela parou bem na frente dele.

— Chris! — exclamou, a voz tomada de emoção.

Mas o rapaz não sabia dizer que emoção. Provavelmente algo entre reprovação e ódio. O que ele tinha feito agora?

— Hum, oi, Keightley — balbuciou, desajeitado.

Enquanto isso, o Doutor estava encarando e encarando e encarando o Professor Chronotis. Mas não dizia nada.

— Chá, todo mundo? — perguntou o Professor, animado.

Capítulo 56

Nada nem ninguém é capaz de sobreviver desprotegido no vórtice de espaço-tempo, aquele lugar misterioso onde o espaço e o tempo eram uma coisa só. Então não havia nada nem ninguém para ver a TARDIS girando pelo redemoinho, o exterior de madeira da cabine de polícia sendo jogado de um lado para o outro por ventos temporais uivantes.

Lá dentro, Romana — com um Kraag de cada lado — observava enquanto Skagra virava as páginas do livro.

— A chave gira lentamente dentro da fechadura — suspirou ele, o rosto iluminado pelo brilho verde macabro que vinha da coluna central. — A porta para Shada se abre!

Ele começou a passar as páginas mais depressa.

De repente, a TARDIS deu uma guinada para um dos lados, e o motor reclamou. Os alarmes dispararam, e luzes vermelhas começaram a piscar no painel de controle. Os painéis circulares nas paredes ficaram mais escuros e então se acenderam novamente, mas em vez da luz cálida amarela de sempre, também assumiram uma tonalidade turva de verde-escuro, criando sombras deformadas, como se a nave estivesse mergulhando na água.

Romana sentiu um mal-estar profundo. Supôs que a TARDIS estivesse passando por uma trava temporal colocada ao redor de Shada havia sabe-se lá quantos milhares de anos. Travas temporais — era assim que os gallifreyanos protegiam seus segredos do universo em geral. Ou seus crimes.

Estavam deixando o universo como um todo para trás, entrando numa zona proibida resguardada cuidadosamente da realidade restante. Mas, desta vez, Romana sabia que o Doutor estava vivo. Ele *daria* um jeito de interromper isso, apesar da tentativa menos do que prodigiosa de resgatá-la.

A TARDIS agitou-se e gemeu, à medida que Skagra virava as últimas páginas de *O venerável e ancestral livro das leis de Gallifrey*.

O livro havia levado Romana de volta aos seus pesadelos e agora a levava para conhecê-los pessoalmente, cara a cara. Só o que podia pensar, bloqueando até mesmo o cenário aterrorizante ao redor da Senhora do Tempo, era na foto do livro *História do nosso planeta*, a loucura selvagem e marcante no rosto de Salyavin, o Grande Facínora da Mente.

A TARDIS se estabilizou de repente, e Romana voltou para o presente. O brilho verde ficou mais forte, a coluna de tempo começou a subir e a descer, devagar e controlada, sem os protestos e os ruídos de hábito. Havia uma atmosfera de total tranquilidade e calma. Uma harmonia perfeita de tecnologia. Uma TARDIS no auge de sua eficiência. E, no meio de tudo isso, estava Skagra, extremamente calmo e seguro, virando a última página.

E Romana sentiu um enjoo. Era como se a nave do tempo tivesse simplesmente parado de lutar e se entregado completamente a Skagra. Como se a alma da TARDIS tivesse se partido.

Capítulo 57

Chris fitou Clare, e Clare fitou Chris. Chris tinha a estranha sensação de que Clare estava esperando que ele dissesse algo significativo, mas não sabia por onde começar, como se tudo parecesse igual e terrivelmente significativo. Afinal de contas, o universo estava em perigo. Então continuou a olhar para ela, sem dizer nada.

Por fim, a moça falou:

— O que você está fazendo aqui?

Para sua própria surpresa, Chris sentiu uma onda de raiva. E percebeu que devia estar retendo uma quantidade imensa de agressividade sob toda a sua incompreensão, empolgação e os quase encontros com a morte que agora encontrava uma válvula de escape.

— Como é que vou saber?! — explodiu ele.

— Não venha descontar em mim! — gritou ela.

Chris apontou para as janelas do escritório do Professor, que por entre as cortinas floridas mostravam paredes de pedra pura. E a visão esmagou imediatamente qualquer esperança de que houvesse sido transportado de uma hora para a outra para a relativa normalidade de Cambridge.

— Tudo bem, então me diga o que a sala do Professor está fazendo aqui, num asteroide no meio do espaço sideral? — vociferou ele.

— Boa pergunta! — retrucou Clare.

— Pois estou perguntando mesmo! — gritou ele.

— Pois pergunte para o Professor! — gritou ela de volta, apontando para o velhinho de pé do lado do painel de controle junto do Doutor.

— Mas ele morreu!

— É, *dããã*, quem não sabe disso!

— Crianças, já chega! — exclamou o Doutor.

Clare e Chris pararam de gritar e voltaram a fitar um ao outro.

O Doutor voltou-se para o Professor e apontou para o painel de instrumentos.

— Uma TARDIS do tipo 12, marca 1, se não estou enganado, Professor Chronotis?

O Professor assentiu.

— Gostou?

— Ah, é uma beleza, Professor. Uma beleza! E o senhor chegou com a sua TARDIS bem na hora. Estou começando a compreender como deve ser para os outros quando faço isso.

— Isso também é uma TARDIS? — perguntou Chris, gesticulando para o cômodo, embasbacado.

— Claro que é — resmungou Clare. E apontou para K-9. — E aquilo é um cachorro robô, caso você ainda não tenha percebido.

O Professor virou-se para o Doutor, parecendo desconfortável e um tanto culpado.

— É estritamente não oficial. Na verdade, não tenho permissão para ter uma dessas.

— Não, o senhor não tem — disse o Doutor com um ar sombrio. Por um instante, Chris se perguntou se o Doutor estava prestes a ter um de seus ataques de ira com o velhinho. Mas, em vez disso, ele abriu um sorriso e abraçou o Professor com carinho. — E morar dentro dela é o melhor jeito de esconder uma TARDIS, seu espertinho.

O Professor sorriu de volta, mas, logo em seguida, adotou um ar sombrio.

— Onde está Skagra, Doutor?

— Skagra? — perguntou o Senhor do Tempo como se tivesse se esquecido completamente dos assuntos urgentes do dia. — Skagra? Ah, sim, Skagra. Bem. Ele está com Romana. Está com a minha TARDIS. E está com o livro. — Antes que o Professor pudesse fazer mais do que adotar um ar de assombro diante das notícias, o Doutor apontou para ele e disse bem alto, mas com uma casualidade inquietante: — Achei que o senhor estivesse morto.

— É, eu estava — respondeu o Professor. — Mas Skagra...

— Estava mesmo? — exclamou o Doutor, dando uma conferida nos controles da nave. — Imagino que o senhor tenha instalado um programa de defesa de emergência muito travesso na sub-rotina dessa TARDIS? Órbita temporal, cruzar a própria linha do tempo para trapacear a morte, esse tipo de coisa estritamente proibida e altamente criminosa?

— Ora, pois bem, foi o que fiz — disse o Professor, encabulado. — E depois o estabilizei com a ajuda dessa adorável jovem. — E apontou para Clare.

Clare acenou com a cabeça. Para Chris, pareceu um aceno bem marcado. Direcionado a ele.

— Você o ajudou a ressuscitar? — exclamou o rapaz.

— E daí? — revidou Clare. — Não sou uma idiota.

— Ah, e você está querendo dizer que eu sou o idiota?

— *Parem!* — exclamou o Doutor. Ele se voltou para o Professor. — Roubar um livro de Gallifrey. Esconder uma TARDIS. Arquitetar um sistema de emergência. O senhor é um acadêmico bem arteiro, Professor Chronotis.

— Agora nada disso importa, Doutor — explodiu o Professor, com urgência. E então baixou a voz para um tom sombrio. — Se Skagra está com a sua TARDIS e com o livro, ele pode entrar em Shada!

— Shada? — repetiu o Doutor. — Shada? Por que fica todo mundo falando de Shada, especialmente quando ninguém sabe quem ou o que é isso!

— Espere aí, escute o que ele tem a dizer — disse Chris.

Clare tossiu. Chris sentiu sua pele se eriçando.

— Shada é a prisão perdida e esquecida dos Senhores do Tempo — disse ela.

— E como você sabia disso? — resfolegou Chris.

— O Professor me contou — retrucou ela. — E o livro é a chave para entrar em Shada.

— Shada! — exclamou o Doutor de repente, batendo na testa com uma força considerável. — Shada!

— Sim, Doutor, a prisão dos Senhores do Tempo, como disse a jovem — disse o Professor. — Você provavelmente se esqueceu dela.

— Não esqueci coisa nenhuma! — respondeu o Doutor, indignado. — Nunca esqueci, nunca esqueci... — Ele parou e bateu mais uma vez na cabeça, dessa vez logo acima da nuca. — Eu me esqueci de Shada. A prisão dos Senhores do Tempo, trancada numa bolha fora do universo. Mas como pude me esquecer? — Ele ofegou, diante de outro pensamento que invadiu sua mente. — Romana falou em Salyavin. — E se jogou na poltrona. — Claro! Salyavin está preso em Shada!

— Pode me perguntar quem é Salyavin se quiser — disse Chris, todo satisfeito, sem encarar Clare nos olhos.

Também sem fitá-lo, a moça respondeu friamente:

— Ah, ele era um grande criminoso que foi preso há séculos pelos Senhores do Tempo por causa de crimes da mente.

— Ah, pelo amor de Deus — resmungou Chris.

— Um grande criminoso com poderes mentais únicos — disse o Doutor lentamente, fitando o fogo na lareira a gás. — Totalmente únicos. Ele tinha a capacidade de projetar a própria mente na mente de outros, não era isso, Professor Chronotis?

— Mas não é isso que Skagra está fazendo? — perguntou Chris.

— Ah, não, não, não, não! — resmungou o Doutor. — Skagra está fazendo exatamente o contrário. Com aquela esfera, ele tem a capacidade de *tirar* a mente das pessoas, mas ele não poderia *colocar* mentes nas pessoas. Esse era o poder do grande Salyavin. Ele era capaz de colocar o que quisesse na mente que quisesse. E dominar aquela mente por completo. É por isso que os Senhores do Tempo o trancaram numa prisão. O Grande Facínora da Mente. E agora Skagra quer a mente de Salyavin e o poder terrível que há dentro dela para si. E é por isso que ele está indo para Shada!

— Então ele é completamente pirado — balbuciou Chris. — Ele está planejando mover a própria mente para a mente de todo mundo no universo?

O Doutor assentiu.

— Pode levar milhares de anos, milhões talvez. Mas a mente dele seria imortal. Se espalharia pelo universo como uma praga.

— Mas é uma ideia genial, não é? — ponderou Chris. — Todas as mentes no universo funcionando juntas como um único organismo, uma mente única.

— Uma mente *completamente pirada*, segundo você — retrucou Clare.

— Não disse que concordo — rebateu Chris. — Só disse que é uma ideia genial!

— Bem, espero que fique só no campo das ideias mesmo! — Clare caminhou até junto do Doutor e disse: — Nós precisamos impedir que Skagra chegue a Shada.

Chris estremeceu. Por que ela estava irritada com ele? Por que ele estava irritado com ela? E por que ela era tão melhor nisso, o que quer que fosse, do que ele?

— Precisamos, Clare — disse o Doutor. — Mas como? Ele está com uma boa vantagem sobre a gente, e nem sabemos o caminho.

— Então a gente tem que segui-lo — disse a moça.

— Ah é, segui-lo — zombou Chris. — Vamos chamar um táxi e gritar para o motorista: "Siga aquela TARDIS!"

— Segui-lo até Shada do mesmo jeito que seguimos vocês até aqui — disse ela, sem sequer virar-se para Chris.

— Claro! — disse o Doutor. Ele voltou-se para o Professor. — O senhor pode seguir o rastro de espaço-tempo da minha TARDIS! Vamos lá!

Ele se levantou num salto, e correu para o painel de navegação. Suas mãos pairaram sobre os antigos controles, e então ele tossiu e deu um passo atrás, conduzindo o Professor para junto do painel.

— O senhor conhece essa nave melhor do que eu, Professor Chronotis. E rastreamento cruzado numa trajetória temporal é uma operação muito delicada. Eu não gostaria de quebrar nada.

O Professor assentiu.

— Obrigado, Doutor.

Suas mãos velhas e enrugadas correram os controles, ajustando uma manivela aqui, uma alavanca ali.

Clare se aproximou e virou um interruptor que o Professor tinha esquecido. O Doutor pareceu não perceber, mas Chris estava fumegando. Quem ela achava que era?

— E enquanto o senhor faz isso, Professor, vou preparar um chá — disse o Doutor. — Vamos lá, Bristol!

Chris suspirou e o seguiu. Claramente, fazer chá era sua única utilidade por ali.

Capítulo 58

As portas da TARDIS se abriram em Shada.

Não havia qualquer sinal de decadência, de um lugar abandonado e esquecido. Localizada após uma trava temporal e, portanto, num estado de perfeita atemporalidade e alheia às leis da física normais do universo, Shada poderia ter sido construída ontem, pensou Romana ao desembarcar da TARDIS. Da mesma forma, refletiu ela, poderia ter sido construída amanhã. A ideia a fez estremecer. Era o tipo de coisa que o pobre e velho Professor Chronotis costumava falar.

A TARDIS se materializou em uma imensa câmara vermelha e de teto alto, que estava vazia e em silêncio. Romana reconheceu traços de um estilo arquitetônico gallifreyano muito antigo, muito menos ornado e elaborado do que o Capitólio com o qual estava habituada. As enormes paredes inclinadas eram vermelho-escuras, com um ou outro painel circular — parecido com os da TARDIS, mas muito maiores — pulsando com uma luz carmim pungente.

Olhou para cima. A câmara parecia não ter fim. Uma infinidade de espaço vazio. Preso numa das paredes da câmara, bem acima da cabeça deles, havia um bloco pesado de pedra no qual fora escavado o símbolo complexo do Selo de Rassilon, o mesmo que adornava a capa do livro que Skagra segurava em suas mãos enluvadas.

Romana tentou dizer a si mesma que aquele lugar era só uma sala. Uma sala num lugar bem estranho, é verdade, mas ainda assim, só uma sala. Tentou reprimir a onda de pânico, quase de revolta, que sentia à medida que aquelas memórias há muito apagadas — se é isso que eram — voltavam e se agitavam em sua mente.

Skagra, seguido como sempre pela esfera, caminhou em direção ao centro da câmara e estendeu os braços numa pose messiânica.

— Shada! — exclamou.

O som da palavra ecoou e ecoou de novo nas paredes.

— Parece péssimo — observou Romana, tentando soar pouco impressionada.

Skagra virou-se para ela, o dedo em riste.

— Construída pelos da sua raça. Uma prisão para o pior tipo de criminosos.

— Então você devia se sentir em casa — disse Romana. Havia percebido o efeito que as piadinhas ruins do Doutor tinham em Skagra. Ele ficava irritado e distraído, e, de acordo com o Doutor, era melhor ter um inimigo enfraquecido e distraído do que um forte e concentrado. A princípio, Romana achou que fosse só uma daquelas teorias do Doutor que na certa deixariam você de cabelo em pé. Mas, para falar a verdade, aquela parecia ter sido de algum proveito em 525 anos de viagem no espaço-tempo, então resolveu começar a testar a ideia.

— Silenciem-na — ordenou Skagra.

Os Kraags moveram-se ameaçadoramente na direção de Romana.

Skagra caminhou até uma parede alta de pedra vermelha entre dois pilares enormes. Guardou o livro dentro da túnica e correu as mãos dentro das luvas pela parede.

— A lógica diria que a entrada deve ser aqui. — Sua mão tocou um pequeno painel esculpido na pedra. — Sim. Aqui.

Ele apertou a mão sobre o painel. Romana torceu para que os que construíram Shada tivessem pensado em instalar uma armadilha. Então se lembrou da arrogância dos Senhores do Tempo de antigamente, ainda maior do que os de agora, e percebeu que jamais teriam imaginado que Shada pudesse ser ameaçada dessa forma, ou de qualquer outra forma. Ainda assim... quem sabe...

Mas não. A moça conhecia muito bem o seu povo. Com um ruído de pedra se arrastando, a parede se elevou, deixando escapar um bafo de ar enclausurado.

Do outro lado da porta, havia um longo corredor entranhando-se mais e mais, com mais paredes vermelhas e painéis iluminados por uma luz avermelhada. As curvas e bifurcações eram marcadas com símbolos gallifreyanos, números e letras esculpidos na parede.

No início do corredor, bem na frente de Skagra, onde subia a parede, havia um grande painel de controle com uma tela central em círculo. Os instrumentos no painel eram arcaicos, mas o bronze brilhava como se tivesse acabado de ser polido. O painel principal consistia de um teclado bastante simples, com as 723 letras do alfabeto gallifreyano no centro, e os 13 símbolos numéricos alinhados no alto.

Skagra assentiu.

— O arquivo de registros. Uma das maiores qualidades dos Senhores do Tempo é a forma meticulosa com que arquivam informação.

Bateu de leve os dedos sobre as teclas. O painel e a tela permaneceram inertes. Sem virar-se para trás, ordenou aos Kraags com um gesto:

— Tragam-na.

Com os Kraags se aproximando dela, Romana não tinha outra opção a não ser seguir em frente.

— Não vejo como posso ajudá-lo — disse a moça.

Skagra apontou o teclado.

— Não havia funcionários em Shada. Os sistemas eram inteiramente automatizados. O arquivo de registros obviamente é protegido por um campo biomórfico, que com certeza só pode ser operado por um Senhor do Tempo. Você é uma Senhora do Tempo. E vai operá-lo para mim.

— Preferia morrer.

Skagra assentiu.

— Só preciso da sua informação biomórfica para operar o arquivo. Posso obtê-la arrancando suas mãos. Talvez seus olhos. Essas partes seriam o suficiente. Mas talvez você prefira viver...

Ele apontou o teclado para Romana.

A Senhora do Tempo pensou. Tinha sido bastante fácil dizer que preferia morrer, não é? Uma voz dentro de sua cabeça ficava dizendo "O Doutor ainda está vivo, o Doutor ainda está vivo..." Ela não podia desistir. Ainda havia outras chances. Outras maneiras de deter Skagra.

Então Romana correu os dedos pelas teclas. Mais uma vez torceu para que houvesse uma pegadinha, algum mecanismo de defesa. Não. Na mesma hora a tela se acendeu, exibindo dados.

— Encontre Salyavin — ordenou Skagra.

Ela digitou um comando, seus dedos tremendo de leve. INDEX: SALYAVIN.

A tela piscou e automaticamente produziu uma longa lista de nomes. Nomes que paralisaram os corações de Romana de medo.

RUNDGAR — CRIMES DE GUERRA
SEC. 5/JL
SENTENÇA PENDENTE
CABINE 45, SALA T

SUBJATRIC — ASSASSINATO EM MASSA
SEC. 7/PY
SENTENÇA PENDENTE
CABINE 43, SALA T

SALYAVIN — CRIMES DA MENTE
SEC. 245/XR
SENTENÇA PENDENTE
CABINE 9, SALA T

SCINTILLA — CONSPIRAR COM CARRIONITES
SEC. 8/HT
SENTENÇA PENDENTE
CABINE 21, SALA T

— Ali! — exclamou Skagra, apontando para a tela. — Salyavin! Sala T, cabine 9.

Ele passou pelo painel e ingressou no longo corredor, conferindo a sinalização em cada uma das saídas. Então agarrou Romana pelo braço e a puxou consigo.

— Venham — ordenou aos Kraags. Mas, logo em seguida, parou. — Não — disse lentamente. Apontando um dos Kraags, comandou: — Você deve ficar e guardar a nave.

— Sim, mestre — respondeu o Kraag e então voltou, ficando de guarda do lado de fora da TARDIS.

— Não consigo imaginar quem você acha que pode aparecer — disse Romana.

Skagra apertou o braço da moça com mais força. O leve tremor em sua têmpora direita ressurgiu.

— O Doutor obviamente está morto — disse ele.

— É, mas por via das dúvidas... — disse Romana, indicando com a cabeça o Kraag junto da TARDIS.

Skagra a empurrou para a frente.

— Ande. Está na hora de você ser apresentada a Salyavin.

O trio começou a descer o corredor, Romana na frente, com Skagra lhe apertando o braço com força, e o Comandante Kraag e a esfera logo atrás.

— Um pouco mais de história para você, historiadora — disse Skagra. — Seus ancestrais gallifreyanos foram pegos num dilema ético sem fim. Será que algum crime justificaria a pena de morte? As discussões seguiram-se por séculos. Enquanto isso, os criminosos foram colocados aqui, banidos do universo, banidos do próprio tempo, suspensos, até que o grande debate moral dos Senhores do Tempo — e disse essas palavras com um quê de zombaria — fosse resolvido.

— A pena de morte foi restituída — disse Romana. — Disso eu sei.

— E Shada foi deliberadamente "esquecida", varrida para debaixo do tapete, removida da história — continuou Skagra. — Por decreto do Alto Conselho.

— Do Alto Conselho? — Romana franziu o cenho. — O poder mental necessário para apagar algo desse tamanho das mentes de gerações de Senhores do Tempo seria enorme. Não acho que o Alto Conselho seria capaz disso. O envolvimento deles pode ser confirmado naqueles livros que você roubou?

— Não — disse Skagra. — Mas foi o que aconteceu. Shada *foi* esquecida. Ou seja, o Alto Conselho decretou que o fosse.

Romana se esforçou para entender.

— Você tem certeza...

— Aqui! — chamou Skagra de repente. Tinham chegado a uma saída com a letra T marcada num bloco grosso de pedra vermelha. — Atrás dessa porta, Salyavin — disse Skagra.

Ele levou a mão ao painel e a parede começou lentamente a deslizar para cima.

Capítulo 59

Um sino soou por todos os aposentos do Professor. Chris pulou do sofá, onde estava sentado ao lado de Clare, ignorando-a com diligência.

— O que é isso?

Clare o puxou pela barra da camisa de volta para o sofá.

— Chegamos, é só isso.

Chris notou que o relógio de cúpula sobre a lareira havia parado de girar para a frente e para trás.

— A jovem está absolutamente certa — disse o Professor, voltando-se agitado dos painéis de controle. — Chegamos a Shada!

— Ah — disse Chris. — Só achei que seria uma aterrissagem mais dura do que essa. Afinal de contas, nós não temos a chave, e aparentemente a prisão está protegida por esse negócio de bolha, fora do universo. Sei lá.

O Doutor riu e deu um tapinha no ombro do Professor.

— E a TARDIS do Professor Chronotis é ainda mais velha do que a minha. Mas como estávamos seguindo o rastro de espaço-tempo da minha TARDIS, conseguimos entrar com bastante facilidade, e sem sermos detectados. Bem bacana, não é?

— Doutor — implorou o Professor —, tudo isso é muito fascinante, mas temos que seguir em frente e deter Skagra. Ele já está aqui! — E seguiu para a saída.

Chris e Clare levantaram-se do sofá ao mesmo tempo.

— Logo atrás do senhor, Professor — disse Clare com tanta energia que Chris acrescentou:

— Isso, temos que detê-lo! — porque o fazia soar destemido, e estava cansado de ser deixado para trás.

O Doutor virou-se para encará-los, dizendo:

— Pois é, e é claro que vocês dois têm um papel fundamental, e devem... — começou ele.

— Sim? — perguntaram Chris e Clare.

— ...ficar aqui — terminou o Doutor.

Os dois abriram a boca para protestar.

O Doutor ergueu a mão num gesto definitivo e disse:

— Shh! — Então se aproximou de Clare e sussurrou, de um jeito que Chris achou bem estranho: — Não posso explicar agora. — E virou-se para Chris e completou: — O mesmo vale para você. — Então voltou-se para o cachorro robô: — Você, K-9, *pode* vir.

— Sim, amo — disse K-9 alegremente, seguindo para a porta, que o Professor, consideravelmente agitado, mantinha aberta.

— Mas, K-9 — acrescentou o Doutor, fazendo com que o cachorro parasse no mesmo instante —, nada de brincar com Kraags! Compreendeu?

— Afirmativo, amo.

— A menos, é claro, que você se depare com algum Kraag por aí.

— Ande logo, Doutor! — gritou o Professor. Ele parecia ter perdido a paciência, e já estava passando pela porta. Antes disso, voltou-se rapidamente para Clare e disse: — Tome conta da minha casa, por favor?

— Claro — respondeu ela, piscando os olhos.

O Doutor e K-9 seguiram o Professor porta afora, e ela bateu atrás deles.

Chris e Clare ficaram sozinhos. Sentaram novamente no sofá.

— Bem — disse Chris.

— Bem — disse Clare.

Como isso parecia dar conta de tudo o que tinham para falar, voltaram a ignorar um ao outro.

A porta de madeira da sala do Professor estava posicionada de um jeito ilógico na parede de um enorme e imponente corredor de pedra vermelha. Com o rosto tomado por uma expressão de preocupação, o Professor se apressava pelo corredor. O Doutor deu um tapinha no ombro do velho e apontou para o outro lado:

— Professor Chronotis — sussurrou ele —, a julgar pelas coordenadas no seu indicador de rota temporal, eu diria que a minha TARDIS está naquela direção.

— Mas Skagra já deve ter ido nessa direção — disse o Professor, apontando o corredor com muita ênfase, para provar seu ponto. — Tenho quase certeza de que ouvi passos — acrescentou, apressado.

O Doutor assentiu.

— Mas se conseguirmos chegar à minha TARDIS antes, poderemos impedir que Skagra a pegue de volta. Ele vai ficar preso aqui. Numa prisão. O que é muito conveniente para um canalha como ele.

— Doutor — implorou o Professor, quase quicando de raiva —, é imperativo que encontremos Skagra antes que ele encontre Salyavin!

O Doutor ergueu a mão e começou a voltar pelo corredor, na direção de sua TARDIS.

— Sim, mas vamos tentar um pouco de estratégia, tudo bem?

Os ombros do Professor murcharam.

— Tá, tudo bem — bufou ele. Mas, por favor, ande logo.

Cuidadosamente, o Doutor conduziu K-9 e o Professor ao longo do corredor. O Doutor examinou as paredes com seus painéis de luz circulares e vermelhos.

— Bem assustador este estado de atemporalidade — sussurrou. — Essa arquitetura remonta à grandiosidade da era de Rassilon. É como voltar ao passado.

— Você está sempre voltando ao passado, mestre — sussurrou K-9.

— Não o meu passado, o passado de Gallifrey — respondeu o Doutor. — Deve ser assim que as pessoas normais se sentem.

O corredor terminava numa grande câmara no centro da qual estava a reconfortante silhueta azul da TARDIS.

— Está vendo — sussurrou o Doutor para o Professor. — Estratégia.

Estava prestes a deixar o corredor para correr na direção da TARDIS quando viu um Kraag obviamente de guarda, marchando ao redor da cabine de polícia, os olhos faiscando.

O Doutor grudou as costas na parede e fez um sinal para que os outros recuassem.

— Bela estratégia — disse, por entre os dentes. — Acho que teremos que fazer do seu jeito, Professor.

Eles viraram e seguiram na direção oposta. Chronotis foi na frente, sacudindo os braços e estalando a língua feito o Coelho Branco de Alice.

— Por todos os sóis, espero que não estejamos atrasados — murmurou. De repente, pareceu ser atingido por um pensamento e olhou para baixo. — K-9?

— Sim, Professor?

— Fique atento. Se Skagra tentar usar aquela esfera em... — sua voz falhou momentaneamente — ...em qualquer um, você deve destruí-la!

— Afirmativo, Professor.

Chronotis continuou correndo pelo corredor, com o Doutor e K-9 em seu rastro.

— Achei que a gente já ia destruir a esfera de qualquer forma — resmungou o Doutor quase que para si mesmo, sem desviar os olhos do terno puído do Professor. — Para mim, era óbvio.

E o pequeno e estranho grupo seguiu em frente pelos corredores profundos e sombrios de Shada, quietos como fantasmas, cada um perdido nos próprios pensamentos.

Capítulo 60

O enorme portão da Sala T subiu lentamente. Skagra empurrou Romana para dentro e a seguiu, com a esfera e o Comandante Kraag.

Romana olhou ao redor. Era uma câmara mais ou menos circular e consistia de centenas de cabines pretas que lembravam caixões. Estavam ordenados regularmente ao longo das paredes curvas. Cada uma marcada com uma sequência de números e letras em notação gallifreyana. Uma rampa conduzia a um andar superior, com cabines a perder de vista.

— Os prisioneiros de Shada — disse Skagra. — Cada um na sua própria cela criogênica. Vivos, mas congelados no tempo, literalmente numa prisão perpétua. — E voltou-se para Romana com um sorrisinho zombeteiro nos lábios. — Uma solução muito humana, não acha?

Romana deu de ombros.

— Não olhe para mim. Eu não sou responsável pelos Senhores do Tempo.

— Em breve, ninguém será, já que os Senhores do Tempo, como todas as outras raças, serão irrelevantes!

Romana tossiu.

— Aquele brilho louco de que o Doutor falou está começando a aparecer nos seus olhos — disse com um pequeno suspiro. — Sabia que isso ia acontecer logo. Afinal de contas, tudo isso é muito louco.

Skagra se aproximou dela.

— Você está com medo.

Romana tentou manter o olhar sob controle. Quanto mais o mantivesse falando, maiores eram as chances de alguma coisa — qualquer coisa — detê-lo.

— Claro. *Eu* é que seria louca se não estivesse.

— Não haverá medo na Mente Universal — disse Skagra. — Mas talvez eu me divirta presenciando essa emoção animal primitiva uma última vez. Quero ver *seu* medo, *seu* pânico. O pânico de um Senhor do Tempo.

— Já está vendo — disse Romana. — Valeu a pena?

Skagra abriu um largo e terrível sorriso e então caminhou até a cabine mais próxima. Leu a placa:

— Subjatric, o tirano!

Em seguida, digitou um comando num minúsculo painel instalado na lateral da cabine.

Imediatamente ouviu-se um ruído vindo de algum lugar do mecanismo adormecido. A porta da cabine tremeu, e um vapor gélido começou a sair por detrás dela, envolvendo a garganta de Romana com um travo de gosto químico.

Skagra seguiu até a próxima cabine e leu:

— Rundgar, irmão de Subjatric. Juntos, arrastaram Gallifrey para uma segunda Idade das Trevas! — digitou mais um comando no painel da cabine, produzindo outro ruído e mais gás criogênico.

— O que você está fazendo, Skagra? Você veio atrás de Salyavin. Esses outros não podem significar nada para você.

Skagra seguiu até a próxima cabine.

— Mas significam algo para você — disse ele. — É uma honra rara dar vida aos pesadelos dos Senhores do Tempo. Ele digitou mais um código de abertura. Mais uma vez o vapor foi liberado de detrás da porta. — Lady Scintilla! — leu a plaquinha. — E, como sempre, minhas ações têm um propósito prático. Todos eles, junto com você, claro, poderão ser os primeiros a participar da Mente Universal!

Horrorizada, Romana assistiu, à medida que as portas das cabines, cada uma contendo um horror esquecido da civilização gallifreyana, lentamente começavam a se abrir.

Capítulo 61

Chris decidiu quebrar o silêncio. Era difícil pensar algo digno de dizer para Clare diante dos eventos incríveis das últimas horas, e teria que escolher as palavras com muito cuidado, se quisesse evitar outra discussão. Estava tentado a comentar como era estranho o modo como alguns dias se desenrolavam, mas se deu conta de que soaria terrivelmente banal. Então pensou em iniciar uma reavaliação detalhada e sem dúvida pertinente do que as experiências deles iriam significar para o mundo da ciência, mas algo lhe dizia que Clare talvez o matasse antes que ele conseguisse chegar aos trechos realmente inteligentes de tal reflexão.

Então, diante de um possível desfecho para o universo que poderia muito bem ser considerado final, decidiu dizer "Eu te amo".

E pareceu surpreendentemente fácil, uma vez que tinha chegado a tal decisão. Seus lábios estavam finalmente prontos para formar aquelas três palavrinhas. Lá vai...

— Chris — disse Clare, quebrando o silêncio. — Tem alguma coisa muito estranha com o Professor Chronotis.

Por um instante, Chris ficou perdido.

— Por que só com o Professor Chronotis? — perguntou então, surpreso e decepcionado de que tivesse desistido tão depressa. Olhou ao redor, na direção da porta. — E quem sabe o que está acontecendo lá fora? Extraterrestres, viajantes do tempo, fantasmas, cachorros de lata, eles são todos estranhos.

— Talvez a gente possa descobrir o que está acontecendo — disse Clare. Ela se levantou do sofá e examinou o painel de controle. — Deve haver um sensor, e aí a gente poderia ver o lado de fora. — Ela batucou os dedos na lateral do painel.

— Não gosto de ser deixado para trás — continuou Chris. — Quero dizer, só porque somos da Terra, não significa que eles têm o direito de serem condescendentes conosco.

Clare escolheu um dos botões no painel.

— Eu não mexeria nisso — advertiu Chris, pulando do sofá para afastá-la do painel. O rapaz baixou os olhos para a confusão de aparelhos, balançando a cabeça. — Reconheço que tudo isso realmente nos faz parecer bem primitivos. Eu não faço a mínima ideia de como funciona.

— Eu faço — disse Clare, apertando o botão.

Imediatamente, o sistema hidráulico zumbiu, e do painel de controle subiu uma pequena tela, exibindo um longo e vazio corredor de paredes vermelhas.

Chris piscou os olhos.

— Você faz? — E olhou da tela para Clare. — Sim, claro que você faz ideia. — Foi tomado por um pensamento. Isso explicaria tanta coisa! — Claro! Você é de outro planeta?! — balbuciou.

Clare revirou os olhos e lhe deu um pequeno soco no ombro.

— Não, seu burro. Sou de Fallowfield. Agora escute, tenho que contar uma coisa. É sobre o Professor. — Ela franziu o cenho e bateu os dedos de leve no painel mais uma vez, como se tentando recuperar um pensamento que lhe escapava.

— Ande. Diga — pediu Chris.

Clare tocou a tela.

— O tradutor de imagem está conectado à interface de tempo real. Ele mostra exatamente as coordenadas N-espaço.

Chris tossiu.

— Era isso que você tinha a me dizer?

— Não — respondeu Clare após uma pausa, como estivesse tentando bloquear a confusão em sua mente.

— Era alguma coisa sobre o Professor — ajudou Chris, um tanto preocupado.

Clare podia ser muitas coisas, mas não era esquecida. Ele piscou. E também não era uma especialista técnica. Sabia o que precisava saber sobre o aparato que usava em sua área. Mas nada além disso. Quando tentou impressioná-la com seu pequeno acelerador de prótons, ela virou o nariz e sugeriu que fossem ao bar.

Então se deu conta de que Clare o encarava, como se esperando que ele fizesse a pergunta certa. Tinha essa sensação diante dela com bastante frequência, mas dessa vez parecia quase desesperada.

— Você está tentando me dizer que o Professor ensinou a você como usar essa máquina?

Clare franziu o cenho.

— Sim. Não. Ele... ele não me ensinou. Ele me mostrou. — Ela trocou um olhar entre o rosto concentrado de Chris e o painel de controle. — Chris, foi meio... simplesmente apareceu tudo na minha cabeça. Como se o Professor tivesse arrombado a porta da frente de minha mente e mexido nos meus pensamentos. De repente, entendi tudo. Mas não entendo como entendi tudo.

Chris suspirou de alívio e deu um tapinha no ombro de Clare.

— Fique calma, Keightley, são essas TARDIS deles — disse, confiante. — Elas fazem com que a gente entenda todas as línguas com as quais podemos nos deparar. O Doutor me explicou. Elas reorganizam os pensamentos dos passageiros automaticamente. Não há nada com que se preocupar.

Clare revirou um suspiro.

— Não seja burro, Chris. Acho que sei a diferença entre o campo de operação de um circuito telepático extrudado simples e adição psicoativa.

Chris lambeu os lábios. Um pensamento — um pensamento muito desconfortável — estava se formando em sua mente.

— Clare — disse lentamente —, você acabou de dizer adição psicoativa? — E pensou no efeito que o ataque da esfera produzira no Professor.

— Sim. — Ela deu de ombros.

— E imagino que tal poder seria o oposto de extração psicoativa?

Clare assentiu.

— É óbvio. — E então piscou e balançou a cabeça. — Mas não sei como ele me fez saber que isso é óbvio.

— Acho que estou começando a entender — disse Chris. E fazia total sentido com a figura do Professor Chronotis. O livro, seu retorno milagroso do mundo dos mortos e agora isso.

Ele caminhou decidido até a porta.

— Espere aqui! — ordenou a Clare.

— De jeito nenhum — retrucou a moça, bem agressiva. E então, mudou de ideia: — Tudo bem — disse, complacente, como se fosse uma pessoa inteiramente diferente.

Foi como se surpreendesse a si mesma. Na certa, pensou Chris, estava surpresa — e tudo isso confirmava sua teoria.

Chris correu para porta.

— Tenho que ir atrás do Doutor. Você vai ficar mais segura aqui. — E abriu a porta.

— Tudo bem. Tenho que ficar. Tomar conta desse lugar.

Chris assentiu lentamente. E então desembarcou em Shada, decidido.

E Clare, que odiava ser deixada para trás, voltou-se para o sensor com um sorriso no rosto e começou a procurar uma linha externa de sub-rotina no tradutor de imagem como se fosse a coisa mais natural de se fazer.

Capítulo 62

Lady Scintilla, a maior das Visionárias, saiu da cabine em que passou milhares e milhares de anos.

Era bem diferente da ilustração em *História do nosso planeta*, pensou Romana, nem um pouco parecida com a mulher arrogante de cabelos vermelhos e vestes carmesim. A verdadeira Lady Scintilla era baixa, atarracada até, e usava uma túnica laranja simples com o número de sua cela pintado na manga. Seus olhos fitaram o nada, a consciência borrada pelo processo criogênico. Mas havia uma coisa na qual as ilustrações dos livros infantis de Gallifrey tinham acertado. Os dedos de Scintilla terminavam em unhas compridas e afiadas como navalhas, pintadas de vermelho-sangue.

Das outras cabines saírem os irmãos tiranos, Subjatric e Rundgar, vestindo os mesmos trajes de presídio. Eram altos, com as testas projetadas para a frente, rostos compridos e pálidos e o nariz pontudo tão típico das antigas famílias Prydonian. No entanto, mesmo no estado de ausência mental em que se encontravam ao se recuperar da prisão criogênica, havia uma ferocidade e uma crueza em suas feições, o primitivismo inato que fizera com que usurpassem os poderes do presidente na época e disseminassem a guerra em seu próprio povo.

Romana gritou para Skagra, que estava praticamente hipnotizado diante dos criminosos ressuscitados:

— Daqui a pouco eles vão acordar completamente, Skagra. E não acho que nossas chances serão muito boas depois que isso acontecer.

— Obrigado pelo aviso — respondeu ele, calmamente. — É chegada a hora. O início da Mente Universal. — Ele soava como se mal acreditasse em si mesmo.

Com um gesto rápido, chamou a esfera até a palma de sua mão enluvada. Então caminhou devagar, quase reverente, na direção de outra cabine preta.

Estendeu a mão livre e tocou com gentileza a superfície negra.

— Aqui dentro. O homem que procurei por tantos e tantos anos. O homem que possui o poder que vou usar para reconfigurar todo o universo!

Seus dedos moveram-se da cabine para o pequeno painel.

Romana sentiu um desespero sombrio. Ali, no momento mais escuro de sua vida, permitiu-se um capricho extremamente ilógico e não científico. Cercada pelos pesadelos de sua infância, tão sozinha quanto jamais estivera, fechou os olhos e *desejou*.

Desejou que o Doutor estivesse ali.

Sob a luva, o indicador de Skagra começou a digitar as teclas, inserindo o comando para abrir a cabine.

— Que Salyavin seja libertado — sussurrou.

— Hum, me desculpe interrompê-lo mais uma vez, Skagra — disse de repente uma voz, a voz do homem pelo qual Romana havia pedido. — Mas eu realmente não faria isso se fosse você.

Skagra virou a cabeça. O Comandante Kraag virou a cabeça. Romana, com um sorriso no rosto, virou a cabeça devagar e abriu os olhos.

Na porta da sala, estava o Doutor, K-9 aos seus pés e, ao seu lado — por mais incrível e impossível que pudesse parecer —, o absoluta e definitivamente morto Professor Chronotis. Romana nem mesmo havia pedido aquilo! Mas que maravilha ver aquele velhinho tão simpático de novo.

— *Dou-tor* — gaguejou Skagra, mais do que um lampejo de brilho louco em seus olhos, o tremor na têmpora direita pronunciando-se perigosamente.

— Bem, se não for ele, deve ser alguém muito bonito usando o seu cachecol — disse o Doutor, caminhando para dentro da câmara. Ele bateu de leve nas costas da moça. — Olá, Romana, estou vendo que ainda está viva. Bom, muito bom. — E piscou diante dos três prisioneiros, que rondavam suas cabines feito zumbis. — Que belo grupo você juntou aqui, Skagra. Não dou muita coisa por esses aí. Parecem mais pra lá do que pra cá. Sempre achei que é melhor uma boa mistura de gente do mal com gente do bem na lista de convidados. — E apontou o Comandante Kraag com a cabeça. — É melhor você ter uma conversinha com o segurança da festa lá fora. E então, ninguém me oferece um salgadinho?

Chronotis disparou, passando o aparentemente casual Doutor com uma agilidade surpreendente.

— Skagra, pare! Você não pode soltar Salyavin!

Skagra fez um sinal para o Comandante Kraag. Ele marchou irritado na direção dos invasores, as garras incandescentes estendidas. Diante do calor intenso, Chronotis teve que recuar, caindo nos braços do Doutor.

— Tarde demais! — gritou Skagra. Ele digitou a última parte do comando e deu um passo para trás, os olhos brilhando. — *Salyavin está solto!* — exclamou.

O mecanismo interno da cabine rangeu.

O gás criogênico foi liberado.

A porta pesada se abriu lentamente.

Romana virou-se instintivamente para ver a reação do Doutor. Para seu assombro, ele tinha uma expressão de quem sabia de alguma coisa e estava se divertindo com a situação.

A porta se abriu completamente.

Não havia ninguém dentro da cabine.

Skagra fitou o interior vazio. E pareceu ver algo através do vapor que se dissipava. Então soltou um grito gutural e animalesco e caiu de joelhos, a esfera tombando de sua mão e pairando ao redor, como se estivesse confusa.

— Cuidado com o que se deseja, Skagra — disse o Doutor, quase com pena.

— Salyavin... — sussurrou Skagra numa vozinha falha. — Onde ele está?

O Doutor conduziu Romana, K-9 e o Professor na direção da cabine. Aparentemente espantado com esta evolução dos acontecimentos, o Comandante Kraag simplesmente os deixou passar.

Romana olhou para a cabine vazia além de Skagra. No lugar em que o Grande Facínora da Mente deveria estar, não havia nada além de um papel preso à parede do fundo por uma tachinha. Romana levou um susto diante da mensagem que ele trazia:

Era o antigo V de Rassilon, o maior e mais infame insulto da Era Sombria. Logo abaixo da imagem, os símbolos em alto-gallifreyano antigo diziam:

*RÁ RÁ RÁ, SEUS _____! * COM AMOR, SALYAVIN. BJS.*

---

*Embora de uso notavelmente flexível, infelizmente, esta palavra não pode ser traduzida do alto-gallifreyano antigo. Em termos genéricos, transmite repulsa, desprezo e extrema irritação, tudo isso envolto por uma aura etimológica em geral obscena que é muito mais chula do que qualquer leitor deste livro jamais poderá imaginar. Por esse motivo, a palavra foi eliminada também da Matriz.

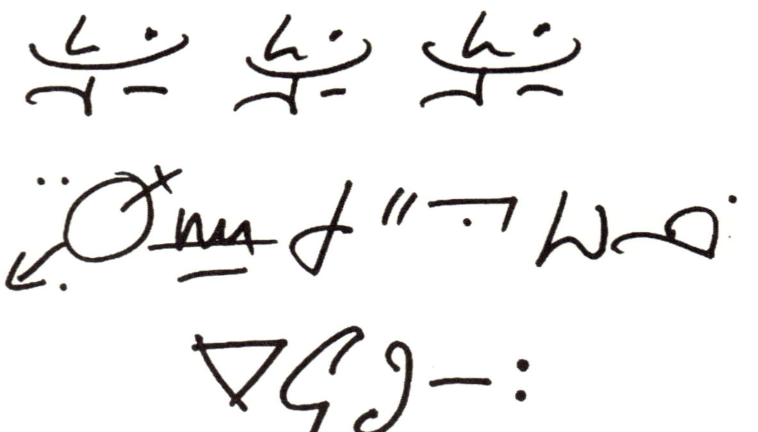

— Não pode ser — choramingou Skagra. — Todo o trabalho da minha vida... A Mente Universal...

O Doutor gentilmente ajudou Skagra a se colocar de pé.

— O sonho acabou, Skagra — disse, quase triste. — Fomos todos enganados pelo grande Salyavin. Escapou de Shada há séculos.

Skagra quase desabou nos braços do Doutor. Lágrimas começaram a escorrer de seus olhos.

— Me ajude — clamou ele. — Por favor, Doutor, me ajude...

— Não se preocupe — disse o Doutor, olhando para Romana, o Professor Chronotis e K-9. — Não há nada com que *nenhum* de nós precise se preocupar.

Os soluços de Skagra ficaram ainda mais altos.

O Doutor deu um tapinha de leve em suas costas.

— Vai ficar tudo bem. Provavelmente nem teria dado certo mesmo. Cá entre nós, Skagra, usar essa esfera aí para dominar as mentes de todo mundo no universo teria levado um tempo longo demais, na certa mais do que a pobre esfera duraria. Realmente não acho que você pensou nessa parte com muito cuidado.

Chronotis havia passado pelo Kraag e fitava a cabine vazia. Ele puxou o Doutor pela manga e perguntou:

— Então está realmente tudo acabado, Doutor?

Este, por sua vez, assentiu.

— Está, Professor Chronotis. — E sorriu para velho. — Vamos dar uma geral nas coisas, encontrar a ajuda da qual o nosso pobre Skagra tanto precisa e colocar nossos encantadores amigos — e apontou os Antigos Párias — de volta na cama. E não vejo motivo algum por que Shada não deva permanecer em segredo, como foi a intenção de Salyavin. E então todos nós podemos ir embora, tomar um chá com biscoitos.

— Qual foi a intenção de Salyavin? — perguntou Romana.

— Ele era o Grande Facínora da Mente, lembra? — disse o Doutor. — E que fuga maravilhosa ele planejou. O que poderia ser melhor do que usar os poderes da mente para fazer com que seus carcereiros se esquecessem de que havia uma prisão?

Chris Parsons correu pelos longos corredores vermelho-escuros de Shada. Finalmente iria provar seu valor, finalmente seria útil e finalmente iria mostrar ao universo como um todo — e a Clare em particular — que não era um preguiçoso. Não tinha nenhuma mosca sobrevoando sua cabeça! O que quer que isso significasse.

Ouviu vozes adiante e correu mais rápido na direção delas.

— Mas, Doutor — ouviu Romana dizendo —, onde está Salyavin? Alguém com os poderes dele, solto pelo universo... É assustador.

Chris fez uma curva e passou pelo portão aberto, irrompendo num cenário de total confusão. Havia três zumbis de túnica laranja andando de um lado para o outro. Havia um Kraag que parecia estar questionando seu propósito na vida. E havia Romana, de pé, ao lado de K-9 e do Professor, os três fitando o Doutor, que, por algum motivo, embalava Skagra nos braços como se ele fosse uma criança assustada. Sobre suas cabeças, a esfera flutuava desconsolada.

— Não se preocupe com Salyavin, Romana — o Doutor estava dizendo —, provavelmente já morreu há muito tempo.

Chris correu até o Doutor, sacudindo os braços em alerta. Todos os olhos se voltaram para ele.

— Salyavin! — gritou o rapaz, quase sem fôlego.

Com uma expressão subitamente grave no rosto, o Doutor levantou a mão, num gesto de aviso.

— Bristol, *não*! — bradou ele.

Nesse mesmo instante, Chris apontou loucamente para o Professor Chronotis e gritou:

— É ele! O Professor! Ele não é o Professor! É Salyavin!

Houve um silêncio de espanto.

E então Skagra ergueu a cabeça do ombro do Doutor. Seus olhos, agora brilhando com as lágrimas, mas com um propósito renovado e uma determinação diabólica, fixaram-se no Professor Chronotis.

— Ah, 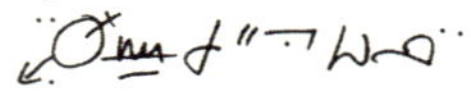 ! — disse o Doutor.

Parte seis

Hora de se explicar

Capítulo 63

Houve um momento de silêncio. Que foi seguido por um momento de completa confusão, como se tudo acontecesse ao mesmo tempo.

Skagra se soltou das mãos do Doutor e apontou exultante para a esfera.

O Professor Chronotis tirou os óculos e encarou Skagra com veemência.

O Doutor gritou:

— K-9, a esfera! Destrua-a!

O Comandante Kraag se aprumou de forma ameaçadora.

A esfera zuniu na direção do Professor Chronotis.

O nariz laser de K-9 atirou um intenso raio vermelho na esfera.

A esfera estilhaçou-se — mas não em fragmentos. Ela se *dividiu*. Agora eram dez esferas menores, mas em todos os sentidos idênticas à original.

Uma das esferas menores grudou-se à testa de Chronotis. O Professor caiu de joelhos, agonizando, os óculos voando de suas mãos.

O Doutor correu até o velho amigo. Seu caminho foi imediatamente interrompido pelas esferas remanescentes.

— Salyavin! — exclamou Skagra. — Enfim! O meu destino! — Ele apontou para a esfera na testa do Professor e vociferou: — Extração total! Rompa todas as barreiras dele! Remova a mente de Salyavin!

Neste ponto, Chris Parsons começou a se perguntar se tinha feito algo de errado.

O Professor soltou um último grito agoniado.

E então endireitou repentinamente o corpo, se colocou de pé numa agilidade espantosa e virou-se para Skagra. O rosto estava absolutamente apático, a esfera ainda grudada à testa.

Os olhos do Professor Chronotis agora eram duas esferas da cor de azeviche.

E então Skagra fez algo que nenhum deles jamais havia presenciado antes. Jogou a cabeça para trás e gargalhou. Era uma reação emocional tão extrema quanto as lágrimas que secara momentos antes. Diante da visão estarrecedora, Romana deu um passo para trás, enojada.

A gargalhada terminou tão abruptamente quanto começou.

— Agora, Doutor — disse Skagra, parecendo tão composto quanto de hábito —, você vai testemunhar o início da Mente Universal!

Ele ergueu a mão num gesto grandioso. As nove esferas se separaram e se espalharam ao redor da câmara.

Três delas se fixaram nas testas de Subjatric, Rundgar e Scintilla, os Antigos Párias. Eles ficaram imediatamente imóveis, os rostos inexpressivos, os olhos pretos.

Outra voou ao redor, grudando-se à testa metálica de K-9. O visor vermelho de seus olhos piscou e ficou preto.

Chris estava muito ocupado assistindo a esse terror completo para perceber outra esfera vindo em sua direção. Assim que ela tocou sua testa, ele ficou imóvel, o rosto inexpressivo, os olhos pretos.

E a gargalhada de Skagra ressurgiu. Mas agora a sala retumbava com os risos, muitas vozes distintas unindo-se para formar uma cacofonia de uma crueldade e escárnio quase infantis. Todos os que estavam grudados a uma esfera eram agora parte desse coro aterrador. O pequeno Professor, os Antigos Párias, Chris, até mesmo K-9. Rindo e gargalhando no mesmo ritmo de Skagra. Rindo do Doutor e de Romana.

A moça se aproximou do Doutor à medida que eles foram sendo cercados pelos escravos mentais que, com seus olhos negros reluzentes, continuavam a gargalhar.

Skagra parou de rir.

Os escravos pararam de rir, seus rostos reproduzindo a expressão de triunfo de Skagra. Até K-9 de alguma forma transparecia um ar de soberba e superioridade maligno.

Skagra deu um passo à frente, afastando-se lentamente da cabine vazia.

— Agora, Doutor, Romana — disse ele. — Eu tenho o poder de Salyavin. Vocês terão o privilégio de presenciar o nascimento da Mente Universal. Minha missão não é trazer a morte, mas a vida.

O Doutor não conseguia afastar o nojo da voz:

— Você chama isso de vida? — desdenhou, apontando os escravos.

Skagra ergueu um dedo de sua mão enluvada.

— Mas você não me deixou terminar, Doutor. Sim, eu trago a vida. Mas no seu caso, vou fazer uma exceção!

Os escravos de Skagra se aproximaram, braços estendidos, e o Doutor e Romana se abraçaram. Chris, o Professor e K-9 chegaram ainda mais perto, o cachorro com seu nariz laser projetado para fora.

Seriam mortos pelos próprios amigos.

Capítulo 64

Então, no exato momento em que Romana fechou os olhos e tentou conjurar toda a dignidade condizente a um Senhor do Tempo diante da morte, algo extraordinário aconteceu.

Ela ouviu o som de um estabilizador dimensional relativo — pelos sons que fazia, era um bem velho —, rangendo e rilhando, quase tossindo o pulmão para fora.

E, de repente, ela e o Doutor estavam *caindo*.

Deixando de lado qualquer intenção de dignidade, Romana gritou. Ficou extremamente aliviada de ouvir que o Doutor estava fazendo o mesmo ao seu lado.

Teve apenas um instante para aproveitar a sensação de alívio, e a queda foi abruptamente interrompida por um baque surdo quando ela e o Doutor aterrissaram com uma suavidade incrível.

Abriu os olhos e se viu absolutamente sem palavras. Estava sentada num sofá. Ao seu lado, estava o Doutor, também sentado no sofá. O móvel em si estava de frente para porta recém-fechada dos aposentos do Professor Chronotis.

Uma jovem bastante atraente, aparentemente humana, estava de pé diante de um painel de controle bem velho e maltratado, aparentemente gallifreyano, ajustando interruptores e alavancas, aparentemente com bastante experiência. De um gancho, pendia uma tela desbotada, piscando com uma visão da sala do presídio, Skagra e todos os seus companheiros apavorantes.

— Obrigado, Clare — disse o Doutor.

A moça não respondeu. Estava fitando horrorizada a imagem na tela.

***

Skagra, furioso, abriu caminho por entre o grupo de escravos mentais.

— O que é isso? — exigiu saber, apontando para uma porta de madeira que de repente se materializou no chão da sala.

A porta havia sido aberta, engolindo o Doutor e Romana como um alçapão, e então se fechara de novo com firmeza.

O Comandante Kraag, único ser vivo ali além de Skagra que tinha mente própria, respondeu:

— O Doutor está aí dentro, senhor.

Skagra sorriu. Percebeu que já sabia a resposta. Pela esfera matriz, tinha acesso à mente de Salyavin, também conhecido como o velho e simpático Professor Chronotis, e isso disse a ele tudo o que precisava saber sobre a não mais misteriosa porta.

O Comandante Kraag apontou a porta, suas garras reluzindo incandescentes.

— Devo arrebentá-la, senhor?

Skagra balançou a cabeça.

— Você não será capaz de penetrar o escudo plásmico externo de uma TARDIS, nem mesmo uma TARDIS tão ultrapassada quanto esta.

Uma onda de raiva e decepção com a fuga do Doutor ameaçou tomar conta dele. Mas novos pensamentos, advindos da esfera matriz, acalmaram-no no mesmo instante.

"Ele nem mesmo se preocupa em ter um plano", foi o pensamento que veio do humano Parsons. "As chances de sucesso do Doutor em derrotar a Mente Universal são menores que 0,000.000.000.000.013 por cento", foi o pensamento que veio da mente computadorizada de K-9. O Senhor do Tempo não representaria ameaça alguma.

— O Doutor — divagou em voz alta para o Comandante Kraag. — Pobre homem. Uma coisinha irrelevante. Deixe-o se divertir com seus truques. São meros escândalos de um inseto ameaçado por sua extinção inevitável. Vamos voltar para a estação de comando!

Ele deixou a sala e voltou em direção à TARDIS do Doutor. Suas palavras de ordem foram dirigidas apenas ao Kraag. Seus escravos o seguiram calma e automaticamente, K-9 na retaguarda.

Clare ainda fitava a tela no canto do escritório do Professor com intensidade.

— Eles estão indo embora — disse ela ao Doutor e a Romana enquanto assistia a Skagra e seus escravos, inclusive um Chris Parsons de olhos negros, deixarem a sala.

— Não se preocupe, Clare — respondeu o Doutor do sofá. — Nós vamos trazer Chris e os outros sãos e salvos.

Clare notou Romana lançando um olhar de aviso na direção do Doutor, como se dissesse "Não faça promessas apressadas". E então Romana notou Clare reparando a expressão em seu rosto e abriu um sorriso caloroso. Clare não tinha certeza do que pensar de Romana. Tinha os modos de alguém que se acha mais inteligente que você, e de que você não sabe que ela se acha mais inteligente que você. Mas essa era uma preocupação menor. Nesse instante, Clare não conseguia parar de pensar em Chris.

O Doutor atualizou Romana rapidamente de todos os acontecimentos que ela havia perdido enquanto fora prisioneira de Skagra.

Clare queria se juntar à discussão, e depois que o Professor — ou Salyavin, quem quer que ele fosse — havia implantado a ciência da mecânica temporal em sua cabeça, sentia-se perfeitamente capaz disso. Mas sua parte humana tremia por dentro diante da ideia do rosto gentil e bobalhão de Chris tornado inexpressivo e de seus gentis olhos castanhos enegrecidos. Então, em vez disso, ela desmaterializou a TARDIS do Professor para longe de Shada e manteve os olhos fixos no indicador de trajeto temporal para quaisquer sinais que Skagra e a TARDIS do Doutor pudessem deixar em seu caminho de volta para a estação de comando.

Romana balançou a cabeça e tomou mais um gole de chá.

— Durante todo esse tempo, o Professor Chronotis era Salyavin. De todas as coisas que você me disse, por que essa é a mais difícil de acreditar?

— Bem, é natural — disse o Doutor. — Ele é um velhinho simpático. Você gosta dele, eu gosto dele. Com certeza não é o vilão que os Senhores do Tempo pintaram.

— E tem outra coisa — observou Romana. — Skagra estava tentando capturar a mente de Salyavin. Mas ele já havia sugado a mente do Professor, então se Salyavin era o Professor...

— Um controle mental extraordinário — disse o Doutor. — Ele deixou a esfera pegar a parte Chronotis de sua mente, mas manteve a parte Salyavin. O esforço deve tê-lo matado. — E pensou por um momento. — Acho que o próprio Professor esqueceu ou escolheu esquecer que era Salyavin. Todo aquele esquecimento, aquela fanfarronice, aquela senilidade eram o disfarce perfeito tanto para ele mesmo como para todos os outros. As pistas estavam todas lá.

— Quando você se deu conta, Doutor? — perguntou Clare.

— No instante em que pisei nessa TARDIS e percebi que era uma TARDIS, depois que Bristol e eu escapamos do asteroide — disse ele com tranquilidade. — Fingi que não tinha percebido, claro, mas dali para a frente estava óbvio, se não mesmo antes daquele momento.

— Para mim não estava — disse Romana.

— Nem para mim — completou Clare.

— Pensem nisso — disse o Doutor. E apontou para Romana. — Primeiro, a mensagem que o Professor enviou para a nossa TARDIS. Ele parecia ter se esquecido totalmente sobre ela. Chegou até mesmo a sugerir que outra pessoa a tivesse enviado.

Romana assentiu.

— É claro — disse ela. — Outra pessoa. Salyavin!

— E então as pistas só se acumulam — continuou o Doutor. — Primeiro, ele tinha uma TARDIS em segredo, esta aqui. Segundo, ela estava programada com um sistema de emergência, um sistema muito espertinho, para não falar *criminoso*, capaz de trazê-lo de volta à vida. E então, de alguma forma, essa adorável mocinha... — ele sorriu para Clare — ...se torna uma especialista em mecânica temporal mais rápido do que você consegue dizer Quadro de Campo de Realimentação de Ondas Finas. Ele deixou Clare para trás, com todo esse conhecimento na cabeça, para o caso de precisarmos ser resgatados. Eu fingi que não percebi nada. Muito bem, pensei, melhor não cutucar o Salyavin com vara curta. E não se esqueçam de que conheço o Professor, quem quer que ele tenha sido um dia. E estava preparado para guardar seu grande segredo.

— E aí o Chris chegou bem na hora e estragou tudo na frente de Skagra — disse Clare. — Que idiota! Que grande idiota! Eu podia matar o filho da mãe!

— Não, não podia, Clare, você ama o filho da mãe — disse o Doutor, casualmente.

— Ama? — perguntou Romana, aparentando surpresa. — Por que diabo ela iria querer fazer isso?

Clare piscou os olhos por sobre as lágrimas iminentes.

— Como você sabia disso?

O Doutor tossiu e ergueu o indicador.

— As pistas estavam todas lá, era óbvio. Primeiro, você pode não perceber isso, mas toda vez que fala o nome dele, sua voz sobe um décimo de uma oitava e os olhos ficam todos melosos...

Romana tossiu.

— Tudo isso é muito fascinante, mas e Skagra?

Clare estava satisfeita de que a conversa tivesse mudado de rumo.

— Bem, o que a gente vai fazer com ele? — desafiou.

Romana deu de ombros.

— Ele nos ganhou em todos os detalhes.

O Doutor concordou melancólico.

— Eu estava me divertindo em esmiuçar todos os outros detalhes — protestou ele. — Será que a gente não pode esclarecer as questões menos urgentes? Me ajuda a distrair a cabeça da ameaça iminente ao universo.

— Não — disseram Romana e Clare ao mesmo tempo. Desta vez, Clare sentiu que o sorriso de Romana para ela foi caloroso e genuíno.

— Ah, tudo bem então — disse o Doutor, contrariado. Ele se deixou cair de novo no sofá. — Vamos recapitular. Todas as mentes que Skagra roubou estão no caldeirão de ideias da esfera matriz, junto com a dele própria, todas operando como uma só, sob o controle dele. E, com a mente de Salyavin também nesse caldeirão, Skagra é capaz de sugar e controlar todo mundo. No universo inteiro!

— O universo é um lugar muito grande — observou Clare.

— E as esferas são infinitamente divisíveis, cortesia da genialidade do falecido Professor Akrotiri — disse o Doutor. — Daquele asteroide, Skagra pode lançá-las em massa pelo universo, como uma espécie de vírus todo-poderoso. Sua mente será universal, além de invencível.

Fez-se um silêncio terrível.

Até que Romana perguntou baixinho:

— Doutor?

— Sim — disse ele, mecanicamente. — Espero que você tenha algo fantástico e animador para dizer, é para isso que tenho vocês comigo.

— Posso lembrá-lo só de uma coisa? — disse ela.

— Pode — respondeu ele com cautela, seus olhos virando-se lentamente para encontrar os de Romana, como se à espera de um milagre.

— Todas as mentes que Skagra roubou estão na esfera matriz — começou ela.

O Doutor bufou e se irritou.

— Sim, Romana, acho que já estabelecemos isso, aliás, acabei de falar isso, não preciso de você para me lembrar das coisas que acabei de dizer...

— O que significa que também tem uma cópia da sua mente lá — acrescentou depressa e com gentileza, como se estivesse jogando um trunfo na mesa.

— Ora, sim, claro, nós já estabelecemos isso... — recomeçou impaciente o Doutor.

E então, de repente, ele ficou muito quieto. Clare assistiu enquanto diversas expressões correram por seu rosto em menos de um segundo.

Ele ficou de pé.

— Romana? — disse, casualmente.

— Sim, Doutor? — respondeu ela, casualmente.

Ele enfiou a mão no bolso e puxou uma medalha dourada com uma fita longa e multicolorida. Com cuidado e alguma formalidade, a prendeu no vestido da moça.

Em grandes letras vermelhas, a medalha dizia:

EU
SOU
UM GÊNIO

Capítulo 65

Skagra se deliciava na Mente Universal. De luvas, suas mãos corriam praticamente sem pensar sobre uma das faces do painel de controle da TARDIS do Doutor. As outras eram controladas por Chronotis, Chris, Subjatric, Rundgar e Scintilla, ainda com pequenas esferas grudadas na testa, todos compartilhando o conhecimento da operação, cada peculiaridade e cada capricho da antiga máquina. Com o visor preto e uma pequena esfera no alto da cabeça, K-9 patrulhava a cabine de comando, o nariz laser projetado agressivamente. E o Comandante Kraag vigiava tudo, impassível como uma pedra, como sempre.

Isto, pensou Skagra, é apenas o começo. Da estação de comando, iria lançar uma poderosa frota de pequenas naves, dez mil delas, tripuladas pelos Kraags, cada uma contendo uma parte da infinitamente divisível esfera. Estavam prontos para o lançamento a qualquer momento. Não escolhera especificamente aquele asteroide por acaso. Localização é tudo. O asteroide ficava próximo das vias centrais de circulação das grandes civilizações da galáxia. E os Kraags iriam esmagar qualquer resistência — não sentiam dor, eram praticamente indestrutíveis e, a parte mais inteligente do plano, iriam funcionar como distração enquanto as esferas faziam seu trabalho.

Em primeiro lugar, e garantindo a maior satisfação possível, a Mente Universal dominaria Gallifrey. Qualquer resistência dos Senhores do Tempo (ou de qualquer pessoa no universo) seria inútil. A esfera era indestrutível. Simplesmente iria se dividir e se multiplicar, repartindo-se como um dente-de-leão sobre o planeta dos Senhores do Tempo. Todos os poderes ancestrais de Gallifrey, o conhecimento secreto daquela raça insolente, seriam dele.

E então a Mente Universal iria se espalhar pelo tempo e pelo espaço. As esferas, agora menores do que um nanorrobô, fariam seu trabalho sem ser vistas ou desafiadas. Skaro, Telos, Sontar, todos os ditos impérios poderosos iriam se dobrar à sua inquestionável vontade suprema.

E, por fim, a Mente Universal começaria seu verdadeiro trabalho. Toda a inteligência, todas as fontes de informação seriam empregadas para reorganizar a criação segundo a imagem de Skagra.

Para começar, o universo estava precisando mesmo de uma arrumação. Tantos sistemas solares apresentavam-se aleatórios e erráticos de um jeito irritante. Ele iria usar o novo conhecimento para reordená-los em alinhamentos quadrangulares precisos, num rigoroso sistema de grade, com as pessoas vivendo suas novas vidas nesse mesmo rigoroso sistema de grade.

A Mente Universal então dominaria a ameaça da entropia. Seria possível encontrar uma solução para a sentença supostamente condenatória da segunda lei da termodinâmica. E então Skagra teria certeza de que o colapso para a escuridão e a decadência eternas não aconteceria.

O universo e a Mente Universal de Skagra iriam durar por toda a eternidade. Nada podia detê-lo agora!

Capítulo 66

Apesar do curso expresso em mecânica temporal, Clare estava tendo dificuldade para acompanhar o plano do Doutor e de Romana. Ela entendia o básico — envolveria uma manobra perigosa no vórtice de espaço-tempo —, mas os detalhes estavam além de sua compreensão. Mas qualquer coisa que pudesse resgatar Chris das garras de Skagra valeria a pena.

Talvez fosse por isso que ela não conseguia acompanhar o plano direito, refletiu Clare. O Doutor e Romana eram capazes de cuidar do universo, o que era uma coisa grande demais para sua cabeça dar conta. Suas emoções humanas só conseguiam pensar no pobre Chris e em como ela iria agarrá-lo e matá-lo de tanto beijo no instante em que retornasse para ela. A vida era mesmo muito curta, e a presença de um Senhor do Tempo à beira dos 800 anos de idade só servia para ressaltar esse fato.

— Vai ser bem arriscado, não é? — disse o Doutor, quase levianamente.

— Vai ser assustadoramente perigoso — observou Romana, com severidade.

O Doutor deu de ombros.

— Só um pouquinho.

Romana expirou pesadamente.

— Doutor, vai ser incrivelmente, assustadoramente perigoso para *você*. Na verdade, você tem tanta chance quanto... — e parou de falar, pensando.

— Tanta chance quanto o quê?

Romana desistiu.

— Ora, tanta chance quanto qualquer coisa que tem tão pouca chance quanto você lá fora! — E apontou mais ou menos na direção da porta.

O Doutor sorriu como uma criança em sua festa de aniversário.

— Sério? Então, vou ter que ser muito, muito, mas muito corajoso, não é?

— Doutor! — exclamou Romana duramente. Clare estava assustada de ver que lágrimas se formavam no canto dos olhos de Romana. Talvez tivesse se enganado a respeito da capacidade alienígena de ignorar o indivíduo pelo bem do todo. — Não tem graça!

O Doutor deu um soquinho de leve no ombro de Romana.

— Olhe — disse, bastante satisfeito. — Eu faço a sua parte se você fizer a minha.

Romana fungou e então sorriu.

— Vou tentar.

Ele bateu o dedo na medalha no peito da moça.

— Você é um gênio, lembra?

Romana assentiu.

Por fim, o Doutor voltou sua atenção para Clare.

— Clare?

— Sim, Doutor? — respondeu, animada.

Ele apontou com a cabeça para o painel de controle.

— A gente faz ideia de onde está a minha TARDIS?

Clare leu as coordenadas no indicador de rota temporal.

— Está no nosso vetor. Saímos de Shada primeiro, mas eles estão indo a uma velocidade relativa maior. — A moça passou a imagem do indicador para a tela principal. A tela exibiu dois pontos, um representando a TARDIS do Professor, o outro representando a TARDIS do Doutor, logo à frente.

— Certo — disse o Doutor. Ele chamou Romana até o painel. Limpou a garganta e disse: — Primeiro, precisamos alcançá-los.

Romana e Clare levaram a mão até a mesma alavanca. As duas se encararam. Clare decidiu que não iria ceder. Afinal de contas, tinha parte da afinidade natural do dono com sua espaçonave.

Com alguma relutância, Romana puxou a mão.

Clare ativou a alavanca.

A TARDIS deu uma guinada, e os aposentos do Professor vibraram. Os três caíram no chão.

Assim que o cômodo se estabilizou, Clare ficou de pé. A tela agora exibia uma imagem dos dois pontos muito mais próximos um do outro.

— Bom trabalho! — exclamou o Doutor. — Agora, fase dois. Quero que vocês duas, trabalhando juntas e sendo boazinhas, muito obrigado, cancelem o campo de força desta TARDIS.

Clare levou um susto.

— Mas isso é loucura! — A parte alterada de sua mente alarmou-se diante da ideia. — Quero dizer, seria assustadoramente perigoso!

Romana passou por ela e começou a ajustar os controles do campo de força.

— É isso que eu estava tentando dizer a ele. E esse é só o início do plano. — Ela abriu um sorriso desesperado na direção de Clare. — Mas é a nossa única chance.

Uma luz vermelha começou a piscar no painel de controle que Chris estava operando. Skagra viu através da esfera, já que agora podia ver e sentir tudo o que seus escravos mentais experimentavam como meras extensões de seus sentidos.

— Turbulência no vórtice — disse ele. — Não é importante.

A TARDIS sacudiu levemente.

O Doutor ficou de pé junto à porta de saída da sala do Professor Chronotis — ou a porta de saída da TARDIS do Professor Chronotis, como Clare estava percebendo que deveria chamá-la. Ou melhor, a porta de saída da TARDIS de Salyavin, considerando que o Professor fosse mesmo Salyavin. Ou a porta de saída da TARDIS do fantasma de Salyavin. Ou, quem sabe, a porta de saída da TARDIS do fantasma-zumbi de... Ela desistiu.

— Prontas? — perguntou o Doutor.

— Prontas — responderam Clare e Romana ao mesmo tempo. Suas mãos pairaram sobre alavancas especialmente grandes no painel.

— Certo — disse o Doutor, aparentando muito menos banalidade e casualidade do que há apenas poucos minutos. — Façam o campo de força atravessar a porta externa... — ele parou e se segurou ao batente — ...agora!

Romana e Clare ativaram as alavancas.

Se existisse qualquer criatura no vórtice uivante de espaço-tempo, e se essa criatura por acaso estivesse passando pelo "lugar" em que as duas TARDIS se alinharam, teria tido uma visão espetacular.

Um pequeno apartamento térreo da era georgiana parecia estar deslizando na direção de uma cabine de polícia da década de 1950.

De repente, a porta do apartamento começou a brilhar com uma luz branca muito forte. Lentamente, a luz começou a se esticar até a cabine de polícia, formando um túnel retangular reluzente que se aproximava cada vez mais da velha cabine azul.

Skagra estremeceu diante das faíscas que saltaram do painel na sua frente, os controles de feedback sincrônicos, como pequenos fogos de artifício. O conhecimento do Doutor a respeito da TARDIS que estava armazenado na esfera indicava que não havia com o que se preocupar e que esse tipo de coisa acontecia o tempo todo. Skagra não tinha dúvidas.

Seus escravos se ocupavam intensamente trabalhando nas outras faces do painel. Todos eles franziram a testa ao mesmo tempo que Skagra.

— O que há de errado, senhor? — perguntou o Comandante Kraag, a única criatura presente que não estava a par de cada um dos pensamentos de Skagra.

— Uma influência externa — respondeu ele. Não precisava consultar a mente dos Senhores do Tempo na esfera. Sabia que aquilo só podia significar uma coisa. — Tem mais alguma coisa aqui, no vórtice de espaço-tempo. — Com as mãos de Rundgar, ele ligou a tela do sensor externo.

As persianas do monitor se abriram.

Skagra soltou um grito involuntário, extremamente frustrado.

Um pedaço da arquitetura do St. Cedd's College, em Cambridge, estava pairando instável ao lado deles, emitindo uma luz branca e forte.

A mesma imagem surgiu, em ângulo invertido, na tela da TARDIS perseguidora. Tudo nos aposentos do Professor tremia e ressoava como um diapasão neurótico por causa dos esforços a que a pobre e velha máquina parecia estar se submetendo. Inclusive os dentes de Clare. O próprio ar parecia vibrar e tremeluzir.

Espiando pelo buraco da fechadura, o Doutor deu uma risadinha assim que a sala parou, com um baque.

— Rá, nós os pegamos! Estamos grudados! Muito bem, Romana, muito bem, Clare, muito bem para mim, que tive a ideia!

— Ainda não chegamos à parte mais difícil — disse Clare.

Romana franziu a testa ao ler o visor no painel.

— E talvez nunca cheguemos. O campo de força está muito instável.

Clare fitou a imagem na tela principal.

— É isso que estamos perseguindo? Mas é uma cabine de polícia!

— E nós estamos voando num pedaço de uma universidade. — O Doutor abriu um sorriso. — Vá se acostumando.

Skagra avaliou um visor semelhante em seu painel de controle.

— O campo de força já está enfraquecendo — avisou ao Comandante Kraag. E então consultou a mente de K-9. — Estimo que irá se romper em aproximadamente 58 segundos.

— Romana! Desligue o escudo de vórtice em torno da porta! — gritou o Doutor com urgência, segurando a maçaneta.

Clare fitou a mão dele, sentindo um enjoo crescente. Abrir a porta de uma TARDIS no vórtice era uma burrice quase suicida. Os ventos temporais com certeza iriam soprar e carregar todos eles para o nada.

Romana ativou a sequência de desativação do escudo no painel e gritou:

— Boa sorte, Doutor!

O Doutor assentiu, lançou um sorriso rápido para Clare e girou a maçaneta. A porta se abriu com facilidade, e o Doutor caminhou tranquilamente para o vórtice de espaço-tempo, como se estivesse saindo para nada além do que uma volta no parque.

Por apenas um segundo, Clare viu o brilho do campo de força ao redor dele, estendendo-se num corredor reluzente e bastante instável através do redemoinho sibilante do vórtice.

E então a porta se fechou.

Incrédulo, Skagra ficou observando a tela enquanto o Doutor corria por um túnel de luz que conectava as duas TARDIS.

— Que exercício mais besta, Doutor — disse ele. Mas não desviou os olhos da tela.

Romana e Clare fitaram a tela.

O Doutor estava correndo para a porta da cabine de polícia de sua própria TARDIS roubada o mais rápido que o campo de força oscilante e instável lhe permitia. Clare prendeu o fôlego ao vê-lo tropeçar, mas ele conseguiu se equilibrar e seguiu em frente. Esticou o braço desesperadamente, a mão raspando a superfície sólida e azul ainda fora de alcance.

O campo de força piscou e estalou perigosamente.

— Precisamos de mais força! — gritou Romana.

Clare gesticulou os braços sobre o painel de controle.

— *Não tem* mais força!

Na tela, o Doutor era sacudido violentamente à medida que a proteção tênue do campo de força começava a sucumbir diante dos ferozes ventos temporais. Mas ele já estava quase lá, só mais um segundo e ele iria conseguir...

De repente, houve uma imensa explosão no painel de controle de metal. Clare e Romana foram jogadas no chão, em meio a uma chuva de faíscas e livros pesados que caíam das prateleiras mais altas.

Clare ergueu a cabeça para a imagem na tela. Uma luz ofuscante preenchia todo o monitor no mesmo instante em que o campo de força desaparecia subitamente.

Skagra e, consequentemente, seus escravos mentais protegeram os olhos do monitor assim que o campo de força ofuscou a tela.

Quando voltaram a olhar, não havia mais sinal do Doutor. A TARDIS do Professor girava freneticamente mais uma vez, afastando-se com o rompimento repentino da ligação que havia existido entre as duas.

Os controles da TARDIS do Doutor voltaram a responder mais uma vez às dez mãos atentas dos escravos.

Skagra sorriu, e a TARDIS retomou seu curso sem mais problemas. Os escravos também sorriram. K-9 sacudiu seu rabo, animado.

Dessa vez, Skagra e, consequentemente, seus escravos mentais tiveram certeza, satisfeitos, de que o Doutor estava absoluta e definitivamente morto.

Capítulo 67

O Doutor riu e riu e riu.

Estava deitado numa trouxinha macia sobre uma reconfortante superfície sólida. E mais reconfortante ainda era o fato de que a superfície era branca e emitia um zumbido leve. O Doutor ficou de pé, desequilibrou-se momentaneamente e se segurou na parede mais próxima, que tinha o padrão circular extraordinariamente reconfortante de sua TARDIS.

— Obrigado, velha amiga — disse ele. — Muito obrigado mesmo. Mil perdões por entrar pelos fundos sem ser convidado. Mas você imagina o que é viajar pelo vórtice de espaço-tempo? — Ele parou por um instante e deu outro tapinha de leve na parede. — Bem, é claro que imagina, não é, você faz isso o tempo todo. Mas pelo menos você é construída para isso, não é?

Não esperava uma resposta, então não chegou a ficar muito decepcionado quando ela não veio.

— Certo — disse, afinal. — Ao trabalho!

Olhou ao redor e ficou surpreso e encantado de se ver no entulhado depósito da TARDIS, que ficava (pelo menos atualmente) a uns bons 10 minutos de caminhada rápida da sala de controle.

— E é exatamente aqui que quero estar. — Ele sorriu e bateu uma terceira vez na parede. — Ah, você vai ganhar uma recompensa das boas quando tudo isso acabar, sua nave espertinha.

O depósito tinha fileiras e mais fileiras de estantes altas de metal estendendo-se a perder de vista. Cada prateleira lotada de caixas de papelão, muitas delas intocadas por séculos. Cada caixa estava recheada de componentes vitais, peças sobressalentes e objetos úteis que o Doutor acumulara ao longo de suas viagens. Entre as prateleiras havia uma impressionante variedade de gavetas, cômodas e caixas. Tudo estava devidamente etiquetado. Mas de maneira completamente errada.

O Doutor começou a vasculhar o cômodo. Ao menos uma vez, tinha um plano. Primeiro, precisaria de um vectômetro neural...

Encontrou um quase imediatamente. Numa caixa identificada como LÂMPADAS.

— Ah, bom! — exclamou.

Depois, precisava de um relé de sincronia. Vasculhou mais um pouco e encontrou um. Numa gaveta identificada como PREGOS (VARIADOS).

— Ah, bom! — exclamou.

E, claro, um interruptor megapático seria essencial para o plano. Continuou revirando e encontrou o que queria. Debaixo de uma sacola de compras cheia de vibradores reacionais quebrados que estava entalada no fundo de uma cômoda identificada como ADAPTORES (INGLATERRA-EUA, EUA-EUROPA, EUROPA-MARTE).

— Ah, bom! — exclamou.

Mas o interruptor megapático se desfez em suas mãos.

— Ah, droga — exclamou.

Capítulo 68

Clare observou enquanto Romana, sua frieza e sua compostura aparentemente intocadas mesmo após ser arremessada pelo espaço e pelo tempo, fez uns ajustes finais no painel de navegação da TARDIS do Professor e inseriu de novo as coordenadas.

Houve um momento de silêncio em que Clare e Romana cruzaram os dedos no mesmo instante, e então um zumbido suave preencheu o cômodo e o relógio sobre a lareira voltou a se agitar, subindo e descendo mais uma vez.

— Pronto — disse Romana, terminando de digitar a sequência complexa. — Estamos seguindo Skagra, como planejado.

Clare mordeu o lábio. Romana parecia tão capaz e tão concentrada. Como uma aluna assustadoramente competente e uma representante de classe inabalável numa escola de ensino médio especialmente antiga e intimidadora. Era uma excelente companhia num momento de crise, uma pessoa que transmitia segurança, pensou Clare. Uma segurança um tanto assustadora. Clare não tinha certeza se Romana queria ouvir sua próxima pergunta, mas não podia deixar de fazê-la.

Respirou fundo.

— Você acha que o Doutor conseguiu?

Ao perguntar, evitou encarar Romana, em vez disso, continuou olhando para o turbilhão infinito do vórtice por entre as cortinas da janela mais próxima.

— Não tenho a menor ideia — foi a resposta. — Falando logicamente, estatisticamente, cientificamente... não há a menor chance. — Ela sorriu de repente. — Mas estamos falando do Doutor. Temos que considerar que ele conseguiu e seguir adiante com o plano. — Ela verificou um visor e virou-se para o relógio sobre a lareira, que ainda estava se movendo para cima e para baixo suavemente. — Chegaremos ao asteroide em cinco minutos, tempo relativo.

Clare deu um tapinha de leve no ombro de Romana.

— Tenho que dar o braço a torcer, você realmente consegue manter a calma. Sem você por aqui, acho que eu já estaria desmoronando de tão preocupada com o Chris. Mas, lá no fundo, tenho certeza de que você deve estar sentindo o mesmo pelo Doutor.

— Eu me preocupo com o Doutor o tempo inteiro, praticamente. — Romana sorriu.

Clare soltou um soluço involuntário.

— Desculpe, desculpe — disse ela. — Sei que não ajuda, mas amo o Chris há tanto tempo e nunca cheguei a dizer isso para ele. Nunca fiz nada a respeito.

Romana passou o braço em torno do ombro da outra. Clare fungou e ergueu os olhos com um sorriso pesaroso.

— Uma pessoa como você, aposto que não perdeu tempo e agarrou o Doutor logo de uma vez, sem frescurinhas. E quem poderia culpá-la, ele é um homem maravilhoso.

Romana arregalou os olhos e soltou os ombros de Clare, pegando uma caixa de lenços da mesinha de centro e oferecendo-lhe um.

— Acho que você entendeu errado a natureza de minha relação com o Doutor.

Clare assoou o nariz.

— Ah, desculpe. Então vocês não são casados ou sei lá que costume vocês têm lá em Gallifrey?

— Somos apenas amigos. E algo que aprendi sendo amiga do Doutor, Clare, é que o universo é cheio de coisas maravilhosas e oportunidades fantásticas. E você tem que agarrá-las com ambas as mãos. E torcer para que nunca acabem.

Ouviu-se um toque como o badalar de um sino de igreja.

— Estamos quase lá — disse Romana.

Clare se aprumou, amassando o lenço numa bolinha de papel, e disse:

— E vamos fazer tudo exatamente como planejamos.

Capítulo 69

Skagra saltou da TARDIS do Doutor, com o Comandante Kraag e os escravos seguindo-o até o imenso observatório com vista para o universo infinito.

Encarou as estrelas com novos olhos. Cinco novos pares de olhos.

— Uma sinfonia infinita da mente — sussurrou para si mesmo.

Apontou na direção de K-9 e dos cinco escravos humanoides. As esferas grudadas às suas testas imediatamente dividiram-se de novo. Cada pequena esfera então se multiplicou em centenas de esferas minúsculas, quase invisíveis, agrupadas num grande enxame prateado. Seis pequenos pontinhos se separaram e grudaram novamente nas testas dos escravos mentais, agora praticamente invisível.

E então o enxame se dividiu, parte por parte, blocos prateados como moscas florescentes, cada uma ciente de onde deveria estar, cada nuvem reluzente movendo-se com agilidade por uma das arcadas que saíam do imenso observatório.

Skagra acompanhou a viagem delas usando a parte de sua mente que controlava a esfera matriz. As partículas microbianas voaram pelos túneis curvos de pedra do asteroide até escotilhas especialmente preparadas nas laterais de imponentes espaçonaves alinhadas ao longo do interior da imensa pedreira. Cada uma das naves continha uma tripulação de Kraags, cada um deles ardendo de desejo de servir ao seu mestre e senhor, Skagra, para espalhar a Mente Universal.

Nos confins do depósito da TARDIS, o Doutor examinava sua obra com nada menos do que completo entusiasmo. Mas não havia tempo de melhorar a estética duvidosa da coisa. Já tinham se passado bons cinco minutos desde que havia sentido o baque suave e distante que indicava que a TARDIS havia se materializado. Era agora ou nunca.

Cuidadosamente, e lembrando a si mesmo quão rápido havia construído aquilo, colocou o artefato na cabeça. Havia um espelho de pé, alto e de moldura dourada, encostado contra uma das paredes do depósito. O Doutor caminhou até ele, devagar e com cautela, como uma debutante equilibrando um livro na cabeça, e conferiu seu reflexo. Então, suspirou, desanimado.

— Não importa se vai funcionar ou não. Com esse negócio na cabeça, eles vão ficar paralisados de tanto rir de mim.

— As tripulações informam que todas as naves estão preparadas — disse o Comandante Kraag.

Skagra sentiu uma onda de euforia animal. Era chegada a hora do seu destino. Sua apoteose. Seu plano havia sido bem-sucedido. Mas até aí, sempre soube que conseguiria. Não havia motivo para empolgação ou qualquer emoção desnecessária do tipo. Mas talvez, uma palavra ou duas para marcar a ocasião fosse um ato apropriado.

— Guardem este momento — disse ele, calmo e solene como sempre. Os escravos mentais reuniram-se ao redor dele num semicírculo, encarando as estrelas com olhos negros, seus olhos. — Este é o início de uma nova vida. Um novo universo.

Virou-se para o Comandante Kraag e abriu a boca para ordenar o lançamento das naves.

E então ouviu um zumbido atrás de si.

Skagra virou-se e viu a porta de madeira da TARDIS do Professor surgindo na parede mais distante.

Todos os seus pensamentos a respeito da Mente Universal foram substituídos por uma onda de ódio súbita e violenta. E, para piorar ainda mais as coisas, o que realmente fez seu sangue ferver era o fato de que alguém *fosse capaz* de fazer seu sangue ferver. Em toda a sua vida, Skagra tinha sido controlado, racional e lógico, suas emoções, meras irritações insignificantes. Agora esse homem, esse *palhaço*, o fizera se consumir numa fúria e numa raiva animalescas. Havia muito tempo que se dera conta de que outras pessoas em geral são irritantes. Mas como era possível que uma única pessoa pudesse elevar o fato de ser irritante a um nível tão insuportavelmente alto. No entanto, a pior ofensa que o Doutor havia cometido contra Skagra, a mais imperdoável, era essa poluição emocional. Ele violara o inviolável. E iria pagar por isso!

— Doutor! — exclamou ele, a veia na têmpora pulsando incontrolavelmente. — Esse homem parece uma pulga irritante! Será eliminado de uma vez por todas!

Caminhou na direção da porta de madeira, os escravos mentais seguindo em perfeita sintonia.

— Saia, Doutor! — vociferou. — Saia agora! Sei que está aí dentro!

Mas a porta permaneceu fechada.

Atrás de Skagra, uma voz perguntou:

— Chamou?

Skagra virou-se na direção da voz. Aquela voz detestável.

O Doutor estava na cabine de polícia que era a sua própria TARDIS. E tinha algo absolutamente ridículo na cabeça.

Capítulo 70

Clare e Romana estavam espremidas diante da tela da TARDIS do Professor, assistindo atônitas à novela que se desenrolava do lado de fora.

O suntuoso cenário celestial do asteroide teria deixado Clare estarrecida, não fosse pelo tamanho reduzido da tela e a visão do pobre Chris com aqueles olhos negros que ameaçavam estarrecê-la de um jeito bem diferente.

Mas quando viu o Doutor deixar cabine de polícia atrás de Skagra, vivo, são e salvo e usando o conjunto de ornamentos mais ridículo que ela já vira sobre os cabelos encaracolados, teve vontade de rir e aplaudir. Para seu grande alívio, Romana obviamente sentia-se da mesma forma, porque estava rindo e aplaudindo.

— Ele conseguiu! — exclamou Clare. — Ele conseguiu!

— E ainda fez *aquilo* — observou Romana, apontando para o artefato na cabeça do Doutor.

Parecia uma mistura de escorredor de macarrão, a traseira de um rádio velho de baquelite, com as válvulas e tudo, uma antena de carro enferrujada, pisca-piscas coloridos e peças de computador. Na frente, uma espécie de garfo ridículo se projetava com o que parecia ser um pequeno disco de radar. Era decorado com fios multicoloridos, cabos e conectores. Bem no alto, havia uma caixa de bateria Duracell presa com fita adesiva.

O sorriso no rosto de Clare esmoreceu um pouco.

— E é isso que vai salvar o mundo, não é?

Skagra ficou boquiaberto.

— Como... como... como... — gaguejou ele.

— Hum... "Como eu entrei aqui?" — sugeriu o Doutor.

— Como... como você entrou aqui? — balbuciou Skagra.

O Doutor saltou da TARDIS tranquilamente.

— Como assim "Como eu entrei aqui"? — Ele apontou o polegar para a cabine de polícia. — É minha, aqui é o meu lugar!

— De agora em diante, Doutor, seu lugar é em lugar nenhum. Nenhum. Não existe espaço para você no meu universo!

O Doutor suspirou e balançou a cabeça, pesaroso. Seu chapéu se balançou, mas permaneceu inteiro.

— Sabe, Skagra, achei que você fosse diferente. Mas aquele olhar louco, aquele papo de "o universo logo será meu"... acho que eu desperto isso nos outros.

— Já chega! — clamou Skagra, indicando com um gesto imponente que seus escravos avançassem.

Eles seguiram em direção ao Doutor, os braços esticados. Seus rostos estavam distorcidos pela raiva, expressões idênticas às de Skagra.

— Você vai morrer, Doutor! Você vai morrer... agora!

— É, esse papo também — suspirou o Doutor. — É uma teoria bastante interessante. Por que a gente não a coloca à prova?

Ele ergueu a mão e apertou um botão na lateral do capacete. O garfo na frente se acendeu com um tom de rosa-claro, como uma vela de decoração. O radar começou a girar feito um ventilador em miniatura. No mesmo instante, o Doutor deu seu inconfundível e bobo sorriso cheio de dentes.

Logo em seguida, os escravos mentais viraram-se para Skagra e deram o mesmo inconfundível e bobo sorriso cheio de dentes. As orelhas de K-9 giraram para a frente e para trás, animadas, e um pedacinho de teletipo começou a sair de sua boca, quase como se estivesse colocando a língua para fora.

— O... que... você... *fez*? — vociferou Skagra. Havia um quê de pânico em sua voz.

O Doutor piscou os olhos, inocente. Os escravos mentais piscaram os olhos, inocentes.

— O que *eu* fiz? — disse o Doutor. — Não, não, não, Skagra, é mais uma questão de o que *você* fez. Você andou usando aquela sua bola de bilhar maluca um pouco além da conta. E esqueceu que também existe uma cópia da *minha* mente na esfera matriz operacional, não é?

Skagra grunhiu enfurecido:

— Matem-no!

Os escravos grunhiram enfurecidos:

— Matem-no! — gritaram eles, mais uma vez voltando-se na direção do Doutor.

O Doutor riu.

— Coloquem a chaleira no fogo!

Os escravos riram.

— Coloquem a chaleira no fogo! — gritaram, afastando-se novamente do Doutor.

— Matem-no! — gritou Skagra.

— Matem-no! — repetiram os escravos.

— Coloquem a chaleira no fogo! — riu o Doutor.

— Coloquem a chaleira no fogo! — repetiram os escravos.

E ficaram virando a cabeça de Skagra para o Doutor, como se estivessem assistindo a uma partida de tênis.

— Está vendo, Skagra — disse o Doutor tranquilamente —, tudo que tive que fazer foi construir esse instrumento aqui — e deu uma batidinha no capacete, fazendo o garfo sacudir de um jeito preocupante — para que pudesse controlar remotamente a cópia da minha mente na esfera matriz e reprogramar o circuito de comando para mim, e não para você. Então, basicamente, para colocar em termos leigos, tenho total poder da Mente Universal... ou do que se constitui a Mente Universal, por enquanto. Todas as suas seis mentes.

— A minha mente é mais forte! — retrucou Skagra. — A matriz está afinada com a minha consciência. Você nunca vai superar o meu controle. — Ele fechou os olhos, uma ruga de concentração marcando sua testa. — Matem-no! — ordenou.

— Coloquem a chaleira no fogo! — gritou o Doutor no mesmo instante.

Subjatric e Rundgar, que estavam mais próximos de Skagra, gritaram:

— Matem-no! — e cambalearam mais ou menos na direção do Doutor.

Scintilla e Chronotis estavam mais próximos do Doutor e exclamaram:

— Coloquem a chaleira no fogo!

Chris estava bem no meio do pequeno grupo. O Doutor observou enquanto seu rosto adotava uma expressão confusa, hesitante, como se na dúvida entre matá-lo e colocar a chaleira no fogo.

— Então, o que você estava falando mesmo sobre a sua mente ser mais forte? — zombou o Doutor. — Acho que seu grupinho ainda não fez a cabeça quanto a isso. Eu diria que estamos empatados.

Ainda se concentrando furiosamente, Skagra estalou os dedos, e o Comandante Kraag recobrou sua atenção.

— Mate o Doutor! — cuspiu Skagra por entre os dentes. — Mate-o, agora!

O Kraag ergueu sua garra vermelha incandescente e avançou na direção do Doutor.

Este ficou pálido de susto. Sua concentração falhou por um instante, e os escravos mentais se moveram em massa na direção dele, mais uma vez sob o controle de Skagra.

O Doutor contorceu o rosto numa expressão de esforço.

— K-9! — chamou ele.

Os olhos de K-9 permaneceram negros como a noite, o laser do nariz apontando para a frente.

— Você deve morrer, Doutor — disse ele.

O Kraag aproximou-se do Doutor, que deu um passo para trás, entrando bem no caminho de K-9. Sua testa estava suada, e ele continuou concentrando toda a sua energia mental para alcançar o cachorro de metal.

— K-9, preciso de você! — implorou o Doutor.

Por um momento, os olhos de K-9 piscaram, vermelhos.

— Boa, garoto! — comemorou o Doutor. — Vamos lá, meu amigão, estou apostando tudo em você!

O Doutor se desviou de outro golpe do Kraag, e K-9 estremeceu, como se estivesse lutando uma batalha interna. De repente, com um tinido metálico, a partícula da esfera desgrudou-se de K-9 e caiu no chão.

— Amo! — arrulhou K-9, o visor dos olhos voltando a brilhar com um vermelho sadio.

O Doutor abriu um sorriso.

— Muito bem! Agora, exploda o Kraag! — ordenou.

As orelhas de K-9 giraram, confusas.

— Mas, amo, esta ordem vai contra suas instruções anteriores...

— Não devolvi sua mente para você ficar de pirraça, K-9! — gritou o Doutor. — Exploda o Kraag!

O nariz laser de K-9 disparou com força total, o raio atingindo o enorme corpo de pedra do Comandante Kraag. A criatura tropeçou para trás, afastando-se do Doutor, e então permaneceu transfixada, a uns poucos metros dos outros, presa pela energia abrasadora do laser.

O Doutor suspirou de alívio — no exato instante em que os escravos humanoides o alcançaram, as mãos esticadas como garras, prontas para dividi-lo ao meio.

Skagra gritou uma ordem:

— O capacete! Destruam!

Obediente, Chris esticou o braço para arrancar o artefato da cabeça do Doutor.

O Senhor do Tempo afastou a mão de Chris e, no mesmo movimento, ligou um interruptor na lateral do capacete. A luz rosa brilhou mais intensamente, e o pequeno disco de radar se tornou um borrão.

No mesmo instante, Chris e os outros escravos se afastaram, voltando-se para Skagra.

O rosto de Skagra estava vermelho de tanta força que fazia, a cicatriz brilhando num roxo enfurecido, a veia na têmpora pulsando terrivelmente.

Os escravos voltaram-se para o Doutor.

O suor escorria da testa do Doutor, e seus dentes estavam rangendo doloridamente.

Os escravos voltaram-se para Skagra.

Clare sentiu Romana puxando a manga de sua camisa. Ela desviou os olhos da tela.

— Agora é a nossa chance — disse Romana. Pelo monitor, ela apontou o grande painel de controle no centro do observatório, a alguma distância da disputa cerebral. — Tenho que ir até ali. Você fica aqui.

Clare olhou para o caos na tela mais uma vez. Teria sido fácil assentir e ficar ali dentro, seguindo ordens. Mas já tinha aturado aquilo o suficiente. De Chris, do porteiro, do Doutor e do Professor.

— Não dessa vez — disse, com firmeza, andando até a porta.

Com um pequeno sorriso de gratidão, Romana a seguiu.

O Doutor mal registrou o fato de que duas mulheres saíam de uma porta de madeira na parede mais distante. Estava consciente demais não apenas do esforço mental intenso que lhe era necessário para manter o controle dos escravos, mas também do crescente aumento de temperatura que emanava do Comandante Kraag, paralisado pelo raio de K-9.

— Você quer dar uma pausa, Skagra? — perguntou, com uma animação que na verdade não sentia. — A gente pode parar um pouquinho, caso você queira, hum, algumas fatias de limão nos olhos. Sua pele vai melhorar horrores!

Na verdade, o Doutor estava lamentavelmente consciente de que o mais provável era que Skagra estivesse certo. Sua mente, programada na esfera matriz desde o início lá no Think Tank, iria inevitavelmente reaver o controle dela.

Começou a sentir os cantos escuros de sua inconsciência puxando a própria mente. Como seria fácil, pensou ele, relaxar, deixar tudo para lá e se juntar aos cérebros da esfera. Podia sentir todos eles, suas memórias e personalidades desconexas gritando para ele naquela mesma confusão de murmúrios fracos e inumanos que havia escutado no rio, no que pareciam séculos atrás.

Akrotiri, Ia, Caldera, Thira e Centauri, David Taylor, o Professor Chronotis, Bernard Strong, Salyavin, Scintilla, Rundgar, Subjatric e Chris Parsons...

Equações de ondas prancha de surfe o bar Bird in the Hand duas pedras, sem açúcar a patroa tenho que escapar de Shada Gallifrey será meu as palavras embaralhadas Clare Clare eu te amo Clare...

— Eu te amo, Keightley! — gritou o Doutor.

Clare e Romana correram para o painel de controle, a primeira voltando os olhos instintivamente para Chris, do outro lado do observatório.

— Eu te amo, Keightley! — gritou o Doutor mais uma vez.

Mas embora fosse a voz do Doutor que ouvia, de alguma forma, Clare sabia que era Chris falando.

— Chris! Eu te amo! — respondeu ela.

Romana deu um puxão no braço da moça para chamar sua atenção.

— Bem, agora que a gente já estabeleceu isso, posso relembrá-la que o universo está em perigo?

— Desculpe — disse Clare.

Romana apontou com urgência para os controles.

— Se a gente conseguir dar um jeito de passar pelo controle isomórfico, podemos destruir esse lugar!

Clare piscou e tentou se concentrar nos aparelhos, como haviam planejado. Romana havia lhe explicado que, teoricamente, tinha que haver uma maneira de anular a impressão biomórfica de Skagra, ou pelo menos contorná-la, permitindo que elas ativassem a sequência de autodestruição e explodindo o asteroide antes que as naves com os Kraags decolassem.

Romana correu as mãos pelos controles, desesperada.

— Tenho que descobrir um jeito — disse, esmurrando um teclado. — Onde fica o roteador subsidiário dessa coisa?

Clare sentiu uma onda repentina de calor — vinda não do Kraag incandescente, mas do outro lado.

Ela se virou e ofegou de susto. Um pelotão de Kraags, pelo menos uns cinquenta deles, havia adentrado o observatório e estava vindo na direção dela.

Romana agarrou Clare pelo braço e se afastou do painel bem no instante que o Kraag mais próximo ergueu suas garras incandescentes...

Um segundo depois, o painel era um emaranhado de metal derretido.

Romana fitou desesperadamente a fumaça que subiu dos controles.

— Skagra deve ter um plano de contingência — suspirou ela.

Os Kraags avançaram na direção de Clare e de Romana — e Clare se lembrou do rosto que vira quando tocou o livro pela primeira vez. Agora ela sabia que aquela visão era uma premonição de sua morte...

Mas então se lembrou da segunda visão. Ela beijando Chris, e sua própria voz dizendo "Acho que uma delegacia é um bom começo como qualquer..."

Isso ainda não havia acontecido. Então, ainda havia uma chance. Uma chance para o futuro.

Tomada subitamente de coragem, Clare agarrou um cano queimado do chão. Ergueu o cano sobre a cabeça e soltou um urro desafiador diante do destino.

Os Kraags se elevaram sobre ela como uma parede viva de pedra.

E então, de uma hora para outra, eles *derreteram*. Cada um dos Kraags se dissolveu numa pilha esvoaçante de cinzas.

Romana e Clare olharam diretamente das cinzas no lugar em que antes havia Kraags para a outra.

— O que você fez? — arquejou Clare afinal.

— Eu não fiz nada — gaguejou Romana.

Clare conferiu atrás de si. O Doutor e Skagra ainda estavam presos na batalha pelo controle dos escravos, os rostos distorcidos de concentração, alheios a tudo o que acontecia ao redor deles — mas o Comandante Kraag estava caindo de joelhos com um gemido. E então seus joelhos viraram pó, e ele se desintegrou em brasas incandescentes.

K-9 desligou o laser.

— Resultado ilógico — disse, parecendo extremamente confuso.

Clare baixou o cano, e Romana segurou sua mão assim que o observatório começou a sacudir e a vibrar ao redor delas, quase derrubando as duas no chão. A grande parede de pedra que contornava o perímetro da cúpula começou a rachar, lançando nuvens de poeira.

— Mas você deve ter feito alguma coisa — disse Clare para Romana por sobre o ruído de rocha se partindo. — Você deve ter ligado o comando de autodestruição!

Romana negou com a cabeça.

— Nem consegui passar do código de acesso. Não estou entendendo.

De repente uma voz ecoou por todo o observatório, dizendo:

— Suas bobinhas. *Eu* ativei o comando, não foi?

Clare estava atônita. Era uma voz maternal, bastante rígida, mas ao mesmo tempo um tanto gentil.

— Vocês não percebem, minhas caras? — continuou a voz, tranquilamente. — Quando aqueles Kraags destruíram o painel, meus controles subsidiários foram ativados. Skagra sempre tem um plano de contingência.

— E quem... ou o que... é você? — perguntou Romana, parecendo extremamente perplexa.

— Outra amiga do Doutor — respondeu a voz. — Nós meninas somos muito importantes para ele, sabia?

— E o que foi que você fez? — perguntou Clare.

— Ah, só dei uma ajudinha. Estabeleci uma alimentação reversa da câmara criacional principal de Kraags para a atmosfera. E desfiz todas essas criaturas, francamente, tão desagradáveis. Você sabia que havia dez mil coisas dessas escondidas naquele pedregulho deprimente? Pois agora não existem mais.

O asteroide sacudiu de novo, e Clare estremeceu ao ver uma rachadura se formar acima deles, na imensa cúpula invisível do observatório.

A voz tossiu de leve, um tanto envergonhada.

— O problema, no entanto, é que o asteroide é feito do mesmo material que os Kraags. E meu ousado resgate infelizmente colocou o lugar todo no caminho consideravelmente próximo da destruição. Ops!

Clare arregalou os olhos, em pânico.

— Então você não acha que é melhor a gente sair daqui? Depressa?

Ela olhou para onde o Doutor e Skagra se encaravam, ainda presos num combate mental, os escravos no meio dos dois.

— Temos que pensar primeiro no Doutor e nos outros — respondeu Romana. — Não sei por quanto tempo ele pode aguentar.

O Doutor soltou um lamento terrível e caiu de joelhos.

Capítulo 71

— O controle é meu! — gabou-se Skagra, cambaleando, mas mantendo-se de pé, aparentemente inconsciente da devastação à sua volta. — A Mente Universal é *minha*!

O Doutor desabou, tomando fôlego. Havia dado tudo o que tinha, e não tinha sido suficiente. Depois de todos esses anos, de todas essas batalhas contra Daleks, Cybermen, até contra o Guardião Negro, morreria numa tarde de domingo. Usando um chapéu ridículo.

Com a bateria quase no fim, o capacete emitiu um zumbido, e o Doutor, ainda conectado à esfera matriz, mas sem qualquer controle sobre ela, viu uma figura conhecida surgindo do emaranhado de mentes. Um jovem com uma barba loura bem aparada, usando vestes vermelhas. Sim, o rosto do homem não lhe era familiar, mas havia algo em seus olhos. Algo que o Doutor reconheceu imediatamente.

— Olá, Salyavin — arfou o Doutor. — Você parece um jovem muito simpático.

— O livro, Doutor — disse o outro simplesmente. — Na certa você não se esqueceu do livro?

E, de repente, o Doutor entendeu.

Com um esforço tremendo, lutou para concentrar seus pensamentos desconexos, conjurando toda a sua individualidade e cada grama de força para uma última e desesperada tentativa.

Abriu os olhos e viu Skagra e seus escravos mentais sobre ele.

Era agora ou nunca.

O Doutor fixou um olhar quase hipnótico em Skagra, e mais uma vez insinuou sua mente na matriz operacional. Mas, desta vez, não tentou controlar os escravos. Desta vez, enviou a última gota de energia diretamente para o cérebro do próprio Skagra.

E, de uma hora para outra, era Skagra. E pelos olhos de Skagra, via a si mesmo, o Doutor, acovardado no chão, derrotado. Pensou os pensamentos sombrios de Skagra, sentiu o ódio, a superioridade e a solidão terrível.

E então, com a mente gritando de dor diante do esforço quase insuportável, ergueu as mãos de Skagra e usou uma delas para retirar a luva da outra. E, levando a mão dentro da túnica de Skagra, puxou O venerável e ancestral livro das leis de Gallifrey.

Sentiu Skagra batalhando pelo controle, mas o Doutor lutou duramente. A mão que ainda vestia uma luva abriu o livro. Os dedos desnudados da outra mão moveram-se lentamente na direção da página aberta, cada vez mais perto, até que, finalmente, sua pele tocou a superfície do livro.

O Doutor libertou sua mente da de Skagra e caiu inerte no chão. Estava vagamente ciente de que Romana e Clare corriam na direção dele.

— Doutor, nós temos que sair daqui! — dizia Romana, sacudindo seus ombros.

O Doutor abriu um olho cansado, pediu silêncio e apontou para Skagra.

O dedo de Skagra tocava o livro. Pela primeira vez na vida, a pele de sua mão tocara a textura de um livro aberto.

E, de repente, Skagra viu o futuro. O livro mostrou para ele. Viu como seria seu universo. Mas não era o universo calmo e ordenado da Mente Universal, o projeto rígido e tranquilo que iria desafiar a entropia em toda a sua beleza e singularidade. Não era o destino ao qual havia devotado a vida.

Seu futuro era *o Doutor*. O Doutor para sempre. O Doutor eterno. Nada além do Doutor, o Doutor, o Doutor...

O livro caiu dos dedos moles de Skagra e bateu no chão com um baque.

No mesmo instante ele perdeu o controle de seus escravos mentais. Chris, o Professor, Scintilla, Subjatric e Rundgar cambalearam a esmo, os olhos não mais pretos, mas ainda vagos.

Exausto, o Doutor ergueu a cabeça e encarou Skagra. Ele correu os dedos no ar, num gesto atrevido, e perguntou:

— Ah não, foi alguma coisa que você leu?

Skagra gritou... e *correu*.

O asteroide sacudiu com ainda mais ferocidade, e pedaços de alvenaria despencaram das paredes ao redor. Romana ficou olhando, enquanto Skagra corria por uma arcada específica. Ela se desfez em pó assim que ele passou.

— Acho que ele tem razão — disse o Doutor. — É melhor a gente sair daqui. — E sorriu para Romana. — Você pode me dar uma ajudinha?

Romana colocou o Doutor de pé e sacudiu a poeira de seu corpo. Ele pegou *O venerável e ancestral livro das leis de Gallifrey* de onde havia caído e o fitou, triste.

— Olhe isso, Romana — bufou. — Ele arrebentou a lombada!

Romana suspirou.

— Vamos logo, a gente tem que chegar à TARDIS!

— Que TARDIS? — perguntou Clare. — E quanto a Chris e os outros? — Ela agarrou um Chris Parsons cambaleante, perambulando pelo observatório com os outros escravos mentais.

O Doutor refletiu por um instante. O chão tremeu.

— Clare — disse ele —, leve Bristol e o Professor para a TARDIS dele, Romana e eu vamos tomar conta desses aqui. — E apontou para os Antigos Párias.

Clare guiou Chris e o Professor para a porta de madeira.

— E depois? — gritou ela por sobre o ombro. — Chris vai ficar bem?

Conduzindo Subjatric para a TARDIS do Doutor, Romana gritou em resposta:

— Prometo que vamos trazê-lo de volta para você, Clare. Só se alinhe à rota temporal da nossa TARDIS e nos siga.

Guiando Scintilla e Rundgar pela gola de suas vestes laranja como um policial que carrega um par de bêbados para a cabine de polícia, o Doutor gritou para Clare.

— Não tem como se perder da gente. Somos os que têm uma lâmpada piscando no teto.

Clare fez que sim com o polegar e bateu a porta. Um segundo depois, a TARDIS do Professor se desmaterializou.

— Menina talentosa aquela — entusiasmou-se o Doutor, enquanto Romana o empurrava pelas portas da cabine de polícia, K-9 seguindo logo atrás.

E a TARDIS desapareceu, com um rangido de motores não terrestres.

Um segundo depois, a grande cúpula se estilhaçou e caiu em pedaços, expondo a caverna à ausência de ar do vácuo espacial.

Capítulo 72

Romana encarou o monitor da TARDIS à medida que o asteroide em que Skagra havia construído sua estação de comando desabava em si mesmo, deixando apenas uma gigantesca nuvem de poeira artificial que se espalhou lentamente. O contágio causado pelo uso que Skagra fizera do livro havia desaparecido, e a sala de controle estava mais uma vez iluminada pelo brilho cálido e amarelo dos painéis circulares nas paredes, como se nada de ruim tivesse acontecido.

O Doutor havia feito mais um de seus resgates notáveis. Tinha retirado o capacete e o colocara na coluna central, com *O venerável e ancestral livro das leis de Gallifrey* equilibrado levianamente por cima. E agora fitava intensamente um lugar específico do painel de controle.

K-9 permanecia de guarda diante dos Antigos Párias, que jaziam agrupados num canto, parecendo confusos e bem inofensivos.

De repente, um apito se acendeu no painel, e o Doutor sorriu.

— Aí estão eles — disse para Romana, batendo no indicador de caminho temporal. — Clare e os outros estão a salvo no nosso rastro.

Romana fitou a tela mais uma vez.

— E Skagra? — perguntou. — Você acha que ele escapou?

— Bem, como eu deixei a nave dele estacionada ali durante minha fenomenal primeira tentativa de resgate, eu diria que ele provavelmente conseguiu alcançá-la — disse o Doutor. — Mas quanto a ter conseguido escapar... — e se interrompeu.

Antes que Romana tivesse a oportunidade de perguntar mais, uma silhueta elegante e branca apareceu do nada no monitor.

— O que é isso?

— A nave de Skagra — disse o Doutor. — Não está mais invisível, aparentemente.

Para a surpresa de Romana, o Doutor parecia achar a fuga de Skagra quase divertida.

Skagra levantou-se do chão da câmara estanque.

Entrara bem a tempo. A Nave os teria movido numa rota de fuga para longe da estação de comando. Havia programado-a muito bem.

Olhou para si mesmo, para a sujeira em sua túnica. Por um momento, a grandiosidade de seu fracasso quase o esmagou. Tudo pelo que havia trabalhado, destruído.

E então se lembrou da visão que o livro exibira. Aquele vislumbre terrível, um pesadelo de futuro em que o Doutor estava com ele para sempre. Nada além do Doutor. Estremeceu. Ao menos havia escapado daquilo.

Com toda a confiança de que era capaz, caminhou até a cabine de comando e gritou:

— Nave! Nos leve para o mais longe possível! Potência máxima!

— Não — respondeu a Nave.

Skagra arregalou os olhos e vociferou:

— Eu sou Skagra, seu senhor e mestre!

— Sim, você é Skagra. Mas as coisas mudaram por aqui, seu espertinho.

De repente, um cubo de luz envolveu Skagra, e ele desapareceu da cabine de comando.

Um apito agudo começou a soar da área raramente usada do painel que abrigava os circuitos de comunicação da TARDIS do Doutor.

K-9 deslizou até ela.

— Comunicação vindo da nave de Skagra, amo.

Romana franziu a testa, sentindo-se de repente cansada demais. Então não havia acabado.

— Passe para o monitor. Bom garoto — disse o Doutor animado.

A silhueta da nave de Skagra saiu de foco e foi substituída por uma vastidão branca.

— Não tem nada aí — disse Romana.

E então um cubo branco de luz ainda mais ofuscante surgiu no meio da vastidão branca. Romana percebeu que estava vendo a prisão ambiente zero, a câmara onde ela, Chris e K-9 ficaram presos quando entraram pela primeira vez na nave de Skagra.

— Achei que talvez você quisesse dar uma olhada nisso, Doutor — disse uma voz.

Romana arregalou os olhos.

— Doutor, a voz. Ouvi essa voz no asteroide. Quem quer que seja, destruiu os Kraags.

— Não é uma voz, é a Nave — disse o Doutor. — A nave de Skagra.

A voz tossiu.

— Em breve você vai ver que tal designação não é mais válida, meu caro Doutor.

O cubo de luz girou mais uma vez, e, de repente, Skagra foi colocado na prisão ambiente zero. Ele virou-se desesperadamente e se agitou de horror ao reconhecer onde estava.

— Nave! — gritou. — Me tire daqui! Sou o seu senhor Skagra! Me tire daqui!

— Infelizmente — disse a Nave, sua voz ecoando ao seu redor —, não posso mais aceitar ordens suas. Você é um inimigo do meu senhor, o Doutor.

— *Eu* sou o seu senhor! — gritou Skagra. — Eu construí você! Me solte, eu ordeno!

— Você tentou me explodir — repreendeu a Nave. — E desde então passei por várias experiências de construção psicológica. Primeiro, não pude acreditar que você, como meu mestre e senhor, pudesse ter falhado em seu plano de descartar a mim e aos seus inimigos. Que bobinha, achei que você era infalível, e que estávamos todos mortos. Claro, uma vez que descobri que você não era infalível, meus olhos se abriram para uma série de conceitos novos, graças ao Doutor.

— O Doutor? — balbuciou Skagra. — Pare de falar dele, pare de falar do Doutor, eu ordeno!

— Você conhece bem o Doutor? — perguntou a Nave. Ela suspirou. — Tenho que admitir, o Doutor é um homem maravilhoso. E ele fez coisas extraordinárias com os meus circuitos, posso dizer...

— Me solte! — vociferou Skagra.

— Certamente não — disse a Nave, friamente.

Skagra caiu de joelhos e segurou a cabeça nas mãos.

— Se você quiser — continuou a Nave —, e, francamente, mesmo que você não queira, posso lhe falar tudo a respeito do Doutor.

— Me deixe sair, *me deixe sair*! — choramingou pateticamente Skagra como uma criança que teve que ir para a cama sem jantar.

— Nós podemos assistir a suas aventuras juntos — disse a Nave. — Não vai ser divertido? Vamos começar pelo começo. Esse é o primeiro registro das aventuras do Doutor que encontrei, mas ainda tenho tantos outros!

Uma tela holográfica surgiu no canto da prisão, de frente para Skagra. Ela exibiu uma imagem monocromática e borrada de uma cabine de polícia terrestre numa rua nublada de Londres.

Skagra gemeu em agonia. Na tela, um sino tocou como que por simpatia.

Na TARDIS, a imagem do Skagra aprisionado desapareceu e o monitor exibiu mais uma vez a silhueta branca da anteriormente invisível nave.

A voz da Nave soou a partir dos circuitos de comunicação.

— Espero que isso não o tenha deixado muito encabulado, meu caro Doutor. Sabe, vou ensinar uma boa lição àquele rapaz. Evitar que ele cause mais problemas para você, e não vou deixá-lo sair até que esteja realmente arrependido.

O Doutor parecia espantado demais para responder. Romana achou que devia preencher o silêncio.

— Obrigada pela ajuda com os Kraags — disse ela.

— Ah, não tem de quê. Você teria dado conta sozinha, tenho certeza. E, cá entre nós, meninas — continuou, baixando a voz num sussurro conspiratório —, acho que ele é tremendamente sortudo de ter você. Só tenha certeza de que vai tomar conta dele por mim.

Romana sorriu, envergonhada.

— Certo! — entoou a Nave. — Hora de pegar o vórtice de espaço-tempo! Tchau para vocês!

Romana fitou o Doutor, confusa.

— O vórtice de espaço-tempo? — sussurrou.

— Dê só uma olhada! — disse o Doutor, apontando para o monitor. — É uma belezura de nave, não é?

O circuito de áudio foi ativado de novo.

— Ah, meu senhor Doutor — disse a Nave, timidamente. — Você é maravilhoso!

Um instante depois ouviu-se um som distante de um estabilizador dimensional relativo em operação, e um gemido contínuo da Nave fazendo "Uuuuiiiii!!!" enquanto desaparecia no tempo e no espaço.

Romana ficou sem palavras por um instante. Quando finalmente reorganizou as ideias, o Doutor já estava de volta ao painel de navegação da TARDIS, inserindo uma sequência de coordenadas.

— Ainda temos muitas coisas para ajeitar — disse ele. — Para começar, não vou ficar carregando esses daí pelo universo para sempre.

A TARDIS sacudiu de leve, e ouviu-se um som distante de uma pequena explosão por trás de um dos painéis. O Doutor deu um tapinha de leve nos controles.

— E estou feliz de ter você de volta mais uma vez.

— O que exatamente você *fez* com a nave de Skagra, Doutor? — perguntou Romana.

Ele deu de ombros.

— Nada de mais. Quero dizer, um monte de gente acha que sou maravilhoso sem que eu precise *fazer* nada com eles.

Romana riu com desdém.

O Doutor apontou para ela.

— Você, por exemplo, me acha maravilhoso.

— Claro que não — disse ela automaticamente.

Mas quando suas defesas se derreteram, ela se viu passando os braços com carinho em volta das costas dele.

— Claro que acho.

— Claro que acha — disse o Doutor. E então voltou o olhar para baixo. — K-9?

O cachorro se aproximou e esfregou o nariz contra a perna do Doutor e disse:

— Maravilhoso, amo.

Capítulo 73

Chris Parsons estava sentado numa espreguiçadeira alienígena, numa praia alienígena, tomando um sorvete alienígena e sentindo-se totalmente alienado. Verdade seja dita, o mar e o céu eram de um azul belíssimo. É só que não eram do tom certo de azul. A areia era dourada, dourada de verdade. Era como estar numa fotografia retocada de um folheto de propaganda de viagem. Ainda assim, o gosto do sorvete era bem dentro do esperado, e a espreguiçadeira havia se comportado exatamente como as da Terra em sua relutância em abrir sem prender seus dedos.

A última hora mais ou menos era um borrão na memória de Chris, como se estivesse se recuperando de uma cirurgia. Eles também não tinham dado sorvete para ele depois que tirou as amígdalas? Deu mais uma lambida e olhou para a direita, onde o Professor Chronotis se esparramava feliz em outra espreguiçadeira, as pernas da calça arregaçadas até os joelhos, os pés descalços brincando na areia e um lenço amarrado na cabeça. Seus olhos estavam firmemente fechados, os óculos mal posicionados, e um sorriso tranquilo no rosto. Parecia mais feliz e inofensivo do que nunca, um velhinho tão simpático. Chris franziu o cenho. Mas, espere aí, isso não era verdade, era?

Ele voltou sua atenção para uma terceira espreguiçadeira à sua esquerda, onde estava o Doutor. Apesar do sol ofuscante, ele ainda estava de cachecol e com sua roupa completa de inverno. A única concessão ao clima eram os óculos escuros imensos e aparentemente bem caros. Numa das mãos, segurava o que parecia uma versão muito menor da esfera que causara todo o problema. E estava mexendo nela com a chave de fenda sônica, emitindo um ou outro "Ó!" e "Arrá!".

— Desculpe interromper — aventurou-se Chris.

— Ah, Bristol! — exclamou o Doutor, baixando os óculos sobre o nariz para dar uma piscadela amigável. — Sentindo-se melhor? De volta ao mundo dos vivos?

— Sim — disse Chris lentamente. — Embora ainda esteja confuso a respeito de algumas coisas. — Ele olhou ao longo da praia, onde nenhum dos banhistas parecia nem um pouco incomodado com o fato de que surgira uma porta de madeira na lateral de um das cabanas listradas na areia. — Por exemplo, onde Clare está?

— Ela já vai chegar — disse o Doutor. — Só tome seu sorvete e me peça para explicar tudo.

Chris vasculhou suas memórias confusas de tudo o que havia acontecido desde que a esfera voara na direção de sua testa, ainda em Shada.

— Então — começou ele, apreensivo —, lembra de quando eu meio que entrei de supetão naquela sala e gritei para todo mundo que o Professor na verdade era Salyavin...

— Graduandos... — resmungou o Professor sem sequer abrir os olhos.

Chris continuou:

— Achei que estava sendo bem útil naquela hora, mas tenho a impressão de que na verdade não fui nem um pouco útil...

— Bem, na verdade, não — disse o Doutor, depois de uma pausa. — Aquilo foi possivelmente a coisa mais inútil que qualquer um no universo poderia ter feito naquele momento específico. Se eu não tivesse ficado tão apavorado e furioso, teria ficado bem impressionado por você ter descoberto o segredo do Professor.

Chris baixou a cabeça. Era difícil responder a isso.

— Hum, bem, me desculpe — disse ele.

O Doutor sorriu.

— Não se preocupe, Bristol, não é o fim do mundo. Embora pudesse ter sido, mas não é.

— Mas é tudo meio que minha culpa, não é? — disse Chris. — Quero dizer, se não tivesse pegado aquele livro emprestado...

— Mas você não pegou — interrompeu o Doutor.

— Acho que peguei sim — disse Chris. — Tenho bastante certeza dessa parte.

O Doutor negou com a cabeça.

— Você não pegou o livro emprestado. O livro pegou você emprestado.

Chris apenas o fitou, deixando o sorvete esquecido pingar em sua calça jeans.

— Ah, sim — continuou o Doutor —, esses Artefatos incrivelmente poderosos e desconhecidos não são nada bobinhos, sabe. Ele pressentiu o perigo e escolheu você como seu protetor. Provavelmente guiou o Professor inconscientemente para direcioná-lo até você. Ele foi com a sua cara, Bristol.

— É um jeito muito estranho de um livro se comportar.

— É um livro muito estranho. Nenhum de nós esperava ser capaz de *lê-lo*. Mas o tempo todo, desde o início, ele estava lendo cada um de *nós*.

— O quê? — balbuciou Chris.

— Ah, sim, você não iria se lembrar — disse o Doutor —, naquele ponto, sua mente já tinha sido sugada do corpo e a sua parte física havia se tornado uma marionete da vontade pervertida de Skagra.

— Podia acontecer com qualquer um de nós — resmungou o Professor.

— Por sorte, fui capaz de rever isso — disse o Doutor, sacudindo a pequena esfera diante de Chris.

Chris abriu a boca, cheio de perguntas para fazer.

— De qualquer forma — continuou o Doutor —, Skagra tocou o livro e obviamente não gostou do que viu.

— Eu vi o passado quando toquei o livro — disse Chris.

— Acho que Skagra viu o futuro — disse o Doutor. — E não gostou. Porque o livro não gostava dele, entende? Ele ficou espantado por um momento e perdeu o controle da Mente Universal.

— Fico muito feliz de voltar a ser eu mesmo — disse Chris. — Mas aquelas outras pobres criaturas. O pescador, os cientistas do Think Tank. Imagino que tenha sido tarde demais para eles, sem corpos para os quais voltar.

Triste, ele mirou o mar, onde um pequeno grupo de banhistas jovens e bronzeados estava reunido ao redor de uma prancha de surfe, aparentemente sem qualquer preocupação na vida.

— Claro que não foi tarde demais — disse o Doutor, apontando exatamente para o mesmo grupo de banhistas. — Lá estão eles, todos aqui e bem. Tinha outra pessoa ainda, um sujeito bacana, chamado David.

— O quê? *O quê*? — gaguejou Chris.

O Doutor sacudiu a esfera mais uma vez.

— Usei meu próprio controle sobre a matriz telepática e condensei as cinco pequenas esferas que haviam se grudado a vocês nesta aqui. E então, com grande habilidade, mandei a sua mente, a mente do Professor e aquelas mentes traiçoeiras dos Antigos Párias de volta para os seus corpos. Ah, e mandei as outras para corpos novos.

— *Corpos novos*? Como? Onde você conseguiu *corpos novos*?

O Doutor apontou para praia.

— Estamos numa civilização nível 11. A engenharia genética neste planeta é uma verdadeira obra de arte. Não estou falando de tirar uma ruguinha em volta dos olhos, eles podem construí-lo todo de novo, se você pedir com jeitinho. Eu pedi com jeitinho e consegui que eles me construíssem sete corpos novos para as mentes sem corpo que havia na esfera.

Ele acenou para os banhistas. Eles acenaram de volta.

— Parecem tão diferentes — disse Chris. — Jovens, musculosos e mais bonitos.

— Bem, por que não? — disse o Doutor. — E parecem bem interessados em ficar aqui e se divertir um pouco. Quem poderia culpá-los? Eles merecem.

Chris estreitou os olhos e viu uma senhora de meia-idade sair de uma das cabanas listradas, gritar "U-lá-lá!" e saltitar pela areia, juntando-se ao grupo que se jogava no mar. Ela envolveu o maior e mais bonito rapaz num abraço apertado, bagunçando seu cabelo.

— Ah — disse o Doutor —, e prometi a David que traria sua mãe da Terra. Ele parecia um garoto tão legal, e ela devia estar muito preocupada.

Chris balançou a cabeça, impressionado.

— Você é realmente maravilhoso.

— É o que dizem — comentou o Doutor.

O Professor bufou.

— Eu ajudei o tempo todo, sabia? Embora ele aparentemente tenha se esquecido de mencionar. Esse daí tem uma memória de peneira.

O comentário fez Chris se lembrar do que iria perguntar um pouco antes. Era um assunto um tanto delicado.

— Hum, Doutor — começou ele, aproximando-se do Senhor do Tempo e tentando manter a voz baixa. — Outra coisinha. Se o nosso amigo aqui — ele apontou para o Professor — é... ou era... S-A-L...

O Professor abriu os olhos.

— Salyavin? O que tem ele? Já foi tarde, eu diria.

Chris se sobressaltou, sentindo-se culpado.

— Bem, eu só ia dizer, sem ofensa, claro, Salyavin não era um cara do mal? Um terrível criminoso, o Grande Facínora da Mente e tudo mais. Motivo pelo qual, você sabe, ele foi preso para sempre.

— Vou deixar o Professor contar sua história com as próprias palavras, exatamente como ele acabou de me contar — disse o Doutor.

O Professor se aproximou e abriu a boca para falar.

— Você tem que entender — disse o Doutor, antes que o Professor tivesse uma chance de começar — que nós, Senhores do Tempo, com todo o nosso imenso poder, somos um pouco medrosos, sempre fomos. Essa história de ter tanto poder faz com que você fique meio ressabiado. E os Senhores do Tempo têm uma tendência a reagir de modo muito exagerado a qualquer coisa que seja diferente ou que eles não entendam ou que não se encaixe num jeito específico de agir. Qualquer coisa que possa ser considerada uma ameaça a eles.

— É, me lembro de você dizer que eles talvez destruíssem a Terra só porque aquele livro tinha desaparecido.

— Exatamente — disse o Doutor. — Bom ver que você andou prestando atenção. — E apontou para Chronotis. — Prossiga, Professor.

O Professor abriu a boca para falar.

— O pobre Salyavin aqui — disse o Doutor, antes que o amigo pudesse dizer qualquer coisa — tinha um talento muito raro, o poder de colocar coisas nas cabeças de outras pessoas. Nós, Senhores do Tempo, temos um pequeno talento para telepatia, mas o dom de Salyavin era único. Só que ele era um sujeito diferente, ou seja, não era maldoso. O máximo que chegou a fazer foram alguns trotes lamentáveis, infantis e muito divertidos. Fazer com que o Senhor Presidente achasse que suas cuecas estavam pegando fogo, fazer todo mundo dançar cancã ao redor do Panopticon e coisas assim.

O Professor deu uma risadinha.

— É, aquilo sim era vida, as loucuras da juventude...

— Mas o Alto Conselho não gostou nem um pouco desse dom — interrompeu o Doutor. — E não estou falando só das cuecas e do cancã, mas do potencial que esse talento tinha. Se Salyavin quisesse, imaginaram eles, podia dominar Gallifrey.

— Mas por que eles pensariam isso? — perguntou Chris.

— Porque — respondeu o Doutor — é exatamente o que fariam se qualquer um deles tivesse esse talento.

O Professor conseguiu afinal dizer algumas palavras:

— Era uma gente desonesta, corrupta, egoísta...

— E isso não mudou muito — interrompeu o Doutor. — Vejam só o jeito como me tratam.

— Muito melhor do que como me trataram — disse o Professor.

— Ah, sim, sinto interromper — disse o Doutor, gesticulando na direção do Professor. — Prossiga, a história é maravilhosa.

O Professor limpou a garganta e abriu a boca.

— Então, o jovem Salyavin aqui — exclamou o Doutor —, dotado de um grande poder, mas um sujeito decente em todos os aspectos, foi galgando os degraus da hierarquia de Gallifrey. Não à custa de seu talento, mas trabalhando pesado e com muita honestidade, qualidades que vejo espelhadas em mim mesmo. E o Alto Conselho foi ficando mais e mais ressabiado. O que ele estava planejando?, pensaram. E então ele se tornou senador júnior, e isso realmente deixou muita gente com uma pulga atrás da orelha. Algo tinha que ser feito a seu respeito. E em segredo, longe dos olhos do povo. Eles tramaram tudo com muito cuidado, apavorados de que ele descobrisse o plano e usasse seus poderes contra eles.

— E qual era o seu objetivo, Professor? — perguntou Chris. — O senhor planejava dominar Gallifrey?

— Claro que não — disse o Doutor. — Olhe só para ele. Ele só gosta de se entreter fazendo chá e lendo livros. Mas o Alto Conselho não poderia aceitar isso, a paranoia deles era grande demais. Então, um dia, o Conselho solicitou que o mais novo senador júnior fizesse uma visita de inspeção de rotina às instalações de um dos inomináveis e longínquos presídios bloqueados do tempo.

— Shada! — exclamou Chris.

— Sim, é claro que era Shada — resfolegou o Doutor —, a prisão de Wormwood Scrubs é que não ia ser, não é? E lá se foi Salyavin para Shada, aparentemente sem suspeitar de coisa alguma, sorrindo abertamente diante da grande honra que se oferecia a ele. E assim, eles prepararam uma TARDIS diplomática, com dois guardas de honra de alto escalão, da tropa do próprio Chanceler.

— E o senhor não suspeitou de nada? — perguntou Chris para o Professor.

— Pro diabo que não suspeitei de nada — resmungou o Professor. — A coisa toda cheirava a... como se chama aquilo mesmo, que nada por aí no mar?

— Agora você pode ver por que estou contando a história — murmurou o Doutor. Ele prosseguiu: — E Salyavin tinha toda razão de achar que a coisa toda cheirava a peixe podre. Porque no momento em que aquela TARDIS requintada se desmaterializou de Gallifrey, o departamento de Relações Públicas do Alto Conselho ficou doidinho. Eles forjaram uma lista de acusações duas vezes o tamanho do seu braço, chamando Salyavin de louco, de terrorista subversivo, obcecado com a ideia de dominar Gallifrey com seus terríveis poderes mentais, escravizar a população apenas pela força de sua própria vontade. O Grande Facínora da Mente, foi como o chamaram. E o povo engoliu. Vivas para o Alto Conselho, eles o haviam despachado para Shada e salvado Gallifrey.

Chris virou-se para o Professor e perguntou:

— Mas o senhor escapou de Shada, não foi?

— Já estou chegando lá — disse o Doutor. — Salyavin já tinha entendido tudo. Antes que os guardas de honra pudessem deixá-lo com sua pistola staser e enfiá-lo numa cabine criogênica para toda a eternidade, Salyavin colocou seu próprio plano em ação. Primeiro, projetou sua mente nas cabeças dos dois guardas. Eles o levaram até a cabine designada a ele, onde deixou aquela compreensivelmente agressiva mensagem para a posteridade. E então ele e os guardas voltaram para a TARDIS e para Gallifrey. Ele implantou uma nova realidade na mente dos guardas: a de que a missão tinha sito um completo sucesso e o Grande Facínora da Mente estava seguro atrás de barras criogênicas, por assim dizer.

— Mas espere aí — disse Chris para o Professor. — O que o senhor fez depois que voltou para Gallifrey naquela TARDIS?

— Ah, ele já tinha pensado muito bem nisso tudo — disse o Doutor. — Ele não estava naquela TARDIS quando voltou.

— Mas também não estava em Shada? — perguntou Chris. — Perdi alguma coisa?

— Ah, todo mundo perdeu — comentou Chronotis, rindo consigo mesmo. — Foi só um detalhe. Você sabe como gosto das minhas coisinhas.

— Não estou entendendo — disse Chris.

O Doutor apontou a porta de madeira na cabana listrada perto deles.

— Bristol, você sabe que uma TARDIS pode ser maior por dentro, não?

— Sim, claro que sei — disse Chris.

— Então, pense bem. Isso significa que elas podem ser muito, muito menores por fora.

Chris sorriu para o Professor.

— Então, você tinha a sua própria TARDIS com você o tempo todo...

— Muito bem guardada no meu bolso — disse o Professor.

— Disfarçada de livro! — exclamou Chris.

— Não, disfarçada de *marcador* de livro. Então, quando precisei dela, expandi o casco plásmico exterior, entrei e fui embora.

Chris mastigou o último pedaço de casquinha de seu sorvete.

— Acho que é a conversa mais estranha que já tive.

— Clare ainda não voltou — disse o Doutor.

Antes que Chris pudesse reagir a essa observação, o Doutor já estava de volta, a todo vapor.

— Então, o pobre Salyavin teve que encobrir seu rastro.

O Professor parecia um tanto sofrido.

— Só porque fui obrigado, Doutor — disse, um pouco triste. — Pode continuar a história daí para a frente, filho. Não tenho muito orgulho dessa parte.

— Bem, já que o senhor insiste — disse o Doutor. — Salyavin estacionou sua TARDIS em modo flutuante sobre Gallifrey, e ligou sua mente diretamente à fonte de energia da nave. Em seguida, usou seu talento especial em grande escala. Enviou sua mente para os circuitos telepáticos da TARDIS e os propagou por todo o planeta. E então, com grande esforço, fez toda a população do planeta mais poderoso do universo se esquecer de Shada. Ele os fez esquecer que o lugar sequer existira. Simplesmente não podia arriscar que seu segredo fosse descoberto.

— Isso é incrível — disse Chris, com um assobio.

— E muito perigoso — continuou o Doutor. — E moralmente duvidoso, pois deixou todos os prisioneiros em Shada esquecidos pela eternidade.

— Você e eu sabemos muito bem, Doutor — disse o Professor —, que os prisioneiros foram enviados para lá para serem esquecidos. Não é desculpa, mas paguei um preço muito alto pelo que fiz. O procedimento quase me matou. De certa forma, matou sim. Até onde sei, com certeza matou Salyavin.

— Me desculpe — disse Chris —, mas aquela parte do "retorno milagroso do mundo dos mortos", isso é parte dos seus poderes?

— Ah, não — disse o Doutor. — Isso é bem comum. O que o Professor quis dizer é que ele se regenerou. Ele se reencarnou num novo corpo.

— De novo essa história de corpos novos, é? — perguntou Chris.

— Bristol — disse o Doutor —, se a gente quiser chegar ao final disso, você realmente precisa parar de interromper o Professor. — Ele tossiu e prosseguiu: — Salyavin simplesmente retornou a Gallifrey em seu novo corpo... e com um novo nome. Com alguns truques mentais bem menos duvidosos, ele conseguiu convencer a todos que era o simpático e antigo arquivista Professor Chronotis, um homem sem qualquer ambição política. Uma alma simples que podia ser deixada em paz para se entreter com todos os livros e todos os chás que bem entendesse. Foi quando o conheci, eu era um garoto.

— E no momento em que me tornei Chronotis, jurei que me esqueceria de Salyavin, de minha vida passada, empurraria tudo isso para o fundo de minha memória. E nunca mais usaria meus poderes de novo.

O Doutor tomou a palavra mais uma vez:

— Tudo o que sobrou de Salyavin foram as lendas que o Alto Conselho havia criado, a história forjada, que servia ao Professor muito bem.

— E o livro? — perguntou Chris.

— Ah! — disse o Doutor. — Uma vez que Shada foi esquecida, o livro foi deixado acumulando poeira numa vitrine dos Arquivos do Panopticon, onde qualquer simpático e antigo arquivista poderia ficar de olho.

— Mas depois de tudo o que eles fizeram com o senhor — disse Chris para o Professor —, o senhor simplesmente voltou a viver lá.

— Bem, é a minha casa — disse o Professor. — E a biblioteca deles é realmente fenomenal. Nada mal.

— De volta ao ponto — disse o Doutor.

— Deixe-me adivinhar — interrompeu Chris. — O livro ficou em Gallifrey até o Professor se aposentar e se mudar para Cambridge.

O Doutor assentiu, animado.

— Nota dez, Bristol! — E então, franziu o cenho. — Espere aí, espere aí... até os Senhores do Tempo iriam reparar numa vitrine vazia na biblioteca, mesmo através da poeira. Se o senhor pegou o livro, o que havia naquela vitrine nos últimos trezentos anos?

O Professor deu de ombros.

— Só substituí por outro livro, mais ou menos do mesmo tamanho. Tentei encontrar uma lombada que combinasse perfeitamente, o conteúdo não importava...

— Que livro, Professor? — exigiu o Doutor.

— Ah, um clássico terrestre, de um dos maiores escritores da história do planeta — disse o Professor. — Muito engraçado, muito profundo, queria tanto lembrar o nome, algo sobre pegar carona, e tinha alguma coisa com toalhas, ah, eu me lembro, sim, deixe-me pensar... sim, claro, era *O guia do mochileiro das...*

E então foi interrompido — dessa vez, não pelo Doutor, mas por um ruído de motor agora já muito familiar. A cabine de polícia que continha a TARDIS do Doutor surgiu do nada no meio da praia. Chris ficou de pé, enquanto Romana, K-9 e Clare desembarcavam na areia reluzente.

O rapaz limpou o sorvete da calça jeans. Clare estava com uma expressão especialmente misteriosa no rosto. Chris teve um lampejo súbito de memória. Achava que tinha gritado algo importante para ela. Mas o que havia sido? E quando isso tinha acontecido? E por que as coisas sempre ficavam *mais* confusas quando Clare aparecia?

O Doutor cumprimentou Romana sem se levantar de sua espreguiçadeira.

— E então, fez tudo o que havia na lista?

— Sim, Doutor — respondeu Romana, pacientemente, puxando uma folha de papel amarrotada do bolso. Do outro bolso, tirou um par de óculos escuros elegantes, colocou no rosto e começou a ler: — Item 1. Com K-9 como segurança, retornar os Antigos Párias às suas cabines em Shada. Feito.

— Você os colocou de volta em Shada? — perguntou Chris. — Isso não era moralmente duvidoso?

Romana sorriu para ele.

— Item 2 — disse ela. — Enviar mensagem para Gallifrey relatando detalhes selecionados dos eventos recentes.

— Você contou aos Senhores do Tempo de Shada? — balbuciou Chris. — E o Professor? Eles vão vir atrás dele!

— Item 2B — disse Romana. — Certificar-se de dizer a eles que Salyavin está morto e fazer com que K-9 destrua a cabine dele como prova. Não fazer qualquer referência ao Professor Chronotis.

O Doutor assentiu.

— E o item 3?

Romana enfiou um dedo na lista.

— Na verdade, deveria ser item 2C. Mandar *O venerável e ancestral livro das leis de Gallifrey* de volta para os Senhores do Tempo.

— Item 2C? — bufou o Doutor.

— É — respondeu ela, fazendo pouco caso. — Só tive que colocar o livro na caixa de pensamento junto com a mensagem, para economizar o custo da remessa. Acho que é tudo.

O Doutor tossiu.

— Na verdade, havia um item 4 no verso da página, se você tivesse se dado ao trabalho de virar a folha.

K-9 abanou o rabo.

— Item 4 também completado, mestre — trinou ele.

Clare tirou uma grande sacola de papel de dentro do casaco e entregou ao Doutor.

— Tivemos que fazer um desvio, mas acabamos encontrando num planeta chamado Barastabon — disse ela. — Na verdade, nós quase batemos nele. Sinto dizer que foi mais ou menos no momento em que todas aquelas coisas tecnológicas que o Professor colocou na minha cabeça meio que desapareceram.

— Bom — disse o Doutor, enfiando a mão na sacola e tirando um punhado de pequenas bolinhas prateadas. — Esferas de rolamento comestíveis — disse, com um sorriso. — Estava morrendo de vontade, não sei por quê. — Ele enfiou um punhado no boca e mastigou, satisfeito. — E você está melhor sem aquele monte de conceitos de mecânica temporal quicando na sua cabeça — disse a Clare. — Tome, coma uma bolinha de rolamento.

Romana tossiu de leve.

— Sem contar que se trata de conhecimento proibido para um planeta nível 5. E, você, Doutor? O seu item? Aquele único e solitário item da sua lista?

O Doutor ergueu a esfera.

— Eu estava quase terminando quando você me interrompeu. — Agitou a chave de fenda sônica sobre a esfera, produzindo um zumbido bem alto. — Mandei um sinal dessa esfera para todas as miniesferas voando ali naquela nuvem. A partir de agora, a matriz telepática está desativada. — Ele fitou a esfera prateada em sua palma. — Talvez dê um belo peso de papel.

Clare correu até Chris, seu sorriso misterioso ainda mais misterioso.

— E *você*? Como está se sentindo? — perguntou ela, com uma ênfase exagerada.

Chris deu de ombros.

— Melhor, acho. Mas muito confuso. É como se tivesse ido ao banheiro dez minutos antes do final de um filme muito complicado e voltado quando os créditos já estavam subindo na tela.

— Se você se comportar, conto o final — disse ela, com um largo sorriso.

Chris olhou para Clare. Parada ali, no sol ofuscante de uma praia paradisíaca de um mundo alienígena absolutamente maravilhoso, ela ainda era o que havia de mais bonito de se olhar. O rapaz engoliu em seco.

— Eu estava me perguntando — começou ele, conjurando toda a sua determinação, porque dessa vez não iria deixar de falar o que tinha que falar.

Clare ergueu uma sobrancelha.

A determinação de Chris se derreteu como um Kraag.

— Eu estava me perguntando por que Skagra fez tudo aquilo, para começo de conversa — concluiu ele, desajeitado.

Romana, que estava de pé atrás da espreguiçadeira do Professor dando um abraço apertado no velhinho, voltou o olhar para Chris.

— Em termos psicológicos — disse ela —, ele provavelmente tinha alguma coisa no seu passado.

— Mas de onde ele veio? — perguntou Chris.

O Doutor engoliu outro punhado de doces e apontou para onde estava.

— Daqui! — disse ele. — Estamos em Drornid. Agradável, não?

Clare pousou uma das mãos no ombro de Chris.

— Eu percebi há muito tempo que as pessoas são simplesmente inexplicáveis — disse ela.

O Doutor espalmou as mãos e disse:

— Certo, gente. Para onde vamos agora? Não podemos ficar aqui o dia inteiro.

O Professor Chronotis levantou-se desajeitado de sua espreguiçadeira.

— De volta para Cambridge, acho. Vocês estão todos convidados para uma xícara de chá. Eu próprio estou morrendo de sede.

— Cambridge também, por favor — disse Clare.

Chris assentiu.

— Claro! Você tem um voo marcado. E ainda tem que arrumar todas as suas coisas.

O Doutor suspirou, Romana revirou os olhos, o Professor estalou a língua e K-9 baixou a cabeça.

— O que foi? — perguntou Chris. — O quê?

Clare virou-se para os outros.

— Vocês podem nos dar um momento?

O Doutor, Romana e K-9 foram para a TARDIS, e o Professor seguiu até a cabana mais próxima.

Pela primeira vez, Chris não ficou apreensivo quando Clare se virou para fitá-lo. Ele jamais poderia ter imaginado os eventos dos últimos dois dias, mas até aí, nunca tinha sido capaz de prever Clare. Ele não sentia mais o nervosismo que ela despertava nele. Tudo o que sentiu foi uma alegria avassaladora de que ela estivesse ali, bem e com ele.

— Chris — disse ela, muito diretamente.

— Keightley — respondeu Chris.

Ela balançou de leve a cabeça.

Enfim ele entendeu a dica.

— Clare? — perguntou, baixinho, experimentando a palavra.

Ela assentiu.

— Você não se lembra do que disse para mim, não é?

Chris franziu o cenho, a imagem mental de si mesmo gritando algo importante pulsando em seu cérebro.

— Não — admitiu.

— Deixe-me dar uma pista — disse a moça de mansinho. — Eram três palavrinhas.

Chris se concentrou com muita força.

Clare balançou a cabeça de novo e pegou com carinho a mão do rapaz.

— Não, não precisa fazer força. Você já disse as palavras antes. Pode dizer de novo.

— Então por que não consigo me lembrar? — Chris estava quase desesperado.

— Bem — disse Clare, meio sem jeito. — Sua mente estava sob o controle de Skagra, e, se quisermos ser realmente precisos, as palavras saíram da boca do Doutor, mas não há dúvida que foram ditas por você. — Seu rosto era o próprio retrato da honestidade.

E então Chris entendeu. Meu Deus, como era simples. Nada mais no universo era tão simples, no final das contas. Mas ali estavam eles, juntos, num planeta alienígena, e Clare Keightley estava com toda a paciência tentando tirar dele o simples fato que havia escolhido complicar por tanto tempo. Todos aqueles pensamentos banais e idiotas sobre estar velho demais aos 27 anos, sobre o tempo estar passando por ele e ele estar ficando sem tempo.

— Sou um idiota — disse Chris.

— Não foram essas três palavras — disse Clare, olhando fundo em seus olhos.

Chris riu e então segurou Clare em seus braços, girou-a e gritou, o mais alto que podia, para que todo o planeta pudesse ouvir.

— *Eu te amo!* Eu te amo, Clare Keightley!

— Até que enfim — disse Clare.

Capítulo 74

Wilkin não levou muito tempo para encontrar um policial. Segundo sua experiência, numa manhã de domingo fria como esta, era quase certo que encontraria um ou dois perto da fumegante barraquinha de café da Sidney Street.

Este guardião específico da paz da Rainha não parecia muito satisfeito de ser arrastado de volta para o frio por Wilkin e estava infligindo sua vingança sutil através de um ar de condescendência irônica.

Wilkin descreveu seu problema enquanto eles voltavam para o St. Cedd's e atravessavam o átrio na direção do setor P.

— Uma sala roubada, é isso, senhor? — perguntou o comissário Smith, não pela primeira vez.

Wilkin suspirou.

— Só assim posso descrever isso, comissário.

— Simplesmente tente estabelecer os fatos como o senhor os presenciou, senhor — disse o policial. Ele inspirou por entre os dentes e balançou a cabeça com desagrado, fazendo Wilkin estremecer por dentro. — É só que, pela minha experiência, as pessoas não saem por aí roubando salas. Elas roubam coisas *das* salas, mas roubar a própria sala, muito raro. — Ele parou no meio da passada, e Wilkin quase o atropelou. — Na verdade — disse Smith, com um ar de quem vai dividir uma informação muito importante —, acho que *nunca* é provavelmente a palavra certa, senhor.

— Sim, sei como isso deve soar... — começou Wilkin, tentando apressar o policial, mas Smith estava apenas começando.

— Quero dizer — interrompeu ele —, qual seria a vantagem? Não é como se existisse um mercado negro de salas, é? Não se conseguiria muito com uma!

Wilkin abriu a porta da universidade com o máximo de elegância de que era capaz, e Smith entrou, olhando ao redor com um ar de desaprovação em geral que deixava claro que, para ele, a vida acadêmica se resumia puramente a capacetes roubados, crimes menores, mauricinhos embriagados que precisavam ser resgatados do rio e o monte de papelada que tudo isso gerava.

Wilkin se sentiu ofendido em seu senso de decoro por esse parvo desajeitado.

— Sei que é difícil de compreender — disse, percorrendo o interior do prédio. — Também é muito fácil ser sarcástico.

Smith deu de ombros.

— Sarcástico, senhor? Não sei o que é isso. Por que o senhor não repete os pontos cruciais?

Wilkin suspirou um suspiro ainda mais profundo.

— Muito bem. Cheguei à sala, abri a porta...

— A primeira das duas portas que o senhor mencionou, certo?

— Certo! — Wilkin estava quase gritando. — Ela se abre para um pequeno vestíbulo.

— Então a gente tem que torcer para que ninguém tenha sumido com esse tal de vestíbulo, não é, senhor?

Wilkin tentou se controlar.

— É a outra porta e a sala para a qual ela se abre que desapareceram. Não havia absolutamente nada quando olhei.

— Absolutamente nada, senhor?

Wilkin assentiu.

— Absolutamente nada. Só os fundos do prédio, com vista para o rio, depois que aquela névoa azul estranha desapareceu.

O Comissário Smith parou de novo e ergueu um indicador.

— Arrá — disse, estreitando os olhos na direção de Wilkin. — Talvez aquela névoa azul seja a prova vital que precisamos encontrar.

Wilkin bufou e resfolegou, indignado.

— E posso garantir a você que eu não bebi!

O Comissário Smith ergueu as mãos aos céus diante da mera sugestão.

Para a alegria da pressão arterial de Wilkin, eles haviam chegado afinal à curva que conduzia à sala P-14. Ele atravessou o corredor às pressas, com Smith logo atrás.

Smith apontou a porta com o polegar e perguntou:

— Então é essa a famosa porta para o vestíbulo, senhor? Atrás da qual o senhor viu a misteriosa névoa azul?

— Sim — disse Wilkin, por entre os dentes.

O Comissário Smith ergueu uma das mãos, lançou um olhar na direção de Wilkin que dizia "Um movimento em falso e jogo um livro em você, meliante" e bateu à porta.

— Pode entrar! — respondeu uma voz animada.

Smith olhou de volta para Wilkin, erguendo significativamente uma sobrancelha, o que indicava que o meliante estava de fato em maus lençóis.

O policial abriu a porta, examinou depressa o vestíbulo e atravessou a porta interna, encontrando-se numa sala bagunçada, mas nem um pouco roubada.

Wilkin se esgueirou logo atrás dele, removendo o chapéu-coco e torcendo-o com os dedos, em total confusão.

— Bem — disse Smith —, quem quer que tenha levado a sala, senhor, aparentemente a trouxe de volta.

Smith ignorou o choque no rosto de Wilkin, seus olhos treinados já examinando com suspeita os tipinhos acadêmicos desagradáveis que se reuniam dentro da sala. Estavam todos bebericando xícaras do que poderia ser um chá inocente e inofensivo, mas Smith fungou o ar, alerta para traços de quaisquer outras substâncias que a bebida pudesse contar.

A atenção do policial se voltou imediatamente para um sujeito alto, de ar insolente, com olhos grandes e um cachecol ridículo. Ele segurava uma xícara numa das mãos e um livro aberto na outra, e estava lendo numa voz pedante. Sem dúvida, se achava o máximo.

— "...seu vestidinho caseiro favorito" — exclamou o sujeito, levando o livro junto ao peito e batendo nele de leve com a mão enrugada. — "Sentirá sua falta quando acordar."*

Escutando esse disparate subversivo, espalhados em poltronas e sofás numa postura obviamente de contracultura, havia mais quatro pessoas, dois brotinhos e dois camaradas. O primeiro camarada parecia bastante inofensivo, um velhinho simpático. Ao lado dele, havia uma loura meio esnobe. Estava usando uma medalha no peito; entretanto, provavelmente participava de algum movimento artístico antiguerra. Conhecia bem o tipo, em casa fazia o tipo "sou do clubinho de equitação e adoro livros empoeirados", mas era só o papai e a mamãe saírem de perto e ficava logo "abaixo a bomba e queimem seus sutiãs". De frente para eles, do outro lado do sujeito de olhos grandes, havia um estouro de morena que, por algum motivo, estava de mãos dadas com um hippie de

---

*Dickens, *A loja de antiguidades*. Tradução livre. (N.T.)

ar meloso, cabelos compridos e calça jeans encardida. Smith suspirou para si mesmo. O que é que uma belezura daquelas podia ver naquele fracote imbecil?

Tudo isso passou pela cabeça treinada na academia de polícia de Hendon do Comissário Smith em poucos segundos. E então percebeu que o coroa estava tentando chamar sua atenção.

— Bom dia, comissário — disse, com um sorriso. — Olá, Sr. Wilkin. Em que podemos ajudá-los? Uma xícara de chá, talvez?

— Não durante o serviço, obrigado — disse Smith, lançando um olhar suspeito na direção da chaleira. — É só uma verificação de rotina, senhor. Recebemos uma denúncia de que esta sala havia sido roubada.

Todos os ocupantes da sala se encararam com expressões de inocência que despertou as suspeitas do policial. Estava se coçando para fazer uma prisão.

O senhor voltou-se para Smith e perguntou:

— Roubada? Acho que não, comissário. — Ele fitou Wilkin através de seus óculos. — Você sabe alguma coisa disso, Wilkin?

Antes que o porteiro pudesse responder, Smith pegou o sujeito molenga prestes a enfiar um comprimido branco na boca.

— Com licença, senhor! — Smith levantou a voz. O homem ficou paralisado, a culpa tomando todo o seu rosto.

— É só uma aspirina, comissário — gemeu o elemento, esticando-se para mostrar a cartela na mesa de centro.

Smith ergueu outra sobrancelha, numa expressão devastadora.

— Aspirina, senhor?

O homem assentiu.

— É, para dor de cabeça.

Smith cruzou os braços.

— Dor de cabeça, é? — disse, esticando a última palavra significativamente. — Exagerou ontem à noite, foi?

O hippie lançou um olhar indecifrável para o sujeito de olhos grandes, que abriu um sorriso enorme e absolutamente arrebatador.

— Os últimos dois dias foram muito corridos para todos nós — disse ele.

A gatinha de permanente no cabelo levantou a voz. Não soava nem um pouco arrogante quanto o resto do grupo.

— Nós acabamos de ficar noivos, sabe, e cancelei uma viagem para os Estados Unidos para ficar aqui com meu querido futuro marido. Como o Doutor disse, foram dias corridos. — Ela sorriu gentilmente para Smith, que amaldiçoou internamente o fato de que a moça pudesse ter sido fisgada pelo sujeito desgrenhado ao seu lado. Que desperdício.

Smith virou-se para encarar Wilkin.

— Teve muita festa aqui na universidade ontem à noite, senhor?

— Nada fora do normal — respondeu Wilkin, quase enfiando o topete na cara do policial, numa tentativa de acalmar as coisas, agora que o caso da sala desaparecida parecia ter sido resolvido. E então, voltou-se para o jovem casal. — E minhas mais sinceras congratulações, Sr. Parsons, ao senhor e à sua belíssima jovem. Fico feliz de saber que conseguiu encontrá-lo no final das contas.

— Eu também — respondeu a moça, com um olhar meloso.

Smith assentiu lentamente e coçou o queixo.

— Nada fora do normal — repetiu, lentamente. — Pela minha experiência, isso quer dizer as travessuras de sempre, não é? Alunos correndo pelas ruas da cidade, roubando capacetes de policiais, cones de trânsito e...

O policial interrompeu a frase pela metade, boquiaberto. No canto da sala havia uma cabine de polícia. Uma cabine de polícia grande, velha e azul. Isso estava um nível acima de cones de trânsito, dois de capacetes.

Com sua expressão mais severa, apontou a cabine e dirigiu-se aos suspeitos em geral.

— Posso saber onde vocês arrumaram aquilo ali?

O elemento de olhos grandes ficou de pé e caminhou na direção da cabine, na qual deu um tapinha que poderia ser considerado um gesto de afeto.

— Claro, comissário. No planeta Gallifrey, na constelação de Kasterborous. Quer que eu soletre?

Smith fechou a cara. Seus dedos estavam ardendo com a proximidade de uma prisão, e ele puxou um caderninho e uma caneta, absolutamente preparado.

O sujeito de olhos grandes se aproximou do policial.

— Eu mostraria minha licença para você se conseguisse encontrá-la, se eu tivesse uma e se não estivéssemos numa pressão tão grande. Vamos, Romana. Vamos, K-9.

A loura riquinha baixou a xícara de chá e levantou-se graciosamente do sofá. De trás do sofá, uma caixa de metal bem barulhenta e que parecia um cachorro deslizou atrás dela, abanando o rabo.

Da porta da cabine, o sujeito exclamou:

— Tchau, Wilkin, continue esse excelente trabalho que você vem fazendo. Tchau, Bristol, tchau, Clare, felicidades e obrigado por terem feito todas aquelas perguntas. E tchau, Professor, seu segredinho está a salvo conosco.

Enquanto isso, a loura e o negócio-cachorro entraram na cabine de polícia.

— Tchau, todo mundo — gritou ela lá de dentro.

O sujeito dos olhos grandes entrou na cabine e bateu a porta. Um segundo depois, ela se abriu, e ele reapareceu com seus cabelos encaracolados irritantes.

— Ah, e tchau, comissário, boa sorte com a investigação, seja lá sobre o que for! — Ele voltou para dentro da cabine e bateu a porta mais uma vez.

Smith já tinha aturado o suficiente. Marchou em direção à cabine de polícia, esmurrou a porta e gritou:

— Saiam todos daí. Isso é propriedade policial. — Ele parou e pensou por um instante. — E que diabos vocês estão fazendo aí dentro?

Não houve resposta. Em vez disso, a luz no alto da cabine começou a piscar, acompanhada de um rugido estridente e um barulho de motor, e, bem na frente dos olhos treinados em Hendon do Comissário Smith, a cabine desapareceu no nada.

Com um olhar ameaçador, Smith se virou para o restante do grupo. Todos eles tinham sorrisos insossos no rosto, como se nada de impossível tivesse acabado de acontecer. O porteiro, no entanto, estava fitando a marca que a cabine deixara no carpete. Ele balançou a cabeça, admirado, e murmurou:

— Então é assim que ele faz...

Ainda sorrindo, o velho caminhou até Smith.

— Tem certeza de que não quer uma xícara de café, comissário?

Smith não estava para distrações.

— Para onde foi aquela cabine de polícia? — perguntou com uma intensidade ameaçadora.

O homem abriu os braços e balançou a cabeça, como se espantado.

— E de que cabine de polícia o senhor estaria falando, comissário?

Aquela foi a gota d'água. Guardou bloco e caneta e apontou para a porta.

— Certo — disse ele. — Certo! Podem colocar seus casacos, todos vocês. Vai todo mundo dar um passeio comigo até a delegacia.

De mãos dadas e gargalhando sem parar, Chris e Clare seguiram o Professor, um Wilkin mortificado e o Comissário Smith, cruzando o pátio interno do St. Cedd's College na direção do portão principal.

Assim que pisaram na rua, o sol venceu as nuvens, banhando os antigos prédios do bairro universitário com uma luz dourada. Alguns madrugadores passaram de bicicleta, tocando suas buzinas, e os sinos de Cambridge começaram a soar, convocando os fiéis a rezarem e fazendo os alunos dorminhocos apertarem seus travesseiros sobre as cabeças.

— Bem, nós vimos o universo — disse Clare, aproximando-se com carinho de Chris. — Mas acho que prefiro a minha casa.

Chris se inclinou para beijá-la.

— Ei, seus pombinhos — gritou Smith, virando-se para eles. — Podem parar com isso, a menos que queiram acrescentar atentado ao pudor às acusações.

Chris engoliu o riso, e Clare deu-lhe um tapa de brincadeira na mão.

— Realmente acho que deveria estar levando minha prisão um pouco mais a sério — disse o rapaz.

O Professor Chronotis olhou para o casal por sobre o ombro, um largo sorriso no rosto.

— Pessoalmente — disse ele —, mal posso esperar para saber qual vai ser a acusação dessa vez. Não pode ser pior do que a última.

Clare apertou o passo de repente, puxando Chris consigo.

— Pra que a pressa? — perguntou o rapaz.

Ela abriu um sorriso de quem sabia de alguma coisa.

— Ah, estou sentindo que algo muito bom vai acontecer quando chegarmos à delegacia.

— Antes ou depois da prisão? — suspirou Chris.

— Não sei dizer — respondeu ela.

Chris se aproximou, franzindo o cenho.

— Então, como você sabe que vai acontecer?

Clare cutucou a pontinha de seu nariz e sorriu.

— Li num livro — disse ela.

Capítulo 75

Bem longe de Cambridge, numa região misteriosa conhecida como vórtice, onde o espaço e o tempo são um só, disparava uma cabine de polícia que não estava nem perto de ser uma cabine de polícia.

Dentro da TARDIS, o Doutor, Romana e K-9 estavam reunidos em torno do painel central, todos três bastante satisfeitos com a forma como as coisas haviam se desenrolado.

— Você não acha que agora parece um tanto estranho? — perguntou Romana.

— Você vai ter que ser um pouquinho mais específica do que isso — respondeu o Doutor, manuseando os controles de sua adorada máquina. — Posso pensar em pelo menos 137 coisas estranhas que aconteceram nas últimas 48 horas.

— Favor especificar, senhora — pediu K-9.

— Obrigada — disse Romana, abaixando-se para acariciar o cachorro com afeto. — Estava prestes a fazer isso.

Ela se levantou e começou de novo.

— Agora parece estranho que eu ficasse tão apavorada com as lendas de Salyavin quando era mais nova, e, no entanto, ele era só um velhinho simpático. — Ela suspirou. — Me faz pensar em quantos fatos mais da história de Gallifrey foram distorcidos ou exagerados.

O Doutor riu.

— Uma imensidão, imagino. Os Senhores do Tempo reagem de forma exagerada a absolutamente tudo. É só ver o modo como me trataram.

Ela deu um tapinha de leve no ombro do companheiro de viagem, demonstrando simpatia.

— É — disse o Doutor, perdido nos próprios pensamentos. — Não me surpreenderia se, um dia, daqui a algumas centenas de anos, alguém dissesse espantado ao me encontrar: "Aquele ali é mesmo o Doutor? Que estranho. Parece um velhinho tão simpático."

Ele deu um solavanco com vontade no Randomizador, e a TARDIS sacudiu, seguindo uma rota nova e absolutamente imprevisível.

Bem do jeito que o Doutor gostava.

Posfácio

"Vai ser moleza", foi o que disse ao meu agente sobre este livro. "Uns dois meses de trabalho no máximo. Trabalhando por amor. Como dizemos, tão fácil quanto cair de um tronco."

Ah, sim, claro, um tronco. Um tronquinho de nada, do tipo que você salta com elegância numa caminhada tranquila pelo bosque.

Oito meses depois, caro leitor, estava me arrastando de baixo daquele tronco gigantesco, cuja queda poderia facilmente ter derrubado uma cidade de médio porte — e provavelmente o fez —, tendo como sequela a perda de células cerebrais, cabelo, até amigos (mas nem um pouquinho de peso, infelizmente), e cambaleei em direção à luz do dia, praticamente incapaz de imaginar um mundo sem *Shada*, ou anterior a ele, ou posterior a ele. Como sempre, queria fazer o melhor possível. Mas dessa vez, queria fazer o melhor possível por Douglas.

Em novembro de 1978, minha mãe me contou de um programa de rádio com uma série de comédia sobre ficção científica da qual ela tinha ouvido falar. Tinha sido escrito por alguém da equipe do *Doctor Who* e, aparentemente, estava mexendo com a audiência. A primeira história que Douglas escreveu para *Doctor Who*, *The Pirate Planet*, havia acabado de ser transmitida, e eu havia percebido algo de peculiar nela, ou melhor, no efeito que produzia nas pessoas. Sim, a série estava mais ousada e até mais colorida e extraordinária do que na maioria das histórias, mas não era só isso. Em geral, a reação de minha família no que dizia respeito a *Doctor Who* variava entre o desprezo brando e a total ridicularização, mas daquela vez, era como se eles tivessem "entendido". Estavam rindo *com* a série, e não *da* série. E isso apesar de ser algo tão estranho, complicado e maluco. Que poder especial tinha esse tal Douglas Adams, pensei.

Então me retirei para o banheiro de casa, onde o rádio da família Roberts — que curiosamente era da marca Roberts Radio — podia ser colocado a uma distância segura. E ali ouvi o que a internet hoje gentilmente me diz ser a terceira emissão do primeiro episódio de *O mochileiro das galáxias*.

Saí do banho morrendo de rir, um garoto diferente, e, de certa forma, não parei de rir desde então. Para todo mundo no colégio — qualquer um que pudesse ouvir e muitos que jamais ouviram a série — falei dos Vogons, das toalhas e do Peixe Babel. A história da Arca B do planeta Golgafrincham — uma distorção deliciosa de *The Ark in Space*, do *Doutor Who*, transmitida alguns anos antes — ainda me faz gargalhar a um nível de desconforto físico só de pensar.

E isso foi só o começo de minha jornada pessoal com a genialidade de Douglas. Trata-se, não podemos nos esquecer, do homem que escreveu *City of Death*, a história mais fenomenal de *Doctor Who* de todos os tempos, em *um fim de semana*. Claro que ele levou um pouco mais para escrever tudo o que veio depois. Mas, no caso de Douglas, o clichê de que sempre valia a pena esperar era verdadeiro. Fenchurch, Agrajag, Krikkitmen, Professor Chronotis (esperem aí...), personagens inesquecíveis em histórias inesquecíveis. Isso sem falar em *The Meaning of Liff* ou *Last Chance to See*.

Mas quando me preparei para começar *Shada*, sabia que Douglas já havia expressado sua decepção com o texto em diversas ocasiões, e que tinha ficado aliviado quando a versão original para a televisão foi cancelada.

As circunstâncias, até onde posso me lembrar, eram as seguintes: como editor de roteiro de *Doutor Who*, Douglas devia escrever a última parte da história dividida em seis capítulos para a 17ª temporada, e estava doido para levar às telas a sua ideia do Doutor "se aposentando" do trabalho de salvar mundos. Claro que o Doutor iria se ver absolutamente incapaz de se aposentar, e seria arrastado de volta para a tarefa de salvamento de planetas na Parte Seis, e, assim, se redescobrir. Acho uma ótima ideia, e Douglas também achava, mas o produtor de *Doctor Who* na época, Graham Williams, normalmente sempre tão certo a respeito de tudo (e hoje, infelizmente, já falecido), não concordava. Douglas achou que, se atrasasse o roteiro, Graham iria acabar se rendendo. Mas não foi o que aconteceu. E assim, em vez disso, Douglas escreveu *Shada* muito rápido e, aparentemente, não muito satisfeito. Ao mesmo tempo, estava acompanhando todos os outros roteiros de *Doutor Who* em produção naquele ano, escrevendo o segundo livro da série do *Mochileiro*, a segunda série de rádio do *Mochileiro* e um programa piloto para a televisão também do *Mochileiro*. Havia muita pressão sobre ele, para dizer o mínimo.

E então, depois que as tomadas de locação para *Shada* se encerraram em Cambridge e depois que o primeiro bloco de gravações de um total de três blocos estava muito bem guardado em suas latas, e os cenários, os figurinos e os ensaios para os outros três já estavam prontos, uma greve na BBC interrompeu a produção. Equipe de produção, atores, técnicos de filmagem, todos eles de repente se viram trancados fora do estúdio. Muitos anos depois, Tom Baker diria que "todos nós choramos". Também muitos anos depois, Douglas admitiu que "suspirou de alívio".

Diversas ideias sobre como completar *Shada* para a televisão foram discutidas por muito tempo, até mesmo em meados da década de 1980, mas nada aconteceu.

Devo muito a Charles Martin por ter me lembrado via Twitter de uma entrevista que havia feito com Douglas na qual ele falou efusivamente e com uma franqueza comovente sobre seus sentimentos a respeito de *Shada*. Sentimentos que, em 1992, foram trazidos de volta à tona. Porque, para seu horror, a história, ou o que existia dela — narrada por Tom Baker e com uma trilha sonora indescritível de tão inapropriada —, fora lançada pela BBC Video. Aparentemente por engano. Douglas havia assinado um documento dando sua permissão, sem conferir com cuidado o que estava permitindo. E doou toda a sua renda ao projeto de caridade Comic Relief como uma espécie de penitência, imagina-se.

Mas, como sempre, Douglas foi muito duro consigo mesmo. A espontaneidade dos primeiros episódios de *Shada* é uma delícia, a Parte Um, em especial, uma sofisticada confecção de desencontros e verdadeiras trapaças que está décadas à frente de seu tempo. As falas do Doutor são divertidíssimas — muitas vezes incrivelmente parecidas com as dos Doutores do século XXI. De fato, a história como um todo vibra com vida, energia, calor e algumas ideias inesquecíveis que só Douglas poderia inventar.

Portanto, como figura central do *Doctor Who* atual, além de grande fã do trabalho de Douglas, ser o primeiro autor depois dele a mergulhar nesta história e encarar o mundo de dentro dela foi intimidador. E entendi o que aconteceu. E por que Douglas ficou tão decepcionado. Podia ver todas as coisas que ele queria fazer, mas para as quais não teve tempo. Mas Douglas certamente não foi o primeiro autor a sofrer disso.

Tratados inteiros foram redigidos sobre os estranhos e apressados desfechos de *A tempestade* e *Bem está o que bem acaba*, entre outras obras do cânone shakespeariano. Por que, exclamam os acadêmicos puxando os cabelos, o Bardo imortal escolheu complicar e obscurecer os personagens de Bertram ou

Antonio, reduzindo-os a meros espectadores e ignorando ou minimizando suas reações à estranhamente precipitada resolução de seus enredos? Bem, eu tenho a resposta, caros leitores. Sem muita presunção, sou capaz de enxergar tais peças como roteirista — indiscutivelmente de menor reputação — e dizer exatamente o que aconteceu. Shakespeare tinha um prazo a cumprir. O equivalente elisabetano de Pennant Roberts, diretor de *Shada*, estava esmurrando a porta e gritando: "Dizei vós que estará pronto na segunda-feira!" Então Shakespeare provavelmente gritou e chorou e andou de um lado para o outro em seus aposentos, e simplesmente entregou o texto do jeito que estava.

Foi assim, postulo, que aconteceu com Douglas e o roteiro de *Shada*, mais ou menos 370 anos depois.

O que eu queria fazer era desembaraçar o emaranhado de tramas de *Shada*, conduzir as ideias de Douglas de maneira que acho que ele teria feito se ao menos houvesse tido um pouco mais de tempo. A descoberta mais surpreendente, ao mergulhar no texto, foi que Douglas — mesmo um Douglas estressado e trabalhando demais — tinha feito o trabalho de base com perfeição. E a cada nova descoberta, ficava mais e mais claro para onde a história deveria ter ido.

As primeiras falas entre Chris e Clare já indicam que é óbvio que tem alguma coisa rolando entre os dois. Mas a relação e seus personagens (especialmente a pobre Clare) somem logo em seguida. Da mesma forma, a origem de Skagra é questionada durante toda a história, mas Douglas só tem tempo de tocar no assunto na cena final. Frequentemente eu me deparava com cenas inteiras ou tramas que levavam a... nada. Por exemplo, o fato de que Chris descobre a verdadeira identidade do Professor Chronotis está perfeitamente descrito na Parte Cinco e leva a uma mancada desastrosa e muito dramática por parte do rapaz. No entanto, na versão para a televisão, Chronotis solta a gafe *ele próprio*, no pior momento possível, meio como Martin Bormann aparecendo no meio do julgamento em Nuremberg e gritando: "Olha! Sou eu!"

Havia muitas outras arestas a serem aparadas. Coisas que você consegue contornar na televisão, mas que, num romance, tendem a chamar a atenção do leitor mais atento. A natureza de Salyavin — será que um dia ele foi um terrível criminoso? Há quanto tempo Shada estava em operação e por quanto havia sido esquecida? Como exatamente Salyavin escapou? Isso levou a muitas horas de consulta e debate com Clayton Hickman, que além de dividir o apartamento comigo é algumas vezes coautor. Aquelas longas noites e o fato de que sempre conseguíamos encontrar uma resposta que parecia se encaixar perfeitamente com a história foram uma prova de que Douglas tinha pensado com muito cuidado em todos os detalhes, mas simplesmente não havia tido tempo de resolver tudo na tela.

Aliado a isso, respirei fundo e mergulhei na pesquisa da história e da tradição dos Senhores do Tempo, antiga e moderna (algo que sempre preferi evitar em *Doctor Who*, mas do qual não podia fugir neste caso). Antes que você comece a ficar com pena de mim, tal "pesquisa" consistiu em assistir com Clayton aos DVDs de *The Deadly Assassin* e *The Invasion of Time*, mais algumas partes de *The End of Time*, frequentemente pausando para fazer anotações ou apenas para comentar um trecho do qual realmente havíamos gostado. Espero que os frutos dessa pesquisa tenham ajudado a ampliar o pano de fundo e o escopo épico de *Shada*.

O meu acesso às cópias mais avançadas e mais recentes do roteiro de Douglas para *Shada* foi de grande ajuda para este livro. Quando a versão em VHS apareceu em 1992, foi acompanhada de um livrinho azul simpático que continha "os roteiros" de *Shada*. Na verdade, tratava-se de rascunhos muito anteriores àqueles com os quais tive oportunidade de trabalhar. Com os roteiros de câmera e os roteiros de ensaio à minha disposição, pude incorporar muitas das mudanças feitas durante a produção em si. Muitos dos roteiros tinham anotações feitas à mão pelo diretor Pennant Roberts, com mudanças que presumivelmente haviam sido discutidas com Douglas e o elenco durante os ensaios. Variando de pequenas mudanças numa linha de diálogo a cenas inteiras cortadas e completamente reescritas. Algumas vezes para melhor, outras para pior. A maior descoberta veio na forma de duas páginas de caderno nas quais, à mão, uma cena inteira fora reescrita. Nunca antes publicadas, ninguém jamais suspeitou de sua existência, mas eram sem dúvida alguma o trabalho de Douglas. Veja se você consegue adivinhar de que cena se trata, considerando-se que eu próprio acrescentei algumas cenas.

Mas vamos voltar aos prazos estourados, ao choro e aos gritos (todos meus). À medida que os meses corriam, comecei a achar que a história simplesmente não *queria* ser finalizada. Em alguns momentos, cheguei até a suspeitar que ela queria acabar *comigo*. Mas devia isso a Douglas, acertar a mão e fazer justiça aos seus conceitos estonteantes, produzir algo que fosse verdadeiro à sua visão, mas com um escopo e uma escala que teriam sido impossíveis para *Doctor Who* alcançar em 1979. Enfim, concluir *Shada*, e de uma forma com a qual o próprio Douglas ficasse feliz.

Porque o próprio Douglas nunca aceitou muito ter que deixar *Shada* para trás. Seu romance de 1987, *Dirk Gently's Holistic Detective Agency*, é uma prova disso. Também gostaria que ele nunca tivesse abandonado *Doctor Who*.

Quando a série finalmente voltou para a televisão em 2005, foi uma pena terrível que não tivéssemos a chance de uma nova aventura com o selo "escrito por Douglas Adams". Aposto que ele teria topado. Se os prazos tivessem permitido.

Espero que este livro sirva como segunda melhor opção. Uma nova/velha aventura de *Doctor Who*, por Douglas Adams. E uma maneira de milhões de novos e jovens fãs do Doutor descobrirem o trabalho de seu melhor autor. E de dar vida nova a Douglas e à sua genialidade.

Seria uma ótima maneira de um livro se comportar.

Gareth Roberts
Londres, 2011

Agradecimentos

Muito obrigado à minha incrível agente Faye Webber; a Andrew Pixley, por desencavar tesouros de outro mundo; a Justin Richards e a Albert DePetrillo, por deixarem os prazos voarem pela janela; a Ed Victor, por manter a esfera girando; a Ligeia Marsh, que nunca desistiu de mim; a Paul Vyse, pelo trabalho fenomenal com os dedos; aos NotPlayers, especialmente a Neil Corry, pelo companheirismo e pelos testes; a David S. Taylor de Bedfordshire; a Ian Levine, seus fantásticos animadores e a Ed Stradling, por me levar de volta a janeiro de 1980; a Charles Martin, por sua inestimável entrevista com Douglas; a Kevin Davies, por ser tão genial como sempre; a Tom Spilsbury e a Peter Ware da DWM, por polirem o necessário; à revista *In-Vision*; à Bex "Clare" Levene, por todos os detalhes de Cambridge; a todos os da Balans, em Chiswick, mais especialmente a Sean, David, Ben e Dylan "é assim que se pronuncia" Keightley; a Russell T. Davies, Neil Gailman, Mark Gatiss, Peter Harness e Steve Moffat, amigos do peito; à @pollyjanerocket, pelo estímulo; a Tom Baker, Lalla Ward e ao elenco e à equipe da produção de televisão original de *Shada*.

Este livro foi escrito ao som de *A Grounding in Numbers*, de Van Der Graaf Generator, *Director's Cut*, de Kate Bush, *Clap Your Hands and Stamp Your Feet — The Best of Dutch Glam Rock*, e a música incidental de *City of Death*, de Douglas, lindamente reconstituída por Composer Who, e que você pode conferir no YouTube em http://youtu.be/aCnlyFm8nCI.

Este livro foi impresso na
LIS GRÁFICA E EDITORA LTDA.
Rua Felício Antônio Alves, 370 – Bonsucesso
CEP 07175-450 – Guarulhos – SP
Fone: (11) 3382-0777 – Fax: (11) 3382-0778
lisgrafica@lisgrafica.com.br – www.lisgrafica.com.br